LES ABEILLES & LA GUÊPE

Ni mémoires, ni autobiographie, dans ce livre qui entremêle passé et présent, François Maspero retrace son parcours d'homme. Il fait retour sur les figures de l'enfance, sur ceux de ses proches disparus trop tôt – un père mort à Buchenwald, un frère tué sur un champ de bataille de Moselle –, sur les confidences de sa mère qui lui parle du camp de Ravensbrück, dont elle est revenue. Ces absences, ces empreintes profondes ont marqué son existence, lui qui a survécu, assumant l'héritage des idées défendues par les siens, participant à son tour à d'autres combats et d'autres errances à travers le monde. Ce sera son engagement contre la guerre coloniale de la France en Algérie. Ce seront ses témoignages sans complaisance rapportés d'Amérique latine, de Cuba, des Balkans et de Bosnie avec, toujours, ce souci de relativiser sa propre histoire à l'aune de l'histoire du monde. Et puis les rencontres, multiples, fortes, tant au fil de ses voyages et périples que dans les professions tour à tour exercées (libraire, éditeur, traducteur, écrivain) et qui construisent ce que François Maspero nomme « le roman de la vie ».

Et de conclure ainsi son récit : « Finalement, qu'ai-je tenté d'autre que ce que fit don Pedro d'Alfaroubeira qui, avec ses quatre dromadaires, courut le monde et l'admira ? Il est encore permis de rêver d'un monde sillonné d'innombrables dromadaires conduits par des hommes occupés, le temps de leur passage sur terre, à l'admirer plutôt qu'à le détruire. »

François Maspero, après avoir été libraire, éditeur et directeur de revues (Partisans, L'Alternative), est l'auteur, entre autres, du Sourire du chat, *des* Passagers du Roissy-Express, *de* Balkans-Transit *et le traducteur d'une cinquantaine de livres.*

François Maspero

LES ABEILLES
&
LA GUÊPE

Éditions du Seuil

TEXTE INTÉGRAL

ISBN 2-02-061708-0
(ISBN 2-02-014743-2, 1ʳᵉ publication)

© Éditions du Seuil, octobre 2002

www.seuil.com

I

LES ABEILLES

Et je sais qu'il y en a qui disent : ils sont morts pour peu de chose. Un simple renseignement (pas toujours très précis) ne valait pas ça, ni un tract, ni même un journal clandestin (parfois assez mal composé). À ceux-là il faut répondre : « C'est qu'ils étaient du côté de la vie. C'est qu'ils aimaient des choses aussi insignifiantes qu'une chanson, un claquement des doigts, un sourire. Tu peux serrer dans ta main une abeille jusqu'à ce qu'elle étouffe. Elle n'étouffera pas sans t'avoir piqué. C'est peu de chose, dis-tu. Oui, c'est peu de chose. Mais si elle ne te piquait pas, il y a longtemps qu'il n'y aurait plus d'abeilles. »

JEAN PAULHAN
« L'abeille », texte signé « Juste », paru dans *Les Cahiers de Libération* en février 1944.

à Brigitte, Nathalie, Louis et Julia

Pour quelques piqûres d'abeille

Polvo serán, mas polvo enamorado.
FRANCISCO DE QUEVEDO

Résister? Au début de 1941, Boris Vildé qui animait le « réseau du musée de l'Homme » – l'un des premiers réseaux organisés dès 1940, qui publiait le journal clandestin *Résistance* – passa la ligne de démarcation pour aller solliciter Malraux, réfugié dans le Midi. On connaît la fin de non-recevoir de Malraux : « Soyons sérieux. Avez-vous des armes? »

À la même date, à cinquante-sept ans, mon père était un monsieur sérieux. Sinologue, professeur au Collège de France, membre de l'Institut. À part son épée d'académicien, il n'avait pas d'arme.

Un mois à peine après la rencontre de Vildé avec Malraux, le réseau fut démantelé sur la dénonciation d'un agent de la Gestapo qui s'y était infiltré. Mon père fut pris dans le coup de filet et passa plusieurs semaines à Fresnes, au secret. Puis il fut relâché. Nous étions, ma mère, mon frère et moi, pour quelque temps encore en zone libre, à Montpellier, car il tenait à ce que mon frère aîné poursuive ses études, brillantes, loin des aléas de Paris et de la zone occupée. Lorsqu'il put passer

la ligne pour un bref séjour, il nous dit seulement :
« C'était une erreur. »

Un demi-siècle plus tard, je sais peu de la résistance
de mon père. L'arrestation de 1941 n'est pas en soi un
élément déterminant : les services allemands avaient
ratissé large, grâce notamment au carnet d'adresses de
Paul Rivet, le directeur du musée de l'Homme, qui eut
tout juste le temps de passer en Espagne. J'ai connu un
éminent médiéviste, Robert Fawtier, qui fut arrêté puis
relâché dans les mêmes conditions que mon père, apparemment lavé de tout soupçon. Deux ans plus tard,
cependant, il tombait de nouveau. Il avait constitué un
autre réseau. Mon père, lui aussi, a été arrêté une
seconde fois, ainsi que ma mère, en 1944, mais c'était
du fait des activités de mon frère. La dernière fois que
ma mère a vu mon père, rue des Saussaies, siège de la
Gestapo, en juillet 1944, il lui a dit qu'il ne se faisait
pas d'illusions sur son sort : « Moi, mon dossier est trop
lourd. Mais toi, ils te relâcheront. » En quoi il se trom-
pait. Ils n'ont pas relâché ma mère. L'un et l'autre ont
fait partie, dans des wagons à bestiaux différents, du
« convoi du 15 août » qui a quitté la gare de l'Est alors
que les Parisiens vivaient déjà les heures euphoriques
de leur libération. La fiche de mon père à Buchenwald
porte la mention : *Verdacht terroristischer Betätigung*,
soupçonné d'activité terroriste. Il est mort au camp en
mars 1945. Ma mère est revenue du camp de Ravensbrück. Quand elle s'est souciée de faire « homologuer »
la résistance de mon père, le camarade qui avait été le
plus proche de lui au camp pendant trois mois, colonel
de son état et cadre de l'ORA (Organisation de résistance de l'armée), a certifié que, d'après les confidences reçues, il faisait partie du réseau Buckmaster,
autrement dit qu'il avait travaillé avec l'Intelligence
Service, et c'est ce dont prennent acte le certificat d'ap-

partenance à la Résistance intérieure française délivré
par le ministère de la Guerre et les décrets lui accor-
dant la médaille de la Résistance, la croix de guerre, la
médaille militaire, à titre posthume, etc. C'est plau-
sible, compte tenu de son passé en Extrême-Orient.
Parmi ces confidences, il était question de boîtes de
chocolats qui servaient à transmettre des messages rédi-
gés en caractères chinois... On aurait pu hausser les
épaules, c'était tellement romanesque pour un monsieur
si sérieux. Mais le fait est que nous avons trouvé des
boîtes de chocolats rongés de charançons, dans son
bureau où s'amoncelaient les manuscrits orientaux et
les notes pour des livres à jamais inachevés (c'est dans
les dernières années de sa vie active qu'un savant, historien et philologue, se sent enfin prêt pour rédiger la
synthèse de ses travaux). Et au fond de ces boîtes, il y
avait effectivement des petits billets couverts d'idéogrammes. Les charançons qui ne respectent rien les
avaient si bien perforés qu'ils étaient devenus indéchiffrables, même pour le plus lettré des mandarins.

De la vie et de la mort de mon père au camp, je sais
des choses. Mais j'ai appris tôt à me méfier des survivants et de leurs témoignages. Les premières années de
l'après-guerre, j'ai vécu dans une contradiction. D'une
part, on jugeait que j'étais trop jeune – j'avais treize ans
en 1945. Trop jeune pour supporter la réalité, disait-on,
et il fallait me tenir à l'écart pour m'épargner. Trop
jeune aussi pour la comprendre, et je me rappelle avec
un sentiment d'injustice une réflexion de ma tante, qui
sonnait comme un reproche quelques jours après l'annonce de la mort de mon père : « Oh ! François, vous
savez, à son âge, la vie continue. » Ainsi, quand des
rescapés des camps venaient rendre visite à ma mère,
c'était comme si je n'existais pas. Je vois toujours
Julien Cain, conservateur de la Bibliothèque nationale,

à qui j'étais venu ouvrir la porte de l'appartement, me demander si ma mère était là, passer sans m'accorder un regard et s'enfermer avec elle. Mais d'autre part ma mère ne pouvait s'empêcher de me parler de sa propre vie au camp. Ses souvenirs sonnaient aux oreilles des autres comme un rabâchage d'ancienne combattante, ils ne comprenaient pas, ne voulaient pas comprendre. Moi, par la force des choses, j'étais là, toujours présent et attentif, son seul confident. Elle souffrait atrocement, dans son âme et dans son corps, et son entourage, tout en lui exprimant la sollicitude que l'on doit à tout veuvage ordinaire, était surtout préoccupé de retrouver un confort d'avant-guerre qui se faisait désirer. Je crois sincèrement que ma mère a été courageuse au camp. Ses camarades, presque toutes plus jeunes qu'elle, ont toujours manifesté leur affection pour cette « tante Hélène » qui les avait soutenues de toute la force de sa bonne éducation chrétienne et bourgeoise, pour une fois utile à quelque chose – « ne jamais se laisser aller ». Je sais aussi, et pour l'avoir vécu, qu'elle a été courageuse à son retour.

Je sais des choses et je ne sais rien. Je reviens sur cette méfiance à l'égard des survivants, que je ressentais ces années-là. Un jeune homme, héros dans la résistance puisque chef de réseau avant d'être arrêté, et héros encore au camp, puisqu'il fit partie de la « brigade d'action libératrice » qui se souleva à la fin, entra, à son retour, très avant dans l'intimité de ma grand-mère paternelle : il avait connu mon père au camp, disait-il. Et il la berçait de récits qui tendaient à la convaincre que mon père, entouré de camarades compatissants, dont lui, n'avait pas souffert, etc. Ma grand-mère le chérissait. Cela remplissait ma mère d'amertume. Elle connaissait, elle, la vérité – pas seulement les appels, les coups, le froid, mais l'avilissement sous la tyrannie des voyous, l'agonie dans la dysenterie, la mort de faim, et je sais qu'elle fut d'abord hantée par l'idée qu'il n'était pas mort lorsqu'on emporta son corps au crématoire, idée qui, par osmose, m'a aussi hanté. Elle la connaissait d'autant mieux, la vérité, qu'elle avait subi des conditions similaires par bien des côtés (encore qu'elle ait toujours dit qu'il y avait plus de solidarité chez les femmes que chez les hommes). Des deux cent cinquante Françaises expédiées du camp de Ravensbrück au « kommando » de Klein-Königsberg, sur l'Oder, moins de cent restaient vivantes trois mois plus tard, à sa libération par l'armée soviétique. Donc nous n'aimions pas cet homme. Or bien des années après la mort de ma grand-mère, alors que nous l'avions complètement perdu de vue, il s'est manifesté à moi de façon surprenante. Ce fut à l'occasion de la parution de mon premier livre, *Le Sourire du chat*, où je raconte une histoire qui ressemble à la mienne et à celle de ma famille. Pourquoi cet homme a-t-il tenu à m'écrire ce qu'il m'a écrit ? Il fallait, disait-il en substance, qu'il me fasse un aveu : arrêté sous son faux nom, sa survie au camp, où il avait intégré la direction politique clandestine, dépendait du maintien de son identité d'emprunt, car il était juif. Identifié, il risquait le transport vers la chambre à gaz d'un autre camp. Et donc, m'écrivait-il dans cette longue lettre que j'ai gardée, lorsqu'il avait aperçu de loin mon père qui le connaissait bien, il avait été terrifié : seul, de tout le camp, mon père savait sa véritable identité. Un mot de lui pouvait le perdre. Il avait donc tout fait pour ne jamais le rencontrer. Il l'avait fui. Et en apprenant sa mort, il avait honte de le dire mais c'était ainsi, il avait été soulagé. Soulagé, c'est bien le mot qu'il a employé. D'une certaine manière, tout peiné que j'aie été de cette confidence, j'en ai été soulagé moi aussi – et ma mère comme moi. Nous avions eu raison de nous méfier. Ce n'est certes pas l'aveu en soi qui était en cause. Un vieil ami qui avait été à Mauthausen m'avait une fois pour toutes enseigné que celui qui n'a pas subi la peur abjecte, qui n'a pas vécu avec elle et négocié avec elle les conditions de sa survie, ne peut, ne doit, ni comprendre ni juger. Tout juste faire l'effort de respecter ce qui lui échappe. Non, ce qui m'a peiné, c'est ce besoin qu'il a eu de berner, des années durant, ma grand-mère – pour assumer vis-à-vis de lui-même quelle réparation ?

J'ai lu, dès leur parution, et presque enfant encore, une grande part des témoignages des survivants. Il m'est arrivé plus tard d'écrire des articles sur leurs livres. Je me suis raccroché aux plus dignes de ceux qui s'exprimaient alors et qui, comme Robert Antelme, mettent en question l'espèce humaine. Ceux qui, comme David Rousset, ont fait de leur épreuve passée un instrument de lutte dans le monde présent. Et d'autres, aussi, plus anonymes, qui n'apparaissaient pas aux commémorations où j'en voyais marcher avec drapeaux, discours et défroque rayée sortie de la naphtaline comme s'ils brandissaient les cadavres de ces camarades qu'ils ne cessaient d'évoquer pour illustrer leur propre martyre. J'ai eu, pour ces autres que j'appelle maladroitement les plus dignes, une affection profonde, viscérale, irraisonnée. Mais j'ai parfois l'impression d'une sorte de tour de passe-passe : oui ou non, existe-t-il, dans l'extrême abjection, un point extrême où la dignité de l'être humain reste comme une poussière de diamant imbroyable et s'affirme encore, au plus profond de la déchéance ? Je veux y croire, j'y crois – et je n'y crois jamais complètement. Peut-être justement le problème est-il que cela reste de l'ordre de la croyance. Je veux y croire, mais je ne saurai jamais. J'admire de toutes mes forces ceux qui, comme Primo Levi, ont voulu et pu communiquer un peu de l'incommunicable. Mais enfin, ces survivants qui se font un devoir de témoigner pour les morts ne s'arrogent-ils pas en même temps le droit de parler au nom des morts ? Je sais que je suis injuste, et il faut bien que je vive avec mon injustice. Le sentiment fraternel – je reviendrai sur ce mot – que je porte à Jorge Semprun ne m'empêche pas, lorsqu'il évoque dans ses livres mon père sur le châlit qu'il dit l'avoir vu partager avec Maurice Halbwachs, de voir ces deux êtres comme deux ombres qui passent et disparaissent et reviennent dans la vie de Semprun pour lui rendre l'épaisseur, la troisième dimension qui lui manquaient (que le camp, peut-être, lui avait volées) – et quoi d'autre ? Deux ombres, rien que deux ombres. Et même lui, que pouvait-il faire de plus ?

Par des récits de la vie du camp, je sais que mon père n'a pas été abandonné par l'organisation politique clandestine, qui avait réussi à infiltrer, entre autres, l'Arbeitsstatistik, c'est-à-dire à avoir la possibilité d'influer, notamment par la tenue des fichiers, sur l'affectation des détenus. Après son passage aux « Carrières », c'est-à-dire au travail forcé le plus dur, qui a dû être le coup dont il ne s'est pas relevé même s'il a été bref, il a été affecté, grâce à certains camarades, à un travail moins exténuant. La politique de l'organisation clandestine était de mettre à l'abri « les meilleurs ». Mais, s'interroge lucidement David Rousset dans *Les Jours de notre mort*, au nom de quels critères détermine-t-on ces « meilleurs » ? Ainsi furent sauvés à la fois des cadres politiques, et des hommes, apolitiques, dont on pensait qu'ils étaient importants pour l'avenir, par leur compétence. Pour mon père, si ce fut le cas, il était trop tard.

Aujourd'hui, en cette année où j'écris, je connais deux témoignages de vivants où apparaît encore l'image de mon père.

Le premier figure dans un livre de souvenirs d'anciens déportés, publié par la FNDIR (la Fédération nationale des déportés et internés de la résistance). J'y ai retrouvé l'ombre de mon père, parmi des centaines de pages qui évoquent les souffrances et l'héroïsme des témoins, auteurs du livre. Témoignages réunis à juste titre pour que leur sacrifice, suivant la formule consacrée, n'ait pas été vain. M. Jacques Chirac, qui les préface, rend hommage à la « mémoire de bronze » de ces hommes. Voici ce que je lis dans le chapitre « In Memoriam » sous la plume d'un des auteurs :

> Incarcéré à la prison de Fresnes, je me retrouve d'abord avec trois autres personnes dans une cellule réservée à la mise au secret mais surchargée en juillet 1944.
> Un homme m'intrigue immédiatement : j'apprends qu'il est le professeur Henri Maspero, sinologue, fils du savant égyptologue.
> Deux de nos compagnons nous quittent quelques jours plus tard. Demeuré seul avec Henri Maspero, soixante-treize ans, moi, homme jeune de vingt-six ans, j'écoute cet homme étrangement calme et plein de sérénité. Il me relate qu'il a été directeur de l'Institut français de Saigon, envoyé là-bas surtout par Édouard Herriot. Il a pu ainsi étudier, vivre la civilisation chinoise. Il me parle du Laos, des Laotiens, ce peuple doux qui tient essentiellement des Tibétains. Sur le Tibet, ses connaissances sont exceptionnelles. Le professeur Maspero a été reçu deux fois en « audience privée » par le Dalaï-Lama, faveur extrêmement rare en 1940.
> … Je retrouvai Henri Maspero à Buchenwald en septembre. Sa santé s'était dégradée sérieusement. Je le vis encore un certain nombre de fois, perdu parmi les malheureux hommes de ce que l'on appelait le « boulevard des Invalides ».

… Nous partîmes un soir de décembre avec quelques provisions : gamelle de soupe et morceaux de pain recueillis auprès de plusieurs volontaires. Nous trouvâmes le professeur Maspero dans un coin, prostré, entouré de quelques compagnons de choix, dans cette « cour des miracles ». Nous le saluons, non sans quelque timidité, mais avec respect et compassion. Il me serre la main, me la retient longtemps et me regarde, puis il nous dit : « Vous êtes très chic… de vrais bons amis… mais je suis un vieil homme, vous êtes jeunes encore. Je dois partir… vous avez votre chance ! »
Bien entendu, nous lui laissâmes la gamelle de soupe. Il mourut quelques semaines plus tard, et son corps s'en alla dans le ciel de Thuringe.

Qu'il y ait des erreurs dans ce récit, c'est explicable, puisqu'il a été rédigé après plus d'un demi-siècle. En juillet 1944, mon père n'avait pas soixante-treize ans, mais soixante. Il n'a jamais été directeur de l'Institut français de Saigon. Il a été admis en 1908 à l'École française d'Extrême-Orient de Hanoi en qualité de pensionnaire, ce qui correspond davantage, on en conviendra, au statut d'un jeune homme de vingt-quatre ans. Il y est resté attaché jusqu'en 1923, avec une interruption de plus de deux ans, parce que mobilisé en France pour la Première Guerre mondiale. Il a parcouru, en mission, la Chine du Sud, étudié la civilisation indochinoise et particulièrement annamite, et séjourné, non au Laos, mais parmi les « Moï » des hauts plateaux du Tonkin, peuple aujourd'hui quasiment disparu dans les tourmentes de la guerre puis du national-communisme. La référence à Édouard Herriot est une absurdité : la carrière politique d'Herriot n'a rien à voir avec l'Indochine. De toute manière, mon père, qui non seulement se voulait apolitique mais affichait un mépris militant pour toute immixtion de la politique dans le monde scientifique, eût pris pour une canaillerie de devoir sa carrière à quelque Herriot que ce fût. Quant au Tibet, il n'y est jamais allé, même si l'étude approfondie du bouddhisme, essentiellement le bouddhisme chinois, l'a amené à s'intéresser à la spiritualité des moines tibétains. Il n'a pas pu rencontrer le Dalaï-Lama en audience, privée ou publique. Le Dalaï-Lama de l'époque ne sortait pas de Lhassa, et mon père a passé l'année 1940 à Paris (comme les précédentes : son dernier séjour en Extrême-Orient remontant à 1931, et c'était au Japon).

Si je me suis attardé sur ces broutilles, c'est à cause de la suite. Après tant de souvenirs approximatifs, je ne vois pas pourquoi, soudain, cette suite serait plus véridique. Je n'ai certes pas de raisons de mettre en doute, *a priori*, cette visite au « boulevard des Invalides » (plus précisément dans un block du Petit Camp). Ni de ne pas croire, *a priori*, à la réaction de mon père, prêt à refuser cette soupe, et avec cet argument : « Je suis un vieil homme… Je dois partir. » À sa résignation devant la mort certaine. Je dois être et je suis reconnaissant au narrateur d'avoir eu ce geste de solidarité. Je suis gratifié de savoir que mon père sut faire preuve de tant de grandeur d'âme. Mais je suis aussi obligé de remarquer que, grandeur d'âme pour grandeur d'âme, c'est finalement celle du narrateur qui en sort magnifiée. Générosité, « respect et compassion », soulignés encore par ce : « *Bien entendu*, nous lui laissâmes la gamelle de soupe. »

Je le répète : je ne mets pas en cause l'esprit de solidarité, j'en suis sûr durement payé, qui a mû le narrateur. Mais après tout, c'est de la mort de mon père que je parle ici, pour la première et probablement la dernière fois, et non de la souffrance des autres, ni du courage qu'ils ont pu avoir, ni du respect que je leur dois, que nous leur devons.

De la réaction de refus devant le bol de soupe, je ne peux évidemment rien conclure. J'ai seulement en mémoire les vers de mirliton que le bon Père Leloir a publiés dès son retour du camp, en avril 1945, soit à peine un mois après la mort de mon père, dans les *Cahiers du Témoignage chrétien* :

> Si digne d'être cher, professeur Maspero,
> Vous ai-je condamné en vous chérissant trop ?
> « Il suffirait, me confiiez-vous, d'un peu de soupe
> Pour me sauver. » Lèvres, hélas ! loin de la coupe !

S'il a été capable de cette réaction, j'y reconnais la marque d'une lucidité qui, en d'autres temps, se conjuguait avec une causticité impitoyable (j'ai hérité quelque chose de la seconde. Pour la première, je ne sais pas). Un unique bol de soupe ne pouvait le sauver. Mon père devait voir que, *bien entendu*, les charitables codétenus ne pourraient renouveler l'exploit (compte tenu de la valeur d'un bol de soupe au camp, je ne mets pas d'ironie dans ce mot). Je comprends que l'auteur du récit ait jugé préférable de le faire mourir vite. Car il n'est pas mort « quelques semaines » mais plus de trois mois après ce « soir de décembre ». Quelques jours avant la libération du camp.

Le second témoignage est celui de Jorge Semprun. Je suis reconnaissant à Jorge Semprun d'avoir évoqué dans plusieurs livres, et plus particulièrement dans *L'Écriture ou la vie*, ce qui se passait « au block 56 du petit camp » où il retrouvait quelques camarades « dans la puanteur étouffante fraternelle des dimanches, autour d'Halbwachs et de Maspero ». De ne pas avoir affublé d'emblée Halbwachs et mon père de ce titre révérencieux de « professeur », d'avoir employé le mot « fraternel » sans faire valoir pour autant une aumône de soupe. La fraternité dont parle Jorge Semprun est d'une autre essence. Elle relève du partage des deux seuls biens qui pouvaient être encore partagés sans parcimonie, à condition (et quelle condition !) d'en avoir le courage, la volonté, la force.

L'un est ce bien immatériel, conservé, affirmé, constitué par les idées, les interrogations, les recherches, la création, l'aspiration à *autre chose*, qui étaient et sont, je l'espère encore envers et contre tout, ce qui donne sens à la condition humaine. L'écriture ou la vie, Baudelaire ou un bol de soupe ? Le bol de soupe, jamais, n'abolira Baudelaire.

L'autre est l'angoisse de la mort imminente – ce qui, justement, est réputé ne pouvoir être partagé.

Ce mot « fraternel », je m'y accroche désespérément. Mais là encore, qu'en sais-je vraiment ?

Fraternel, fraternité, cela revient constamment dans ce récit où Jorge Semprun raconte ses visites à Halbwachs et Maspero :

> De semaine en semaine, j'avais vu se lever, s'épanouir dans leurs yeux, l'aurore noire de la mort. Nous partagions cela, avec certitude, comme un morceau de pain. Nous partagions cette mort qui s'avançait, obscurcissant leurs yeux, comme un morceau de pain : signe de fraternité. Comme on partage la vie qui vous reste. La mort, un morceau de pain, une sorte de fraternité. [...]
> Je posais une main légère sur l'épaule pointue de Maurice Halbwachs. Je lui parlais de ses cours, à la Sorbonne, autrefois. [...] Il souriait, mourant, son regard sur moi, fraternel.

Mais il n'a bientôt plus eu la force de prononcer le moindre mot. Il ne pouvait plus que m'écouter, et seulement au prix d'un effort surhumain. Ce qui est par ailleurs le propre de l'homme.

Il m'écoutait parler du printemps finissant, lui donner de bonnes nouvelles des opérations militaires, lui rappeler des pages de ses livres, des leçons de son enseignement. Il souriait, mourant, son regard sur moi, fraternel.

....

Il a soudain ouvert les yeux. La détresse immonde, la honte de son corps en déliquescence y étaient visibles. Mais aussi une flamme de dignité, d'humanité vaincue mais inentamée. La lueur immortelle d'un regard qui constate l'approche de la mort, qui sait à quoi s'en tenir, qui en fait le tour, qui en mesure face à face les risques et les enjeux, librement, souverainement.

Alors, dans une panique soudaine, ignorant si je puis invoquer quelque Dieu pour accompagner Maurice Halbwachs, conscient de la nécessité d'une prière, pourtant, la gorge serrée, je dis à haute voix, essayant de maîtriser celle-ci, de la timbrer comme il faut, quelques vers de Baudelaire. C'est la seule chose qui me vienne à l'esprit :

Ô mort, vieux capitaine, il est temps,
levons l'ancre…

Le regard de Halbwachs devient moins flou, semble s'étonner. Je continue de réciter. Quand j'en arrive à

… nos cœurs que tu connais
sont remplis de rayons,

un mince frémissement s'esquisse sur les lèvres de Maurice Halbwachs

Il sourit, mourant, son regard sur moi, fraternel.

Je trouve beau que cinquante ans plus tard, Jorge Semprun garde, chevillée au cœur, cette foi meurtrie en ce quelque chose « qui est le propre de l'homme », malgré tant de massacres dans le monde, massacres qui sont venus entre-temps, qui se passent aujourd'hui et qui, nous le savons désormais, auront encore lieu demain, massacres d'une atrocité égale et que seul leur moindre degré de « rationalisation », de planification industrielle comme peut en produire une société avancée telle que l'Allemagne nazie, différencie des massacres d'alors. Je trouve cela beau, et je suis incapable de me dire qu'il a raison. Il a en tout cas payé plus cher, beaucoup plus cher que moi pour avoir le droit d'en parler.

Cette foi qui transcende l'abjection au cœur même de « l'aurore noire de la mort », Semprun ne l'affirme pas seulement pour son compte. En parlant de partage fraternel, il l'affirme aussi, cette foi, pour le compte de Maurice Halbwachs. Mais de cela, il ne sait rien, et c'est bien cela : *une profession de foi*, même s'ils ont partagé également, non la mort elle-même, mais sa présence, son imminence commune à tous les détenus – encore que l'emploi de Semprun à l'Arbeitsstatistik constituait pour lui, au moins, une forme de sursis que, sur son châlit, Halbwachs (comme mon père) ne pouvait espérer.

Cette foi dans ce qu'on ne pourrait enlever à l'homme, dans ce qui ferait qu'on ne peut jamais réduire l'homme à un *Stück* (un « morceau », dans la langue SS), un numéro sur un paquet anonyme de chair et d'os bon à exploiter, insulter, battre, affamer et brûler, et cette certitude que, même brûlé, il resterait encore un peu plus de lui que la cendre – *Polvo serán, mas polvo enamorado*, poussière serez, mais poussière amoureuse, écrivit Francisco de Quevedo il y a cinq siècles –, cette foi dans cet ultime refuge de la personne et de sa liberté que constitueraient les créations intemporelles de l'esprit humain en quoi tout être humain peut communier, cette fois-là a été aussi exprimée par Primo Levi, dans le chapitre « Le Chant d'Ulysse » de *Si c'est un homme*. Comme Baudelaire pour Semprun, Dante vient y constituer pour Primo Levi le dernier recours, le dernier défi. Le titre italien, *Si questo è un uomo*, signifie littéralement : « Si *ÇA* c'est un homme ». Car ce qui est mis en cause, c'est de savoir si, dans « ça », il y a, il reste davantage que ce que l'on désigne ordinairement par ce mot employé pour les objets. Si cette loque bafouée, l'homme que l'on a réduit à « ça » n'est vraiment plus rien d'autre que « ça ». Ce qui est mis en cause, c'est de savoir si ce « ça » recèle encore cette parcelle d'humanité qui ne peut absolument pas être juste « ça ».

À Buchenwald, le Baudelaire de Semprun salue la mort qui donne sens à la vie au moment même où la vie est niée. Mort-délivrance, mort-liberté. À Auschwitz, le Dante de Primo Levi parle du départ d'Ulysse, lui aussi vieux capitaine, appareillant sur « la haute mer ouverte », sans autre rivage que le dernier écueil de la mort. Baudelaire accompagne le passage à la mort en redonnant, le temps de quelques vers, un sens ou, en tout cas, une résonance à la vie. Pour Primo Levi, Dante est un répit, une halte brève, peut-être la dernière avant la mort et qui, un instant, sans nier la mort, la dépasse.

Moins d'un an après la libération du camp, un survivant, André Verdet, a publié aux éditions Robert Laffont une *Anthologie des poèmes de Buchenwald*. Vingt-cinq poètes y sont réunis. On ne peut avoir meilleure preuve que la poésie était présente, vivante, et qu'elle en a aidé beaucoup à survivre. Parmi ces poètes, d'ailleurs, on compte un Espagnol, un certain Semprun qui écrit en français : il entre-tisse la mémoire et le présent, la nostalgie lucide – « Ensemble nous avions fait le rêve ancien de vivre » – et l'angoisse, qui, à la dernière ligne, se termine sur des points de suspension : « Restent ce rien, ce rire, ce rêve ancien, reste ce quotidien projet de vivre malgré… »

Encore faut-il se demander, pour paraphraser la formule célèbre, si, à force d'accompagner la mort, la poésie – en tant que signe essentiel, ou l'un des signes essentiels, de ce qu'il y a d'humain dans l'espèce des hommes – n'est pas elle-même morte à Buchenwald et à Auschwitz. Si ce n'est pas avec une inconsciente lucidité que le poème de Robert Desnos qui figure sur le monument de la déportation (et qui n'est en réalité que l'ultime réminiscence d'un poème de 1926) – « J'ai si souvent rêvé de toi… Qu'il ne me reste plus rien de toi… » – a été intitulé par ceux qui l'ont retrouvé « Le *dernier* poème ».

Encore faut-il se demander si la poésie n'a pas suivi Maurice Halbwachs de l'autre côté, dans son ultime compagnonnage, ne laissant derrière elle qu'une forme illusoire que nous appelons encore, par habitude, « poésie ». Si ne s'est pas éteinte *questa tanto picciola vigilia*, cette veille si petite à quoi l'Ulysse de Dante exhortait ses compagnons. Semprun, si longtemps après fidèle, et à quel prix, au « quotidien projet de vivre malgré… », nous dit que non : qu'elle survivait, qu'elle a survécu à la mort des vivants. Il nous dit qu'Halbwachs lui a fait signe que non : « Il sourit, confiant… » *Le sourire, vue du bonheur,* écrivait Stendhal. Primo Levi aussi nous dit que non (même si on nous explique, aujourd'hui, que son suicide quelque quarante ans plus tard est le signe d'un désespoir qui aurait remis en cause la « fulgurante intuition » qu'il eut, au camp, ce jour où il chercha le chant d'Ulysse dans sa mémoire). Bonne nouvelle. Restons optimistes. Parce que si la poésie survit – la poésie, la musique, et tout le reste, c'est-à-dire tout ce monde des formes idéales qui plane au-dessus de l'homme et dont on répète depuis Platon qu'il fait partie du monde de l'homme –, si cela survit, et pas seulement comme une vieille habitude, une assemblée de fantômes si accrochés à nous que nous continuons de les prendre pour vrais, un vice absurde, alors ce qui est rabâché dans les discours et sur les plaques commémoratives aurait quelque sens : Halbwachs, mon père, des millions d'autres, ne seraient pas morts pour rien. Sinon…

On peut aussi penser, en lisant le récit de la mort d'Halbwachs par Jorge Semprun : c'est trop beau. « Trop beau pour être vrai », dit exactement l'expression familière. Cela, je n'en sais rien. Je sais juste ce que me dit Semprun, et pourquoi ne lui ferais-je pas confiance ? Je me dis que ce moment où il a accompagné Halbwachs dans la mort, ce moment-là accompagne toujours Semprun dans la vie, et l'accompagnera jusqu'à sa mort. S'il n'avait pas eu en lui la force de faire jaillir de lui le poème de Baudelaire pour s'élever au-dessus de la pestilence des excréments où baignait le mourant, il n'y aurait pas eu ce sourire d'Halbwachs, ce mince frémissement, ce presque rien qui peut être tout, aussi proche de l'insaisissable que le passage fugace du poème. Il n'y aurait pas eu cette prescience, fragile comme le sourire d'Halbwachs, que l'indestructible était bien là, présence cachée (cachée dans la pestilence, les excréments et tout le reste), et pourtant quasi tangible et partagée. Et si Semprun peut parler de partage, c'est parce que, ayant soutenu Halbwachs, Halbwachs doit l'avoir dès lors soutenu dans cette veille si petite, et jusqu'aujourd'hui encore le soutient. Et je suppose, et tant pis pour cette traduction de l'à peine dicible en termes banals, je suppose et j'espère (toujours envers et contre tout) que Semprun veut dire que, aujourd'hui encore, le sourire fraternel d'Halbwachs devrait nous soutenir tous, nous qui en sommes les confidents.

Mais enfin quand même, il faut que je le dise aussi et, je sais, oui, je n'en ai pas le droit peut-être, mais enfin quand même, depuis que j'ai lu ces lignes de Semprun, trois ans déjà, je m'interroge et je me répète : n'est-ce pas trop beau ? Non que je doute de son récit. Ou du moins je ne doute pas de ce qui fonde ce récit, de ce qui lui donne son sens, même si j'ai quelques raisons de douter de sa stricte véracité en tant que témoignage consigné comme le serait un procès-verbal – mais j'accorde à Semprun de se donner le droit d'affirmer, comme il l'a fait : « À quoi bon écrire des livres si on n'invente pas la vérité ? Ou encore mieux, la vraisemblance ? » Non, mon interrogation n'est pas là. Elle est : et les autres ? Tous les autres ?

Tous les autres, innombrables, qui ont agonisé, brièvement ou interminablement, comme mon père : quelqu'un est-il venu, à la veille de leur mort, leur dire les mots qui ont pu faire encore naître chez eux quelque chose comme le sourire fraternel, comme la confiance d'Halbwachs ? Parce qu'enfin nous voyons bien, nous les lecteurs, Semprun penché fraternellement sur Halbwachs, nous voyons bien le sourire fraternel d'Halbwachs, nous entendons bien les vers de Baudelaire, et peut-être, en tendant l'oreille, le souffle d'Halbwachs. Mais moi, qui vois cela, je ne distingue rien d'autre, sinon une forme vague, couchée au côté d'Halbwachs, qui doit voir et entendre aussi, mais dont je ne sais si elle voit et entend aussi, ombre dans le récit et seulement ombre, et dont nul ne m'a dit ni ne me dira jamais s'il a eu, lui aussi, un sourire fraternel.

Étrange : dans son récit, Semprun dit bien, d'abord, qu'il allait voir « Halbwachs et Maspero ». Et puis, quelques pages plus loin, il n'est plus question que d'Halbwachs. Compréhensible, d'ailleurs. Semprun, outre qu'il était l'ami de son fils, avait, je crois, suivi ses cours de sociologie, cela avait dû créer des liens antérieurs entre l'étudiant de vingt ans doué et son professeur. Maspero, lui, est cité parce qu'il est là, gisant à côté. Puis il s'évanouit du récit, comme il s'évanouira plus tard par la cheminée du crématoire. Peut-être, d'ailleurs, au moment où intervient Baudelaire, cela est-il déjà fait.

Et donc j'ignore si quelqu'un est venu, avant ou ensuite, partager une fraternité comme celle-là avec mon père agonisant. Je ne sais d'ailleurs pas non plus si, après le départ de Semprun, mon père a veillé sur Halbwachs, ou si c'est Halbwachs qui, mourant le dernier des deux, a veillé sur lui. D'ailleurs veillaient-ils l'un sur l'autre ? Le partage du châlit, de sa pourriture obligée, c'est aussi le pire.

Je ne sais pas, mais je pense que mon père, cette ombre du récit de Semprun, est mort seul. Comme des millions d'autres.

Quand il était au secret à Fresnes, il cherchait dans sa mémoire des vers de l'*Iliade* pour les écrire sur les murs de sa cellule – ma mère, elle, c'étaient des versets de l'Évangile. Mais au camp, passé les premiers mois, sa mémoire fut-elle encore capable de ce recours-là, s'il voulut l'exercer, à la fin, dans la solitude de l'immense mouroir, plus définitive que celle du cachot ?

*

Et puis à quelle vision, à quoi, à qui, Halbwachs a-t-il souri ? À ce passage impalpable des vers de Baudelaire ? À la tendresse du jeune homme qui se penche sur lui, et dont il doit espérer qu'il lui survivra ? Mais il y a encore quelque chose qui a disparu dans le récit de

Semprun, et qui était dans les précédents récits de ses visites à Halbwachs publiés au fil des ans : Semprun n'y allait pas seul. Un camarade, au moins, devait l'accompagner – ou Semprun devait accompagner, au moins, un camarade – et ce dernier était Pierre, le fils d'Halbwachs, qui était aussi au camp. La vision, la présence de l'enfant aimé, n'ont-ils pas plus de force que le plus beau poème du monde ?

Et enfin, voilà qui nous empêchera tous, nous qui continuons à y croire, de dormir du sommeil des justes : le plus beau poème du monde, qu'est-ce que cela veut dire, tout bien pesé ? L'officier SS, après avoir accompli sa tâche quotidienne dans le camp – avoir fait courir sous les coups un détenu défaillant jusqu'à ce que mort s'ensuive, par exemple –, pouvait très bien rentrer chez lui le soir, chausser ses pantoufles, prendre ses bambins sur les genoux et se purifier l'âme en leur lisant *Ondine*. Et sourire à cette vue du bonheur.

*

Buchenwald était un camp de la mort. On me dira qu'il n'y avait pas de chambre à gaz à Buchenwald (encore que, à partir de 1941, treize mille détenus aient été expédiés vers les chambres à gaz construites ailleurs). L'un des premiers camps, ouvert par le IIIᵉ Reich en 1937 pour y interner des politiques, judicieusement mêlés à des droits communs qui y firent longtemps la loi seuls, ce fut d'abord un camp de travail punitif. Dès ce moment, circulait chez les détenus le dicton qu'on n'en sortait que *durch den Kamin*, par la cheminée. Et le moyen le moins aléatoire de survivre était de participer à la hiérarchie interne instaurée par les SS – les kapos – ou de faire partie de l'organisation clandestine instaurée par les caïds des droits communs.

Les deux, d'ailleurs, se recoupant, chaque partie trouvant son avantage dans cette complicité de fait, dans cette « zone grise », comme l'a appelée Primo Levi. Ce n'est qu'à la longue, et au prix de quelles luttes souvent à mort, que les politiques ont réussi à doubler, voire remplacer, ces caïds. Puis le camp s'est divisé avec la création de Dora. Buchenwald est devenu un centre de passage qui redistribuait la main-d'œuvre vers une centaine de *Kommandos*. 240 000 détenus sont passés par Buchenwald, 50 000 en sont sortis par la cheminée. Cela ne veut pas dire pour autant qu'il y est mort 50 000 détenus sur 240 000 : à la libération du camp, il en restait environ 40 000. Les autres avaient transité et, pour une part, étaient morts ailleurs. Ainsi un survivant note-t-il que, sur un « transport » de 1 500 détenus qu'il a vus partir en 1944 pour Dora, seuls 119 ont survécu. À Dora, on fabriquait les fusées V1 et V2 mises au point par von Braun, et le secret de cette fabrication impliquait qu'il ne pouvait y avoir de survivants parmi les esclaves. Ne restaient donc à Buchenwald même que les forçats employés à des travaux qui dépendaient directement du camp (les Carrières, l'Optique), les employés aux tâches internes (kapos, chefs de blocks, détenus participants à l'administration, les plus hauts dans la hiérarchie étant qualifiés de *Prominenten*, et les autres affectés à l'Arbeitsstatistik, à la soupe ou au fonctionnement des crématoires), et enfin les inutilisables, les invalides, tous ceux qui en étaient arrivés au dernier stade du délabrement physique, à l'état de cadavres ambulants, que leur résignation faisait appeler les *Muselmänner*, les musulmans. C'est pour ceux-là, dont le nombre croissait constamment, dont débordait le Petit Camp où on les entassait, qu'avait été programmée l'installation de la chambre à gaz, destinée à *assainir* une situation devenant incontrôlable – comme cela avait été fait ailleurs, dans les autres camps politiques, Ravensbrück pour les femmes, par exemple.

Il est donc légitime de qualifier Buchenwald de camp de la mort. « On les mettra dans la boue et ils deviendront boue », avait dit Himmler. Le déporté y entrait pour que sa force de travail y soit exploitée jusqu'à usure définitive, puis agonisait – s'il n'était pas abattu avant par un SS exaspéré par son inefficacité (ou par simple caprice), ou écrasé à coups de pierres ou de bottes – et finissait aux crématoires, avant que, dans les derniers mois, ceux-ci ne soient débordés.

Ce qui différencie d'abord les camps politiques – Buchenwald, Dachau ou Ravensbrück – des lieux d'extermination proprement dits où a été mis en œuvre ce qu'on appelle aujourd'hui l'Holocauste, ou la Shoah – Auschwitz-Birkenau, Treblinka ou Sobibor –, c'est que, dans les seconds, étaient envoyées des victimes innocentes et, dans les premiers, étaient enfermés, en majorité, des combattants volontaires. Le terme même de « déporté résistant » exclut la notion de victime. Se battre contre le nazisme, ce fut se battre contre les camps de la mort, qui en étaient la pire incarnation. En connaissance de cause. En sachant que le camp et la mort pouvaient être au bout du combat. Je n'ai jamais considéré mon père comme une victime. Ni d'ailleurs comme un héros. Mais comme un homme ordinaire suffisamment conséquent avec lui-même pour agir comme il estimait que devait agir tout homme ordinaire. *A fortiori*, n'étant pas le fils d'une victime, je ne me suis jamais pris moi-même, si peu que ce fût, pour une victime.

Différence qui se traduit par l'existence, dans les seuls lieux d'extermination, de la « rampe ». Dans les deux cas, la grande masse des déportés arrivait dans les mêmes wagons, avec la même proportion de morts durant le voyage, de fous, de malades. Mais à Auschwitz, les SS faisaient immédiatement la sélection sur la rampe. Les inutiles – vieux, femmes, enfants, inaptes physiques – étaient, dans les heures qui suivaient leur arrivée, assassinés dans les chambres à gaz. C'est donc à juste titre que Claude Lanzmann montre, dans *Shoah*, qu'Auschwitz-Birkenau et les autres lieux d'extermination n'étaient pas des « camps », puisque l'on n'y séjournait pas : quelques heures à peine de transit vers l'assassinat. Les autres, les valides, étaient répartis, en esclavage, dans les camps de travail voisins, et là le processus était le même qu'à Buchenwald. La mort était au bout du travail, une sélection *naturelle* en quelque sorte, par la fatigue et la faim et les coups, rendue seulement plus expéditive à Auschwitz pour ceux à qui, un temps, la sélection avait réservé la condition d'esclave, parce que mieux organisée, aidée par le recours aux chambres à gaz voisines, qui permettait d'éliminer sans traîner les corps vivants qui n'étaient plus rentables. Ainsi, juifs ou tziganes, déportés en tant que tels, Halbwachs et mon père, trop vieux, auraient été exterminés le jour de leur arrivée. Semprun, jeune, aurait eu un sursis, il aurait peut-être été parmi les rares survivants – comme Primo Levi, qui avait son âge.

Une autre différence entre les lieux d'extermination et les camps de la mort, et Claude Lanzmann n'a cessé depuis *Shoah* de la marteler, c'est que, de ce qui s'est passé dans la chambre à gaz, il n'y a pas de témoins. Nul n'en est jamais ressorti pour nous dire que, dans les ultimes instants, quelqu'un y a récité la Bible – ou des vers de Baudelaire. On a écrit des livres et tourné des films pour nous raconter cela, pour nous faire entendre le Kadish qui s'élève au moment où est refermée la porte, mais tous participent des mêmes bonnes intentions de leurs auteurs et c'est tout.

Y a-t-il des témoins de la mort de mon père ? Oui, si l'on entend par ce mot des personnes qui ont pu attester qu'il était bien mort, encore que les témoignages varient sur la date : 15 mars, ou 17 mars 1945, ou plus tard ? Il a bien fallu trancher au jugé, quand on a eu besoin de certificats, pour que l'acte de décès soit dûment enregistré par l'état civil français – ce qui ne fut fait, prudence administrative oblige, qu'à la fin de 1945… Certains l'ont vu agoniser. Quelqu'un a rapporté à ma mère qu'il était mort chrétiennement, mais allez savoir s'il n'a pas seulement voulu avoir pour elle quelques pieuses paroles de consolation.

*

Les premières années, j'avais une vision atroce mais globale de son agonie. Assez stéréotypée en somme. Nourrie de visions répétitives : l'appel dans le froid où l'on traînait les agonisants et durant lequel les morts devaient rester à leur rang, le vêtement adjugé au hasard et tragiquement insuffisant sur le corps amaigri, la chiourme, l'humiliation de subir la terreur des très jeunes voyous, des kapos, des SS, des chiens. Et, présentes dans les nuits de mon adolescence, la gueule, les flammes et la fumée du crématoire. J'ai fait confiance à *Nuit et Brouillard*, parce que ce film, monté à partir de documents tournés à la libération des camps, en donne l'image des derniers jours, ceux, justement, de la mort de mon père. D'ailleurs ma mère revint bouleversée de la projection – qui avait eu lieu, est-ce un hasard, au musée de l'Homme –, car, autre et contradictoire cauchemar, elle n'avait pu s'empêcher de chercher le corps de mon père dans les amoncellements balayés au bulldozer. Je continue de penser que ce film est le témoignage le plus fidèle, et le moins déclamatoire. Parce qu'il ne donne à voir des camps, aux autres, à nous, à ceux de l'extérieur, que ce qui a pu être visible le jour où cela nous devint visible. Parce qu'il ne cherche pas à reconstituer le fameux « indicible » des morts et des survivants : il montre leurs corps. Il ne se fonde pas sur un discours rétrospectif, il donne le seul immédiat qui ait pu être appréhendé par la caméra et fait confiance au spectateur pour qu'il devienne plus qu'un spectateur, pour qu'il fasse seul la dure remontée du temps. Il dresse le constat de ce qui est, de ce qui reste : l'irrémédiable désastre de notre humanité. Pour moi, les auteurs du film, Alain Resnais et Chris Marker, ont pris le parti le plus honnête, pour eux qui n'avaient pas vécu le camp, celui de ne pas se situer dans une autre perspective que la leur, témoins extérieurs, de ne pas voler leur parole aux morts, de ne pas inventer ou extrapoler, de ne pas reconstituer. Et le « commentaire » de Jean Cayrol, lui, au contraire, parce qu'il est celui d'un rescapé, ne commente pas, il arrive à travers les images, de derrière les images, comme s'il venait directement de l'intérieur du camp, parole nue jaillie d'entre les miradors, les barbelés et les baraques.

Étrangement, plus je me suis éloigné dans le temps, plus mon souci de voir clairement ce qu'a été la vie de mon père au camp s'est précisé. Peut-être parce que j'ai aujourd'hui dépassé l'âge qu'il avait alors, je me pose sans cesse des questions de plus en plus nettes, qu'une pudeur protectrice, une volonté inconsciente de ne pas me laisser hanter par l'insoutenable qui m'eût empêché de vivre, m'avaient fait éluder. La douleur, par exemple. Mon père souffrait déjà, en partant, de plaies d'avitaminose, dues probablement au fait que, durant les deux ans qu'il avait vécus seul à Paris – nous n'y sommes revenus près de lui qu'en janvier 1943 –, qui furent la période de travail la plus intense de sa vie, il avait dû s'alimenter fort mal, récalcitrant en outre au marché noir. Au camp, il avait été envahi d'énormes anthrax. Mon père a-t-il pleuré, parfois, souvent, ou jamais, dans la solitude du froid et de la souffrance ? Et la lancinante question de la merde : il « croupissait », écrit Semprun. Quels efforts a-t-il dû faire pour aller aux latrines, à partir de quand n'a-t-il plus pu y aller, combien de temps a-t-il encore « croupi », vidé par la dysenterie ? C'est seulement aujourd'hui que j'essaye de m'imaginer à sa place, tant par les plus infimes détails du quotidien que dans ce qui reste de mon corps pourri, criblé d'escarres, baignant dans ma merde, objet de répulsion pour moi-même et pour les autres. J'essaye : sans y parvenir, sauf par brèves fulgurances.

Quelle que soit leur compassion pour leurs camarades morts, beaucoup de déportés politiques survivants n'ont guère cherché à comprendre, en tout cas dans leurs manifestations publiques ou écrites, le deuil des enfants de leurs camarades morts. S'ils avaient perdu leurs camarades, nous, nous avions perdu nos proches, et d'une certaine manière nous avions tout perdu. Ils pouvaient réapprendre à vivre, nous n'avions pas même eu le temps d'apprendre. Ils avaient vécu le camp comme une atroce parenthèse – jamais, pour beaucoup, il est vrai, entièrement refermée. Pour nous, qui ne l'avions pas connu, c'était un trou noir, un néant qui s'était à jamais ouvert au début de notre vie. De même, ils ont tenu à l'écart les survivants des camps d'extermination directe, ceux qu'ils appelaient les « déportés raciaux », et leurs familles. Nous avons été, majoritairement, nous la génération des enfants des morts dans les camps, longtemps silencieux. Nous n'avions pas souffert dans notre chair, de quoi pouvions-nous témoigner ? De nos états d'âme ? De notre certitude intime mais incommunicable d'être aussi, à notre manière, des survivants, certitude teintée de mauvaise conscience, voire de culpabilité encore plus incommunicables – comme si ce n'étaient pas les nôtres qui, par leur mort, nous avaient laissés, mais nous, par notre survie, qui les avions abandonnés ?

Il a fallu Serge Klarsfeld pour qu'au nom des enfants des exterminés juifs, et en leur nom seulement (juste retour des choses), ce silence soit rompu. Nous n'en parlions jamais aux autres, du même âge que nous, qui n'en avaient rien à foutre dans leur train-train de l'après-guerre. Nous n'en parlions même pas entre nous. Car nous ne nous connaissions même pas entre nous. Je ne me souviens pas que, dans mes années d'amitié avec Georges Perec, nous ayons abordé le sujet. Et ce n'est pas tant Perec lui-même que les spécialistes de la glose perequienne qui ont mis au jour le sens de *La Disparition*. C'était parfois après des dizaines d'années que deux vieux camarades pouvaient se découvrir avec étonnement, et quelle émotion, une mémoire commune : « Alors toi aussi, tu es allé attendre pendant des jours devant l'hôtel Lutétia ? » (Le Lutétia servait de centre d'accueil et de tri aux déportés libérés.) Oui, nous avons morflé en silence. À supposer qu'Anne Frank eût échappé à la rafle, seule de sa famille, eût-elle publié son journal ?

Les contemporains de nos morts nous les ont confisqués. Nous nous sommes tus. Comme vaguement honteux de n'être que leurs enfants. Les enfants bien élevés ne parlent pas à table, et il faut croire que nos pères nous avaient bien élevés. Ensuite, ce fut à la génération qui a suivi la nôtre de prendre ou parfois s'arroger la parole : notre parole, ainsi doublement confisquée. Discours pathétiques ou analyses subtiles, thèses, doctes et émouvantes dissertations sur le « face à l'extrême », avec, pourquoi s'en priver, arrogante distribution de bons et de mauvais points. Je ne m'y reconnais pas davantage.

Dans tout cela, ma sauvegarde a été l'amitié de survivants qui ne faisaient pas profession de l'être. Il y a eu d'abord les femmes, les camarades de ma mère. J'ai dit que je me reconnaissais, dans « les plus dignes », une autre famille. Ces femmes étaient, sont toujours les plus dignes. Et je sais que, pour ma mère qui fut justement auprès des plus jeunes cette « tante Hélène » dont j'ai parlé, elles ont été aussi une autre famille : la seule solidaire, car sa vraie famille, malgré toute sa bonne volonté, ne fut pas solidaire (j'ai raconté dans un livre la réaction de ma grand-mère maternelle aux premiers récits de ma mère : « Nous aussi, nous avons beaucoup souffert : nous avons manqué d'huile tout l'hiver »). Les femmes ne la ramenaient pas. Elles ne se barricadaient pas dans des associations rivales. Elles mettaient leur passé au service du présent. Beaucoup devinrent visiteuses de prisons. Geneviève de Gaulle vécut pour ATD-Quart Monde. Germaine Tillion partagea et partage toujours la détresse algérienne. J'ai connu auprès d'elles, dans des chalets de Suisse ou de Forêt-Noire, un foyer d'autant plus chaleureux que je n'en ai pas vraiment eu d'autre après la destruction de la cellule familiale. Et, en leur compagnie, les disparues n'étaient pas que des ombres. Elles vivaient avec nous, je les connaissais aussi bien que l'on connaît, enfant, les cousines ou les tantes trop vite parties, dont le sourire familier sur les photos occupe la chambre des parents et dont le regard continue de veiller sur l'existence des leurs : Nanouk qui, tombée d'épuisement, mourut dans la neige, de la balle d'un SS, au moment de l'évacuation du camp ; la mère de Koury qu'elle ne put sauver deux fois de la chambre à gaz ; la petite Grecque de Salonique qui partagea la paillasse de ma mère ; les jeunes parachutistes anglaises pendues, et les « petits lapins » de Ravensbrück, victimes des expériences médicales des vivisecteurs.

Il y eut aussi des hommes qui avaient pour parler du camp ce ton de dérision et d'ironie dont on dit que c'est la forme polie du désespoir. Ils n'en faisaient pas un plat. Ils vivaient avec et consentaient à nous faire vivre avec. Avec quoi ? Avec la mort rencontrée et vécue, qui ne les quittait pas et dont ils s'accommodaient en se moquant d'elle. Armand Henneuse, l'artilleur belge éditeur de poésie, qui m'apprit tant de choses sur le métier (d'éditeur, pas d'artilleur) et qui racontait, avec de petits gloussements de poule, la pendaison de camarades aux accents d'un orchestre en uniforme de cirque, tout en nous cuisinant une omelette, car, prétendait-il, lui seul savait la faire baveuse à souhait. Ce fut lui qui m'enseigna que la peur était respectable, et que je devais respecter ceux qui avaient vécu avec la peur au ventre. Georges Haupt, le Juif hongrois de Roumanie qui avait fait ses études à Léningrad et enseignait à Paris l'histoire de l'Internationale communiste après avoir fui Bucarest et le stalinisme, qui masquait une angoisse permanente sous un déluge de mots dans un français approximatif (on ne savait jamais, en sortant d'une de ces discussions en spirale, qui étaient finalement les « exploiteurs » et les « exploités »), et qui mourut d'un arrêt du cœur dans l'aéroport de Fiumicino, c'est-à-dire comme il avait vécu, en transit. Robert Fawtier, historien entre autres de Catherine de Sienne, qui riait, lui aussi, en racontant qu'au camp il avait reçu en partage une veste de Monsieur Loyal à brandebourgs trop courte. Mes inaptitudes scolaires le consternaient, il aurait tant voulu me mettre un peu de plomb dans la cervelle, mais il sembla trouver naturel et même amusant de venir témoigner au tribunal correctionnel devant lequel je comparaissais pour « outrage aux mœurs ». Ce jour-là, il a consenti à dire que, tout compte fait, j'étais un brave garçon, ce qui n'a pas empêché ma condamnation mais m'a donné du courage pour la suite. Ceux-là m'ont appris à vivre en bonne intelligence avec cette compagnie constante, rongeante, de la mort qui, domestiquée, donne un sentiment étrange de légèreté et parfois même d'irréalité.

Car c'est finalement de cela qu'il s'agit. Tout homme est, je l'ai appris en classe de philo, un être-pour-la-mort. Mais, même énoncée par Heidegger, cette formule reste ce qu'elle est, un aphorisme. Je sais aussi que l'un des mystères de notre vie est qu'il ne nous est jamais donné de savoir exactement si les autres ont, au même degré que l'on peut l'avoir soi-même, le sens de la mort au cœur du quotidien. Je suppose que, tôt ou tard, chacun rencontre soudain le visage de sa propre mort, sans que je sache s'il parvient à le chasser ou s'il apprend à vivre désormais avec la conscience de sa promiscuité. Mais c'est justement dans ce tôt ou tard que réside l'inconnue. Pour moi, cette première rencontre se fit quand je n'avais pas treize ans. Elle a été brève et décisive. Elle a duré l'instant où le regard de l'homme de la Gestapo s'est appesanti sur moi, en réponse à la question de ma mère : « Et lui ? » Il a paru hésiter. La loi sur les otages englobait en principe toute la famille. À tort ou à raison, je suis resté convaincu que ma survie avait été suspendue à ce regard. Il a haussé les épaules. J'ai survécu. Après son retour, ma mère me disait parfois : « Il y avait des enfants au camp. » Puis, comme le répétait la tante : la vie a continué. Ce regard-là, le regard de la mort (ce regard qui m'a laissé la vie et où il y avait la mort et rien d'autre que la mort), n'a jamais quitté l'enfant que, comme d'autres, je suis toujours resté.

*

Ce chapitre aurait dû s'arrêter ici. Plus d'un an pour l'écrire et le réécrire : terminé, bouclé, il était temps de passer au suivant. Ce que j'ai fait. Et ensuite, après y avoir mis ce que je supposais être le point final, plus d'un an encore s'est écoulé.

Et puis en ce mois de février 2001 j'ai reçu une lettre d'un éditeur.

> Monsieur,
> J'ai l'intention d'éditer un « cahier-souvenirs » réalisé sur place par un déporté à Buchenwald. Celui-ci a demandé à ses camarades (une soixantaine) d'écrire quelques mots dans son cahier. Un de ceux-ci était votre père, Monsieur Henri Maspero. Vous trouverez ci-joint la reproduction de son texte…

Le texte, joint en photocopie, sur laquelle l'écriture au crayon était difficilement déchiffrable, était le suivant :

> F
> 77489
> Un cauchemar, mais un cauchemar dont nous ne sommes pas encore éveillés et où une fantaisie sadique continue à se donner libre carrière, telle est mon impression la plus ordinaire de Buchenwald : souffrances, mais non sans quelque irréalité. Mais bientôt le réveil viendra, le bagne ouvrira ses portes. Nous qui aurons survécu parfois autant par chance que par force de caractère, aurons-nous encore un souvenir pour les camarades restés sur la route, la longue voie douloureuse, parfois amis anciens, plus

souvent amis de quelques mois (mais amis éprouvés à un tel feu qu'ils semblent avoir été amis de la vie entière), plus souvent encore inconnus, mais tous un moment amis dans la même foi avant, dans les mêmes souffrances après ? Un recueil comme le vôtre, il faudrait que chacun en eût un, au moins dans la mémoire, dont nous feuilletterions les pages de temps en temps, au moins aux anniversaires de ces tristes fêtes ici passées ensemble, Toussaint, Noël, Jour de l'an… en l'honneur de ceux qui n'auront pas vu la libération, tous ces malheureux disparus trop tôt dont nous aurons, hélas, le temps d'être encore…
Henri Maspero
K L B
45 rue Scheffer, Paris, XVI
19 janvier 1945

La lettre F (*Franzose*), en tête, est inscrite dans un triangle colorié en rouge, désignant les politiques. *KLB*, à la fin, c'est pour : *Konzentrationslager Buchenwald*.

Cinquante-six ans après, le temps d'une vie d'homme, voici que m'arrivait le seul message de mon père écrit au camp. Ses dernières paroles retrouvées. Datées, par un étrange hasard, du jour de mon anniversaire. Renseignements pris, le « cahier-souvenirs » a été constitué par un déporté, toujours vivant au moment où j'écris, en faisant appel à des camarades du block où il dormait (le block 26 du Grand Camp) et de l'atelier où il travaillait à ce moment-là : la *Strumpfstopferei*, autrement dit le raccommodage des chaussettes. Il m'a semblé impossible, tout d'abord, que ces pages soient restées inconnues, occultées, enterrées par celui qui les avaient recueillies. Qu'au retour du camp, leur détenteur ne les ait pas, au moins, communiquées aux familles de ceux qui n'étaient pas revenus. Pas fait connaître ces lignes de mon père à ma mère, elle-même de retour de son camp. C'était simple, il avait l'adresse. Dans de tels cas, lorsqu'une lettre arrive avec un demi-siècle de retard à son destinataire ou aux descendants de son destinataire, on fait de jolis articles sur les fantaisies et les miracles de la poste. Mais là, il ne s'agissait pas d'une administration anonyme, il s'agissait d'un homme bien vivant, dépositaire de sortes de testaments, et qui avait agi comme le facteur indélicat qui garde pour lui la lettre tant espérée.

J'ai donc commencé par supposer que ma mère avait reçu et lu le message en son temps, qu'elle ne m'en avait pas parlé, ce qui était étrange, pour ne pas dire impossible, ou que j'avais oublié, ce qui l'était aussi. Mais la mémoire n'en est pas à un piège près. Il fallait tenter de vérifier.

Ma mère avait exercé le métier de documentaliste. Elle a conservé tout ce qui concerne la vie de son mari au camp dans un dossier parfaitement classé. Il est mince. Les papiers officiels établissant sa mort et ses états de service dans la résistance. Quelques lettres de camarades qui l'ont connu à Buchenwald. Une lettre au crayon, sur formulaire spécial du camp, adressée par mon père à ma mère et portant la mention *Zurück an Absender!* : retour à l'expéditeur. Trois cartes, encore, reçues au camp. Et deux feuilles presque décomposées, également recueillies sur son corps (par qui ?) avant l'envoi au crématoire. Ce sont des formulaires de l'Arbeitsstatistik, l'un au format 21×27, l'autre ne faisant que la moitié, au dos desquels mon père, de son écriture microscopique, a établi au crayon, dès son arrivée, un calendrier. Il a tracé huit colonnes, une par mois, d'août 1944 à mars 1945. En face de chaque jour, des mots, dont quelques-uns sont restés indéchiffrables. La lettre à ma mère et ce calendrier sont tout ce qui est écrit de la main de mon père, tout ce qui, de lui, n'a pas été avalé par le crématoire.

Il n'y avait pas de trace, pas de mention, dans le dossier conservé, du texte du « cahier-souvenirs ».

Pourquoi ? Comment ? Dans les jours qui ont suivi la révélation de ce message de mon père, je me suis construit une réponse qui me semblait satisfaisante – et pour moi, et surtout pour son détenteur. J'ai imaginé le retour, l'impossibilité de parler de l'épreuve, le repli sur soi-même, la volonté de ne plus jamais évoquer d'incommunicables souffrances. Il n'aurait pas été le seul à avoir voulu se refermer, rester muet, sur l'indicible. Et puis, après tant d'années, l'épouse aurait découvert le cahier et décidé qu'il ne pouvait rester plus avant dans un tiroir. Grâce devait lui en être rendue, même si c'était, peut-être, une trahison de ce que son mari avait décidé d'enfouir au plus intime de son être.

Après tout, il en est aussi qui ont connu le camp et qui toute leur vie ont refusé d'en parler alors même que toute leur vie en est restée marquée, et ceux-là ont agi toute leur vie comme si la mémoire du camp gardée pour eux seuls leur imposait une dignité dont ils n'avaient à rendre compte qu'à leur seule conscience. Celui qui fut mon beau-père, Janusz Zarzycki, qui, résistant, a connu Buchenwald et fut le plus jeune général de l'armée de son pays, ne m'a pas parlé du camp. Ce non-dit, ce silence respecté de part et d'autre était signe, au moins sur ce point, d'une entente qui se passait de mots. Quand il a lu mon premier livre, où j'évoquais le camp, il m'a écrit de Varsovie pour me dire qu'il avait aimé ce que j'avais écrit. Cette longue lettre m'a suffi. Non, il ne parlait pas du camp, mais je sais que, « Juste parmi les nations », un arbre commémore au jardin de Yad Vashem le souvenir de ce parfait cavalier polonais, et que sa vie a été fidèle à cette justice-là.

Mais, informations prises, non, ce n'était pas du tout ça. J'ai appris que l'homme ne s'était nullement refermé sur lui-même, sur une douleur et un cauchemar incommunicables. L'homme avait tout de suite revendiqué haut et fort son statut de déporté. N'ayant pu, pour d'obscures raisons, se faire reconnaître celui de « déporté résistant », il avait fondé sa propre association, qui n'avait duré qu'un temps. Loin de garder inconnu son « cahier-souvenirs », il l'avait exhibé : en tout cas devant d'autres survivants, dont l'un était devenu ministre. Loin d'enfouir le passé dans le silence, il avait tenté de cultiver les relations nouées au camp pour les besoins de sa vie professionnelle de journaliste. Il avait eu l'intention de publier le cahier. Il n'avait pas trouvé d'éditeur, à cette époque. Il n'avait aucun motif, en revanche, de se soucier de ma mère, de moi ni, je suppose, d'autres dans notre cas, et d'évoquer pour eux *les malheureux disparus trop tôt*. C'était aussi simple, aussi minable que ça. Je n'y avais pas pensé.

*

Pourquoi, ces dernières années, ne revenais-je plus jamais au dossier légué par ma mère ? Je l'avais maintes fois lu, jadis. Peut-être croyais-je ne plus rien avoir à en apprendre, et en garder une mémoire indélébile. Et puis, plus récents, les récits de témoins étaient venus se surajouter : mon père « croupissant » avec Halbwachs au Petit Camp, « boulevard des invalides », en décembre 1944, irrémédiablement résigné – « Je suis un vieil homme, je dois partir… » – à l'immobilité et à la mort du « musulman ».

Mais maintenant, les paroles retrouvées me disent autre chose. Le 19 janvier 1945, mon père ne « croupit » pas en attendant la mort au Petit Camp, mais il travaille au Grand Camp dans un atelier, la *Strumpfstopferei*. Il n'est pas résigné au point de dire « moi, je dois partir », mais il écrit : « Nous qui aurons survécu… » Il a eu, il a, il aura encore des camarades : « amis éprouvés à un tel feu qu'ils semblent avoir été amis de la vie entière ».

Faux témoignages ? Témoins faillibles, plutôt. Qui n'ont pas une « mémoire de bronze », mais – et Jorge Semprun l'a bien écrit dans *L'Évanouissement* – « de la neige dans la mémoire ». Neige cruelle.

De toute manière, le propos de Jorge Semprun – comme celui de Primo Levi – n'a pas été d'apporter un de ces témoignages qui veulent avoir la précision d'un procès-verbal. Ceux-là, si sincères soient-ils, et si minutieusement près des faits, jamais ne communiqueront ce qui, par essence, est incommunicable. La question n'est pas que le témoin ait, ou pas, une « mémoire de bronze ». La question est que le lecteur, toujours extérieur, n'a pas été et ne sera jamais présent au camp. Si, par l'écriture – l'écriture littéraire –, quelque chose, même infime, peut passer de la vie du camp et de son odeur de mort – l'odeur à chaque instant prégnante du crématoire –, de la vie et de la mort étroitement mêlées au camp, cela compense mille fois telle ou telle imprécision factuelle. Qu'importe alors l'effet de la neige dans la mémoire ? Cette neige-là fait partie du camp, elle colle à la vie du camp comme l'odeur de mort. Et nous savons que c'est cela que Jorge Semprun – comme Primo Levi – a voulu écrire.

Il est grand temps, en tout cas, de revenir au dossier. Au Calendrier, aux lettres des survivants. À l'itinéraire réel de mon père au camp de Buchenwald.

*

Le Calendrier, d'abord.

Il indique que le convoi est arrivé le 20 août 1944. Qu'après un temps passé jour et nuit à même le sol et en plein air, en quarantaine au Petit Camp, mon père trouve avec Mollard et Mazeaud une paillasse sous une tente. Le 1ᵉʳ septembre, il parvient, avec ceux-ci, à entrer au block 61, infirmerie du Petit Camp : une soupe par jour, sans sel et sans pain. Le 8 septembre (date de la mort de mon frère, mais il le croit sain et sauf, bien qu'il s'inquiète des rumeurs sur l'intensité des combats pour la libération de Paris), il parvient, avec les mêmes, à entrer au block 43 des dysentériques, quoiqu'il ne soit pas malade, évitant ainsi un « transport » en Kommando. Le 4 octobre, il retourne au block 61, où il reste jusqu'au 23 novembre, date à laquelle un médecin SS procède à une révision des invalidités. Le 2 décembre, il est envoyé aux Carrières où il travaille les jours suivants. Le soir du 5 décembre, épuisé, il reçoit la visite de Julien Cain, venu du Grand Camp. Tout montre que c'est l'intervention de ce dernier, lié à l'organisation clandestine, auprès de l'Arbeitsstatistik qui le fait muter au Grand Camp, le 17 décembre, pour travailler à la *Strumpfstopferei* et au dépeçage des chiffons. Soulagé d'abord, il trouve ensuite, malgré la présence d'amis, l'atmosphère odieuse du fait de vieux Russes insupportables, de planqués, Français ou autres, et de jeunes voyous qui font la loi. Le 18 janvier 1945, il obtient le poste convoité (car il dispense de l'appel) de *Lagerdolmetscher*, interprète auxiliaire, qu'il exerce à partir du 4 février, et ici encore apparaît le nom de Julien Cain : « Julien Cain me conduit Dolm. ko. » Le 3 mars, il entre au « Revier » du Grand Camp : « Hospitalisé de force malgré moi op 11 salle 9. » Le 5 mars, il note : « Épuisé, incapable me lever. Suis content pouvoir rester block. Grosse tempête neige. De + en + satisfait être ici. 3 h Vis. Cain, Maz. Kr., etc. »

Les jours suivants : « Diarrhée Diète. » Puis, le 11 mars, juste deux lettres : « D. D. » Après, les jours restent blancs. À la date du 23 mars, il a écrit à l'avance, en lettres capitales : « PRINTEMPS ». Pour l'état civil, je l'ai dit, il est mort le 17 mars. Le médecin français du Revier à qui a été demandé plus tard l'indispensable certificat de décès est moins affirmatif dans une lettre à ma mère écrite à son retour : « Il m'est difficile de vous préciser la date d'une façon absolument certaine. J'indiquerai le 15 mars, comme on vous l'a dit au Ministère. J'avais cependant l'impression que la mort de votre mari avait été plus proche de la libération du camp qui a eu lieu le 11 avril. »

Mon père a noté régulièrement les noms de ceux avec qui il a partagé son châlit, de ses voisins, et les visites ou rencontres importantes. Je ne trouve le nom d'Halbwachs que deux fois. Il figure dans la liste des conférences qui ont pu être organisées au début, dans le block 43 du Petit Camp, puis encore dans le block 61, jusque fin novembre 1944. Halbwachs est donc présent, mais il n'est pas compagnon de châlit, sauf peut-être pour une durée insignifiante, car voisinent alors avec mon père Bailloud, Mollard, Mazeaud. Le 23 novembre, jour de la révision des invalidités, il note : « Départ Halbwachs pour… » Donc, à partir de la fin de novembre, Halbwachs n'est plus au Petit Camp. De toute manière, j'avais déjà été frappé par l'imprécision de la date à laquelle Jorge Semprun situe la scène du poème de Baudelaire : dans *L'Écriture ou la vie*, il indique que cela se passait lors d'une des visites qu'il faisait « à Halbwachs et Maspero », « tous les après-midi de dimanche de ce printemps-là, en 1944, après l'appel de midi », et plus loin il parle du « printemps finissant ». Or Halbwachs et Maspero ne sont arrivés qu'en août 1944 et Maspero est mort en mars 1945 sans avoir vu le début du printemps. Puis, dans *Le Mort qu'il faut*, il place sa visite en décembre 1944. Où et quand, en fin de compte, Jorge Semprun a-t-il vu, gisant sur le même châlit, Halbwachs et Maspero, et « de semaine en semaine, se lever, s'épanouir dans leurs yeux, l'aurore noire de la mort » ? Pas au block 56 du Petit Camp, pas de semaine en semaine, pas au printemps finissant ni en décembre. Au Revier peut-être, dans cette unique longue semaine de mars où mon père a réellement agonisé ? Oui, neige dans la mémoire.

Au recto de la feuille du Calendrier, mon père a trouvé un blanc pour dresser la liste des conférences données au Petit Camp :

> Ordre des conférences. Bloc 43. Samedi 23 [septembre] Moi : Pèlerinages. D. 24, Moi : Bouddhisme. Lu. 25 Bruhat : Discontinuité de la matière. Ma. 26 : Ache : Art du Moyen-âge. Me 27 Moi : Bouddhisme. Je 28 Bruhat : Discontinuité de la matière. Ve 29 Halbwachs : Démographie. Sa 30 moi : Bouddhisme au Tibet. Di 1 oct. : Bruhat : L'atome et la composition de la matière. Lundi 2 Bailloud : Littérature amoureuse du XVIe siècle. Ma 3 Ache : Vie d'une cathédrale. Le 3 départ pour Block 61.
>
> Conf. block 61 : Halbwachs Psychologie du rêve. Ache Art Roman. Moi Roi sorcier. Bruhat Soleil 6 X 44. 7 Ache Art éthique. 26 X Basset Vieilles coutumes de Normandie. 31 X Bailloud Jules Romain. 2 XI [illisible] Bactériophage. 7 XI Tunay Aviculture. 9 XI [illisible] Cuisine française. 14 XI Laval Continuité des espèces. 16 XI Longue interruption. 26 XI Moi : pèlerinages tonkinois (Phat-b'ch et Kiep-bac).

Le 26 novembre, date de sa dernière conférence, se situe trois jours après la visite où, on l'a vu, il a été déclaré bon pour le travail aux Carrières.

En fait, en me référant au Calendrier lui-même, je constate que les conférences ont commencé plus tôt. Il a noté les premières :

> Lu 18 [septembre] Exposé Taoïsme pour Ache (secr.
> gal. Arts et Métiers) seul. un.
> Ma 19 Taoïsme 2
> Me 20   "   3 Premiers auditeurs viennent
> Je 21   "   4
> Ve 22   "   5 quinze auditeurs. nombreuses questions. fatigué.

De ce début solitaire, avec un seul auditeur, je conclus que c'est lui qui a pris l'initiative de ces conférences. De la manière dont il les donnait, j'ai un témoignage écrit, dans la lettre adressée à ma mère par un survivant, Obolensky :

> Je vous avouerai que certains craignaient que le savant ne saurait se mettre au diapason d'un auditoire fatigué et traiterait de sujets trop abstraits pour eux. Pas du tout, le Professeur fit une causerie à la portée de tous, étincelante, brillante et captivante sur sa visite au Roi Sorcier en Indo-Chine et mérita la reconnaissance de tous en nous permettant une heure d'évasion. Plus tard, M. Maspero se procura quelques livres et voulut bien m'en faire profiter ainsi que quelques amis. […] En décembre nous subîmes un nouvel examen médical (vaste et cynique fumisterie). À cause de ma jambe cassée je restai aux « Invalides » mais le Professeur fut reconnu apte au travail et envoyé dans un bloc de travailleurs où il fut astreint à un travail d'autant plus épuisant que notre ration journalière fut diminuée de 60 %.

(J'ai connu plus tard le prince Obolensky, plus familièrement appelé « Obo ». Au retour du camp, n'ayant pas retrouvé sa femme, résistante comme lui, condamnée à mort et décapitée, il est entré dans les ordres et, devenu le patriarche de la cathédrale orthodoxe de la rue Daru, il s'est consacré jusqu'à sa mort à l'enseignement du catéchisme en russe aux centaines de petits enfants parisiens issus de l'émigration. Il était une figure tutélaire pour tous mes amis « russes blancs ». J'avais quarante ans qu'il leur parlait encore de moi comme du « petit François » pour le sort de qui, disait-il, mon père se faisait tant de souci au camp.)

*

Les lettres reçues par ma mère au retour du camp et qu'elle a conservées sont au nombre de six. Peut-être y en eut-il d'autres. Dans ce cas, si celles-là ne figurent pas dans le dossier, c'est qu'elle les a vraiment jugées sans importance. Documentaliste de métier, je l'ai dit, et historienne de formation, je l'imagine mal ne pas tenir compte de la moindre information substantielle. Je sais par ailleurs le soin qu'elle a mis à classer et préserver les moindres documents d'autres archives familiales.

Il y a deux lettres de médecins. Elles ne portent que sur la période finale de l'admission au Revier. On sent le désir de réelle compassion pour une veuve, et le souci de justifier une impuissance à soigner due à l'absence totale de médicaments et de moyens. Le seul traitement qu'ait reçu mon père a été des piqûres de strychnine (quatre, d'après le Calendrier) pour soutenir le cœur qui flanchait. On sent aussi la volonté de rassurer et de consoler qui est de mise dans ces cas-là. « Je puis vous assurer qu'il n'a pas souffert », « il s'est éteint sereinement », etc. Ils ont dû s'appliquer à écrire d'autres lettres du même genre, mais il ne semble pas qu'ils aient eu présent à l'esprit ce fait particulier : contrairement à d'autres destinataires, ma mère avait vécu le camp, elle savait ce dont ils parlaient (ou plutôt ce dont ils ne parlaient pas). L'affirmation qu'il n'a pas souffert est contredite, au moins une fois, par le Calendrier à la date du 3 mars (premier jour de l'hospitalisation) :

Pansement Ope 2 failli me trouver mal 2 fois.

Il faut aussi ajouter, figurant dans le dossier, la carte adressée de Berlin à mon père par un professeur allemand à l'université de Strasbourg, B. Ungebaum. Interné à Buchenwald, il a été libéré à la fin de décembre 1944. Son nom revient à plusieurs reprises dans le Calendrier : il a donc été proche de mon père. C'est lui qui a pu, grâce à son accès à la bibliothèque du camp, lui procurer quelques livres en allemand. Dès son arrivée à Berlin, il a écrit cette carte, recueillie sur le corps de mon père au jour de sa mort. Avec le Calendrier et deux cartes envoyées de Suisse par Paul Demiéville, son élève, ami intime et futur successeur au Collège de France, elle constituait son seul bien personnel. Toute conventionnelle qu'elle soit, par la force de la censure, B. Ungebaum dit à son *Lieber Kollege und Freund* des choses importantes : qu'il s'efforce d'avoir des nouvelles de Frau Maspero, qu'il a écrit à un cousin suisse de mon père, et surtout : *« Ich tue hier für Sie was ich nur kann. Die wissenschaftlichen Kreise beschäftigen sich mit Ihrem Fall »* (Je fais ici pour vous le peu qui est en mon pouvoir. Les milieux scientifiques se préoccupent de votre cas). Démarche courageuse, pour l'un des rares libérés du camp, dans la capitale du Reich. Il avait intérêt, tout au contraire, à se faire oublier. Au recto de la carte est imprimée cette devise dans la langue nationale-socialiste :

> *Der Führer kennt nur Kampf, Arbeit und Sorge.*
> *Wir wollen ihm den Teil abnehmen,*
> *Den wir ihm abnehmen können.**

Les quatre autres lettres adressées à ma mère sont signées de noms qui reviennent fréquemment dans le Calendrier. Deux d'entre elles sont rédigées comme des mémorandums. Ce sont celles de Julien Cain et de Léon Mazeaud (professeur à la faculté de droit). L'importance de ces deux témoignages-là tient au fait que leurs auteurs ont été en liaison avec l'organisation politique clandestine du camp. Leurs récits sont brefs (une page et demie dactylographiée pour Julien Cain, deux pages manuscrites pour Léon Mazeaud) et tentent de suivre un fil chronologique. Celui-ci correspond à peu près au Calendrier, en tenant compte du fait que les rédacteurs n'ont vu mon père que par intermittence (après un long séjour commun des premiers mois au Petit Camp, pour Léon Mazeaud) : il y a donc de compréhensibles chevauchements de dates. De toute évidence, Julien Cain a volontairement cherché, en s'en tenant au plus près des événements, à retenir une émotion plus profonde, qu'il a certainement exprimée de vive voix. Il ne souligne pas qu'il a tout fait, dans la mesure de ses moyens, pour veiller personnellement sur mon père – alors que c'est bien ce qui ressort du Calendrier où Julien Cain apparaît fréquemment pour une intervention positive. Ainsi, parlant du transfert hors du « Kommando des invalides », Julien Cain écrit :

---

* Le Führer ne connaît que combat, travail et souci./Nous voulons lui épargner la part /que nous pouvons lui épargner.

« Pour le faire sortir de ce Kommando, ses camarades l'ont inscrit pour un travail ; il a donc été mis dans un autre block, au raccommodage des chaussettes. Il a ensuite passé au block des interprètes. » Je note qu'il ne fait pas allusion au passage aux Carrières, une omission qui n'est certainement pas involontaire.

Léon Mazeaud, lui, en fait état. Sans cacher la réalité : « Le travail était exténuant. Il fallait soulever des pierres fort lourdes et il était interdit de se mettre à deux pour charger un wagonnet. Les coups n'étaient pas rares. » Il parle en connaissance de cause, puisque lui-même a été affecté aux Carrières en même temps que mon père. Mais il limite la durée : « M. Henri Maspéro n'y est resté qu'un jour. » Or le Calendrier, lui, enregistre cinq jours. Peut-être Léon Mazeaud a-t-il confondu la durée de son propre passage avec celle du passage de mon père. Qui n'a pas entendu parler des Carrières de Buchenwald trouvera peut-être que la différence de quatre jours n'est pas déterminante. Qui sait de quoi il s'agit comprend, au contraire, que c'est une question de vie ou de mort. Marcel Hic, militant trotskiste dans la force de l'âge, a été envoyé aux Carrières dès son arrivée. Il est mort au bout de huit jours. Il est vrai que, pour les communistes placés par l'organisation clandestine du camp à l'Arbeitsstatistik, être fiché comme trotskiste était synonyme de sentence de mort. Je suis convaincu – et ma mère l'était – qu'apprenant soudain que mon père était aux Carrières, Julien Cain et ses camarades ont tout fait pour l'en tirer le plus vite possible. Au nom du principe énoncé (dénoncé ?) par David Rousset : préserver « les meilleurs ».

De la lettre d'Obolensky, j'ai déjà parlé. Elle est sur un autre registre : celui de l'affection. Et cela vaut plus encore pour le récit du colonel Mollard dans sa lettre très longue et circonstanciée. J'y lis l'histoire d'une amitié qui se forme dès le convoi (soixante-quinze par wagon à bestiaux) et s'affirme, de plus en plus étroite, soudée, au fil des mois, jusqu'au départ de mon père pour le Grand Camp. Se soutenant l'un l'autre, ils ont toujours réussi à rester proches, à partager, d'un block à l'autre, le même châlit, la soupe claire, les rutabagas, les vêtements troqués contre de la nourriture. Ils avaient reçu à l'arrivée des loques disparates, en toile, sans chaussures ni chaussettes. En octobre, on les a remplacées par des vêtements tout aussi disparates, à peine plus chauds, et souillés de sang. Mollard a appris par la suite que ces hardes venaient d'Auschwitz. Au fil des jours, ils ont échangé des confidences de plus en plus personnelles. Heureux de se reconnaître, selon la formule de mon père dans son texte, amis dans la même foi avant, dans les mêmes souffrances après.

[Au block 43 du Petit Camp] nous étions mieux à tout point de vue, nous avions trois couchettes pour cinq, la possibilité de s'asseoir sur les couchettes, nous pouvions causer entre nous, nous rendre les uns auprès des autres en l'absence des infirmiers allemands. Enfin c'était une oasis dans le désert que nous traversions. Votre mari fut à l'origine de ces causeries qui se prolongèrent jusqu'à la fin de l'année 1944. C'est là que nous fîmes plus ample connaissance, nous avons causé de longues heures ensemble allongés l'un près de l'autre. J'ai appris votre arrestation et votre déportation, l'activité de votre fils aîné dans la résistance ; j'ai connu votre fils plus jeune dont le sort tracassait son père. J'ai su l'histoire des boîtes de chocolats. Peu à peu nous sommes devenus plus intimes et, à échanger nos états d'âme, nous nous épaulions l'un l'autre. Malgré toutes les fatigues et les privations, je ne l'ai jamais vu abattu.

[De retour au block 61 « déjà surchargé », et « séparés de Mazeaud »] il me disait la douceur de son foyer, ses joies, ses travaux en commun avec vous. Il me parlait de ses parents ; les heures passaient ainsi moins longues et plus douces pour nous deux. Il s'ingéniait à tromper la faim en faisant plusieurs petits repas, il coupait son pain en tranches d'une minceur qui nous amusait, dignes d'un déjeuner oriental. Nous en riions tous deux et quand l'un de nous avait pu se procurer un petit supplément, nous le mettions en commun. Il mangeait dirai-je avec plaisir les rutabagas qu'on nous jetait sur les tables et il ne pouvait s'empêcher de ramasser du bout des doigts les miettes, vieille habitude m'a-t-il confié que vous lui reprochiez. Cher ami, il était bon et charitable.

[…] L'hiver approchait et sa santé était bonne. Il continuait à donner des conférences et à vivre. Hélas, fin novembre, nous dûmes passer la visite médicale devant un médecin SS, je fus éliminé provisoirement du travail en raison d'œdème aux jambes, votre mari fut désigné comme travailleur. C'est ainsi qu'il quitta, quelques jours après, le block 61 pour monter au grand camp dans le même block que Mazeaud. Notre séparation fut très pénible, je perdais le seul ami que j'avais fait au camp. Nous devions nous revoir quelquefois en fraude et trop rarement à mon gré. Me sachant malade il était venu me voir un dimanche, m'apportant un peu de pain et de sucre pour me remonter. Il lui fallut travailler et j'ai été content de le savoir aux chaussettes car il travaillait à l'abri des intempéries. Mais ce travail l'éprouva beaucoup car l'atmosphère de l'atelier était mauvaise. Je l'ai revu peu après son affectation comme interprète auxiliaire, il en était heureux. À plusieurs reprises je suis allé le voir dans son nouveau block, il n'y était pas heureux, mal entouré, perdu au milieu de jeunes égoïstes, il n'avait plus cette vitalité du début. Les privations furent très dures pour lui et je regrettais qu'il ne fût pas resté avec nous dans ce petit camp beaucoup plus inconfortable que le grand mais où nous aurions pu ensemble supporter nos malheurs. Je ne l'ai pas revu avant qu'il parte au « Revier », je l'ai appris par un camarade et je n'ai jamais pu l'approcher. L'annonce de sa mort me désola, je ne pouvais rien pour lui, que faire pour ce bon camarade, cet ami des mauvais jours en qui j'avais pleine confiance et qui je crois m'aimait.

Si fidèle que soit, j'en suis convaincu, cette relation écrite en août 1945, je note bien que le colonel Mollard, comme Julien Cain, évite l'épisode trop douloureux du passage aux Carrières. Mais je note surtout qu'il y a un homme qui, cinquante ans plus tard, se souvient d'avoir porté charitablement un bol de soupe à mon père au Petit Camp, et qu'à la date à laquelle il situe son souvenir, mon père venait, lui, du Grand Camp, apporter du pain et du sucre au colonel Mollard. N'en demandons pas trop aux témoins, quand ils n'en finissent plus de se conter leur histoire.

Mollard, Obolensky, Mazeaud, Cain et même les médecins le disent, ce qui a le plus affecté mon père a été de ne pas avoir de nouvelles de ma mère. Autant que la souffrance des privations matérielles, cette souffrance dans son amour l'a miné. Le Calendrier témoigne de son angoisse constante. Il fait régulièrement des démarches pour avoir le droit d'envoyer une lettre. Il note à la date du 4 février : « Sixième lettre à Hélène », c'est la dernière. Les lettres sont obligatoirement en allemand et conventionnelles. Il les adresse, renseigné par l'Arbeitsstatistik, à Ravensbrück, camp principal des femmes, mais il n'a pas de réponse. Une lettre lui revient – admirable administration allemande. En fait, ma mère n'a fait que de brefs séjours à Ravensbrück. Après un passage à Torgau où les politiques ont refusé de travailler dans une usine d'armements, elle se trouve, quand il écrit, dans son kommando de représailles de Klein-Königsberg, sur l'Oder, en Poméranie.

La lettre revenue est datée de novembre 1944. Elle se termine ainsi :

> *Ich hoffe dass wir bald mit den Kindern zusammen wieder sein werden : wir werden unser Glück wie niemals vorher fühlen. Du weisst was und wie ich fühle, wenn ich es nicht in Wörtern ausspreche.*
> *Süsste Liebe und Küssen.*
> (J'espère que nous serons bientôt de nouveau réunis avec les enfants : nous sentirons notre bonheur comme jamais auparavant. Tu sais ce que je ressens et comment, même si je ne l'exprime pas par des mots.
> Très tendre amour et baisers.)

*

Je ne sais si nous étions une famille heureuse, mais je sais que nous étions une famille joyeuse. Qui avait aimé des choses aussi insignifiantes qu'une chanson, un claquement des doigts, un sourire.

« Son visage était tourné vers les étoiles »

Il ne gisait point le front contre terre ; mais, comme ses pensées, son visage était tourné vers les étoiles, dans l'attitude d'un homme qui aspire au ciel.

LE TASSE
La Jérusalem délivrée

Le 7 septembre 1944, le 11ᵉ régiment d'infanterie de la 5ᵉ division d'infanterie américaine Red Diamond arrive sur la Moselle. Constitué en *« combat team »*, unité de choc comportant un bataillon de blindés et un d'artillerie, il opère en tête de l'armée Patton depuis son débarquement à Utah Beach, le 9 juillet. Il a pris Angers, Chartres, Fontainebleau, Reims. Le 31 août, Verdun. Il y a trouvé intact un important matériel ennemi, grâce à l'action de deux résistants français qui ont coupé les fils des explosifs que les Allemands, en pleine retraite, avaient disposés pour le faire sauter. La Meuse a été franchie. Les Allemands se sont repliés sur Metz. Mais le régiment, comme les autres unités d'avant-garde, a dû attendre pour continuer la poursuite : il n'y a plus d'essence. Attente fatale : quand l'avance reprend, le régiment arrive à Dornot, sur la Moselle, une partie du 2ᵉ bataillon franchit la rivière sur des barques, en élément de la manœuvre d'enveloppement de Metz et de ses forts, établit une tête de pont et se trouve bloquée par une résistance acharnée. Écrasé sous le déluge d'obus venant des forts qui dominent directement Dornot, sous le tir des mortiers et des mitrailleuses, littéralement massacré, le bataillon reçoit néanmoins l'ordre de « tenir à tout prix » sur les deux rives, en attendant le renfort d'une division d'artillerie. « À tout prix » se traduit par la perte de plus de la moitié de ses hommes. Ordre impossible à tenir. « Pour les Allemands, écrira le colonel Kenney Lemmon, c'était comme s'ils tiraient sur des poissons dans un seau, et nous, nous étions les poissons. » La tête de pont est évacuée dans la nuit du 11 au 12 septembre. De la rive opposée, le pilonnage allemand continue pendant plus d'un mois. Les morts resteront tout ce temps à pourrir sur la rive abandonnée, visités la nuit par les patrouilles des deux camps, qui fouillent les cadavres à la recherche de documents pouvant les informer sur l'ennemi. Quand Metz sera enfin prise, un mois plus tard, beaucoup ne pourront plus être identifiés.

Parmi ces corps, celui d'un Français de dix-neuf ans qui a été incorporé à Angers, du fait de sa parfaite connaissance de l'anglais – marqué d'une diction fortement britannique due à un long séjour dans une *public school* anglaise, en 1939. Le capitaine Gerrie, dans une lettre écrite à sa fiancée Gerene aux États-Unis, peu de temps avant d'être lui-même tué, le décrit ainsi : *« He was smart and spoke English beautifully. »* Sur son passé, ses origines, ce Français n'avait pas été loquace : *« My impression was he had done considerable work with the resistance movement »*, écrira le colonel Kenney Lemmon. Engagé comme interprète, il tenait à participer aux combats en première ligne avec les Rifle companies, même si, ayant perdu ses lunettes, il avait la fâcheuse réputation de prendre des choux pour des casques allemands. Il passait les lignes à bicyclette et rapportait des renseignements importants des arrières de l'ennemi, parfois même des prisonniers, soldats allemands prêts à se rendre que lui indiquaient les paysans. Il n'avait pas dit son nom, il ne parlait pas de son passé : il était « John the Frenchman ». Pour le colonel, « *he soon became "One of the family" and made friends with all the officers and enlisted men. He learned so quickly that soon he was one of my best soldiers* ».

Family et *friends* pourraient être de ces mots tout faits que les chefs d'unité sont tenus d'adresser aux proches de leurs hommes tués. Pour mon frère Jean, ce n'est pas le cas : dans les années quatre-vingt-dix, nous étions toujours en correspondance, ma mère et moi, avec les survivants du 11e régiment d'infanterie de la division Red Diamond. En nous appelant, suivant l'usage américain, par nos prénoms. Certains sont passés nous voir à Paris. Les mêmes ou d'autres ont reçu ma mère aux États-Unis. Il y a deux ans, Dorothy McInerney m'a écrit que ses enfants se rappelaient encore comment ma mère leur avait lu *Babar* dans leur maison de Detroit, Michigan. Chaque année, nous nous sommes tenus au courant des événements survenus chez les uns et les autres : voyages, naissances, morts, maladies. Comme une famille, comme des amis.

La dernière personne qui ait vu vivant John the Frenchman est le sergent James B. McInerney. John se dirigeait vers les positions allemandes d'où venaient les tirs de mitrailleuses. Le sergent lui a intimé l'ordre de se mettre à l'abri et pour être sûr d'être obéi lui a montré son fusil : « Votre arme est sale, entrez immédiatement dans cette cave pour la nettoyer et n'en sortez pas sans mon ordre. » John the Frenchman, du temps où il s'appelait Jean Maspero, n'avait déjà pas le respect des supérieurs.

Ironie de l'histoire. Lorsque Jean s'est engagé dans

l'armée américaine, à Angers où il se trouvait après avoir échappé à la Gestapo de Paris, il était un responsable étudiant des FTP, les Francs tireurs et partisans, autrement dit du mouvement armé communiste. Il est vrai que dans les innombrables livres de sa bibliothèque, je n'en ai trouvé que deux qui étaient communistes : les deux tomes de l'histoire de la Révolution russe de Trotski, dissimulés sous des couvertures de manuels anodins. Ce qui n'était pas exactement « dans la ligne ».

Jean était communiste, le serait-il resté ? Ce que je sais de l'itinéraire ultérieur de ses camarades d'alors ne me permet pas de trancher, mais j'en doute : certains, beaucoup, ont été exclus dès 1945, comme si le Parti s'était tout de suite méfié de cette poignée de jeunes gens trop ardents qui avaient exécuté à la lettre le mot d'ordre « à chacun son boche », lancé par des dirigeants dont beaucoup étaient bien planqués, en abattant des officiers nazis pour récupérer leur arme. D'autres sont restés au Parti, militants de base ou cadres qui ont « monté » dans la hiérarchie. Mais même ceux-là, les purges successives, l'affaire Marty-Tillon, puis Budapest, puis Prague, ont eu raison d'eux. À la fin des années soixante, le philosophe François Châtelet m'a dit de mon frère : « C'était un vrai communiste. » Il ne m'en a pas dit plus. À l'époque, Châtelet n'était plus au Parti depuis longtemps : je peux supposer que ce « vrai » signifiait la nostalgie d'un idéal qui était, pour lui, aussi mort que Jean. Une page tournée, sur laquelle il ne souhaitait pas faire davantage de commentaires. Mon intime conviction est que Jean n'aurait pas tenu longtemps avec les staliniens du parti communiste français.

Jean me parlait d'une société, d'une humanité nouvelle à construire après la guerre. S'il avait étudié l'his-

toire des deux révolutions russes, il était trop jeune
– entre dix et quatorze ans – pour suivre et comprendre
les procès de Moscou. Sous l'occupation allemande, ce
qu'on admirait, chez les militants de son âge, c'était la
résistance du peuple soviétique au nazisme. Stalingrad.
Dans la résistance française, les communistes semblaient les plus résolus, et dans l'organisation de cette
résistance le modèle des bolcheviks semblait le plus
efficace, menant de front manifestations de masse – les
distributions éclairs de tracts sur les marchés, par
exemple –, l'action terroriste – aux fins de démoraliser
l'ennemi – et l'élaboration d'un programme social
– pour renverser les rapports de classes après la Libération. Le paradis soviétique ? C'était un mot d'ordre
d'avant-guerre, et l'avant-guerre était alors un autre
siècle. Et lorsque les actualités cinématographiques et
la presse montraient le charnier de Katyn, le massacre
de milliers d'officiers, l'élite de la Pologne, par les
Soviétiques, nous n'acceptions pas la vérité : ces actualités et cette presse étaient aux ordres de la Propagan-
dastaffel, ce ne pouvait être qu'une manipulation nazie.
  Je pense que Jean croyait au bonheur. Et encore...
Parmi des poèmes écrits à seize ans, je trouve celui-ci :

L'homme était bon, dit-on, chaque nouveau progrès
Chaque pas dans la science est un pas dans l'amour.
De la douleur, du doute et du mal libéré
L'homme dans le bonheur saura vivre toujours :

Bientôt viendra le temps de l'éternel bonheur.

Oui, vous avez raison, il viendra j'en ai peur
Le temps des perfections de l'humaine nature :
De toute la splendeur des palais et des villes,
De toutes les cités anciennes et futures

Il ne restera rien. Ne restera des hommes
Que le chacal errant au milieu des déserts.

Bientôt arrivera le règne de la mort.

Mais qu'il ait eu le visage tourné vers les étoiles, je
n'en doute pas : chez les scouts, on l'avait appelé
« Ours astronome » parce qu'il était sorti par une nuit
d'août pour observer les étoiles filantes et était tombé
dans un trou profond. Il avait fallu l'en tirer comme
d'un piège à ours.

*

« François, fais confiance aux gens qui te remettront
ce mot, et suis-les. Nous nous reverrons bientôt. En
attendant, silence sur ce que je fais et dont tu as aussi
profité. Rappelle-toi : silence et confiance. Jean. »

J'ai gardé sur moi pendant des années ce mot, jusqu'au jour où je l'ai perdu dans un accident de moto.
Écrit sur un papier minuscule en juillet 1944, je le cite
donc de mémoire. C'est le dernier signe qu'il m'ait
adressé. Les gens à qui je devais faire confiance étaient
Gabriel Marcel et sa femme. Les seuls qui n'aient pas
hésité à héberger mon frère traqué par la Gestapo. Finalement, je n'allai pas chez eux. Ma tante m'accueillit,
puis je fus logé, caché, disait-on, par des amis de ma
mère : à douze ans et demi, j'étais, semble-t-il, un objet
encombrant. Nos parents étaient en prison, Jean
condamné à mort. Le camarade avec qui il avait mené
sa dernière opération avait été torturé et abattu. J'aime
la façon dont Jean a écrit que j'avais « profité » de son
action : comme si les deux fois où je l'avais accompagné dans des cambriolages nocturnes de mairies
rurales, pour rafler les cartes de rationnement, les tam-

pons et les papiers d'identité vierges destinés aux clandestins, avaient été une simple prolongation des jeux
d'enfance qu'il savait bien mener.

Avant de quitter Paris à bicyclette avec de faux
papiers, le dernier geste de Jean, bien que pourchassé,
fut d'aller à l'Institut de France où il demanda à voir le
secrétaire perpétuel de l'Académie des inscriptions et
belles-lettres afin de le mettre au courant, lui et d'autres
sommités académiciennes, de l'arrestation de notre
père – qui était, cette année-là, le président en exercice
de ladite académie – et lui demander d'intercéder auprès
des autorités allemandes pour le sauver. Si j'en crois la
lettre qu'il put écrire à des cousins anglais lorsqu'il se
retrouva dans l'armée américaine, il se fit éconduire par
des personnages dont la couleur verte ne devait rien
à l'habit d'immortel. Certes il doit être d'usage, en
entrant sous la Coupole, de laisser son pistolet au ves-
tiaire, et peut-être soupçonnaient-ils, à juste titre, le
jeune homme de n'avoir pas eu cette politesse.

*

Bien sûr, Jean aurait dû rester tranquille. On peut
sympathiser avec la résistance, on peut en « faire »,
écouter Londres, distribuer des tracts, rédiger des
articles pour un journal clandestin, on peut même avoir
la force de conjuguer tout cela avec la poursuite de ses
études, mais on ne doit pas pour autant perdre de vue sa
carrière, surtout quand elle s'annonce prometteuse.
En 1943, à dix-huit ans, il avait raté d'un demi-point
l'oral du concours de l'École normale supérieure. En
1944, il l'aurait passé à coup sûr. Mais le concours fut
reporté à octobre. Si j'en crois le chemin suivi par
certains de ses camarades d'alors, pas moins brillants
que lui peut-être, mais pas plus, l'avenir s'ouvrait tout

grand. L'un d'eux l'avait d'ailleurs mis en garde. J'ai de lui une lettre qu'il adressa à Jean au printemps 1944 : il y raconte sous forme d'apologue la triste fin d'un jeune homme trop doué qui pense pouvoir à lui seul changer le cours de l'humanité. Mais l'humanité, immense foule en marche, fidèle à son chef sage et chargé d'ans, continue d'avancer et passe sur le corps du présomptueux qui s'est mis en travers. Le vieux chef c'est, bien entendu, le Maréchal. L'auteur de la lettre devint gouverneur de la Banque de France sous la Ve République. Mon frère riait (il s'exaspérait aussi, en notant l'arrivée fin juin 1944 dans les groupes de résistance de « snobs grands bourgeois sans aucune instruction ») des efforts tardifs d'un autre camarade, connu aux scouts et au lycée, pour devenir un résistant : celui-là obtint finalement, à la Libération, une place dans la 1re armée française, fit une brillante campagne au son de l'accordéon et, plus tard, une carrière plus brillante encore dans les plus hautes instances de ladite République.

Jean n'a pas laissé tomber ses études. En reconstituant son activité militante des années 1942-1944 comme responsable FTP des étudiants des classes préparatoires des lycées de la rive gauche – le responsable de la rive droite était Jean Poperen –, il m'est difficile de comprendre comment il a pu mener de front ce militantisme dangereux de tous les instants et celui d'un khâgneux en tête de sa classe. Mais c'était bien dans sa nature que de tout mener de front : la préparation du concours, l'approfondissement de la théorie des quanta et du principe d'incomplétude, le sérieux de la khâgne où il faisait fonction de bibliothécaire, les amours dont j'ai encore les visages sur des photos d'amateur qui n'ont pas jauni, le communisme, l'admiration pour l'Armée rouge, une anglophilie à toute épreuve dès 1940, la haine du « boche », la traduction de *Faust*, l'amitié de

Gabriel Marcel, qui ne se disait pas encore « existentialiste chrétien » mais l'était déjà, et la découverte du matérialisme dialectique.

Il n'a d'ailleurs jamais rien laissé tomber. Il était en guerre contre le nazisme, contre la veulerie et l'hypocrisie pétainistes, il voulait un monde différent, mais sa révolte n'était pas la révolte classique du jeune bourgeois contre sa famille. Il ne donnait pas de détails à nos parents, mais il ne leur cachait pas son engagement. Notre père réprouvait son choix politique, il ne le désavouait pas. Après tout, ils livraient, chacun à sa manière, un combat commun. Dans la seule lettre qu'il ait écrite durant son passage dans la Red Diamond, et adressée en août 44 aux cousins anglais, puisqu'il ne pouvait encore correspondre avec la France non libérée, Jean a précisé : « *My father and I were each on his side fighting against the Nazis.* » Pas avec les mêmes méthodes ni les mêmes armes, mais parfois de la même manière : à Fresnes, lors de sa première arrestation, notre père s'était imposé d'inscrire chaque jour un vers d'Homère en grec sur le mur de sa cellule. Jean, en revenant des réunions de son triangle (la « troïka » des bolcheviks était l'armature de son organisation) ou de ses opérations armées, reprenait ses thèmes grecs, écrivait une nouvelle dont le titre était *Penthésilée* ou un article sur *Les Mouches* d'un certain Jean-Paul Sartre qui avait toute son admiration. Nous vivions parfois des télescopages. Chez nous descendait régulièrement l'épouse de « Monsieur Roger », de son vrai nom Dreyfuss, qui, avec de faux papiers, faisait la liaison entre Lyon, en zone dite libre, et la zone occupée, pour le compte d'un réseau de l'ORA. C'était parfois « Monsieur Roger » en personne qui apparaissait. Jean, de son côté, amena des camarades recherchés par la Gestapo et ma mère resta longtemps fâchée parce que l'un d'eux était reparti avec le pyjama qu'elle lui avait prêté pour la nuit.

Notre père répéta constamment, au camp, qu'il était fier de son fils. Jamais nos parents et nos grands-parents n'eurent un mot de reproche pour ce qui, après tout, a fait leur malheur à tous.

Mais moi, parfois, j'ai pensé que Jean m'avait laissé tomber. Je savais bien qu'à ses camarades américains il avait montré la photo de son petit frère. Mais enfin il m'a laissé en plan. Il est parti avec ses dix-neuf ans, il les a conservés jalousement jusqu'aujourd'hui. Il n'est pas comme moi qui suis tellement, tellement plus vieux que lui, et pourtant tellement, tellement toujours son petit frère. Silence et confiance, disait-il : je les ai gardés tous les deux comme j'ai pu et aussi longtemps que j'ai pu, mais à quoi ça m'a servi ? Il m'a laissé tomber le jour de juillet 1944 où il m'a dit : « À bientôt » : c'était à Milon-la-Chapelle, sur la côte de Romainville, il poussait son vélo, et je marchais à côté de lui pour quelques mètres encore. Tout d'un coup, je lui ai dit : « Jean, tu as oublié ton pistolet sous ton matelas. » Il m'a pris sur le cadre du vélo, nous avons redescendu la côte en filant, ma joue contre la sienne. Il a récupéré le pistolet. Il est reparti seul : « À bientôt. »

Il avait commencé à m'apprendre tant de choses : à jouer, à parler, à regarder les hommes et le ciel, à écouter les hommes et la musique, à me servir de mon intelligence et de mes poings, à aimer et à haïr, à prendre la vie au sérieux sans se prendre soi-même au sérieux, et à rire. Mais pour rire, il fallait être ensemble.

*

Certains de mes contemporains, qui furent et restent des enfants juifs rescapés du massacre de leur famille, disent qu'ils ont vécu avec un sentiment diffus de remords, voire de culpabilité. Coupables, simplement, d'être des survivants. Simplement ? Ce n'est pas si simple d'être un survivant, si l'on s'interroge sur l'injustice du sort auquel on doit la vie quand les siens en sont morts, sur cette loterie qui a fait qu'on doive considérer comme une chance de ne pas avoir suivi jusqu'au bout ceux qu'on aimait et dont on était la chair de la chair. Je ne sais si ce sentiment-là en poursuit d'autres qui, comme moi, ne sont pas juifs et n'ont pas à se mettre en cause de façon aussi radicale. Mais je sais que, si différente que soit mon histoire, j'en ai traîné longtemps quelque chose. Adolescent, ce remords prenait, entre autres, la forme de cette question : que se serait-il passé si, cette après-midi de juillet 1944, je n'avais pas dit à Jean qu'il avait oublié son pistolet ? Aurait-il persévéré dans son oubli jusqu'à Paris ? Aurait-il été alors, ne pouvant revenir à bicyclette dans la nuit, obligé de renoncer à l'attentat contre l'officier allemand prévu pour le lendemain ? Question certainement absurde : Jean voulait agir. Il avait déjà derrière lui deux autres attentats dans la rue. Il venait d'écrire à son camarade Jean Poperen : « Je pourrais me remettre à travailler sagement, mais j'ai un besoin absolu d'action. » Il disait qu'il voulait rappeler aux « snobs grands bourgeois » et à d'autres nouvelles recrues (dont il écrivait, « ils aiment la rigolade entre copains mais il serait de mauvais ton de leur faire se souvenir de la guerre ») qu'ils s'étaient engagés à faire la guerre. Et le mot d'ordre étant de récupérer des armes, il aurait probablement exécuté l'attentat envers et contre tout : au couteau, comme il l'avait fait pour le premier.

Mais aujourd'hui je vois bien qu'à la source de cette vague culpabilité qui colle à l'esprit comme à la peau, qui colle à toute une vie et qu'aucune rationalité ne peut effacer, il y a autre chose : ce n'est pas tout d'être un survivant, encore faudrait-il pouvoir se prouver qu'on en est digne. Qu'on n'est pas seulement un laissé-pour-compte. Et je ne suis pas de ceux qui pensent s'en tirer par l'exercice du « devoir de mémoire » – même si je ne mets pas en cause son utilité, car que fais-je d'autre en ce moment que de l'exercer ?

*

En août 1940, Jean a quinze ans. Il est à Montpellier. Nous avons, comme des millions d'autres, traversé la France dans la cohue et la honte. Lui avait une idée fixe : passer la première partie de son bac, ce qu'il n'avait pu faire à cause de la retraite. À Montpellier, l'examen a été retardé, il s'inscrit *in extremis* et l'obtient avec la mention « très bien ». Il part pour la propriété de nos grands-parents maternels près de Toulon. Il écrit à notre autre grand-mère :

> Ici, je continue à être très heureux. Je vois avec plaisir les jours filer avec une étonnante rapidité. Je ne peux déjà plus les distinguer dans ma mémoire, tant ils se ressemblent. Seules les courses à bicyclette au Lavandou y font distraction. Mais l'attente ne me pèse pas trop.
> Vous pourrez dire à Emma que je suis maintenant tout à fait converti à sa doctrine : je n'ai plus d'espoir qu'en l'Angleterre, et tout le monde est comme moi. Interrogez n'importe qui dans la rue, il sera de cet avis. La Radio française ne dit, vous avez dû vous en apercevoir, que des cochonneries. Elle est faite par les Boches. Elle cite des articles de l'Action Française ou de l'Œuvre, où il est dit que les Allemands sont admirables, polis, disciplinés, etc., que Hitler, loin d'être poussé par l'ambition de

vaines conquêtes, ne veut que le bonheur de l'Europe, et que nous devons l'y aider ! Certes, les Anglais ont été dégoûtants, mais c'est toujours notre cause qu'ils défendent, celle de la liberté et de l'anti-dictature !

Heureusement, les Boches ont reçu cette semaine une pile magistrale. S'ils ont été obligés d'abandonner les attaques, plus faciles, sur la côte Sud, pour celles sur la côte Est, plus difficiles, c'est qu'il leur est arrivé des malheurs, c'est du moins ce que dit Papa.

Vous direz à Tante Rosalie que j'attends que mes semis lèvent. J'ai planté des salades et des haricots. En octobre, je planterai de la vigne…

Je n'ai plus qu'une vague idée de qui était la tante Rosalie. En revanche, Emma fut la fidèle compagne de ma grand-mère pendant plus de quarante ans : partie jeune fille, vers 1910, de sa Drôme natale pour accompagner Gaston et Louise Maspero au Caire, elle était toujours là, et toujours jeune fille, à la mort de ma grand-mère en 1953. Elle était experte en soufflés au fromage et en égyptologie.

Des historiens sérieux hausseront les épaules si jamais ils lisent ces lignes – « interrogez n'importe qui dans la rue » –, puisque la cause est entendue, en 1940 il y avait 35 millions de Français et 35 millions de pétainistes. Je suis pour ma part rassuré de savoir que si Jean n'a pas entendu l'appel du général de Gaulle, il a répondu à l'appel d'Emma.

*

Je me demande s'il a eu une enfance heureuse. Il est né en 1925, et en 1930 ses parents sont partis pour le Japon où ils sont restés deux ans. Ils l'avaient laissé aux soins de ses grands-parents. Il était alors le fils unique, et le petit-fils unique. Lorsque ses parents revinrent, il avait sept ans, il régnait seul sur ce monde d'adultes aussi prompts à l'admirer qu'à lui prodiguer les bienfaits d'une éducation sévère. Ses parents ramenèrent avec eux ce dont il se serait probablement passé et qui dut passablement perturber son royaume : l'annonce de ma naissance prochaine.

Son royaume était vaste. Notre grand-mère paternelle, Louise Maspero, vivait dans le souvenir de son mari égyptologue et celui de son fils cadet, tué en 1915. Un jeune homme brillant et sensible, qui s'était déjà spécialisé dans l'étude de l'Égypte hellénistique et byzantine. Un héros, naturellement. La veille de sa mort, en Argonne, dans une offensive dont il savait qu'elle était inutile, criminelle, et qu'il n'en reviendrait pas, il avait écrit :

> Je suis seul sans doute à fuir le sommeil
> Dans ce fossé morne où plusieurs sont morts,
> Où la nuit qui tombe en son rêve endort
> Ceux qui ne mourront qu'au prochain soleil.
>
> L'un malgré ses pleurs, l'autre pour la joie,
> Tous aiment la vie et gardent l'espoir :
> Ils dorment pourtant, tandis que le soir
> Prépare le sort que Dieu leur envoie.
>
> Et moi qui longtemps ai voulu mourir,
> Qui n'espérais plus mon bonheur du monde,
> J'ai senti, moi seul, cette horreur profonde
> Qui crispe nos corps quand ils vont finir.

(De la qualité de ces vers, je suis mal placé pour en juger. Je vois bien les stéréotypes qui les fondent. Plus particulièrement ils résonnent en moi comme un écho, parmi d'autres mais plus que d'autres, du célèbre poème romantique allemand : *Morgenrot, Leuchtet mir zum frühen Todt?… Dann muss ich das Leben lassen, Ich, und manche Kameraden.* J'y vois aussi, il est à peine besoin de le dire, qu'immergé dans l'horreur profonde, vécue dans ses tripes, une horreur pas littéraire du tout, un poème seul est venu à son aide pour l'aider à mourir. Et qu'il a trouvé le moyen de l'écrire en d'impeccables vers décasyllabiques, prosodie assez peu courante depuis André Chénier.)

Cet oncle s'appelait Jean. Pieuse idée, que celle de notre père, mais rétrospectivement lourde de conséquences, de donner le prénom de son frère à son premier-né.

L'enfant Jean deuxième du nom, dès l'âge de cinq ans, vivait là au milieu des statuettes égyptiennes, des souvenirs que notre grand-mère et Emma racontaient d'un Caire où se mêlaient les pharaons, les Mille et Une Nuits, les cachettes de la Vallée des Rois, la révolte du Mahdi, les lentes remontées du Nil, les démêlés avec les Anglais et les Allemands, les réceptions du khédive.

Chez ses autres grands-parents, il trouvait la musique – ils avaient été amis de Fauré – et la nature. Notre grand-père, médecin, herborisait, cultivait dans le Midi des centaines d'espèces de cactus et des mimosas qui n'en finissaient pas d'être hybrides, était capable de faire cinq cents kilomètres parce qu'on lui avait signalé une espèce rare de scarabées dans les Arènes de Nîmes et aimait les longues randonnées qui le faisaient passer du versant français au versant italien des Alpes. Jean accumulait les herbiers et les collections de pierres.

Éveillé, curieux de tout et turbulent. Il fallait lui inculquer les bonnes manières, toute la famille s'y employait et je crois qu'il en a souvent souffert. Il vou-voyait nos parents. Avec moi, venu sept ans plus tard, on prit moins de peine pour empêcher le tutoiement. Quant à m'inculquer les bonnes manières…

J'ai mis du désordre dans son univers. D'ailleurs, nous ne nous ressemblions pas. Il était petit, brun, il avait les yeux noirs. J'ai les yeux bleus, j'avais les che-veux clairs et j'ai grandi vite. Je suscitais sa tendresse – il me faisait répéter « je t'aime » jusqu'à ce que mon ton soit suffisamment passionné – et son exaspération – il ne comprenait rien à ma nonchalance. Non seule-ment ma présence faisait qu'il n'était plus le centre exclusif du cercle familial, mais, d'instinct, je me met-tais en marge, sans arriver pour autant à créer un monde à moi qui fût aussi riche que le sien. Ses élans de générosité tombaient parfois à plat. Il voulait me faire partager ses intérêts, ses passions, ses découvertes. Bien sûr, quand, vers mes six ans, il venait me voir dans mon lit à la nuit pour me dire que nous allions monter sur le toit et nous envoler comme Peter Pan, j'étais prêt à le suivre aveuglément. Mais quand l'une de ses dernières tentatives fut, alors que j'avais douze ans, de m'inculquer un résumé de la *Critique de la Raison pure*, on devine le résultat. J'étais éperdu d'ad-miration pour lui, mais je le déconcertais. De bonne humeur, il me disait poétique. Autrement, j'étais égoïste et insupportable.

En 1942, de Montpellier, il écrit à notre mère qui est allée rejoindre notre père à Paris pour un temps :

> François ne fait rien et musarde tout le jour. Quoi qu'on fasse, il ne s'endort pas avant minuit, soit qu'il se promène, qu'il chante, qu'il aille aux cabi-nets. Quand on le force à se coucher, il crie que c'est absurde et qu'il n'arrivera pas à s'endormir… Mais

il présente l'immense avantage de ne plus faire de rages, j'ai trouvé le moyen de le mater – en ne lui tapant jamais dessus –, j'écrase ses colères dans l'œuf. Il est bien difficile de le faire obéir. Il continue de vivre une vie traînassante. Son travail est inexistant... Enfin il ne fait rien et musarde tout le long du jour.

*

Il avait des idées, il fondait ces idées sur des faits, il savait les traduire en mots, et traduire ces mots en actes. C'était probablement invivable en société, et c'est pour cela qu'il n'a pas vécu. En ce sens, le futur gouverneur de la Banque de France avait raison.

S'il ne suivit pas docilement l'éducation religieuse catholique – notre mère, sinon notre père, y tenait –, c'est du fait du trop grand écart entre mots et actes. (Communiste, il conservait dans sa chambre la prière de saint Martin qu'il avait calligraphiée à treize ans : « ... Apprenez-nous à être généreux / à donner sans compter / à travailler sans chercher de repos / à combattre sans souci des blessures... ») Il voulait aller jusqu'au bout. Vers sept-huit ans, l'un de ses meilleurs camarades d'école étant juif, il n'avait rien trouvé de plus conforme à l'enseignement du catéchisme que de le baptiser dans les cabinets. Ce fut un beau scandale. L'abbé Pézeril, l'aumônier du lycée, lui apprit la tolérance. À Montpellier, la servilité des prêtres envers Vichy et la Révolution nationale, les aberrantes manifestations de repentance auxquelles les lycéens (dont je fus) étaient conviés pour demander à la Vierge de pardonner les péchés de la France, en firent un voltairien à tout crin. En 1940-1941, en classe de philosophie, il eut la chance d'avoir, au début de l'année scolaire, Claude

Lévi-Strauss comme professeur, puis de rencontrer Georges Dumas, qui continuait à explorer la psychologie sur le chemin tracé par Claude Bernard et son *Introduction à la médecine expérimentale*. Il commença de lire Freud les années suivantes. Sur son bulletin de notes de la khâgne de Montpellier, je vois dans la colonne « Travail » des « très bien » et des « bien » partout. En revanche, le professeur de philosophie a écrit dans la colonne « Conduite » un « passable » avec ce commentaire : « Des qualités, mais manque de pondération et de discipline », d'autant plus rageur qu'en face la note indiquée est 14 et la place premier : il y avait entre lui et ce professeur, dont l'enseignement ne dépassait pas Victor Cousin, de la haine. Oui, Jean manquait de pondération. Cette année-là, il lisait Stendhal et tint absolument à me faire partager son exécration du *juste milieu* : « Ces messieurs, fort honnêtes gens quand ils n'avaient pas peur, mais qui tremblaient toujours… »

*

Il voulait aller jusqu'au bout.

Le camarade qui était avec lui lors de son deuxième attentat m'a dit que, lorsqu'il eut récupéré le pistolet de l'officier allemand abattu dans la rue, Jean vomit.

Mourir pour des idées

Mourir pour des idées
D'accord, mais de mort len-en-te... (bis)
GEORGES BRASSENS

En 1942, à Montpellier, mon frère lisait avec délectation *Tartarin de Tarascon* qu'il avait acheté dans la petite collection brochée Lemerre à la librairie de Mme Tournadour, à moins que ce ne soit à la librairie L'Ane d'Or tenue par Mlle Cramossel, toutes deux rue de L'Aiguillerie. J'avais dix ans, il me le fit lire. Moi, je ne trouvai pas ça drôle du tout. À l'époque, le mot « beauf » n'avait pas encore été inventé. C'était bien pourtant une sinistre histoire de beauf. J'étais trop jeune pour apprécier l'humour méchant. Peut-être ai-je ri avec Jean en chantant la « tu-tu-pan-pan », hymne des chasseurs tarasconais, mais disons que je n'ai pas apprécié les subtilités de la chasse à la casquette, et ce tas de bretelles et de ceintures de flanelle sur des bons-hommes mal lavés. Jean, lui, devait y retrouver épinglées les petitesses d'une ville française de la « zone libre » dont une part de la bonne société s'était mise comme ailleurs à l'heure de Vichy. Moi, qui de Montpellier avais déjà pris l'accent et me sentais là comme lézard au soleil de la garrigue, je ne voyais pas cela.

Simplement, au premier degré, cette histoire et ces gens me semblaient tristes, et d'une bêtise à pleurer.

Les années passant, j'ai à peu près oublié Tartarin. Et puis, un jour des années quatre-vingt, dans une ville qui ressemblait étrangement à celle décrite par Alphonse Daudet, voilà que Tartarin m'est revenu sans crier gare.

On parlait ce soir-là de ce que j'ai essayé de raconter dans *Le Sourire du chat* : l'histoire d'un garçon pendant la guerre, cette histoire qui – manque d'imagination ? – ressemble à la mienne. Et donc de cette époque, de la résistance, du nazisme, du communisme... Un monsieur m'a posé une question :

– Au fond, tous ces mots en *isme*, nazisme, communisme, gaullisme, militantisme... (il a dû en citer d'autres), vous ne trouvez pas que ça revient toujours à la même chose : des grandes idées qui se valent toutes ? On ne peut pas sacrifier sa vie pour des abstractions. Pour des mots en *isme*.

Et depuis, toutes ces années, je n'ai cessé d'entendre, de lire, un peu partout, ce refrain lancinant de l'équivalence des *ismes,* des grandes idées abstraites qui ne servent à rien.

*

Dans le souvenir que je garde des miens, rien d'abstrait. Pas de grandes idées développées à tous vents. J'entends les voix. Je sens le contact de la peau de Jean, des joues de mon père. Je vois les visages, les yeux. Je vois les mains.

Les mains des miens.

Mains de mon grand-père maternel, paluches énormes et agiles, à la mesure de sa taille, qui était d'un mètre quatre-vingt-dix. Mains sûres de médecin. Mains de pianiste aussi, puisque ces gros doigts étaient familiers de Chopin et de Fauré comme d'Offenbach, avec la même délicatesse que celle qu'il mettait à transplanter des cactées dans sa serre du Midi, à retourner une pierre pour y dénicher une colonie d'insectes, ou à saisir un papillon sans le froisser – ce colosse ne partait jamais en voyage sans son filet à papillons.

Mains de ma grand-mère paternelle, arachnoïdes, et déliées jusqu'à son plus grand âge, mains de brodeuse infatigable. Minuscule, assise sous la lampe, elle brodait des fleurs et des épis de blé en gerbes sur des voiles fins. Ou, pendant des heures, avec Emma (*la fidèle Emma*), elle chassait le grain de poussière sur les petites statuettes bleues de la Vallée des Rois, ramassées sur les champs de fouilles abandonnés par son mari, mon autre grand-père – celui-là, je ne l'ai pas connu. Ma grand-mère avait appris la broderie chez les sœurs, au pensionnat. Elle en était sortie avec le « Brevet », et les décorations britanniques de son mari lui avaient donné le titre de Lady. Sa mémoire se promenait au Caire ou sur le Nil, dans leur *dahabieh*, tandis que ses doigts, dont l'un portait un dé d'argent, passaient et repassaient l'aiguille dans la fine étoffe tendue sur le mince cercle de métal.

Mains de ma mère, mains de pianiste également, que j'ai tôt connues définitivement déformées par la pioche en Poméranie, dans son Kommando de travail où elle et ses compagnes terrassaient un terrain d'aviation de la Luftwaffe. Elle déchiffrait toujours Schubert, elle le chantait aussi, mais ses doigts trop raidis manquaient des accords. Elle avait pourtant gardé la main verte et m'a appris qu'il faut parler aux arbres et aux plantes. Il y a encore aujourd'hui, dans son jardin qui est devenu le mien, des arbres et des plantes qui me parlent d'elle.

Les mains de mon père étaient savantes, elles étaient habiles et capables. Savantes à tracer les idéogrammes chinois : maniant la plume et le pinceau à manche de bambou, le crayon. Mais aussi le bâton pour dessiner sur le sable. Habiles à scier autant qu'à sculpter le bois, à modeler l'argile, à tresser la palme. Capables d'enfoncer et retourner la bêche, de porter les lourdes charges, de ranger les bûches pour la provision d'hiver. Mains qui savaient me prendre par la taille et hop!, en souplesse, me faire faire le chien pendu, même si c'était devenu plus rare en cette dernière année qui fut celle de 1944. Mains qui connaissaient mille secrets, comme celui de la construction des cabanes sur le modèle de celles des Moï, ou Djarongs du Haut-Tonkin. Mains fortes, mains toutes-puissantes, comme le sont, je suppose, toutes les mains de père. Un peu pâles, plus pâles encore, par contraste, quand grossissaient sur leur dos les veines bleues. Celles-là apparaissaient de plus en plus, les derniers temps. Elles lui donnaient une apparence vulnérable qui, soudain, me causait une peur vague.

Je suivais le déplacement de la main de mon père quand il écrivait en chinois. J'attendais que naisse du pinceau le caractère mandarin qui veut dire fleur et que vienne le rejoindre celui qui signifie immortel. Il dessinait les paysages en traits fins comme il traçait les idéogrammes. Il disait que dessiner un paysage, c'était comme lire à haute voix un texte difficile : à mesure que l'on avançait dans cette lecture, les plus inextricables obscurités devenaient limpides. Un paysage, c'était un manuscrit ancien, chaque courbure et chaque trace aussi légère qu'une virgule concouraient à donner un sens auquel on n'aurait jamais pensé en le lisant tout bas. Je regardais parfois les vieux carnets de Chine, d'Indochine, du Japon, carnets reliés en toile grise et fermés d'un élastique détendu. Les toits des pagodes, les reflets hachurés des pins parasols sur le lac au milieu des montagnes neigeuses. Cet homme, là, un bras inachevé, avec son chapeau conique qui lui masquait la face, balancier sur les épaules, et quelques ombres accroupies autour, avait-il vraiment existé ? Peut-être existait-il toujours. Sûrement qu'il existe toujours, corrigeait mon père, enfin, je l'espère bien. Et dans ce cas que faisait-il maintenant ? Oui, en ce moment, à cette seconde même ? Mystère. Dessiner : saisir l'éternité, attraper le temps par la queue.

Je n'ai jamais su dessiner comme mon père. C'est certainement pour cela que, adolescent, j'ai aimé passionnément la photo, avec mon premier appareil, un Kodak 6 × 9 à soufflet, acheté d'occasion : le mystère de l'instant arrêté. Mais avec la photo, il y avait aussi, que je haïssais, la tentation de ne plus s'arrêter soi-même, de ne plus voir les choses, les paysages, les êtres, qu'à travers le viseur. J'ai délaissé la photo, mais j'ai gardé le goût du compagnonnage avec des photographes, les vrais, les perpétuels angoissés de l'instant, du sens de l'instant, ce sens qu'il ne faut pas donner, mais savoir laisser sourdre et s'imposer.

Jean, lui, savait dessiner. Les hôtels sévères de Montpellier, les lourdes demeures paysannes de Marvejols. Le chevauchement des crêtes cévenoles. Et des scènes imaginaires. En 1941, à Montpellier comme dans toute la « zone libre », les enfants des écoles furent conviés à dessiner ou peindre une scène de l'histoire de France. Tout cela devait être envoyé en hommage au Maréchal. Jean me dessina au crayon, pour que je repasse ensuite dessus, une horrifique mêlée de moustachus casqués et hérissés de glaives sanglants, légendée en énormes caractères : CLOVIS BAT LES ALAMANS. Les Alamans étripés avaient naturellement des trognes atroces, à la Hansi. Le professeur de dessin apprécia, mais pas dans le bon sens : fâché, il décida que le titre était

« écrit trop gros », et notre œuvre fut la seule à ne pas figurer dans l'exposition qui précédait l'envoi à Vichy. (On y voyait une profusion de Jeanne d'Arc, de Surcouf et de coqs gaulois. Moi, j'avais commencé justement à dessiner un coq, mais Jean m'avait expliqué que c'était bien le signe de l'idiotie pétainiste que d'avoir choisi pour emblème un animal de basse-cour. En réalité l'emblème des Gaulois était l'alouette, l'oiseau qui monte en chantant vers le soleil. Quant à Clovis, il était, rappelons-le, honoré dans la mythologie vichyssoise comme le père fondateur de la race française, pour deux raisons : les Francs, tribu venue de Germanie, étaient de purs aryens – confusion probable avec leur religion, l'arianisme… –, et leur chef avait marié indissolublement la royauté et la chrétienté. D'où la francisque comme symbole du régime – avec un manche en bâton de maréchal. Mais de là à rappeler au Maréchal que la francisque de Clovis, elle, avait servi à flanquer une raclée à ses frères les Germains…)

Quant à moi : « Comme tu es maladroit, mon pauvre François », disait mon père.

Je suis gaucher. C'était une tare. Il n'était pas question de me laisser suivre ce penchant contre nature. Alors, à force de me faire réprimander, je confondais ma main droite et ma main gauche. Tout petit, on m'avait passé un bracelet en poil d'éléphant au poignet gauche et on m'avait dit qu'il fallait toujours se servir de l'autre main pour dire bonjour, tenir mon couteau à table et dessiner. À l'école, je faisais d'abominables pâtés et la maîtresse avait décidé que je n'écrirais plus qu'au crayon. Pour le reste, main droite ou main gauche, libre à moi de me débrouiller. Peut-être est-ce pour cela que je dessinais mal. On se trouve toujours des excuses.

« Comme tu es maladroit, mon pauvre François », répétait ma mère en me donnant des tapes sur la main gauche.

Peut-être était-ce pour cela, aussi, que je trouvais Jean extraordinairement adroit. L'était-il vraiment ? J'admirais ses dessins, son écriture petite et parfaitement formée, les *a* imitant les caractères d'imprimerie. Aujourd'hui encore, je me surprends, au détour d'un *t*, à me dire que je l'ai écrit exactement comme Jean. J'admirais tout ce qu'il savait, comme mon père, fabriquer de ses mains. Il trouvait des gisements d'argile ou de glaise, pétrissait, faisait naître des formes, pots, plats, figures, et les cuisait dans le four qu'il avait construit. L'été 41, il avait fait, en suivant scrupuleusement tous les stades, fermentation, filtrage, plusieurs litres de vin avec le raisin de la vigne de nos grands-parents. Ce vin était jaune et buvable (à l'époque, on jugeait sain de faire boire du vin aux enfants). Il avait préparé des stocks de pommes séchées pour tout l'hiver. Il taillait des pipes en tiges de bambou pour fumer les feuilles d'eucalyptus qu'on ramassait à foison en l'absence de tabac. Il pêchait le loup et la dorade, il posait des collets pour les lapins (là, seulement, je suis vite devenu plus fort que lui), il avait installé un conduit en feuilles d'agave pour amener l'eau au potager des terrasses, et il avait appris l'alphabet sanskrit (du moins était-ce ce qu'il me disait). Il avait assemblé lui-même son poste de radio avec des lampes et du matériel d'occasion et déchiffrait assidûment les messages en morse, ceux qui couraient à travers la Méditerranée, ceux qui venaient de Londres, sans que j'aie jamais su à quoi ça avait bien pu servir. Plus tard, en 1944, les choses devenant sérieuses, il a entrepris de fabriquer lui-même un explosif, et c'est pour cela que j'ai dû limer pendant des heures, esclave consentant, râleur et enthousiaste, un énorme morceau de réservoir de carburant largué vide par un chasseur allié au-dessus du plateau de la Madeleine, que je devais transformer en poussière d'aluminium.

J'admirais moins ses poings fermés quand, poussé au comble de l'exaspération comme on peut l'être par un enfant qui joue autour de vous méchamment, cruellement, à la guêpe bourdonnante, il les abattait sur mon dos pour me rouer de coups. Mais je lui reste reconnaissant de m'avoir appris à me servir de mes poings.

Il construisait. Tout, autour de lui, devenait un vaste Meccano, dont il s'agissait seulement d'assembler les pièces éparses, pour donner un sens. Ou alors, à l'inverse, la recherche du sens lui faisait démonter les mécanismes pour en comprendre les rouages et l'articulation. Est-ce pour cela qu'il s'acharna, dans les derniers mois de sa vie – ceux de la lutte, des attentats –, à décortiquer la théorie des quanta ? Recherche du sens : sens des mots, des êtres, des choses, des étoiles, des particules. Héritage des Encyclopédistes. Les Lumières. Il me lisait Voltaire (*Candide*, le combat des Abares et des Bulgares), « il n'y a pas d'effets sans causes », pour me faire rire : l'ironie, c'était aussi la distance indispensable pour trouver le sens et ne pas en rester piégé. Qui était-il, lui qui était systématiquement « en avance sur son âge » (le bac à quinze ans) ? Un adolescent mûri très vite, ou un adulte qui n'avait pas oublié l'enfance ? Qu'est-ce qui le guidait le plus ? La nostalgie du *Never-Never Land*, dont, de son collège anglais, il m'avait rapporté les images, l'enfance et ses jeux « joyeux, innocents et cruels », comme la qualifiait James Matthews Barrie, l'auteur de *Peter Pan* ? Ou la maturité de Kant, le sérieux scientifique de Claude Bernard, que notre grand-père le médecin lui citait en exemple de la méthode « expérimentale » en toute chose ? Ou Sophocle, *Antigone*, qu'il lisait et relisait dans l'édition à couverture jaune des Classiques Garnier, traduction de Robert Pignarre – et il avait commencé un *Œdipe-roi*. Ou Lénine ? Je n'en sais rien évidemment, puisque, dans notre histoire comme dans celle de Peter Pan, il est parti seul au pays du Jamais-Jamais.

Les mains de Jean : je les vois s'activant sur son pistolet noir, *Fábrica española de armas automáticas*, neuf millimètres. Étalant les pièces sur le lit de sa chambre. Les remontant soigneusement. Vérifiant le glissement du percuteur, la sensibilité de la détente, le cran de sécurité. Faisant rouler les balles du chargeur. Je les vois, posées sur le guidon, moi assis sur le cadre, tandis qu'il pédale sur la côte de Romainville. « Je reviendrai bientôt. » Dernières visions. « Tu as oublié ton pistolet. »

Un an plus tard, Lili Feuillard, notre voisine de Milon-la-Chapelle, commentant la mort de mon père et de mon frère : « Et eux qui n'auraient pas fait de mal à une mouche. »

*

C'est pour dire : des (grands) mots en *isme*, non je n'en vois guère, dans tout ce qu'ont fait mon père et mon frère. En tout cas, pas dans ce qui les a poussés à le faire. Les *ismes*, dans cette histoire, on peut toujours les mettre après coup. Mais pas avant. On peut les rencontrer en chemin. Ils ne sont pas là au départ. Il y avait autre chose. Mais quoi ? Quoi, que l'on puisse aujourd'hui nommer et qui garde aujourd'hui un sens ?

En juin 1940, les miens, comme tous en France, se trouvent confrontés à l'effondrement, la disqualification, la disparition pure et simple, dans le champ du réel, de tout ce qui structurait la société. La classe politique abdique et se dissout elle-même en votant les pleins pouvoirs à un « chef », le Maréchal, qui aussitôt tient le discours de l'apolitique, de l'antipolitique – « je hais ces mensonges qui vous ont fait tant de mal ».

La défaite, c'est le vide soudain, béant, où s'installe la « Révolution nationale ». C'est le temps du mensonge total. La formule même « je hais ces mensonges qui vous ont fait tant de mal » est déjà en soi le propos d'un homme qui ment. Il ment en affirmant que la défaite de la France vient des mensonges de la République.

Trente-cinq millions de pétainistes en 1940 ? Non, mais trente-cinq millions d'individus à qui on a voulu confisquer leurs repères. Se résigner, accepter de croire au mensonge ? Cela peut arranger et, l'écœurement aidant, cela en arrange beaucoup. Se replier sur soi-même, attendre, simplement, que passe le cauchemar, que vienne le réveil, quel qu'il soit ? Cela en arrange d'autres, les mêmes souvent. Sinon, quoi ? Refuser ? Mais jusqu'à quand le refus intérieur peut-il rester compatible avec la compromission qu'impose la vie quotidienne – accepter, par exemple, que des Français, ou d'autres qui avaient eu confiance en une France qui leur avait donné asile, portent une marque discriminatoire, et faire « comme si de rien n'était » ? (Accepter, pour mon père, de voir les meilleurs de ses anciens élèves bannis de l'enseignement et traités en parias, ou, pour mon grand-père, les meilleurs de ses anciens internes parqués à Compiègne et à Drancy ?) Résister ? Mais comment, où, avec qui ?

À la Libération, il a été entendu, à l'inverse, qu'il y avait eu trente-cinq millions de résistants. Aujourd'hui, le mythe s'est effondré. Aucune raison, pourtant, de passer d'un excès à un autre. Aucune raison, surtout, pour clamer que, tous pétainistes en 1940 (globalisation qui est déjà un non-sens), les Français ont donc été « tous coupables ». Pour moi, cela sonne tout bonnement comme un écho au « tous coupables » de Vichy, qui demandait aux Français de se repentir des fautes de la IIIe République. Je me souviens d'avoir été, avec mille autres enfants, convoqué dans l'église Sainte-Thérèse de Montpellier pour réciter des tonnes de *Je vous salue Marie* en implorant la Vierge de nous pardonner les péchés de la France. Les appels à la « repentance » de crimes commis jadis au nom de la France sont un alibi hypocrite qui veut faire croire qu'averti, éclairé désormais, on ne pourra en aucun cas commettre à nouveau aujourd'hui les erreurs du passé. Comme si, en se répétant, l'histoire le faisait toujours dans les mêmes termes. C'est fou ce que l'on peut porter de jugements péremptoires quand il s'agit du passé. On dirait que cela soulage de ne pas avoir à juger le présent.

*

Je n'avais que huit ans en mai 1940. Je me souviens avec une netteté extrême du jour où Pétain annonça la capitulation à la radio. Ma mère s'était enfermée dans une chambre obscure, elle pleurait. Je suis entré lui demander quelques sous, je voulais acheter une ligne pour aller pêcher, et elle m'a répondu que ce n'était vraiment pas le jour. Dès cet instant, je n'ai jamais entendu un mot de sympathie de mes parents pour Pétain. Le mot « putain » qu'employait parfois mon frère, comme bien d'autres, pour remplacer « pétain » lui attirait des remontrances sévères, des demandes d'excuses immédiates, mais seulement parce qu'un mot aussi peu convenable était inadmissible dans la bouche d'un garçon bien élevé. Je crois que ce qui guida tout de suite mon père, ce fut sa haine de la bêtise. Il n'avait pas de pire injure, quand je ne comprenais pas quelque chose, que de me traiter de « petit serin ». Vichy fut pour lui, tout de suite, un rassemblement de monstrueux serins.

On peut chercher dans les traditions familiales. Mais à vrai dire j'y trouve à boire et à manger. Du côté de ma mère, c'est la bourgeoisie de Boulogne-sur-Mer. Une fortune à la Rougon-Macquart. Ma grand-mère maternelle avait le culte de l'Empereur. Je suppose que c'était par respect pour l'ancêtre qui avait été maire de Boulogne au moment où Napoléon y rassemblait la Grande Armée, et dont l'Empereur en personne avait tenu le dernier-né sur les fonts baptismaux. Elle méprisait l'autre, Napoléon le Petit. Pourtant, c'est sous son règne que la fortune de sa famille fut à son apogée. Mais ma grand-mère aimait afficher des opinions polémiques en tout. Présidente d'une association caritative qu'elle menait d'une main de fer, infirmière-major de choc pendant la Première Guerre mondiale, et antiféministe à tout crin (quelles diatribes, à la fin de sa vie, quand je militais pour l'accouchement sans douleur !). Elle se vantait d'avoir été dreyfusarde (la seule de sa famille, précisait-elle…). Son catholicisme solide avait un fond voltairien. Elle avait choisi de mettre ma mère dans une institution privée pour demoiselles de la bonne société qui avait cette double particularité, rare pour l'époque (ma mère est née en 1899) : elle n'était pas religieuse et elle préparait ses élèves au baccalauréat. C'est ainsi que ma mère fit ses études dans une classe voisine de celle de la fille du capitaine Dreyfus et qu'elle alla jusqu'à son diplôme d'études supérieures en Sorbonne avant de préparer une thèse sur Chateaubriand et son exil à Londres. C'est ainsi, également, que ma mère eut toute sa vie une foi d'autant plus profonde, active, que nulle bigoterie n'était intervenue entre elle et la parole de l'Évangile, qui était sa seule référence religieuse.

La touche d'exotisme de cette famille était qu'un de ses membres, après avoir fait la campagne de Russie

dans la Grande Armée, était revenu sur les lieux du crime et avait fondé à Saint-Pétersbourg une maison de commerce. (C'est du moins la version abrégée que ma mère donnait de cette histoire.) Il y avait donc une branche russe, par un ou des mariages. En 1917, la partie de cette branche qui n'émigra pas devint polonaise, puis ce qui en resta – après l'assassinat par Staline de deux frères à Katyn, parmi des milliers d'officiers polonais – se retrouva française. Entre-temps, en 1914, la grand-mère de ma mère avait été prise d'une sainte terreur : ça se terminerait comme en 1870, la Commune, et cette fois les rouges ne rateraient pas leur coup. Elle avait donc placé toute la fortune familiale à l'abri : en emprunts russes. La Commune avait bien éclaté, mais pas là où elle s'y attendait. Fin (méritée) de la fortune familiale.

Autre particularité : le rapport amour-haine avec l'Angleterre. Boulogne, c'était le commerce avec les Anglais, la porte de l'Angleterre. Non seulement on parlait anglais dans cette famille, mais on l'apprenait en même temps que le français. Une amie d'enfance de ma grand-mère s'appelait Dickens, familièrement « Mamsey » Dickens, petite-fille de Charles du même nom, et toutes deux traversaient régulièrement la Manche pour se rendre visite. En même temps, tel M. Fenouillard, ma grand-mère, qui ne brillait pas toujours par sa cohérence, accusait la perfide Albion d'être capable des pires vilenies. Tout au long de la guerre, elle a mis son entier espoir en Churchill (bien plus qu'en de Gaulle), et en même temps, jusqu'à la fin de sa vie, elle est restée convaincue que la destruction de Boulogne par les bombardiers britanniques n'était qu'une basse vengeance des pêcheurs concurrents des ports d'en face. Allez donc vous y retrouver.

Mon grand-père maternel, prénommé Antonin, était un géant nordique aux yeux bleus. Cardiologue, il consacrait la quasi-totalité de son activité professionnelle à son service hospitalier et le reste de son temps aux plantes, aux insectes, au piano, et aux peintres de la Renaissance italienne qu'il allait visiter chaque année après une longue randonnée à pied pour traverser les Alpes avec femme, filles et mulet. Élevé chez les Jésuites, son catholicisme était du même tabac que celui de ma grand-mère. Plus chevillé au corps, peut-être : la foi du charbonnier – et de Pascal. Doublée, parce que c'était avant tout un scientifique du XIXe siècle, d'une autre foi, raisonnée, dans le progrès, un écho de la tradition saint-simonienne d'une certaine bourgeoisie portuaire. Médecin, il était un fervent hygiéniste. Il a mis aussi au point l'un des premiers électrocardiogrammes. Facilement « docteur des pauvres » – la charité chrétienne –, lecteur de Taine et de Lammenais. Incapable de comprendre que l'antisémitisme pouvait mener plus loin que quelques plaisanteries de mauvais goût, il était de ces bourgeois libéraux pour qui la question ne se posait pas : il y avait en France trois religions, catholique, protestante et israélite, plus un nombre indéterminé de gens qui ne croyaient à rien, point final. Bien entendu, rien ne valait la première des trois, mais enfin. On ne choisissait pas ses amis en fonction de ça. Parce que la règle, celle dans laquelle j'ai été élevé dans ma petite enfance, était que la religion est une affaire de conscience personnelle, un rapport strictement intime à Dieu qui, sorti du lieu de culte, ne regarde personne. Dans son grand âge, ma mère écrivait encore : « Je trouve toujours que parler de sa foi est une inconvenance, comme de parler de son amour. »

Ainsi le monde de mes grands-parents était un monde d'ordre. Les pauvres devaient être plaints et c'était un devoir de les aider, on arrivait à tout par l'instruction et par le mérite, chacun avait le droit d'avoir ses opinions si elles ne gênaient pas autrui, la France était le pays de la liberté et le phare de la civilisation. La défaite et ce qui a suivi ont marqué l'écroulement de ce monde de certitudes bien-pensantes. Mon grand-père, ce colosse redoutable, timide et farceur, s'est écroulé avec la déportation de sa fille, la mort de l'aîné de ses petits-fils, celui à qui il avait donné le meilleur de lui-même et dont il était si fier, qui ont accentué un fond dépressif qui se manifestait déjà. Il est mort en 1954 après être descendu chaque fois plus bas, chaque fois davantage l'ombre de lui-même, dans des abîmes de dépression.

*

Bon, d'accord : une certaine indépendance d'esprit – dans les limites de la décence, du convenable avant tout, mais quoi ? D'autres, de la même famille, ont été racistes, antisémites, fervents du Maréchal, collabos, et j'en passe. (Pas différents de cette aimable tante du côté paternel, bonne protestante, qui avait passé de longues années en Indochine et m'expliquait : « Il n'y a pas plus fourbe que les Jaunes : je préférerais encore marier ma fille à un Juif qu'à un Jaune. ») Mais enfin, le fait est là : mes grands-parents ont tout de suite trouvé que Vichy, ça passait les limites de la décence et du convenable.

Du côté Maspero, pas de longue filiation connue, du moins légitime. Une certaine Adèle Maspero, de la bourgeoisie milanaise (un de ses oncles, Paolo, a traduit les tragédies de Racine), arrive à Paris en 1845, dans le sillage d'un noble napolitain (portant comme tout bon noble napolitain un nom espagnol et plus précisément basque) successivement banni du royaume des Deux-Siciles par les Bourbons, des États pontificaux par le pape, de Milan par les Autrichiens, toujours pour la même raison, son affiliation à des loges de *carbonari*. Il ne reconnaît pas la naissance, l'année suivante, de Gaston, mon grand-père. L'ancien conspirateur, devenu capitaliste en Belgique, paye les études de l'enfant, qu'il fait toutes comme interne au lycée Louis-le-Grand où il passe même ses vacances. Pas gai. Le garçon compense en apprenant à déchiffrer les hiéroglyphes égyptiens à quinze ans, en entrant à dix-huit à l'École normale supérieure, où il se met au sanskrit. À défaut de famille légitime, il s'en trouve de substitution : notamment chez Ernest Renan et Étienne Arago. Vient l'accroc, dans ce parcours prometteur. En 1867, une sombre histoire de censure dans les bibliothèques publiques est dénoncée par Sainte-Beuve. Les étudiants des grandes écoles lui écrivent une lettre de félicitations. Elle devrait rester confidentielle. Gaston Maspero la montre à Étienne Arago. Arago la publie. Les grandes écoles, dont Normale, sont fermées. On demande à chaque élève de signer une lettre personnelle de rétractation. Tous le font. Sauf deux, mon grand-père et son ami Henri Marion. La légende familiale lui prête cette phrase : « Je ne commencerai pas ma vie par une lâcheté. » Plus d'avenir ? Des égyptologues lui trouvent une issue, un contrat avec un érudit argentin, Vicente Fidel López, qui vit en exil en Uruguay, qui a deux marottes : l'une, briguer la présidence de la République argentine, et l'autre, trouver des parentés entre le quechua, langue amérindienne, et l'égyptien. Mon grand-père passe ainsi un an et demi à Montevideo. Revient à Paris, plus jeune homme pauvre que jamais, mais retrouve l'égyptologie, obtient, à vingt-quatre ans, un enseignement à l'École des hautes études nouvellement créée, termine sa thèse et s'engage, en octobre 1870, dans les mobiles de la Seine. L'amie anglaise qui deviendra sa femme cherche à le dissuader :

Toutes vos études, tout votre travail – sans songer que vous n'êtes pas du tout seul au monde – crient contre l'idée de vous fourrer dans ces vilaines compagnies. Je ne puis pas vous dire, pour vous dégoûter, que vous feriez un très mauvais soldat, mais enfin, vos armes à vous, ce sont les livres ; et vous êtes très « wilfull » si vous ne l'admettez pas. Allez aux remparts, c'est bien, mais c'est assez. Peut-être ma lettre viendra- t-elle trop tard, alors je le regretterai bien. Mais souvenez-vous que vous m'avez déjà demandé mon avis, probablement parce que vous saviez que cela me ferait plaisir – et puis que nous avons décidé que notre amitié vaudra quelque chose. *Yours very truly,*

Ettie Yapp

Réponse, le même jour :

La chose est terminée. Je pars. […] Aussi bien n'est-ce pas le goût des armes où l'envie de ce qu'on est convenu d'appeler la gloire militaire qui ont décidé ma résolution : par ces temps de fusils perfectionnés et de mitrailleuses à tir rapide, gloire est trop souvent synonyme de jambe de bois pour me tenter grandement.

… J'ai examiné le pour et le contre de ma situation, afin de pouvoir me résoudre en connaissance de cause et à tête reposée. Je ne suis pas Français. Mais je suis né en France, j'ai été élevé en France, dans les écoles du gouvernement français ; c'est la France qui m'a fait vivre, m'a choisi, moi étranger, pour me placer dans son enseignement supérieur, aussi haut qu'on peut atteindre à mon âge ; […] bref, si je suis quelqu'un, c'est en France que je le suis, et par la France.

En droit, je ne dois rien à la France, puisque je suis étranger – en fait, je lui dois d'autant plus que je suis étranger, qu'elle n'était tenue de rien, et qu'elle a tout fait pour moi.

[…] Ce n'est pas sans un serrement de cœur que je vais au-devant des risques de cette guerre. J'avais commencé beaucoup dans mes études et je n'ai eu le temps de rien finir ; dans six mois ou un an, tout aurait été prêt à paraître, et m'aurait fait connaître parmi les savants, non plus comme un débutant d'espérance, mais comme un pair avec qui on doit compter. Je sens que je commence à être maître de mes facultés et à savoir les diriger de manière à en tirer tout le parti possible. En cas de malheur, tout est perdu, car je n'ai actuellement que des fragments et des notes incompréhensibles pour tout autre que moi. [...] Je me suis laissé aller à vous dire plus que je n'en ai jamais dit à mes meilleurs amis. Écrit ou dit à des personnes que je connais moins, ce qu'il y a dans ma lettre serait presque ridicule : j'aurais l'air de me poser en héros de reconnaissance et de dévouement, tandis que je ne fais que subir une nécessité assez dure. Aussi bien est-ce à vous seule et aux vôtres que je donne mes raisons ; aux yeux des autres, je passe pour un Français, désireux de montrer qu'il ne craint ni les Prussiens, ni les rhumatismes.

Votre ami, *cara amica*

G. Maspero

(Les deux mots de la fin ne sont pas dus au bilinguisme d'un étranger : mon grand-père ne parlait pas italien « de naissance ». Philologue – « amoureux des langues » – avant tout, il l'a appris, comme d'autres langues européennes, vers l'âge de vingt ans, et pour, disait-il, lire l'Arioste. Plus tard, il a pratiqué l'arabe.)

Il est aux combats de Montretout et de Buzenval. La nationalité française lui est reconnue par décret du gouvernement de la Défense nationale en février 1871. Passés ces épisodes, toute sa carrière est celle d'un méritocrate exemplaire. Professeur au Collège de France à vingt-sept ans. Puis installation au Caire, où il vit les belles saisons de ses plus belles années comme directeur des Antiquités. C'est là un poste qui dépasse largement le cadre des fouilles archéologiques, dans un contexte de rivalités d'influence extrêmes entre puissances européennes : il faut à la fois être au-dessus des intrigues et défendre indéfectiblement les intérêts français. Le petit jeune homme maigre est devenu un monsieur bedonnant, couvert d'honneurs et de décorations. Par l'une d'elles, britannique, il est « Sir Gaston ». Ses amis préfèrent lui donner le petit nom de « Pharaon ». Assailli, comme tous les égyptologues, de demandes incongrues concernant « les mystères des Pyramides » et autres nombres d'or, il a coutume, selon ma grand-mère, d'expliquer que son don de ressusciter le passé lui vient de le bien connaître pour avoir été un lapin blanc dans une vie antérieure, au temps des pharaons. En 1916, présidant la séance hebdomadaire de l'Académie des inscriptions et belles-lettres, il se lève, dit « Mes chers collègues… » et s'écroule, foudroyé. Le matin, ma grand-mère lui avait appris la mort de leur fils en Argonne. Elle en voudra toute sa vie au commissaire de police du VIe arrondissement pour lui avoir fait payer quinze francs de frais de transport du corps, de l'Institut à leur appartement.

Il s'est marié avec Ettie Yapp en 1871. Celle-ci est morte en 1873, après avoir accouché de leur second enfant. Désespoir, dont un sonnet de Mallarmé qui lui est dédié garde la mémoire : « Sur les bois oubliés quand passe l'hiver sombre / Tu te plains ô captif solitaire du

seuil… » Sur sa tombe, il fait graver ces deux mots italiens : *ma spero*. « Mais j'espère. » Plus tard, il lui faut
trouver une épouse pour tenir dignement son rôle officiel
en Égypte. Son ami Paul d'Estournelles de Constant, un
jeune diplomate qui, trente-cinq ans plus tard, sera l'un
des premiers prix Nobel de la paix – pour avoir consacré
sa vie à la grande idée de l'arbitrage, destiné à remplacer
les guerres dans le monde civilisé (sans commentaires…),
et avoir été à l'origine de la première conférence de la
Paix de La Haye en 1896, ancêtre de la Société des
Nations –, lui présente sa sœur, vingt et un ans, frêle,
menue, les yeux verts, sortant du couvent de La Flèche.
La première entrevue a lieu au Louvre, en présence des
mères. Gaston explique à la jeune Louise le déchiffre-
ment des hiéroglyphes. Ça se passe bien, Louise écrit
qu'elle l'aime déjà, et Gaston lui rend la pareille. Tout,
dans leur immense correspondance au cours des trente-
deux ans qui suivront, montre que cela s'est confirmé.
Ma grand-mère est la cadette de cinq enfants, le père
est mort juste après sa naissance, et Paul, l'aîné, désar-
genté, a, entre autres, la charge de caser ses sœurs. D'où
l'apparition de Gaston, qui n'est pas du tout « sir » à
l'époque, qui est enfant naturel, une tare, pas français de
longue date, autre défaut, mais qui s'est déjà fait une
place dans la société. Ma grand-mère aussi s'en fera une.
« Lady », oui, elle le sera. Mais d'un patriotisme terrien,
d'un chauvinisme même, à tout crin, comme s'il y avait
à compenser quelque chose après cette mésalliance. Et
haïssant l'Angleterre de tout son cœur, malgré l'épouse
anglaise de Paul. Elle ne lui pardonne pas le bûcher de
Jeanne d'Arc, mais surtout Fachoda, qu'elle a vécu au
Caire où elle disait avoir hébergé le capitaine Marchand
après sa glorieuse et triste équipée. Une haine qu'elle a
transférée, avec la « Grande Guerre », sur l'Allemagne
qui lui avait tué son fils.

Après les velléités guerrières de sa jeunesse, Gaston Maspero ne s'est guère mêlé de la vie politique de son pays. Sa biographe, Élisabeth David, le classe parmi les républicains modérés. Certes, il a pris une part très active à la mise en place de l'enseignement laïque par Jules Ferry, mais cela ne sort pas vraiment du champ de ses compétences purement professionnelles. Lors de l'affaire Dreyfus, il ne s'est pas manifesté : son plus grand souci semblait de ne pas s'aliéner les amis qu'il avait dans les deux camps. Je pense même que si, dans sa correspondance et celle de Louise, on note un refroidissement des relations affectueuses avec leur beau-frère et frère Paul d'Estournelles de Constant, cela vient de ce que celui-ci, devenu sénateur radical de la Sarthe, avait pris énergiquement position pour Dreyfus. (Je suis heureux qu'il ait mené ce combat-là. Et aussi qu'il ait dénoncé la « mégalomanie coloniale qui nous entraîne on ne sait où ».) Quant à ma grand-mère, elle n'en a jamais démordu : je l'ai entendue répéter le vieux sophisme réactionnaire que la preuve de la culpabilité de Dreyfus était qu'il avait demandé sa grâce, car on ne demande pas la grâce pour un crime qu'on n'a pas commis. En 1940, ma grand-mère, qui avait exactement l'âge de Pétain, décida tout de suite que le Maréchal était gâteux. En 1945, elle applaudit sa condamnation à mort et regretta qu'il n'ait pas été exécuté, ce qui, dans la forme, n'était pas d'une grande logique puisque le gâtisme aurait dû constituer une circonstance atténuante, mais, sur le fond, montre que si la France de Vichy est bien la vengeance tardive des antidreyfusards, la France de la résistance n'est pas l'apanage des héritiers des dreyfusards.

Mon père et son frère ont fait leurs petites classes à l'École alsacienne, encore proche de ses origines liées à la perte de l'Alsace-Lorraine : laïque mais sur un fond premier de luthéranisme. De toute manière, dans cette famille, on était plutôt œcuménique : les deux enfants du premier mariage de mon grand-père étaient, comme leur mère anglaise, protestants (Bella, l'aînée, a épousé un pasteur calviniste de Genève, et ils eurent à leur tour parmi leur descendance, mes cousins et petits-cousins, plein de petits pasteurs). Il semble que Gaston Maspero, habitué à fréquenter les dieux égyptiens et quelques autres, a pratiqué un ferme agnosticisme. Du côté de ma grand-mère, les Constant étaient des réformés chassés en Suisse par la révocation de l'édit de Nantes et revenus à la Révolution avec l'ancêtre Benjamin, et il aura fallu un mariage pour que la famille se retrouve catholique. De toute manière, de la religion de ma grand-mère, je n'ai pas vu beaucoup de marques. Elle avait bien un crucifix chez elle, mais il était byzantin, et c'était plutôt une pièce de collection. Pourtant le meilleur ami de mon père, dans ses années au lycée Louis-le-Grand puis sa vie durant, fut Louis Massignon, l'apôtre militant de la réconciliation entre chrétiens et musulmans, et je possède une lettre du père de Foucauld à mon grand-père pour s'informer sur ce jeune homme qui voulait le rejoindre dans son ermitage saharien. Le meilleur ami de son frère cadet Jean fut le petit-fils de Renan, Ernest Psichari, l'auteur du *Voyage du centurion*, soldat chrétien s'il en fut, proche de Péguy, et mort au combat lui aussi, dès 1914. Et mon père, comme mon grand-père, faisait partie de la très réactionnaire société de Port-Royal, fondée pour perpétuer le souvenir du jansénisme et entretenir son sanctuaire de Port-Royal-des-Champs. Croyants ou pas, je ne vois pas une ombre d'anticléricalisme. Il est vrai que la familiarité avec les religions anciennes chez mon grand-père, avec le christianisme byzantin chez mon oncle, avec le bouddhisme, le tao, Confucius, le shintô et j'en passe chez mon père ne les y prédisposait pas. Mon père a toujours laissé s'exprimer la foi de ma mère et sa volonté de nous élever chrétiennement. Mais à l'école laïque.

À vingt-deux ans, mon père s'éloigne de sa famille pour la destination la plus lointaine, l'Extrême-Orient. Je pense que c'est là-bas qu'il a passé les plus belles années de sa vie – du moins de sa vie active. Lorsque, définitivement de retour en France, il décide de se marier, il a déjà quarante ans et vient d'être nommé professeur au Collège de France. Ma mère et lui se connaissaient déjà. Ce mariage apparemment arrangé selon les convenances est devenu, avant que les fiançailles officielles ne soient déclarées, une histoire d'amour. Le Midi, le clair de lune sur la mer, Leopardi – mon père, je le précise, n'avait pas plus de raison, à part sa curiosité pour les langues, de connaître l'italien que mon grand-père : en l'occurrence, c'était ma mère qui, de ses voyages d'enfant, en Italie, en avait gardé le goût, au point de préparer un certificat d'italien à la Sorbonne et d'admirer un peu trop D'Annunzio.

*

Je ne vois, dans ce défilé, aucun travailleur manuel. J'aurais aimé évoquer un oncle ouvrier, ou au moins quelque artisan tonnelier, charpentier, qui aurait chaleureusement guidé ma main, droite ou gauche : mais rien. Parlez-moi d'oncle, et je verrai surgir le visage ridé et rose de l'oncle Michel, un visage de vieil enfant, avec une moustache blonde certes, mais de vieil enfant quand même : l'oncle Michel, l'éternel pique-assiette, qui ne savait, lui, vraiment rien faire de ses dix doigts, et qui n'a jamais travaillé de sa vie. Il était russe. À la révolution, ses paysans l'avaient fouetté. On l'aimait bien, mais on disait aussi que c'était un juste retour des choses. La seule utilité que je lui aie connue était de nous faire chanter « Au clair de la lune », l'hiver, au coin de la grande cheminée.

Famille d'intellectuels, aussi. Mais, au regard de ce qu'on appelle communément des intellectuels, étonnamment proches des gens et de la terre. La vie de mon grand-père paternel en Égypte ne s'est pas passée entre quatre murs mais sur les chantiers. Désensabler le Sphinx, descendre dans les cachettes de la Vallée des Rois, il le faisait avec les fellahs, dont il parlait la langue et dont il a traduit les chants de l'arabe. Même chose pour mon père : ses années à Hanoi, sur les hauts plateaux, au Yunnan, il les a vécues immergé dans des populations dont il parlait aussi la langue. Louis Massignon, l'ami d'enfance, en a témoigné : « Cet intellectuel sévère était, dès le début, passionnément penché sur l'humble labeur des gens du terroir, sur la mélodie courte, mais si pure et si oublieuse d'elle-même, de leur imagination… De là lui vint cette résignation "sans tristesse s'il se peut", aux limites du milieu humain, cette pudeur du désir, ce regard contenu et voilé, ces brefs silences d'amitié dont je ne puis oublier l'immatérielle beauté. » Mon grand-père maternel, quand il quittait ses malades, courait les bois, les champs, les montagnes, et revenait toujours terreux des pieds à la tête. Rien de l'isolement prêté souvent aux intellectuels, pas de coupure avec les autres. Toute personne rencontrée était considérée comme un interlocuteur naturel. J'ai peut-être reçu ainsi, un peu rapidement, l'idée trompeuse que les différences de classes n'existaient pas. Certes, il pouvait y avoir partout des gens intéressants et d'autres qui ne l'étaient pas, des intelligents et des idiots, voire des malfaisants. Mais ces derniers, je les entendais désigner, plus précisément qu'ailleurs, parmi des connaissances et dans notre propre famille.

Mon père aimait dire que, pas plus que son père à lui, il n'était un universitaire. Que nous n'étions pas une famille d'universitaires. C'était peut-être jouer sur les mots, parce que le Collège de France, à l'époque encore moins qu'aujourd'hui, n'appartenait pas à l'Université. Mais il est vrai que son seul diplôme, le diplôme d'études supérieures, équivaudrait aujourd'hui à ce que l'on appelle le « Bac + 4 », et que son savoir venait essentiellement de ce qu'il avait appris par lui-même, de ses maîtres et sur le terrain.

Je vois chez eux un singulier détachement (pour ne pas dire mépris) de la politique. Comme le refus de la politique est encore une forme de prendre parti politiquement, je pourrais les classer au centre droit. La seule exception dans la famille étant le frère de ma grand-mère, le sénateur radical, mort en 1925. Au fond, il devait en être pour eux de la politique comme de la religion : le choix politique était une affaire privée, qui ne devait pas interférer dans la vie quotidienne, professionnelle, familiale. Le secret de l'isoloir, autre forme du secret du confessionnal. Je sais pourtant que mon père a voté contre la candidature au Collège de France de Charles-André Julien, historien spécialiste de l'Afrique du Nord, au prétexte qu'il lui avait envoyé sa lettre sur papier à en-tête ministériel du cabinet de Léon Blum dont il faisait partie. Y avait-il, derrière, une animosité contre le Front populaire ? Mais je sais aussi qu'il fut écœuré par le procès de Riom, par lequel Vichy tenta de prouver la responsabilité des gouvernements Blum dans la défaite. Grotesque, fut son mot. Évidemment, le souci de se tenir à l'écart du débat public est en contradiction flagrante avec la nature même du politique, qui est essentiellement public. Mais il en était ainsi : à table ou ailleurs, dans cette famille bourgeoise, la religion, la politique étaient bannies de la conversation au même titre que la sexualité.

Lorsque je parle de politique, j'entends la vie politique intérieure du pays. Je constate seulement que je ne garde pas, dans mes souvenirs d'enfance, la trace de propos concernant les événements de ces années-là, qui furent pour le moins agitées. Le Front populaire et les bouleversements introduits par lui dans la société française ne traversaient pas les conversations familiales. Comme il n'y a aucune raison qu'un enfant de sept ans ait des souvenirs de propos politiques, on pourra dire que ma mémoire est un piètre témoin. Aussi est-ce à ce que m'a dit souvent ma mère, plus tard, quand j'étais adolescent puis adulte, que je dois me référer.

Forts, en revanche, sont les souvenirs qui concernent les événements du monde. Dans une sorte d'interview à laquelle elle s'est prêtée peu avant sa mort, ma mère résume l'attitude de mon père par cette formule : « Mon mari était violemment antifasciste. » C'est à la fois faux et juste. Faux, parce que définir quelqu'un comme antifasciste (et surtout « violemment ») dans les années trente, c'est évoquer une prise de position, des comités, une action, ce qui n'est pas le cas. Juste, parce qu'il s'agit d'une intime conviction, radicale, définitive. Mais de prises de position, je ne trouve qu'une seule trace écrite, et encore est-elle très générale. En 1925, il a joint son nom à ceux de Louis Aragon, d'Henri Barbusse, d'André Gide, d'André Breton et de Romain Rolland, pour un numéro spécial des *Cahiers du mois*, « Les Appels de l'Orient », où l'orientaliste Sylvain Levi stigmatisait dans son introduction « l'orgueil dément de l'Europe qui prétend faire la loi au monde ». Mon père subit Munich avec désespoir. Peut-être, seulement, croyait-il que Hitler, Mussolini étaient des pantins dont le cours de l'histoire aurait raison. Et peut-être croyait-il trop à la raison en histoire. Pour cela, Munich lui parut le comble de la déraison. Je nous vois

avec netteté en 1939 dans le salon d'un officier en
retraite. Les murs sont couverts de panoplies de sabres
et, devant une carte de la France, il montre à mon père
le tracé de la ligne Maginot, mon père pose des questions, il découvre que ce rempart inexpugnable s'arrête
aux Ardennes qui, elles, ne le sont pas, et il est effondré
– ma mère m'a confirmé plus tard cette scène. Ce qu'il
jugea tout de suite comme une imprévision porteuse de
conséquences catastrophiques dut le conforter dans sa
méfiance vis-à-vis des états-majors politiques et militaires qui en avaient décidé ainsi. À la fin des années
trente, il se fit beaucoup de souci pour des collègues
allemands interdits de cours, persécutés, exilés. Mais il
s'en faisait aussi pour des collègues soviétiques : d'une
visite à Léningrad, en 1937, ma mère et lui revinrent
avec des récits attristés sur les conditions de vie en
général, de travail et d'enseignement en particulier.
Pour mon père, l'intervention de l'idéologie proléta-
rienne dans la recherche historique, fût-elle dirigée sur
l'époque des Han, devait être l'incarnation de l'enfer
sur terre.

À la déclaration de la guerre, en septembre 1939, il
chercha à s'engager. Il avait cinquante-six ans, et on le
renvoya à ses chers caractères chinois. Il reprit son
poste à Paris à la rentrée de 1940, en nous laissant à
Montpellier. À propos du serment au Maréchal qui était
exigé des fonctionnaires, je l'ai entendu dire que ce
genre de choses ne déshonorait que les imbéciles qui
l'imposaient. Dès le premier instant, il a, je l'ai dit,
considéré Vichy comme un dépotoir de politiciens de
beaucoup plus bas étage que ceux qu'il avait coutume
d'ignorer. Il n'avait pas confiance en de Gaulle, trop
politique aussi à ses yeux. Comme beaucoup, il le
soupçonnait d'ambitionner le pouvoir personnel. C'est
finalement sous la plume de Hannah Arendt, parlant, à

propos de l'affaire Dreyfus (dans son livre *Sur l'antisé-mitisme*), d'un homme qui n'appartenait pas à la même catégorie que lui mais néanmoins à la même classe sociale, le colonel Picquart, que j'ai trouvé un portrait qui me semble proche de celui de mon père : « Picquart n'était pas un héros, et certainement pas un martyr. Il était de ces citoyens qui prennent un intérêt modéré aux affaires publiques mais qui, à l'heure du danger (pas une minute avant), se dressent pour défendre leur pays avec autant de naturel qu'ils accomplissaient auparavant leurs tâches quotidiennes. »

Lorsque nous sommes venus le rejoindre à Paris en 1943, les discussions avec mon frère furent vives. Jean le mettait hors de lui par des phrases provocatrices à propos de la société nouvelle qui sortirait de la guerre et qui serait communiste, bien sûr. Mais cela ne concernait pas le fond. Notre père trouvait naturel que son fils veuille combattre, même s'il pensait surtout à ce que cela n'obère pas son avenir. Pour essayer d'endiguer son enthousiasme révolutionnaire, il pensa à un maquis où, espérait-il, Jean, encadré, serait plus en sécurité que dans ses activités clandestines parisiennes. Il s'adressa à des responsables de l'ORA. Ce n'était pas difficile, les visites régulières des « Roger », dont j'ai parlé, amenaient pour ainsi dire l'ORA à domicile. Pendant l'été 43, Jean, muni de faux papiers, passa la ligne de démarcation. Les contacts n'étaient pas bons et il ne put joindre le maquis. De retour à Paris, penaud, furieux, il y poursuivit donc son action militante.

*

En juin 1944, Jean, suivant le mot d'ordre du Parti à la lettre, avec d'autant plus de fougue que le concours de l'École normale avait été ajourné, passa donc à la lutte armée, avec son petit groupe d'étudiants des classes préparatoires aux grandes écoles. Le 24 juillet, son troisième attentat contre un officier nazi se passa mal. Au dernier moment, le camarade avec qui mon frère faisait équipe ne put venir parce que sa bicyclette était cassée et, à sa place, un lycéen de dix-sept ans vint au rendez-vous. C'était la première opération armée de ce garçon, et il est clair qu'il n'aurait jamais dû être là. Mon frère et ses camarades avaient derrière eux trois ans de militantisme, ils étaient passés progressivement d'une activité qui, si risquée fût-elle, pouvait encore prolonger les jeux de l'adolescence à des actions qui relevaient de révolutionnaires professionnels. Ils avaient acquis une expérience du danger, ils s'étaient aguerris – même si cela, justement, pouvait leur donner trop de confiance en eux. Ce ne pouvait pas être le cas du garçon. L'officier fut abattu, son arme récupérée, mais une chasse à l'homme s'ensuivit, au cours de laquelle le lycéen fut pris par la Gestapo. Torturé. Puis ramené sur le lieu de l'attentat et abattu.

Seuls les imbéciles imaginent pouvoir être sûrs de ne pas parler sous la torture – si tant est que les imbéciles se posent la question. Ce qui compte n'est pas de parler ou pas, c'est ce qu'on dit quand on en arrive au point où l'on ne peut que parler. La formation du combattant clandestin inclut parmi ses priorités non pas tant comment résister à la torture, mais ce qu'il faut dire sous la torture, et quand, et jusqu'à quel degré de vérité. Rester lucide dans la souffrance extrême exige un courage inexprimable. Et même celui qui, à bout de souffrance, finit par « tout avouer » n'en efface pas pour autant le courage qu'il a eu jusque-là. Jamais ce courage ne sera comme nul et non avenu. Parler sous la torture n'enlève en rien le statut de héros à celui qui l'a fait. Les vrais, les seuls lâches sont ceux qui ont conduit leur vie de

manière à ne jamais se retrouver en situation d'être torturés. Tout au long de mon adolescence, et plus tard
encore pendant la guerre d'Algérie, et plus tard encore
en Amérique latine, j'ai été hanté par la torture, parce
que, dès mon adolescence, j'ai rencontré un certain
nombre de gens qui avaient été torturés, et je me posais,
je me pose toujours, la même question : et moi, qu'aurais-je fait ? Elle est terrifiante, cette question, car, si
l'on veut être honnête, il n'y a jamais de réponse. On
peut certes se rassurer en se disant que, de toute manière,
cette chose-là ne peut pas vous arriver à vous, mais il
n'y a évidemment pas là de quoi être fier.

Et donc je ne sais pas si ce garçon a parlé sous la torture. Peut-être d'ailleurs portait-il sur lui suffisamment
d'éléments permettant d'identifier certains de ses camarades pour que parler ou non ne change rien. Je sais que
ce garçon était un héros. Comme ses camarades, il a
fait ce que d'autres, plus âgés, adultes, cadres de l'appareil du Parti, dirigeants, ont donné l'ordre de faire
sans avoir le courage, la dignité, de le faire eux-mêmes.

Jean sut tout de suite qu'il était brûlé. Il passa chez
nous, fit le ménage et vit notre père. C'était la nuit tombée. Jean lui dit de quitter l'appartement. Notre père
répondit qu'il resterait. Jean parla de se rendre aux
Allemands, pour éviter l'arrestation de ses parents.
Notre père répondit que c'était idiot, que Jean devait
quitter Paris immédiatement et que, pour lui-même, sa
décision n'appartenait qu'à lui seul. Jean resta encore
plusieurs jours à Paris, pour prévenir son réseau. Le
premier jour, il erra à la recherche d'un lieu sûr, mais
sans compromettre d'autres militants. Il essuya partout
des refus. Il rencontra une cousine qu'il aimait beaucoup et lui dit : « Décidément, aujourd'hui, je ne rencontre que des gens qui ont peur. » Elle eut du moins le
courage de le raconter par la suite. Il fut enfin accueilli

affectueusement par Gabriel Marcel et sa femme qui, non contents de l'héberger, portèrent pour lui des messages.

Longtemps, en revivant ces événements, c'est de Jean que je me sentais proche. C'est à lui que je pensais, c'est de lui que j'essayais de deviner les sentiments et les gestes. Aujourd'hui Jean s'éclipse, c'est notre père qui apparaît, c'est à sa place que, tout naturellement, je m'imagine. Très, très longtemps, Jean a été le grand frère, présent et toujours plus âgé, plus fort, plus savant que moi. Aujourd'hui seulement j'arrive à m'habituer à un lointain petit frère, laissé aux rives de son adolescence. De même pour l'image du père : désormais, depuis quelques années, notre père n'est plus *der alte Professor*. Le vieux professeur dont parlaient entre eux les hommes de la Gestapo est devenu mon cadet.

Ce bureau qui me semblait immense, cet amoncellement de livres, rouleaux chinois, collection complète du *Toung-Pao*, papiers trouvés dans les monastères bouddhistes, manuscrits, fiches, sur les rayons et montant du plancher en piles instables, ce lieu qui était à la fois caverne mystérieuse et antichambre de tous les départs vers l'Orient, comme si, derrière les rideaux de la fenêtre attendait, à quai et près d'appareiller, l'un des paquebots de la ligne de Suez dont j'entendais souvent parler, l'*André-Lebon*, l'*Athos*, ce bureau, je vois notre père y veillant comme chaque nuit, pour sa dernière nuit. Je m'interroge, sans réponses. D'abord, pourquoi ne pouvait-il pas prévenir ma mère, qui se trouvait avec moi à Milon-la-Chapelle ? Mais téléphoner, bien sûr, était impossible. Nous n'avions pas le téléphone à la campagne, il fallait appeler la cabine, tenue par le tabac-épicerie, et la cabine ne répondait plus après six ou sept heures du soir. Peut-être était-il trop tard aussi pour prendre le train de la ligne de Sceaux, qui fonctionnait mal (la ligne était coupée à Massy-Palaiseau par un bombardement) et s'arrêtait tôt. Et puis il y avait le couvre-feu. Il a dû se dire que, l'ayant trouvé, lui, à son domicile, la Gestapo s'en contenterait et n'inquiéterait pas sa femme ? Ou alors, qu'a-t-il voulu couvrir, et qui ? Ma mère et moi, la fuite de Jean ? C'est en tout cas ce que disait ma mère. Ou d'autres activités qu'il ne voulait à aucun prix voir découvertes ? Peut-être espérait-il pour cela jouer, parlant parfaitement allemand, le rôle du père de famille dépassé, du doux savant vivant dans ses grimoires ? C'est ce qu'il fit. Comme d'ailleurs notre mère, qui joua le rôle de la mère poule trompée par son fils indigne, elle qui, quinze jours plus tôt, avait dû brûler dans la cheminée une chemise de Jean maculée de sang et exiger le déménagement d'explosifs encombrants. Je ne peux imaginer que notre père comptait pour le protéger sur son statut social, le fait qu'il soit le président en exercice de l'Académie des inscriptions et belles-lettres. Il était averti : Vildé et Levitzky fusillés en 1941, Cavaillès exécuté en 1944, Marc Bloch fusillé, Fawtier déporté, Halbwachs arrêté, et bien d'autres, il savait parfaitement, depuis avant la guerre par les récits de ses confrères antinazis, ce que camp de concentration voulait dire, il ne pouvait se faire d'illusions sur le sort qui l'attendait. Pris au piège, refusant l'évasion solitaire, veillant au milieu de tant de ses travaux inachevés jusqu'aux petites heures du matin, jusqu'au coup de sonnette. À cinq heures. L'heure du premier métro.

Cette dernière nuit. Tant de travaux inachevés. Le deuxième volume de la *Chine antique* toujours à l'état de notes. Ses études sur le Tao et le « principe vital ». Sur la linguistique. Sur l'astronomie chinoise. Le *Que sais-je ?* à peine ébauché. Tout ce qui reste à réunir, synthétiser, reprendre, qui attend pour la publication, enfin mûri. Une vie de recherches dans tous ces papiers accumulés, inutilisables pour d'autres (ils dorment encore, cinquante ans plus tard, pas classés, pas exploités, dans des cartons de la Société asiatique). À soixante ans, à la fin de sa carrière, il peut revivre ce qu'a vécu son père, en 1870, au début de la sienne, quand il écrivait à la femme qu'il aimait : « J'avais commencé beaucoup dans mes études et je n'ai eu le temps de rien finir. » Et si la phrase de ce dernier, « Je ne commencerai pas ma vie par une lâcheté », est vraie, c'est le moment pour notre père de ne pas finir sa vie par une lâcheté.

« On ne fuit pas devant les boches », aurait-il dit à son fils, qui l'a rapporté à l'une des personnes rencontrées le lendemain dans sa quête vaine d'un refuge. Et Paul Demiéville a noté ces confidences faites, au camp, au colonel Mollard qui les a énoncées ainsi à son retour : « Il dut disposer dans la nuit fatale de grosses sommes. » Il serait donc sorti malgré le couvre-feu pour confier cet argent de la résistance à des mains sûres ? Et : « Il ne voulut pas s'enfuir de craintes de représailles contre ses confrères de l'académie qu'il présidait » – sans commentaires. Mais tout cela n'est que faits rapportés.

À deux heures de l'après-midi seulement les agents de la Gestapo arrivent à Milon-la-Chapelle. Ils ne se sont pas pressés, ils sont sûrs de leur coup, ils ont pris le temps de s'arrêter dans un restaurant proche, de déjeuner sous la tonnelle et de demander où est notre maison.

Mais enfin, une fois tout cela expliqué, reviennent les inévitables « si… ». Si, par exemple, notre père avait quitté la maison en même temps que Jean, il aurait pu avoir un refuge ami où attendre le petit matin, le lever du couvre-feu, le premier métro. Milon-la-Chapelle n'est qu'à trente-deux kilomètres de Paris, il pouvait trouver un moyen de s'y rendre, même en faisant une partie du chemin à pied, il était un marcheur hors du commun, il serait arrivé à temps pour nous emmener, ma mère et moi. Certes, la conviction que, lui arrêté, la Gestapo n'irait pas nous chercher à Milon-la-Chapelle, dont il était le seul à pouvoir donner l'adresse, a pu être déterminante. Et il ne pouvait imaginer que, en quittant l'appartement, la perquisition achevée, les Allemands ramasseraient dans l'escalier la femme de ménage qui arrivait avec le pain. Elle la connaissait, elle, l'adresse. Il n'empêche : pourquoi cette attente résignée de la fatalité ? N'a-t-il vu d'autre issue que cette acceptation stoïque ? Ou a-t-il ressenti une lassitude, une fatigue, un « à quoi bon ? », plus forts que tout, et qui n'ont rien à voir avec l'héroïsme ?

*

De son éducation à demi britannique, ma mère a toujours gardé l'habitude de l'*understatement*. C'est particulièrement vrai en ce qui concerne sa participation à la résistance. Qu'au siège de la Gestapo elle ait observé l'attitude que j'ai dite, celle d'une *Hausfrau* un peu bornée qui n'est pas au courant des affaires des hommes de la maison – occupée aux trois K : *Küche, Kinder und Kirche* –, c'est de bonne guerre, et après tout, elle était cela *aussi*, puisqu'il fallait bien nourrir tout son monde, ce qui n'était pas simple. Mais voilà une femme qui, dès 1940, héberge en connaissance de cause des clandestins, leur sert ensuite de point de chute et de boîte aux lettres, va à des rendez-vous avec eux dans Paris occupé, diffuse activement par ailleurs *Témoignage chrétien* et autres feuilles clandestines, puis accueille les camarades pourchassés de mon frère, l'aide à planquer explosifs et armes, et cette femme-là ne se vantera à aucun moment, que ce soit pendant sa déportation ou après, d'avoir « fait de la résistance ». Elle ne dira pas qu'elle n'a pas fait tout ça, non – et d'ailleurs j'ai découvert après sa mort qu'elle portait toujours sur elle, jointe à sa carte d'identité et à celle d'entrée à la Bibliothèque nationale, sa carte de combattant volontaire de la résistance. Mais elle affirmera que c'était naturel, qu'elle y a été entraînée, contrainte par les événements, qu'elle n'y est pour rien : les clandestins étaient des amis d'enfance, les tracts arrivaient chez elle et il fallait bien qu'elle les distribue, son mari était son mari, son fils était son fils, et c'est tout. Il n'y a qu'avec moi, je crois, qu'elle admettait qu'elle en avait fait un peu plus. De même, je l'ai dit, je suis le seul, dans sa famille tout au moins, à avoir eu un récit sans réticences, ressassement affreux, cauchemar récurrent, des étapes de son calvaire concentrationnaire. Il ne pouvait en être autrement, car elle se réveillait souvent la nuit en hurlant, je venais, et ensuite il fallait bien qu'elle explique, qu'elle raconte. Sinon, sortie du cercle des camarades, elle disait peu de chose, parce qu'elle avait compris que jamais d'autres ne comprendraient vraiment. Si tant est qu'ils avaient envie de comprendre. Car ils étaient bien loin du compte, les vers de mirliton qu'Aragon avait dédiés aux déportées politiques : « Lorsque vous reviendrez car il faut revenir / il y aura des fleurs tant que vous en voudrez. » D'aucune des survivantes du camp de Klein-Königsberg, je n'ai entendu qu'elles ont reçu des fleurs lorsqu'elles sont revenues. Ma mère trouvait indécent de forcer la compassion, à laquelle elle ne tenait pas. Et encore moins l'admiration. Elle aimait, dans l'Évangile de Luc, l'histoire des deux sœurs qui accueillent Jésus à Béthanie. L'une, Marie, reste aux pieds du Seigneur à écouter sa parole. L'autre, Marthe, s'affaire à servir les hôtes et, débordée par sa besogne, demande au Christ de rappeler Marie à l'ordre. « Marthe, Marthe, lui répond-il, tu t'inquiètes, tu t'agites pour peu de chose… C'est Marie qui a choisi la bonne part. » Ma mère disait que toute sa vie elle s'était conduite comme Marthe : dispersée, inconsciente de l'essentiel. Elle n'en croyait probablement pas un mot.

*

En 1944, si les mouvements de résistance peuvent diverger sur beaucoup de choses, ils sont tous d'accord sur ce mot d'ordre, que ce soit à Londres, à Alger ou dans la France occupée : dans la perspective du débarquement allié, l'insurrection doit être générale. Plus elle sera rapide, massive, plus elle apportera une aide efficace aux forces régulières et moins elle risquera d'être meurtrière pour les forces engagées et pour la population.

La direction du parti communiste participe à cette vision. Éclatée entre Moscou (Maurice Thorez), Alger (Fernand Grenier, André Marty) et la clandestinité en France (Jacques Duclos, Charles Tillon), se conformant aux instructions de Staline, elle ne vise pas à la prise du pouvoir, contrairement à l'attente de beaucoup de combattants de la base. Elle entend en revanche se tailler la place la plus importante possible dans la configuration politique qui suivra la Libération, pour peser sur les grandes options à prendre dans le domaine social et économique de la France nouvelle. Les communistes constituent une force essentielle dans la résistance, ils participent au gouvernement d'Alger, et de Gaulle a écrit, dès 1943 : « Au moment où sous les coups magistraux des vaillantes armées russes, la puissance militaire allemande chancelle, il importe que les Français patriotes prennent leur part, aux côtés de nos alliés anglo-saxons, à la libération du territoire national. Je sais que la France combattante peut compter sur le parti communiste français. »

C'est dans ce climat-là d'insurrection que se situe la logique des attentats contre des officiers (et eux seuls) de l'armée allemande.

Jusqu'au débarquement, les FTP étudiants parisiens, dont Jean est devenu l'un des responsables de groupe, ont travaillé dans deux directions : le soutien aux clandestins et aux maquis, et l'agitation populaire. Pour la première tâche, il s'agit des planques et des filières, de la fabrication de faux papiers ou du détournement de vrais papiers, de la récupération de cartes d'alimentation (d'où les cambriolages dans les mairies isolées), du transit d'armes, de la fabrication et du stockage d'explosifs. Pour la seconde, il s'agit de rédiger des tracts et de les distribuer (ou plutôt de les lancer) dans la rue, ces manifestations éclairs étant chronométrées comme des opérations militaires. Un lâcher de tracts sur un marché, il faut que cela se passe en quelques minutes, de façon simultanée en plusieurs points, de manière à disparaître en se fondant dans la foule protectrice à l'instant même où arrivent les forces de répression. Une erreur et ce peut être l'arrestation, la torture, la mort ou la déportation. À cela s'ajoutent des attentats contre des centres de propagande nazie, telle la librairie installée comme une provocation par Robert Brasillach au cœur du Quartier latin.

Après le débarquement allié, l'action s'élargit. Il s'agit désormais de créer une atmosphère d'insécurité parmi les troupes d'occupation. Et pour cela, comme pour préparer l'étape suivante de la véritable insurrection, il s'agit de récupérer des armes.

La situation de l'armement dans la région parisienne est désastreuse. À tel point qu'en août 1944, à la veille de l'insurrection, beaucoup de membres du CNL, le Comité national de libération, instance suprême de la résistance intérieure, n'ont aucune arme personnelle pour se défendre et en réclament désespérément à Londres. La cause la plus immédiate en est que, dans la période précédente, les armes disponibles ou récupérées sur l'occupant ont été acheminées en priorité vers les maquis combattants, les réseaux de province, et que les armes parachutées n'étaient pas destinées aux Parisiens. Il y a aussi la réticence de Londres et d'Alger envers des mouvements dont le contrôle peut leur échapper. Et au-dessus, la politique des Alliés, qui préfèrent ne fournir des armes qu'à des mouvements dont ils sont sûrs, ce qui n'exclut pas seulement la résistance communiste, mais plus généralement des mouvements dépendant directement de De Gaulle.

Abattre des officiers allemands ne répond donc pas uniquement à une stratégie de guerre psychologique, mais aussi à l'exigence de se procurer des armes en les prenant au seul endroit où elles se trouvent : sur le corps de ceux qui en portent. Le COMAC, qui est le commandement suprême et unifié des FFI, Forces françaises de l'intérieur, indique dans un rapport de juillet 1944 : « L'incompréhension des Alliés oblige les Français à compter essentiellement sur eux-mêmes pour faire la démonstration de leurs possibilités et, dans le domaine de l'armement, il est indispensable de faire appel aux FFI pour la fabrication d'engins de défense et pour la récupération d'armes de l'ennemi. » Ce qui se traduit dans les rangs des organisations communistes par des consignes du genre de celle-ci, émanant de l'Union des syndicats ouvriers (CGT) de la région parisienne : « Armez-vous par tous les moyens, fabriquez des armes de fortune pour en récupérer d'autres sur l'ennemi... Avec un marteau vous prendrez un revolver, avec un revolver vous prendrez un fusil, avec un fusil vous prendrez une mitrailleuse. »* C'est exactement ce que firent Jean et ses camarades.

Les rangs de la résistance étudiante avaient considérablement grossi, au printemps 1944. Mais j'ai parlé de l'exaspération de Jean devant les réunions qui ne débouchaient pas sur l'action. Ces réunions découlaient du processus d'unification en cours : la consigne du parti communiste était d'y participer et de s'imposer en force. Les FTP étaient la branche armée d'un mouvement plus large, le Front national, formé par le Parti comme une organisation où il n'apparaîtrait pas directement, et le Front national lui-même participait aux instances où figuraient tous les mouvements. Il est évident que des conceptions divergentes de la lutte s'affrontaient dans cette unification, y compris celles qui refusaient toute prise d'armes, jugée aventuriste. À cela s'ajoutait l'apparition des tout nouveaux venus, sentant le vent, mais peu enclins à risquer leur peau dans des combats obscurs.

Le bilan des attentats contre des officiers allemands en juin-juillet 1944 dans la région parisienne est quantitativement faible : une trentaine. On peut donc dire qu'ils furent le fait de quelques dizaines de militants, tous très jeunes, et qui n'avaient d'autre formation pour ce genre d'action que celle qu'ils s'étaient donnée eux-mêmes. En les lançant ainsi dans la rue, la direction du

---

* Ces citations sont extraites de la communication du colonel Jean Delmas, « Conceptions et préparation de l'insurrection nationale », et de celle de Maurice Agulhon, « Les communistes et la Libération de la France », au Colloque international du Comité d'histoire de la Deuxième Guerre mondiale, *La Libération de la France* (Éditions du CNRS, 1976).

parti communiste les laissait livrés à leurs seules forces et leur seule initiative (les trois attentats auxquels Jean a participé ont été effectués à deux, sans aucune couverture). Après coup, je ne vois pas que le Parti ait tiré particulièrement gloire de ces actions-là. Rien de commun avec la sacralisation des actions des groupes armés antérieurs, Fabien dès 1941, le groupe Manouchian, ceux de l'Affiche rouge, en 1943. Il est vrai que ceux-là étaient encadrés par des combattants éprouvés, vétérans de la guerre d'Espagne, et que l'on ne pouvait pas les effacer purement et simplement de l'histoire. Dans les évocations du Parti, je n'ai jamais entendu citer Jean. Alors même que sa croix de guerre à titre posthume comporte une citation à l'ordre de l'armée avec le classique commentaire « magnifique exemple de bravoure… etc. », et que son colonel américain a demandé pour lui la Victory Cross, c'est comme si Jean n'avait jamais existé pour le parti communiste, pour son parti, dont il a suivi à la lettre la consigne qui devait le mener, lui et d'autres, à la mort : inconnu dans nos fichiers. Irrécupérable, Jean, comme le Hugo des *Mains sales* ? Car pour se les être salies, les mains… Mais ce n'est pas cela. On dirait bien qu'il y a là quelque règlement de comptes à un niveau supérieur de la direction. Qui sait les épithètes que les apparatchiks ont pu se lancer à la figure, par la suite, au sujet de ce qui ne fut, comme beaucoup de gestes héroïques, qu'un épisode minuscule. Je les entends d'ici parler de stratégie erronée, aventuriste, blanquiste, voire, injure suprême, trotskiste… Car c'est un fait : dès les origines du parti bolchevique, le mouvement communiste a toujours condamné la violence individuelle pour privilégier l'action de masse.

De leur côté, à de rares exceptions près, je n'ai pas vu les quelques-uns qui ont participé à ces actions se mettre en avant, qu'ils soient restés communistes ou non. Et je l'ai dit, certains ont, dès l'hiver suivant, soit quitté simplement le Parti (de toute manière, on n'avait pas distribué de cartes, dans la clandestinité…), soit été exclus, tandis que d'autres, à quelques exceptions près aussi (Francis Cohen, par exemple, qui finit rédacteur en chef de *L'Humanité*), continuaient de militer discrètement, à la base. Si Jean a été écœuré par l'afflux de résistants des derniers mois, on peut supposer que ses camarades l'ont été plus encore par l'afflux de ceux de l'après-dernière heure, ceux qui, à la Libération, ont fait valoir des titres de Résistance (avec une majuscule). Jean et ses camarades, eux, ont fait la guerre, et pas à demi : totale, comme celle que voulait l'ennemi (pour paraphraser de Gaulle). Et faire la guerre, c'est tuer. Le risque zéro, comme stratégie militaire, n'avait pas encore été inventé. On peut en être fier, mais on peut aussi ne pas souhaiter se vanter d'avoir commencé sa vie en tuant – et de cette manière-là, obscure et solitaire, mais volontaire aussi, n'obéissant qu'à son choix personnel, qu'à son propre et libre et dur désir de liberté, pour soi et pour les autres.

*

D'avoir aligné tant de mots répond-il pour autant à cette question : tous ces beaux sentiments, tant de noblesse d'âme, qui font ce que l'on nomme ensuite l'héroïsme, comment justifier qu'ils mènent au recours le plus sanglant, que rien, ni dans la forme ni dans l'action au moment où elle se produit, ne distingue plus de la barbarie contre quoi ils s'insurgent ? Le vrai beau sentiment, la vraie noblesse d'âme ne sont-ils pas, non dans, mais au-dessus de la mêlée ?

Si questo è un uomo… Être un homme, un être humain, cela peut donc signifier aussi tuer, en dernier recours, l'ennemi qui dénie à d'autres le droit d'être un être humain. On n'en sort pas. Les beaufs s'étonnent : a-t-on idée de se battre et de tuer pour une idée – l'idée qu'on se fait de l'homme ? C'est vrai ça, ils ont raison, les beaufs : l'homme, ce n'est pas une idée. Mais sans idée, il n'y a plus d'homme. Décidément, on n'en sort pas.

II

LA GUÊPE

*Mais qu'est-ce que la mort héroïque
auprès de la veille sans fin ?*

Zbigniew Herbert
Élégie de Fortinbras

« Cette veille si petite… »

*Ô frères, dis-je, qui par cent mille
périls êtes venus de l'occident
à cette veille si petite de nos sens
qui toujours demeure en nous…*

DANTE
Enfer, XXVI

Automne 1999. Encore quelques traces de pluie, et le doux soleil d'une fin de matinée d'octobre à travers les nuages. La terrasse du café surplombait la rivière qui serpentait entre les arbustes. La rivière marquait une limite entre deux zones ennemies. Les tables de fer étaient rouillées. Toujours, comme partout sur notre parcours, cette atmosphère de temps arrêté, depuis combien d'années déjà ? Bientôt dix ans : l'effondrement de la Yougoslavie. Tout semblait être resté en place, figé, bâtiments administratifs, hôtels pour cadres, techniciens et touristes, grand magasin désert, jardins à l'abandon, tous devenus vieux, très vieux, craquelés, cassés, uniformément gris, vides, comme si déjà ils venaient d'une époque autrement ancienne, dont on ne savait plus rien. Et c'est vrai qu'ils venaient d'une autre époque. Plus haut, sur le pont en béton, pas un passant, pas une présence humaine. Seulement, à de très longs intervalles, le grondement d'un camion, filant vers où ? Sarajevo ? Banja Luka ? Sinon, c'était le silence. La paix. Fermer les yeux et laisser la lumière traverser les paupières. Chaleur intérieure, bienvenue. Nous étions seuls, Klavdij et moi. De la salle venaient des voix d'hommes.

Et plus haut encore, et plus loin, au-delà de la route et sur l'autre versant de la vallée, les taches blanches des tombes du cimetière montant en désordre vers la mosquée, et les ruines de la citadelle ottomane de Travnik.

— Ils ont baptisé la route la Blue Bird. Vous avez vu l'oiseau dessiné sur les panneaux indicateurs ?

— Et vous, vous avez vu, dans la salle, l'ours empaillé ?

Oui, j'avais vu l'ours empaillé, une bête comme on en voit peu.

— Pas étonnant. Le café se nomme « Au rendez-vous des chasseurs ». C'est peut-être parce qu'il n'y a plus d'ours qu'ils ont tant chassé l'homme, ces années.

— Surtout, m'a répondu Klavdij, ne vous excusez pas quand vous sortez des choses comme ça.

Le patron est venu nous demander ce que nous voulions. Klavdij parle le serbo-croate. Moi pas. Nous voyagions à deux. Lui photographiant. Moi écrivant. Nous étions partis quinze jours plus tôt de Sarajevo.

— Il a de la tchorba. Pour vous, comme d'habitude, j'ai commandé du fromage pané.

Sur chaque rive de la rivière un homme pêchait. Chacun lançait sa ligne au milieu du lit, dans les remous silencieux. Face à face. Ils ne se parlaient pas. Chacun ignorait la présence de l'autre.

— Ils vont finir par emmêler leurs lignes, a dit Klavdij. Et moi :

— Je ne comprends pas. À midi les plus grosses truites sont dans les taches d'ombres fraîches, sous chaque ombre d'arbre au bord de la rivière. Pas dans le soleil, qui frappe le milieu du courant.

– On dirait que vous avez une grande expérience de la pêche à la truite.

– Pas personnellement. Je la tiens de Nick Adams.

– Un ami ?

Comme beaucoup qui sont plus jeunes que moi, il arrive à Klavdij de croire que j'ai eu beaucoup d'amis, de préférence célèbres. Privilège de l'âge.

– Un personnage de nouvelles. L'auteur s'en servait quand il voulait parler de son enfance. Il arrive toujours un temps où on veut parler de son enfance. L'auteur, lui, était célèbre. Je crois qu'on le trouve aujourd'hui un peu ringard.

– Je vois, a dit Klavdij. Vous avez connu Hemingway ?

– Il est entré une après-midi dans ma librairie, j'avais fait une vitrine sur la guerre d'Espagne et le camp de concentration français d'Argelès, il m'a serré la main et il est reparti. Il paraît que c'est le genre de choses que je devrais raconter si j'écrivais mes mémoires. Je ne suis pas convaincu. Et puis je ne suis même pas sûr que c'était Hemingway. On m'a dit que c'était lui, ça m'a fait plaisir de le croire. Des Américains barbus, il y en a des tas.

Klavdij non plus n'avait pas l'air convaincu. Pas par mes mémoires. Par Hemingway. Il s'est enquis, dubitatif :

– Parce que vous aimez Hemingway ?

– J'aime sa manière d'écrire. Tout dire sans expliquer. Cela m'aurait plu d'en être capable.

– Le pêcheur qui est de notre côté est probablement musulman. En face, c'est forcément un Croate. S'ils s'emmêlent, ils seront bien forcés de se parler.

Le Musulman supposé a amené délicatement une truite. Énorme. Comme quoi, même en matière de pêche à la truite, Hemingway n'était pas infaillible.

– Si vous voulez une truite, a dit à Klavdij le patron qui arrivait avec le thé, c'est le moment.

– Demandez-lui s'il a des chambres, ai-je suggéré.

Ils ont discuté un instant.

– Il dit qu'il en avait autrefois. Aujourd'hui… Il en a bien une, mais il n'y a qu'un lit et il l'a déjà louée à un camionneur. Je l'ai interrogé aussi sur l'état de la route jusqu'à Bihać. Il m'a répondu : « Il n'y a plus rien. Tu verras : c'est vide. Inutile de me demander qui a fait ça. Tout le monde le sait et tu le sais aussi. » Il a voulu savoir pourquoi je parle « la langue ». Il avait l'air soupçonneux. Je lui ai dit que j'étais slovène. Il m'a dit seulement : « Tu as de la chance. » Ici, on se méfie d'un inconnu qui parle la même langue que soi. Ce peut être un ennemi. Mieux vaut être un vrai étranger.

– Et qui sont ceux qui ont fait ça, et qu'il ne veut pas nommer ?

– Les autres. Vous savez bien : on ne nomme pas l'ennemi. On dit seulement « les autres ». Ou alors, pour les Serbes, « les tchetniks ». Pour les Croates, « les oustachis ». Mais pas « les Serbes », « les Croates », « les Musulmans ». Et ce qu'on parle ne s'appelle plus le serbo-croate. On dit : « la langue ».

Midi. Des appels de muezzin, et une cloche légère, du côté de la ville. Une autre cloche, venant de l'autre rive. Cloche orthodoxe, cloche catholique. Allez reconnaître la différence.

– Je serais bien resté ici. Respirer un peu.

Un grondement plus fort. Une colonne de blindés passait sur le pont, en provenance de la zone croate. Elle s'est arrêtée au-dessus du café. Deux hommes en sont descendus. Ils sont venus s'asseoir à la table voisine. Ils ne portaient pas de grade sur leur uniforme de campagne, seulement un écusson canadien et leur nom : Legrand et Laigle.

– Tu crois qu'ils parlent anglais ? a dit Laigle à Legrand en nous désignant.

Il avait l'accent québécois et lui ne parlait pas anglais.
– Nous parlons français.
– Vous allez à Bihać ?
– Oui.
– Vous verrez : la route est magnifique. Je la fais tous les jours, depuis un an. De chez les Hollandais à chez les Allemands. Je ne m'en lasse pas.

*

On voyage dans l'espace, et c'est aussi un voyage dans le temps.

L'espace, nous le parcourions lentement. Au rythme des bus essoufflés, de zone en zone, de ville en ville, de village en village : l'espace de la Bosnie, morcelé à l'image d'un monde dont j'ai cru, longtemps, qu'un jour il ne serait plus ainsi et qui l'est de plus en plus. Continent, monde pris dans un réseau gangréneux et toujours plus serré de frontières, j'ai déjà écrit ailleurs ce sentiment qui ne me quitte pas.

Mais l'espace est toujours double. Car il y a toujours notre propre espace, celui que, partout, chaque être humain promène avec lui, bon gré mal gré, comme une bulle dans une bulle plus grosse. Crever toutes les bulles, c'est le défi. Certains disent que c'est le début de l'utopie. Très mauvais, l'utopie, disent-ils aussi, on sait où ça mène. Le sage reste dans sa bulle.

Et le temps, il surgit de chaque pierre rencontrée, de chaque regard croisé. Du paysage monte un brouhaha de rumeurs séculaires. Sorti de *La Chronique de Travnik* d'Ivo Andrić, le consul Daville traverse à cheval la foule des musulmans et des chrétiens, pour aller au konak présenter ses hommages au vizir Ibrahim Pacha de retour de son expédition fructueuse en têtes coupées contre Djordje le Noir, chef des Serbes indomptés, ou pour rendre une dernière visite à son ami Solomon Atidjas qui lui dit que, pour lui et les siens, jamais ne s'éteindra l'espoir d'un monde meilleur. Cela se passait vers 1815. Tandis que, sur la route à l'entrée de la ville, quatre-vingts tombes neuves rappellent les combats victorieux du 5e corps de l'armée bosniaque contre les forces de la République serbe de Bosnie durant l'été 1995.

Comme l'espace, le temps du voyage est multiple. Il y a le temps du présent, qui ne ressemble pas à celui de la vie quotidienne. Il y a le temps du passé qui défile sous le regard de qui veut regarder, années et siècles qui remontent. Cette route, depuis quand suit-elle la vallée ? Ce pont a-t-il succédé à un autre, dans un pilier duquel les maçons de jadis, comme le disent les légendes, emmurèrent un vivant pour qu'il défie le diable ? Et ces herbes folles autour des turbés, depuis quand fleurissent-elles ? Mais il y a aussi le temps qui défile *dans* le regard même de celui qui regarde. Il voit d'autres routes, d'autres ponts et d'autres herbes folles autour des tombes, qui ont marqué son enfance et sa vie d'homme. On peut comme le Canadien trouver que la route de Bihać est magnifique et ne pas s'en lasser. On peut aussi penser à d'autres routes que l'on a connues jadis, il y a cinquante ans, traversant d'autres désastres, villes fantômes bombardées, champs désertés, arbres morts. Et se dire, comme une évidence, que, non, jamais on n'aurait eu cette idée, malgré l'immensité grandiose de cette plaine houleuse cernée de montagnes, de trouver la route magnifique. En sentant, comme moi ce jour-là, remonter de très loin quelque chose, fait de lourde et tenace impuissance, qui pourrait être, toute honte bue, une simple envie de pleurer.

Si je m'en tiens à l'état civil, je suis né l'année de l'Exposition coloniale. Enfant, mes livres d'école

– celle de Jules Ferry – m'enseignaient la mission civilisatrice de la France. Savorgnan de Brazza, les hôpitaux, les routes, les ponts, le dévouement des missionnaires. La France apportait les lumières au monde et avec elles les bienfaits d'une civilisation supérieure, la seule qui s'écrive avec une Majuscule. Mais en existait-il même d'autres ? À sept ans je savais, parce que je lisais les affiches que Giraudoux, commissaire à l'Information du premier gouvernement de guerre, avait fait apposer sur les murs, que la France était invincible : *Nous vaincrons parce que nous sommes les plus forts.*

Mais qu'ai-je à faire avec cet enfant-là ? Tout en moi affirme que je suis né le 24 juillet 1944, à l'âge de douze ans et demi. En guise de sage-femme, je vois, puisque j'ai ce privilège de me souvenir de ma venue au monde, le visage d'un agent de la Gestapo. Le cri de la naissance, celui qu'en cet instant j'ai refoulé, reste enfermé en moi. Prisonnier, il a vibré et résonné au long des ans. Avant, il y a eu, je crois, je pense, du soleil. Mais c'est comme si dans cet avant, ce n'était pas vraiment moi. Un dernier rayon ardent, le grésillement de l'été dans toute sa splendeur. Et puis la cloche sonne, je traverse la cour aux capucines en fleur (cette année encore, j'ai semé des capucines dans la même cour), j'ouvre la petite porte. Tout s'éteint d'un coup. Le soleil reviendra ? Il est revenu. Aussi brillant, plus peut-être ? Je ne sais pas. J'ai eu depuis, j'ai comme je le souhaite à tous, mes jours, mes années de soleil. Mais quelque chose me dit toujours que ce n'est pas le même que ce soleil-là, celui dont je sais seulement qu'il brillait avant ma seconde naissance. Qui ne fut pas naissance à la vie, mais naissance à la mort.

*

125

Qu'ai-je cherché très tôt, dans mes premières fugues d'adolescent ? Ma classe de géographie a été les villes bombardées, Boulogne-sur-Mer, Amiens, Caen, dont on avait l'impression que les ruines ne seraient jamais relevées et dont les habitants étaient relogés, parqués plutôt, dans des baraques dites « demi-lunes » et des préfabriqués provisoires. Les régions industrielles, le bassin de Thionville, Briey, où l'on parlait majoritairement polonais. Alès, à l'époque des grandes grèves où l'on fit intervenir l'armée. La plaine alsacienne où j'ai, un printemps, travaillé dans les champs d'un tonnelier : le père ne parlait qu'alsacien et *hochdeutsch*, le fils aîné avait disparu en Russie (il n'est jamais revenu, à l'époque nous l'espérions encore) et le cadet faisait son service dans l'armée française. Une côte méditerranéenne encore presque sauvage l'hiver où, quarante ans plus tard, j'ai situé mon récit *Le Temps des Italiens*, parce que je voulais évoquer la tendresse rude de ceux qui m'y ont traité, quand j'avais quatorze ans, comme un enfant de chez eux, au point de me parler leur langue (qu'ils appelaient du provençal et qui était proche du piémontais), c'est-à-dire de me donner accès à ce qu'ils avaient de plus intime et de plus chaleureux. L'Algérie, gagnée à fond de cale et traversée dans les wagons de quatrième classe affectés aux « indigènes » et qui n'étaient autres que des wagons à bestiaux, une bonne initiation à la colonie pour un garçon que l'on avait, jadis, abonné à la revue de la Ligue maritime & coloniale.

Pour ces années, finalement, une musique : *Pierrot lunaire*. Je m'y vois, pitre sérieux et ahuri. Un clown blanc. Léger en surface, me moquant beaucoup parce que la vie autour de moi me semblait cocasse, riant mais probablement sans indulgence. « Ironique et méchant », m'a dit un jour l'un des rares camarades de classe dont je me souvienne. L'ironie, dit-on, politesse du désespoir. Je ne crois pas pourtant, malgré tant de lest qui me tirait vers le fond, avoir été désespéré. Pierrot, c'est bien connu, cherche la lune. Était-ce chercher la lune que de croire que quelque part renaîtrait le soleil d'avant, dans les ruines des pierres et des esprits, dans tant de vies difficiles, dans tant d'amertume où vivait encore tant d'espoir ? Je l'ai cru. Dans les auberges de jeunesse, on chantait toujours l'air venu des komsomols au temps du Front populaire, et je me souviens des dernières paroles : *dans le soleil levant devant notre pays.* Moins littéraire mais pas différent, en fin de compte, de la dernière réplique de l'*Électre* de Giraudoux : « Comment cela s'appelle-t-il, quand tout est dévasté, et que pourtant... – Un très beau nom, femme Narsès : cela s'appelle l'aurore. » Bien sûr, j'aurais dû savoir que, comme l'écrivit ironiquement Romain Gary au soir de sa vie, le bonheur, *tout le monde sait ça,* c'est seulement de la propagande communiste. Tout le monde ? Moi, je ne veux toujours pas le savoir.

Après tout, j'ai eu une adolescence heureuse. Pierrot lunaire, oui, mais amoureux du soleil. De tout ce qu'il y a d'impalpable dans un rayon de soleil. Des danses de la lumière. Que Rimbaud m'ait attiré comme il en attire toujours tant d'autres, et dans mon cas à la folie (j'emploie le mot qui convient), ne m'a pas empêché de me situer à l'opposé de lui sur un point, au moins : je n'ai connu personne qui se soit moins ennuyé que moi. Un bruit, un passant, un nuage, la houle dont jamais une vague ne ressemble à l'autre et que l'on peut regarder une journée entière, tout était et est encore motif à distraction, à étonnement au sens présocratique. J'ai souvent répété la petite phrase de Lorenzaccio : « Je voudrais être ce monsieur qui passe. Ce monsieur qui passe est charmant. » Revers obligé : l'impossibilité de me fixer sur les études scolaires. L'impossibilité d'être sérieusement sérieux. Le sens et même le goût de la dérision ont toujours combattu en moi celui de la responsabilité. J'ai fait preuve, avec un entêtement peu commun, d'un sérieux quasi obsessionnel dans toutes les tâches où je me suis embarqué, mais je n'ai jamais pu empêcher que le clown blanc vienne y ajouter sa part de pitrerie et de sarcasme. Peur des grandes formules sensées, rejet de l'installation définitive, dégoût du statut social et du pouvoir qui peut en découler. J'ai fait plusieurs métiers et j'ai eu cette chance inestimable de les aimer tous passionnément. Mais je n'ai jamais pu m'empêcher d'éprouver, dans le même temps, le besoin d'être ailleurs. Je suis sûr que ce n'était pas par besoin de fuir la réalité. C'était, et c'est toujours, au contraire, par besoin de plus de réalité.

Mon premier grand voyage seul, c'est en Allemagne que je l'ai fait, durant l'été 1948. J'étais allé rejoindre ma mère dans un chalet de la Croix-Rouge en Forêt-Noire, dans la zone d'occupation française. Là venaient se reposer des petits fonctionnaires plus ou moins liés aux services de santé de l'armée française. Leur ligne de conduite : il fallait en faire baver les chleuhs. Passons, c'était dégradant. Höchenschwand était un village sur les hauts de la Forêt. La population était obséquieuse. Il y avait des promenades dans les bois sombres, tapissés de fougères et de myrtilles d'où émergeaient des champignons de contes de fées, rouges tachetés de blanc. Manquait juste, sous leur chapeau en forme de toit, un gnome des frères Grimm. On croyait se perdre, et l'on se retrouvait toujours ramené à un carrefour au milieu de la forêt, dont le nom, sur une plaque en bois, n'avait pas été changé : *Adolf Hitler Platz*. Preuve que ces *Holzwege* – ces chemins dans les bois « qui ne mènent à rien » – chers à Heidegger (que je ne connaissais pas encore, et pour cause) menaient bien quelque part. J'étais arrivé avec un lot de cartouches de cigarettes, et chez le coiffeur du village j'expliquai mon problème : je voulais me perfectionner dans la langue allemande, je pouvais payer en cigarettes américaines. Celles-ci, achetées en Belgique au cours d'un périple en bicyclette, étaient en réalité belges, donc bon marché, mais la différence ne se voyait pas. Le coiffeur me mit en relation avec l'instituteur. Pour un paquet par leçon, ce grand brachycéphale tirant sur le roux, habillé de vert, me recevait avec une inclinaison du buste et un claquement des talons. Il était imperturbable, j'étais appliqué. Nous n'avons jamais échangé un sourire.

Cette année-là, je devais repasser mon premier bac à la session d'octobre, et donc je repartis seul pour Paris. Je bénéficiais, comme le personnel des troupes d'occupation, de la carte de circulation gratuite et prioritaire sur les chemins de fer. Arrivé à Baden-Baden, je tournai le dos à la France. Je me dirigeai vers Donaueschingen. En fait de sources du Danube, je ne vis qu'un clapotis noir, car il faisait nuit et le seul train prévu repartait à deux heures du matin : les trains étaient rares et irréguliers. Les vieux *Burg* au clair de lune me firent sentir quelque chose de la *Sehnsucht* et du romantisme germanique. Je passais sur les traces de Gérard de Nerval que j'aimais et dont le délire ne me faisait pas peur. Puis je remontai vers Mayence, Düsseldorf et Francfort. On attendait aux ponts provisoires et dans les gares déchiquetées. Il y avait toujours en queue un wagon spécial réservé aux occupants. La population allemande s'entassait dans les autres, qui étaient ceux dans lesquels je montais. Je luttais victorieusement contre le sens de l'ordre des contrôleurs allemands qui voulaient toujours me renvoyer à l'arrière.

Entendant mon accent français, les voyageurs me parlaient beaucoup. Le thème général était du genre *Krieg gross Malheur*. Ils me racontaient leurs souffrances. Je ne doutais pas de celles-ci. Je ne parlais pas des miennes, c'eût été indélicat. Ce qui s'exprimait plus fort que tout, à travers leur plainte, était l'injustice d'être les vaincus, persuadés qu'ils étaient de n'avoir pas mérité ça. Là, je ne pouvais vraiment pas compatir. La nuit, je dormais dans les gares, aux « foyers du soldat » des troupes d'occupation. Baraques avec des châlits, couvertures qui sentaient la vomissure, et toujours, sur le coup de trois heures du matin, un compatriote soûl qui apportait bruyamment son supplément d'odeurs fortes. Mais enfin j'avais du café, du pain, de la soupe et du gros rouge à volonté. J'étais libre. Le jour, j'errais dans des villes détruites d'où émergeait, au milieu des ruines et des ronces, la flèche d'une cathédrale presque intacte. Au centre de Francfort, sur un terrain vague qui avait été un quartier historique, j'ai cueilli les mûres les plus grosses, les plus noires, les plus juteuses que j'ai connues. De retour à Paris, bien entendu, cette fois-là comme d'autres, j'échouai au bac.

Pourquoi ce voyage allemand à seize ans, à peine sorti de la guerre ? Je crois que je voulais espérer. En voyage, on recherche toujours la rencontre d'un sourire. J'ai rencontré des sourires allemands. *Le sourire, vue du bonheur*. Peut-être rien n'était-il perdu ? Après tout, ce n'était pas un hasard si, malgré la guerre, la défaite et l'occupation, mon père n'avait pas renoncé à ce que j'étudie, comme lui en son temps, l'allemand pour langue vivante en classe. (J'étais censé savoir l'anglais pour le parler à la maison, mais en ces temps durs ce volet-là fut très négligé, même si j'ai appris, à table, les mots courants de l'époque, topinambour, par exemple : *Jerusalem artichoke*, ou faire la queue : *there was queuing two hours for bread* – très utile pour justifier un retour tardif du lycée.) L'apprentissage de la langue allemande, je l'ai vécu dans une constante contradiction. Cette langue était celle de la barbarie nazie. Elle était aussi celle d'une culture complémentaire ou opposée de la nôtre, je ne sais toujours pas, mais qui, dans tous les cas, ouvrait l'esprit sur un mode différent de penser et de rêver. Sur l'étranger – et le plus étranger concevable, en l'occurrence, puisqu'il était l'ennemi.

Pour saisir d'emblée que la langue des occupants ne pouvait être en aucun cas confondue avec la langue du peuple allemand en son entier, j'avais eu la chance de bénéficier d'une aide paradoxale, celle du ministère de l'Éducation nationale de Vichy. Dès la rentrée 1940, en effet, celui-ci avait fait coller dans les livres de classe un papillon blanc sur les poésies de Heine. Grotesque zèle antisémite qui devait dépasser les exigences du vainqueur puisque celui-ci, dans son propre pays, ne pouvant rayer la *Lorelei* des mémoires, se contentait de l'attribuer à un « auteur allemand inconnu ». J'avais donc lu la *Lorelei* en transparence. Ce fut d'ailleurs la première poésie que notre professeur, Alsacien réfugié, nous fit apprendre par cœur. *Ein Märchen aus alten Zeiten…* Rien ne pouvait mieux convenir que ces vers, puisqu'ils exprimaient la nostalgie d'une langue qui ne pouvait plus nous parler dans sa pureté première, d'une langue que nous étions obligés d'aller chercher, extraire de sous le blanc de la censure, de sous le bruit des bottes, de sous les aboiements des oppresseurs qui la défiguraient.

À vingt ans, j'ai passé l'été à l'université de Heidelberg. Je n'y ai d'ailleurs pas fait grand-chose, à part me soûler abominablement en compagnie d'individus balafrés. J'en ai quand même rapporté les œuvres de Hölderlin. Mais il faut me rendre à l'évidence, je n'ai jamais eu d'amis allemands et, malgré tous les grands discours que je me tiens sur l'universalité de l'espèce humaine, l'Allemagne est le seul pays où je ressens vraiment le malaise d'être un étranger chez des étrangers. Au moment où je m'y attends le moins, il suffit d'une intonation, d'une attitude, pour que la langue m'évoque, brutalement, trop de souvenirs et d'images que le passé a dressés comme un mur. L'ignominieux carré de papier blanc sur mon livre de classe qui, à dix ans, m'avait séparé de l'Allemagne et du génie allemand ne s'est jamais tout à fait décollé. L'allemand ne figure pas parmi les langues des livres que j'ai traduits, et pourtant c'est la seule que j'ai étudiée. Les autres, je les ai apprises sur le tas, beaucoup dans la rue et un peu dans les livres, autant par hasard que par nécessité.

*

Et donc, en ce mois d'octobre 1999, le patron de l'auberge de Travnik voulait savoir, soupçonneux, pourquoi Klavdij parlait « la langue ». Et comme ce n'était pas la première fois au cours de notre long cheminement que la question était posée, et sur le même mode, je me suis répété que, moi qui toute ma vie ai aimé la richesse infinie des langages, je me trouvais devant ce triste cas – cette régression – d'une langue qui, après avoir servi à plusieurs peuples pour s'entendre, dans tous les sens du terme, est devenue objet de répulsion et de haine.

J'ai haï les « boches ». Je sais que de nos jours ce n'est pas consensuel d'évoquer un tel sentiment, mais c'est ainsi. Leur langue était, comme leur uniforme, leur drapeau et leurs canons, la marque de l'oppression et de notre négation. J'ai aimé Heine, les bords du Neckar et ceux de la Sprée, je me suis acharné à voir la raison par les yeux de Kant, et dans sa langue. Et qu'on ne

132

me dise pas qu'il y a deux Allemagnes. J'ai appris que c'est l'humanité entière qui s'inscrit comme elle le peut dans les infinies modulations, oppositions, attractions de son inextricable dualité. Il faut faire avec.

La langue est quelque chose de trop intimement lié à l'être, au corps, à la vie de chaque individu pour qu'elle puisse appartenir à un clocher, un bistrot, des frontières. Encore moins pour qu'elle soit mobilisée au nom de la nation, et devenir son symbole, son instrument, son uniforme, au même titre que son drapeau et ses canons. J'aurais pu haïr l'allemand s'il m'avait été imposé comme ma propre langue et si l'on m'avait interdit de parler, de penser en français – « défense de cracher par terre et de parler breton » –, mais ce n'est pas le cas. Ce n'est pas non plus le cas de l'homme de Travnik. L'usage du serbo-croate ne l'avait jamais empêché de parler, de penser avec ses propres expressions, ses propres intonations bosniaques. Mais voilà : aujourd'hui, pour lui c'est devenu le symbole d'une attache, voire d'une complicité, désormais reniée et insupportable, avec les « autres ». La haine des autres l'a conduit à haïr ce qu'il partageait avec eux et qui était également lié intimement à son être, son corps, sa vie. La haine des autres l'a conduit à haïr une partie de lui-même. Revenir à la malédiction de Babel, c'est quand même une sacrée régression dans les millénaires.

Et désormais, chez tout inconnu qui passe, l'homme de Travnik, avant de lui apporter le pain, guettera si, dans sa demande, il a employé le mot *khleb* ou le mot *kruh*, car c'est ainsi : en serbe et en croate, le pain n'a pas le même nom. J'ai eu jadis ce genre de réactions, en soupçonnant chez l'inconnu un accent germanique. C'était il y a très, très longtemps. Mais alors, tout est-il à recommencer ?

*

*« Das muss nicht sehr lustig sein, in Ost-Berlin zu
leben. »* C'était quand, et quel âge avais-je ? En 1949
ou 1950, j'avais dix-sept, dix-huit ans ? Sur la grande
route rectiligne qui traversait les plaines désertes vers
Châlons et la Lorraine, j'avais été pris en stop par un
camionneur. Il ne s'était pas arrêté pour moi mais pour
un groupe de cyclistes allemands de mon âge qui péda-
laient, chargés de sacs, suant sous le soleil d'août. Un
de plus, un de moins, il m'avait fait signe de monter
aussi, j'avais couru, et il avait refermé la grosse porte
arrière sur l'obscurité, tout juste percée d'une veilleuse.
Les vélos brinquebalaient dans la grande caisse métallique et nous nous tenions comme nous pouvions,
accroupis, allongés à plat ventre, ballottés par le caho-
tement du camion vide sur la nationale défoncée. Une
manière un peu particulière de « voir du pays ». Mais
qu'y avait-il à voir, sur cette route ? Des champs de blé
moissonnés, les premiers labours pour les betteraves
de l'hiver, à perte de vue, recouvrant les champs de
bataille du passé : Champaubert, Montmirail, 1814, le
camp de Châlons, 1870, la Marne, 1914, et peut-être
Romilly, dont le nom évoque toujours pour moi le char
de la division Leclerc ainsi baptisé, que j'ai vu, brûlé
avec ses occupants, un matin d'août 1944 sur l'espla-
nade des Invalides, tandis qu'un peu plus loin, juste à
l'angle du pont Alexandre-III, une énorme flaque qui
n'avait pas encore entièrement séché m'avait appris
qu'elle est énorme, la quantité de sang que peut répandre
un homme quand il se vide complètement. (Pourtant,
j'avais déjà vu tuer le cochon, mais je n'avais pas fait le
rapprochement.) Péguy ne connaissait pas ces plaines,
mais il les avait traversées cent fois avec sa plume en
chevauchant derrière Jeanne *qui marchait la première*

134

et face à la bataille, et il avait eu cette belle envolée, *heureux ceux qui sont morts pour la terre charnelle, heureux les épis mûrs et les blés moissonnés*, envolée prémonitoire puisque c'est là qu'il est venu nourrir de son corps les récoltes futures. Simplement, il n'avait pas prévu les betteraves, juste les blés. Quant au bonheur des épis mûrs et des blés moissonnés, seuls lui et quelques millions d'autres pourraient nous en rendre compte.

Et donc, privés momentanément de pays à voir, de clochers, de blés, de betteraves (de toute manière, ce n'était pas la saison des betteraves) et autres produits de la terre charnelle, nous avons parlé, ces Allemands qui avaient mon âge et moi, comme nous avons pu, c'est-à-dire en hurlant pour dominer le ferraillement d'enfer. Le grand blond le plus proche m'a dit d'où ils venaient et où ils retournaient, et moi je lui ai dit ça : que ce ne devait pas être drôle de vivre à Berlin-Est. À l'époque, déjà au cœur de la guerre froide, le Mur n'existait pas encore et, dans Berlin divisé en quatre zones, ceux de la zone russe pouvaient venir librement à l'ouest. Ai-je vraiment dit *lustig*, ou plutôt *glücklich* ? Drôle, ou heureux ? Ce que je sais, c'est que le grand blond m'a répondu que ce n'était pas moins drôle, ou moins heureux, de vivre à Berlin-Est que de vivre ailleurs, en Allemagne, en Europe. Tout cela, c'était du pareil au même et, a-t-il ajouté d'un ton dubitatif, *vielleicht auch in Frankreich*, peut-être aussi en France. Et l'on sentait qu'après son périple français sa croyance dans le vieux dicton allemand, *glücklich wie Gott in Frankreich*, heureux comme Dieu en France, avait été pour le moins ébranlée.

Largués du côté de Nancy, nous avons campé. J'ai le souvenir de rires, et peut-être s'agissait-il de masquer la gêne. Car à ce souvenir se mêle celui d'une conscience diffuse qu'il y avait de la gravité dans cette rencontre. Elle n'était sous le signe d'aucune « réconciliation » de patronage. Il n'était pas question de se réconcilier, parce que cela eût supposé mettre en jeu le passé des nôtres, et ça, nous n'y pouvions plus rien, sauf ne jamais oublier. Il était seulement question de voir, mine de rien, si nous étions capables de passer cette nuit ensemble, rires ou pas. De faire *comme si* le passé qu'il n'était pas question d'oublier ne nous empêcherait pas de vivre le présent. Aujourd'hui, je sais bien ce que nous cherchions, dans notre chassé-croisé à travers les ruines de la vieille Europe, moi en Allemagne et ailleurs, eux en France et ailleurs. Nos pères et nos frères aînés avaient fait la guerre, et pour certains, pour beaucoup, y étaient restés. Cela nous ne nous le sommes pas dit, parce que entre nous on ne se disait pas ces choses-là, en ce temps d'après-guerre. Mais ce que nous sentions confusément et qui m'est devenu de plus en plus clair en y repensant au fil des ans, c'est que nous nous sentions largués dans les décombres que ces pères et ces frères nous avaient légués. Ceux-là avaient connu, du moins nous le croyions, dans la mythique avant-guerre, des choses que nous ne connaîtrions jamais. Des choses qui tenaient à des idées de paix, des idées de bonheur. Les uns les avaient trahies. D'autres, pour les défendre, étaient morts. Trahison, mort, ils nous avaient laissés seuls. Nous errions sur les routes de nos pays et des pays étrangers, tristes ou joyeux, insolents ou soumis, pour essayer de comprendre ce qui nous attendait, puisque, disait-on, c'était à nous, les nouvelles générations, de prendre la relève. Mais la relève de quoi dans toutes ces ruines ? Alors nous allions voir comment, ailleurs, vivaient les hommes. Nous avions un espoir, et c'était peut-être même une certitude : que nous saurions, nous, ne jamais faire de nouvelles ruines. Mais à part ça, le grand blond de Berlin le disait bien, et sans colère, sans amertume même : ce n'était pas drôle, ce n'était pas heureux, nulle part, l'Europe. Tant pis. Ce soir-là et bien d'autres, nous avons fait avec. Ce n'était déjà pas si mal.

Quand je dis « nous », bien sûr, je désigne seulement ceux, dont je ne sais le nombre, que j'ai imaginés comme moi un peu paumés dans ce monde de la fin des années quarante qui aurait dû être un monde nouveau et où nous avions tant de mal à nous repérer, parce qu'il ne correspondait à rien du monde perdu d'avant dont on nous avait tant parlé, ni à rien du monde d'après qu'on nous avait tant promis. Et je désigne surtout ce groupe qui s'était rencontré par hasard dans l'obscurité d'un camion qui nous faisait traverser la plaine en aveugles.

*

En cet automne 1999, c'était bien là ce que je ne voulais pas, voyager en aveugle. Plutôt qu'un « étonnant voyageur », je préfère être un voyageur étonné. Du seul étonnement qui vaille, celui, primitif et primordial, que doivent inspirer la vie et ce qu'elle peut créer. Celui de Lorenzaccio découvrant un tableau : « Est-ce un paysage ou un portrait ? Dans quel sens faut-il le regarder, en long ou en large ? » Comment faut-il voir le monde : en long, en large ou en travers ? Le reste est affaire d'apprivoisement. Apprivoiser l'étonnement, mais ne jamais en perdre la faculté sous prétexte d'habitude. Ainsi, tout ce qu'on devrait espérer d'un voyage c'est que le temps, la lenteur, l'absence d'horaires impératifs, finiront par nous imprégner d'un quelque chose (qu'à défaut de mieux on appellera une « réalité », tout en sachant les pièges du mot) qui sera plus proche, mais

137

aussi peut-être plus indicible au fur et à mesure que les jours passeront. Alors le monde ne sera plus seulement un tableau, le voyage plus seulement un spectacle, la question du long, du large ou du travers ne se posera plus puisque nous serons entrés, si peu soit-il, *dedans.* Certains se souviennent du proverbe qui courait au temps des vrais voyageurs à propos de la Chine : une semaine un livre, un mois un article, un an, rien. Finalement, s'il y a quelque chose d'étonnant chez le voyageur moderne c'est tout bonnement qu'il puisse voyager. Privilège insensé au regard des populations qu'il traverse et sont, elles, rivées à leur terre ou à ce qui en reste par les frontières infranchissables en l'absence de visas eux-mêmes impossibles – ou simplement par l'absence d'argent.

*

Donc nous avions quitté Sarajevo quinze jours plus tôt. Un peu sonnés par toutes les amertumes de l'après-guerre qui se déversaient sur nous, dans cette ville qui refusait toujours d'avoir été blessée à mort mais où l'on respirait encore l'air de la mort. Nous avions vu la détresse des déplacés sans espoir de retour et de ceux qui disaient que cette ville ne serait plus jamais la même parce que, justement, tant de déplacés venus d'ailleurs avaient pris la place des habitants de toujours, partis pour ne pas revenir. Nous avions vu la richesse insolente des profiteurs du libéralisme sauvage, plus profiteurs ici encore que dans d'autres pays ex-« socialistes » parce qu'ils avaient pu ajouter aux profits du nouveau marché ceux de tous les trafics et combines de la guerre et de la présence des armées étrangères. J'avais fait pleurer notre hôtesse à qui j'avais dit que j'étais heureux de retrouver Sarajevo en

138

paix. Elle m'avait répondu que la paix était plus difficile que la guerre, parce que dans la guerre, au moins, il
y avait l'espoir têtu de la paix, et que maintenant, dans
la paix, où était l'espoir ? J'étais allé rendre visite au
vieux docteur qui à mon dernier passage, en 1995, dans
la ville encerclée, disait qu'il guérirait s'il pouvait
revoir la mer, et j'avais appris que le vieux docteur
n'avait pas revu la mer et qu'il était mort. Et je ne
savais pas encore que la femme à qui nous apportions
une lettre de sa fille exilée en France et qui, malade
depuis une quinzaine de jours, s'était levée spécialement pour nous faire du thé, cette femme revenue à la
« vie normale » après avoir passé des années d'angoisse
et des mois calfeutrée dans une maison prise entre les
lignes de feu, irait le lendemain à l'hôpital, s'y verrait
diagnostiquer une leucémie et mourrait quelques
semaines après que j'eus écrit, à mon retour en France,
dans *Le Monde*, tout en me reprochant de faire dans le
mélo : « Il y a beaucoup de maladies comme celle-là
dans Sarajevo. Les gens ont l'air "normaux" mais, en
dessous, ils sont frappés de maux qu'ils ne compren-
nent pas jusqu'au moment où vient le diagnostic : can-
cers, leucémies. L'usure. »

À Mostar, pour aller de la zone dite « musulmane »
à la zone, pure ethniquement, croate, nous avions
emprunté à pied le grand pont K & K, *kaiserlich und
königlich*, construit aux temps de l'Autriche-Hongrie
triomphante, intact celui-là, pas détruit comme le vieux
pont ottoman par les Croates de l'éphémère Herzeg
Bosna, la république croate de Bosnie-Herzégovine.
Un pont désert parce que personne ne franchissait la
Neretva pour aller chez « les autres ». Au bout du pont,
après les ruines, un immense tag sur un immeuble
moderne nous avait prévenus de l'incongruité de notre
présence : *« You have fucked us, we fuck you ! »*

À Nevesijne, avant-poste de la « république serbe de Bosnie », à Foča devenue Srbinje (« la Serbe »), au milieu d'une population dont les regards nous traversaient sans nous voir, nous n'avions pas cherché, et pour cause, les tours, beffrois et minarets, splendeurs de l'art ottoman vantés par les guides touristiques. Tous rasés. Nous avions roulé dans des bus déglingués à travers des paysages lunaires où, des villages, ne subsistaient que les cimetières et leurs turbés. Nous avions croisé des patrouilles de blindés espagnols, ukrainiens, allemands, français, portugais, britanniques (sikhs et gurkhas enturbannés), hollandais et j'en passe. Nous avions erré dans Stolac, charmante bourgade tapie dans sa vallée idyllique où ne subsistait qu'une maison sur d i x ou vingt, petites enclaves cernées de potagers fleuris où séchait la lessive, entre des murs calcinés sur lesquels avaient été hâtivement barbouillés en noir les noms (musulmans) des anciens habitants chassés. Trois ans après, des bulldozers de l'armée espagnole commençaient seulement à dégager les rues des décombres et des appareils ménagers rouillés, trop anciens probablement pour les pillards, qui les encombraient. Stolac ville frontière entre Serbes et Croates où les mafias des deux camps et de quelques autres ont ouvert un immense marché pour vendre voitures volées, électronique razziée, et monter toutes les fructueuses affaires – transports, détournements de l'aide humanitaire, trafics avec les militaires étrangers, armes, drogue – qui sont possibles dans un pays où la loi a disparu devant celles de la guerre, du plus fort et du plus riche. À Goražde, nous avions connu des gens qui avaient vécu des années d'angoisse sous les tirs tendus des canons postés sur les crêtes, mais qui n'en parlaient pas, préférant évoquer le temps d'« avant », quand ils n'étaient pas confinés dans leur enclave dont, malgré la fin de la guerre, ils ne sortaient plus : « Que nous est-il arrivé ? Pourquoi ont-*ils* fait ça ? »

« *Das stinkt nach Todt* », ai-je dit à Nenad Popović, notre éditeur croate, à Zagreb, à la fin de ce voyage-là. Ça pue la mort. Pourquoi ai-je éprouvé le besoin de le dire en allemand ? Parce qu'il y avait ce soir-là un journaliste de la *Frankfurter Allgemeine* ? Parce que notre ami Nenad, en bon homme de culture d'Europe centrale, parle parfaitement allemand et s'exprimait beaucoup ce soir-là dans la langue du journaliste ? Mais il parle aussi parfaitement français. Plutôt, je suppose, parce que trop de choses vécues dans cette errance de 1999 avaient fait resurgir ce que j'avais vécu dans celles de la fin des années quarante, quand l'Europe entière puait encore la mort, et que cette mort répandue par tout le continent s'exprimait prioritairement en allemand.

*

Nous avons retraversé Travnik à pied pour aller prendre le bus de Bihać. Avant la guerre, au recensement de 1991, Travnik comptait une population de Croates, de Musulmans et de Serbes dont la répartition devait être à peu près la même qu'au temps évoqué par Ivo Andrić. Sauf qu'il n'est pas question, dans ce recensement, des Juifs, importants dans la vie sociale décrite par *La Chronique de Travnik*, ni des Tziganes, nationalités non reconnues par la Fédération yougoslave. En 1992, toute la région avoisinante a été prise par l'armée nationale yougoslave, puis tenue et nettoyée ethniquement par l'armée de la « république serbe » de Bosnie. Dans la ville assiégée ont afflué une partie des deux cent mille réfugiés chassés des campagnes, essentiellement croates. Alors que les forces de la « république serbe » de Bosnie bombardaient régulièrement la ville depuis les montagnes proches, les tensions dues à la surpopulation ont débouché en 1993 sur des combats de rue entre Musulmans et Croates, qui se sont terminés par une partition : Croates dans le bourg moderne de Novi Travnik, Musulmans dans la vieille ville. Cette partition a subsisté, et c'est la rivière aux truites qui en est la frontière. En juillet 1995, la nouvelle alliance de la Croatie et du gouvernement de Sarajevo s'est traduite par l'offensive Storm qui a pris les Serbes en tenaille. Au nord, l'armée croate a conquis la Krajina dont elle a chassé les habitants majoritairement serbes en deux jours, détruisant tous leurs biens et lançant près de cent mille personnes dans une fuite éperdue sur la route de Belgrade. Au sud, l'armée bosniaque de Sarajevo a repris tout le territoire jusqu'à Bihać et la frontière de la Croatie.

Peu de signes visibles témoignent de ce passé si proche. Une petite ville presque normale, rue piétonne, vieilles pierres, mosquée et reliques ottomanes bien propres. Plus que le mot « normal », c'est le mot « normalisé » qu'il conviendrait d'employer. On est dans un après-guerre où déjà plus rien ne rappelle la guerre, sauf le cimetière militaire bosniaque et, peut-être, de grands V badigeonnés et déjà délavés sur les murs, vestiges du passage du Vᵉ corps de l'armée nationale bosniaque qui a libéré la ville – mais, interrogée, la marchande de journaux a dit, l'air buté, qu'elle ne savait pas ce que cela signifiait. Et toujours cet abattement, cette tristesse. C'était chez les gens, plus que sur les pierres, qu'il fallait chercher les séquelles de la guerre. Mais des gens qui, malades de leur passé, ne voulaient plus en parler. Quant au passé de la ville, nouveaux venus pour la plupart, ils n'en avaient que faire. Pour la plupart, ce passé-là n'était pas le leur, et, du leur, ils n'avaient rien pu sauver. C'est cela l'urbicide : pas tant la destruction physique de la ville que cette normalisation qui a rendu la ville muette.

Il y avait jadis ici un musée Andrić, censé se trouver dans sa maison natale. Il devait contenir une partie de la mémoire de la ville. Les gens questionnés dans la rue restaient vagues. Non, ils ne savaient pas. Un commerçant, natif de Travnik, nous a expliqué : le musée était devenu un restaurant tout neuf, « Le Perroquet ». La carte affichait des prix exorbitants, même pour nous. Un salaire mensuel bosniaque pour un repas. Un serveur nous a dit que si nous ne voulions pas déjeuner, nous n'avions qu'à circuler, il n'y avait rien à voir. Le dénommé Andrić ? Inconnu au menu. En Bosnie, où, comme ailleurs, on se réclame tant (et souvent pour le pire) du devoir de mémoire, celui-ci, à force d'être sélectif, est devenu un devoir de non-mémoire.

La gare routière, elle, offrait le spectacle habituel : bâtiment surdimensionné, verrières fissurées, béton craquelé, passagers en attente avec leurs sacs informes, bus à bout de souffle ayant vécu une autre vie ailleurs en Europe, anciens pullmans touristiques, long-courriers désormais affectés aux dessertes locales, ou au contraire transports urbains promus aux grandes distances. J'ai connu un temps où les gares étaient un concentré toujours mouvant, toujours renouvelé, d'une société. Petites gares de province où l'on retrouvait sur le quai, pour l'express de cinq heures, toutes les classes sociales de la ville. Le médecin et les bidasses en permission. Je revois ma grand-mère enjamber des valises pour aller saluer sa vieille camarade d'école qui prend le même train. Aujourd'hui, dans nos pays riches, les arrêts du TGV sont trop brefs, les halls et les quais trop rationnellement adaptés au traitement des voyageurs, pour que l'on puisse y trouver autre chose que des glissements pressés de corps qui tâchent de s'éviter. Sans oublier la musique d'ambiance.

Il n'y avait pas de musique d'ambiance à la gare des bus de Travnik. Peu de monde, et parlant peu. Et une gare bosniaque n'est pas un reflet fidèle de la société, parce que la classe des actifs, ceux qui ont fait vraiment la guerre, les jeunes gens virils au crâne tondu, vaincus ou vainqueurs (mais y a-t-il des vainqueurs, dans ces guerres-là?), ont leurs voitures, acquises plus ou moins légalement. Et ils s'en servent, certes, mais pour rester entre eux, chez eux, tournant dans leur ville en faisant hurler les pneus. Pourquoi aller chez l'autre, chez celui qu'on voudrait voir mort, disparu, éradiqué? Et ceux qui ont profité de la guerre et en profitent toujours traversent les zones pour rencontrer leurs homologues de l'autre camp, dans leurs puissantes Mercedes autrement superbes que les tristes voitures noires à petits rideaux discrets dont usaient, « avant », les apparatchiks.

Un kiosque de boissons tièdes, une maigre presse locale et de Sarajevo, un étalage de cigarettes tout aussi locales et de briquets – de ces briquets jetables dont on ne sait pas combien de fois ils ont été regarnis de gaz et quand ils éclateront dans la main de leur acheteur. Le tableau de départ où manquaient beaucoup de lettres mobiles affichait trois catégories de destinations: locales, internationales et « inter-identitaires ». Presque tout l'espace était rempli par les lignes locales, pour des bourgs à quelques kilomètres, et c'étaient eux qu'attendaient les voyageurs silencieux, sur le ciment gras de cambouis. L'espace des lignes internationales aurait pu afficher, comme dans d'autres villes, Munich, Vienne et Francfort, mais ici il était vide. Dans celui des « inter-identitaires » figuraient deux départs par jour pour Bihać – un trajet qui unit deux zones dites musulmanes en traversant la zone croate.

« Inter-identitaire ». Presque tous les bus que nous avions pris depuis Sarajevo étaient désignés par ce mot sur les panneaux des gares. Et presque tous aux trois quarts vides. Quelques femmes, un jeune Tzigane, qui allaient vendre de maigres denrées gonflant leurs colis. Le reste, nous le savions par l'expérience des trajets précédents, se composait d'une ou deux personnes décidées à sacrifier le prix du billet pour prendre ce risque : aller voir ce qu'était devenu leur village, leur ville, leur maison, qui y habitait au cas où elle serait toujours debout, et s'il y avait un espoir d'y revivre ou d'en sauver quelque chose ou tout au moins d'obtenir, sur la base des accords conclus sous l'égide de l'étranger, une indemnisation quelconque. Des gens angoissés par le voyage, inquiets de leurs papiers d'identité yougoslaves périmés dont ils ne savaient pas encore par quoi ils arriveraient à les faire remplacer : Serbes établis depuis des générations en zone aujourd'hui croate et vivant désormais au Monténégro. Musulmans nés en zone aujourd'hui serbe et ne se résignant pas à leur statut de réfugiés, eux qui avaient eu un métier respecté, avaient vécu dans de grandes maisons, envoyé leurs enfants à l'université. Croates entassés depuis des années dans des hôtels de tourisme de la côte dalmate transformés en camps de transit, sans travail, pauvrement assistés par des organisations caritatives. Tous englués dans ce cauchemar de voir qu'ils ne retrouveront jamais d'autre place que celle de personne déplacée et voulant revoir, au moins une fois, ce qui avait été leur seule, leur vraie place. Et s'en retournant, pour ce que nous en avions entendu, plus défaits qu'à l'aller.

« Inter-identitaire » : la revendication de l'identité, quand elle figure dans le discours politique, c'est à chacun d'y déceler ou non la part de sincérité et de démagogie qu'il y met. Mais dans un hall de gare, employé dans la langue courante, quotidienne, du peuple, ce n'est plus un slogan, c'est un fait accompli. « International », oui, et « nation », ce sont des termes que nous employons couramment. Les nations existent, nous sommes nés dedans, nous avons appris le mot « nation » avec notre premier vocabulaire. Pour le Français né français que je suis, la nation, on me l'a appris dans mon enfance, c'était l'ensemble des êtres humains qui vivent sur le même sol, qui aiment ce sol et sont prêts à le défendre, tous unis par ce ciment-là : vie, amour, défense. Une seule et même carte d'identité pour tous, dite nationale, et le reste, religion, origine, histoire, relevant du domaine individuel ou familial, aussi précieux que l'autre, mais individuel et familial avant tout. L'histoire, ensuite, s'est chargée de m'apprendre que, pour d'autres, la nation se définit par la race et la notion irrationnelle de sang. C'est ainsi qu'au fil de ma vie j'ai vu se défaire, partout dans le monde et jusque dans mon propre pays, l'idée première que l'on m'avait inculquée et à laquelle je crois toujours, au profit de la seconde. Depuis ma naissance, l'histoire du monde n'a été qu'une longue suite de purifications ethniques. Si j'avais à définir le XXe siècle, je le définirais ainsi. Ethnique : autre adjectif pour identitaire. Je ne sais pas pourquoi, en France, tant de gens me disent, ou écrivent : « C'est trop compliqué les Balkans. » Ça doit les rassurer, de penser qu'il y a une malédiction balkanique. De se masquer ainsi que la purification identitaire rôde dans le monde entier, dans l'Europe entière.

— Vous vous rappelez, ai-je demandé à Klavdij, ce que nous a dit la jeune étudiante en droit serbe qui revenait de son village d'Herzégovine, en zone croate ?

— Que nous autres, Occidentaux, nous ne savions pas que nos dirigeants étaient en retard sur ceux d'ici ? Que ceux qui ont désormais le pouvoir en ex-Yougoslavie ont fait un grand pas en avant et préfigurent la société de demain ? Elle disait que faire du droit ne lui servirait à rien, puisqu'ils ont liquidé l'État de droit. Elle ne pensait pas que les belles leçons d'humanisme des Occidentaux pourraient le rétablir un jour. Pour elle, les dirigeants d'ici sont les plus forts, leur système mafieux érigé en seule loi réelle gangrène l'Europe et modèle la société future...

– Elle disait : « La Bosnie a sauté d'un coup dans la post-modernité. » Ce qui signifie, aussi, que la société de demain ne sera plus nationale, mais identitaire. Oui, un grand pas en avant.

– Et quand, à une halte, nous lui avons offert un café amer dans la gargote triste qui servait de buffet à la station, elle a dit aussi que cela faisait plusieurs années qu'elle ne s'était pas trouvée assise ainsi autour d'une table à parler comme ça, détendue, libre, avec des étrangers, et elle souriait...

– Nous lui avions demandé comment elle avait quitté son village d'Herzégovine où elle venait de se rendre pour la première fois depuis ce départ, et elle a dit, seulement : « Tu sais ce que ça fait, lorsque tu vois brûler ta maison... »

*

Les soldats Laigle et Legrand de l'armée canadienne avaient raison : la route de Travnik à Bihać est magnifique. Elle suit d'abord la vallée puis, après Jajce, file à travers les hautes et vastes plaines qui s'incurvent pour remonter vers l'horizon des montagnes bleues. Un pays ouvert sous le ciel immense, une terre fertile ondulant en grandes vagues, parcourue de chemins serpentant vers les villages les plus éloignés, accrochés au flanc des collines, tapis dans les plis du terrain. De loin, on ne voit pas que ces villages ne sont que décombres.

Arrivé à l'entrée de Jajce, le bus n'a pas poursuivi sa route vers la gare. Il a marqué un bref arrêt à l'entrée de la ville, puis emprunté un itinéraire de contournement. Que les Croates fassent officiellement partie d'une même Fédération bosniaque n'empêche pas que, dans les faits, chacune des deux « identités » refuse l'autre. Parti de Travnik, notre bus, inter-identaire ou pas, était musulman. Un bus musulman ne pouvait entrer dans une ville croate. Jajce a été assiégée, bombardée et conquise par les forces de la « République serbe de Bosnie » en 1992. Les trente mille non-Serbes en ont été chassés. Les mosquées, les églises catholiques, le monastère franciscain ont été détruits. Sur l'emplacement de la mosquée des femmes, unique en son genre et datant du XVIIe siècle, a été coulé le ciment d'un parking. Le camp de concentration de Jajce a été l'un des plus importants de l'ex-Yougoslavie. Des milliers d'hommes, musulmans et croates, y ont disparu après avoir été torturés des semaines durant. La ville a été reconquise par les forces croates en 1995, vidée de ses Serbes, et repeuplée de Croates.

Maintenant la haute plaine rase était déserte à perte de vue. Pas un humain, pas un animal. Des villages, il ne restait que des pans de murs calcinés, des amas de pierres et parfois, seuls encore debout, les turbés d'un cimetière envahi par les ronces. Sur les grands champs, sur les terres où paissaient jadis les troupeaux, la vie ne reviendrait pas de sitôt. Les mines antipersonnelles y sont toujours à l'heure où j'écris. Malheur à qui s'écarte du chemin. Le pays du vide. On démine pourtant, des équipes spécialisées sont à pied d'œuvre, expédiées en priorité par les pays riches, parce que la Bosnie est quand même en Europe. Les Bosniaques seront de meilleurs consommateurs de produits européens que des Afghans ou des Angolais, et ce serait dommage d'en perdre trop. Sur la route, quelques camions, quelques guimbardes rafistolées et, filant, quelques grosses voitures allemandes de nantis. Régulièrement, des patrouilles militaires qui auraient réjoui certain collectionneur de soldats de plomb et de modèles réduits guerriers de ma connaissance. Toute la panoplie des engins de toutes les nations du monde, avec, juchés dessus et dominant superbement le paysage lunaire, leurs équipages casqués et harnachés comme des astronautes. Et le long de la route, à l'instar d'un grand jeu de piste, les panneaux indicateurs de la force de sécurité internationale, se superposant aux plaques rouillées en serbo-croate. Tous marqués gaiement du petit oiseau bleu : YOU ARE ON THE BLUE BIRD ROAD. TAKE CARE, SPEED LIMITED 80 KM/H. D'autres itinéraires sillonnent la Bosnie, la SWAN, la TROUT, la PIGEON, la SALMON ROAD, aussi poétiquement égayés par l'image stylisée d'un cygne, d'une truite, d'un pigeon, d'un saumon.

Après 1945, j'ai vu l'Europe en ruine. C'était la dernière guerre, au sens de la der des der. L'Europe serait civilisée ou ne serait pas. Et l'Union européenne, aujourd'hui, s'adresse à elle-même des félicitations pour avoir tenu cette promesse. Elle a tort. Si, comme le veulent la géographie, la politique, la culture et le simple bon sens, la Bosnie, la Croatie, la Serbie, le Kosovo sont bien en Europe, territoires habités par des gens tels que vous et moi, juste avec les différences habituelles au sein du genre humain, alors cette guerre n'a été la dernière guerre qu'au sens où elle précédait la suivante, comme on dit : « l'année dernière ».

Ce que j'ai traversé il y a cinquante ans, c'étaient des paysages après la bataille. Tandis que les paysages dévastés que je traversais désormais étaient des paysages après purification ethnique. Sans bataille. Ces villages ont été rasés maison par maison pour que les habitants n'y reviennent jamais. Méticuleusement vidés de leurs occupants, pillés, dynamités, brûlés. Comme l'était un village kabyle par l'armée française, il y a quarante ans, au cours des grandes opérations pour créer les « zones interdites ».

Ici, la dévastation, comme les souffrances de la population civile n'ont pas été une conséquence de la guerre, mais son but même. Avec ses armes spécifiques, contre ceux qui échappaient au massacre : le camp de concentration, la torture généralisée, le viol systématique. Nettoyage, purification, élimination des poux, langage connu.

L'intervention de l'Europe et de la « communauté internationale » a consisté à mettre en place une forme de cordon sanitaire, de mur de la honte. Telle a été la mission majeure des forces expéditionnaires étrangères. Les héros européens de Bosnie ne furent pas les militaires surarmés qui ont occupé et sillonné la Bosnie, mais les jeunes civils désarmés venus apporter leur solidarité. Prenant tous les risques au volant de leurs camions. Que pouvaient-ils, eux, faire de plus ? Je les ai vus et je les ai aimés. J'ai vu aussi l'agréable mess des officiers français de Sarajevo, baptisé « La Médina » et décoré d'une grande fresque nostalgique du port d'Alger au temps où l'Algérie était française et le musulman un fellagha à abattre.

Depuis il y a eu le Kosovo, une intervention qui, après dix ans de vains cris d'alarme, d'invocations à la raison et d'appels au secours d'un côté, et d'incompréhension, de surdité obstinée de l'autre, a lancé sur les routes de l'exode, par la stupidité de la stratégie choisie, un million d'habitants terrorisés par la peur des bombardements de l'OTAN autant que par celle des représailles serbes. Et ensuite ? Le champ reste vaste pour le gâchis.

*

Ce qui flotte sur un désert comme celui-là, c'est la poussière de milliers de rêves de bonheur anéantis. Des générations ont vécu ici. La vie apportait chaque jour son lot de joies et de peines, chacun pouvait rêver – ou se plaindre – à sa manière, sur cette terre qu'il croyait sienne, où il avait construit sa maison (ou allait un jour la construire) pour la léguer à ses enfants, qui connaîtraient, pensait-il, une vie meilleure : ils étudieraient la médecine, l'architecture, ils seraient ou ils étaient déjà ingénieurs, fonctionnaires, professeurs.

Quand je dis que des générations heureuses ont vécu ici, je parle des dernières. Celles des habitants qui ont survécu à la Deuxième Guerre mondiale ou qui se sont installés à la fin de celle-ci. Auparavant, quatre ans de guerre avaient transformé la Bosnie-Herzégovine et la Croatie en un véritable abattoir humain : les oustachis croates catholiques massacrant les Serbes orthodoxes, les tchetniks serbes massacrant des populations croates catholiques et bosniaques musulmanes, les nazis exterminant les Juifs et les Tziganes, tout en multipliant les atrocités contre la population des villages, sans faire de distinctions, qu'ils considéraient comme suspects.

Mais enfin, depuis quarante-cinq ans, cela semblait relever d'un passé révolu. Un passé dont les leçons avaient bien été retenues et qui ne pouvait revenir. Question désespérée cent fois entendue : « Mes voisins étaient croates (ou serbes, ou musulmans), et nous nous entendions. Que nous est-il arrivé ? »

*

Nous étions à l'arrière du bus. Séparés de nous par plusieurs rangs de banquettes vides, ils étaient deux, une jeune femme vêtue de noir et un homme apparemment proche de l'âge de la retraite, qui discutaient. Serbes l'un et l'autre, ils avaient fait connaissance au cours du long voyage qui les ramenait d'une visite à leur maison de jadis, en pays désormais « purifié » par les Croates. Klavdij leur avait demandé de lui indiquer, sur la carte, les détours, pour nous incompréhensibles, qu'empruntait le chauffeur.

Lui, comme tant qui ont son âge, parlait de la Yougoslavie, *sa* Yougoslavie des années soixante-dix :

– On vivait bien. Le niveau de vie dépassait celui de l'Espagne. On voyageait comme on voulait. On voyait l'avenir, on croyait au progrès. Nous avions quatre salaires pour la famille, seule ma fille, la dernière, ne gagnait rien, elle faisait ses études.

Il était venu voir sa maison détruite, il voulait cueillir les poires de son jardin.

– On m'a même volé mon bois, il n'y a plus d'oiseaux, plus d'animaux, rien que des rats.

Il n'avait pas été mal reçu. Mais aucun voisin ne lui avait parlé de ce qui s'était passé. Sauf un homme. Un homme qui n'habitait pas le village au moment où lui-même en avait été chassé. Il était venu plus tard, chassé, lui aussi, d'un autre village. Ayant vécu la même chose.

– Au retour, en attendant le bus, je suis allé, comme autrefois, m'asseoir dans un café de Mostar. J'y suis resté cinq heures. Je n'ai pas vu passer un seul visage ami, là où je ne serais pas resté jadis une heure sans rencontrer une connaissance.

» Bien sûr, le régime socialiste… Les cadres dirigeants en profitaient, ils avaient de belles maisons, des voitures, une résidence secondaire… Mais ce n'étaient pas les riches de maintenant, des voitures à cent mille marks et des maisons à un million pendant que nous,

nous sommes bons tout juste pour crever.

La jeune femme, elle, était définitive et intraitable :

– Voilà où ça nous a menés, ton régime socialiste. Une belle merde, oui, ton Tito et les camarades communistes.

*

En 1995, à Sarajevo, j'ai rencontré un homme qui cherchait à comprendre. Il s'appelait Miguel Gil Moreno et avait vingt-sept ans. Un garçon fougueux, naturellement élégant. Chez nous, on l'eût classé parmi les anciens élèves de Sciences Po. Il avait été juriste. Il avait tout lâché pour venir en Bosnie. Après avoir vécu le siège de Mostar, il était depuis plusieurs mois le correspondant d'*El Mundo*. Dans Sarajevo agonisante, où, sous la menace des snipers serbes, les passants rasaient les murs pour aller chercher quelques denrées de survie, Miguel ne tenait pas en place. Il sillonnait la ville dans sa petite voiture, montait aux premières lignes et questionnait inlassablement, dans l'espoir de comprendre. Il n'était pas du genre à se satisfaire de l'indignation. D'abord, je l'ai trouvé surexcité et brouillon. Je l'ai soupçonné d'être venu là pour chercher le frisson de l'aventure, ces émotions fortes à la Malraux dont certains, qui ne savent rien de la guerre, sembleraient avoir besoin pour donner du poids à leur vie. Mais ce n'était pas cela. Nous parlions, certains soirs que le couvre-feu rendait courts. Il n'était pas de ceux qui veulent pouvoir dire : j'ai connu l'enfer. Il se posait obstinément la question du pourquoi de cet enfer, il était venu chercher une réponse – pas trois jours ou une semaine mais aussi longtemps que cet enfer le laisserait en vie.

Miguel me disait qu'il aurait voulu vivre à l'époque

où j'avais connu des gens comme Che Guevara, qui voulaient changer le monde. Où l'on pensait possible de changer le monde. Quel homme était le Che ? Avait-il comme Fidel le goût du pouvoir ? Croyait-il vraiment possible de gagner la lutte dans la sierra bolivienne, ou était-il désespéré, était-il allé chercher le suicide ? Comment pouvait-il concevoir qu'après avoir lutté par la violence contre la violence qui écrasait son monde, il pourrait tuer la violence ? Miguel me répétait que j'avais de la chance d'avoir vécu en un temps où l'espoir était à l'ordre du jour. Tout devait être tellement plus clair, disait-il : aujourd'hui ce n'est plus pareil, tout s'est brouillé, les choix sont pipés, l'information aussi. Il m'enviait. Moi j'étais maladroit, hésitant dans mes réponses. D'abord parce que je me méfie de la nostalgie que certains, dans chaque génération, disent éprouver de la génération précédente. Dans la mienne, nombreux étaient mes camarades qui regrettaient les combats clairs de la résistance. Le recul simplifie. Ensuite parce que je m'étais habitué, à Paris, aux anathèmes qui saturent l'air du temps. Aux condamnations des utopies, « tiers-mondistes » et autres, qui, affirme-t-on, mènent forcément au totalitarisme : Che Guevara, Khmers rouges même combat. Que pouvais-je dire à Miguel, qui cherchait avec tant de rage dans les espoirs du passé des raisons de ne pas désespérer du présent ? Il tournait en rond dans la cage de ses interrogations, comme dans la nasse de Sarajevo, tandis que les massacreurs apportaient au bitume son lot quotidien de flaques de sang.

Que pouvais-je dire à Miguel, sinon bien sûr lui raconter de mon mieux ce qu'il me demandait de raconter, lui dire qu'il avait déjà fait un choix clair en décidant de témoigner. Que c'était justement ce doute exigeant qu'il portait sur l'efficacité de son témoignage qui en faisait la valeur. Il se débattait avec son impatience historique comme tant d'autres s'étaient débattus avant lui. Refusant l'acceptation du réalisme conquérant. Refusant le temps du mépris.

La veille de mon départ de Sarajevo, Miguel est passé chez moi quelques minutes avant le couvre-feu, avec son amie Biba. Ils avaient un cadeau à me remettre. Dans l'emballage, il y avait un gros caillou. Un débris de la Bibliothèque nationale incendiée. Ils riaient, une bonne blague. Pas le temps d'ajouter des commentaires, mais y en avait-il à ajouter ?

Nous devions nous revoir. Après. À Paris, Madrid ou ailleurs. Nous ne nous sommes pas revus. L'« après », je l'ai appris par un article de Rémy Ourdan dans *Le Monde* du 28 mai 2000. À la fin de la guerre de Bosnie, Miguel est parti pour le Kosovo. Il a parcouru les montagnes avec les combattants de l'UCK afin, écrivait Rémy Ourdan, de « débusquer des bribes de vérité, chercher un sens au conflit ». Il avait appris le maniement d'une caméra pour une agence de presse. Il est devenu « l'un des meilleurs agenciers de la planète », nommé en 1999 cameraman de l'année par la Royal Television Society de Londres. Respecté pour ses qualités professionnelles, mais aussi pour son courage, sa camaraderie, « sa flamboyance », écrivait encore Rémy Ourdan. Pendant les bombardements de l'OTAN, il a été l'un des rares journalistes qui ont décidé de rester coûte que coûte au Kosovo. Il a pactisé avec les propagandistes serbes de Priština, pour obtenir l'autorisation de filmer l'embarquement en masse des Albanais du Kosovo déportés vers la Macédoine, « estimant qu'un journaliste doit parfois travailler avec les assassins pour que les victimes ne disparaissent pas sans témoin ». Il avait persuadé les officiels serbes que ses images apporteraient au monde un démenti aux accusations de génocide, sans qu'ils se rendent compte qu'elles apportaient ainsi au monde le témoignage irréfutable de l'expulsion des Albanais, c'est-à-dire de la mise en œuvre du plan de purification ethnique.

Miguel est mort en mai 2000 dans une embuscade sur une route de Sierra Leone, alors qu'il était parti, comme d'habitude, toujours plus loin pour essayer, encore, de comprendre. La veille, Rémy Ourdan l'avait écouté parler de ses doutes, critiquer les mécanismes de la fabrication de l'information. Et du livre qu'il n'arrivait pas à écrire sur Sarajevo. Sur la guerre. Le livre que personne n'écrira jamais.

*

À mi-chemin de Bihać, la petite ville de Bosnanski-Petrovac cuvait sa tristesse au milieu de la plaine déserte. La large rue principale était éventrée, canalisations crevées. L'hôtel, grande bâtisse en ciment lépreux, métal oxydé et vitres brisées, était lui aussi désert. Couloirs obscurs, chambres glaciales, draps moisis. Pas trace, comme dans d'autres, de réfugiés entassés provisoirement depuis des années. Il y avait cependant au moins un pensionnaire, à en croire une carte épinglée sur la porte faisant face aux nôtres. Sur cette carte : MÉDECINS DU MONDE.

Le french doctor est rentré vers sept heures du soir. Il ne parlait pas français. Sa langue était le serbo-croate. Il était jeune, fatigué, et s'apprêtait à faire cuire des pâtes sur un réchaud près de l'ordinateur. Quelques mois plus tôt, il était chef du service de pédiatrie de l'hôpital de Priština. Il avait dû tout quitter. À Sarajevo, sans travail, il avait été engagé par la branche belge de Médecins du Monde pour s'occuper de 1 500 réfugiés du Kosovo hébergés dans un camp voisin de Bosnanski-Petrovac.

Sa mission s'achevait, les réfugiés étaient rapatriés chez eux – ou ce qui restait de chez eux. Seuls demeuraient quelques irrécupérables. Ceux qui ne pourraient jamais retourner au Kosovo, où personne ne voudrait d'eux, et qui n'avaient de place nulle part dans le monde, où personne ne voulait d'eux. « Et moi-même, a-t-il ajouté. Parce que, moi aussi, je suis irrécupérable. »

Il était né à Podgorica, à l'époque Titograd, capitale du Monténégro. Musulman monténégrin : oui, ça existait. Son père était un professeur en médecine. Il y avait de cela quelque vingt ans, ce grand patron avait entendu dire que l'on manquait de spécialistes dans la province autonome du Kosovo. Il avait décidé de partir avec sa famille à Priština. Il désirait travailler pour son pays, la Yougoslavie, là où il serait le plus utile. Et ainsi le garçon avait terminé ses études à Priština, appris l'albanais – mais, disait-il, sans jamais perdre son accent. Et il était devenu lui-même médecin. Chef du service de pédiatrie de l'hôpital de Priština.

– Fin avril, nous avons eu des informations : l'intervention de l'OTAN semblait inévitable. Je voulais mettre ma famille à l'abri des bombardements. Nous sommes partis dans ma voiture, en laissant tout. Je comptais revenir seul. Au Monténégro, j'ai retrouvé mes amis d'enfance. Ils avaient tous fait leur choix, et ils me sommaient de choisir, moi aussi : étais-je du côté de Belgrade ? Alors c'était l'armée yougoslave. Ou du côté du gouvernement monténégrin ? Alors c'étaient les forces de défense monténégrines. Je suis fait pour soigner, par pour tuer. Je n'avais rien à faire ni dans un camp, ni dans l'autre. Cette guerre n'était pas la mienne. Nous avons passé la frontière de Bosnie. À Goražde, les habitants nous ont accueillis fraternellement. Mais il n'y avait pas de place pour nous dans la ville surpeu-

157

plée. À Sarajevo, plus un sou, impossible de trouver un emploi. Le contrat de Médecins du Monde me permet de subvenir jusqu'en décembre aux besoins de ma famille laissée à Sarajevo. Après ? Je ne sais pas.

Rentrer au Kosovo ? L'intervention, le soutien de l'OTAN aux combattants albanais de l'UCK, les bombardements, les représailles serbes, les contre-représailles albanaises créaient la rupture définitive dans la population. Comme nous, il venait d'apprendre par la radio que la veille, à Priština, un technicien bulgare employé par la force internationale avait été lynché au sortir de son hôtel. Quelques mots prononcés par lui – en bulgare ? en serbo-croate ? Les deux langues sont proches –, et des hommes assoiffés de vengeance avaient voulu en avoir le cœur net. Ils lui avaient simplement demandé l'heure en serbe, et lui, aussi simplement, leur avait répondu. Plus de doute. Cinq minutes plus tard, son cadavre gisait sur la chaussée. Et notre ami d'un soir disait : « J'ai soigné les enfants, je connaissais les parents, et je ne me posais pas la question de la langue qu'ils parlaient… »

Pas de perspective pour lui, monténégrin, en Bosnie. Musulman, oui, mais pas bosniaque. « En somme, je serais plutôt une espèce de Turc. » D'ailleurs, c'était quoi, aujourd'hui sa nationalité ? Qui lui donnerait de nouveaux papiers ? Et celle de sa femme, et celle de ses enfants ? Une seule perspective, l'émigration. Il s'était renseigné. Le seul pays qui offrait une possibilité d'émigrer et de pouvoir continuer à exercer la médecine était le Canada. Il parlait anglais. Mais sans papiers, sans nationalité, impossible d'y entrer. Sans les preuves de sa qualification, restées à Priština, impossible d'y rester. De toute façon, il savait que les démarches mettraient deux ans à aboutir. Servant une organisation humanitaire, il était dans le même cas que ceux dont il avait à s'occuper. Pas tenu de résider dans le camp de réfugiés, mais ayant le même destin précaire dans un enclos plus vaste, la Bosnie tout entière, dont les frontières étaient aussi infranchissables pour lui que les limites du camp.

— Je me souviens de l'année où je suis allé aux championnats de basket de Yougoslavie. Il y avait tout un wagon pour ceux du Kosovo, qu'on a accroché à celui qui arrivait de Skopje. On est passés à Belgrade et ils ont accroché un wagon pour ceux de Serbie, un autre nous a rejoints de Sarajevo, un autre a été accroché à Zagreb. En arrivant en Istrie, nous étions tout un train, et dans tous les wagons on chantait, on partageait tout, c'était la fête.

Klavdij et le médecin discutaient dans « la langue ». Je les ai laissés.

— Nous nous sommes séparés à trois heures du matin, m'a dit Klavdij le lendemain.

— Vous aviez beaucoup de choses à vous dire.

*

Le camp était à quatre kilomètres, en pleine campagne abandonnée. Il ne fallait pas s'aventurer trop loin dans cette campagne : toujours les mines. Le portail était ouvert sur les friches à perte de vue, qui avaient été des pâturages. Des familles montaient dans un bus et y entassaient leurs ballots. Les visages étaient fermés, gris, résignés : les Albanais du Kosovo rentraient chez eux. Ce n'était pas un départ en fanfare. Des enfants jouaient dans les flaques, autour d'un feu de débris. Les baraques étaient neuves. Fonctionnelles. Doubles cloisons de bois clair, avec entrée, couloirs, chambres ayant chacune l'eau courante, salles collectives avec machines à laver et cuisinières. Enfin, avec ce qui restait de ces appareils. C'est-à-dire surtout des fils arrachés. « On a retrouvé des réfrigérateurs à cent kilomètres d'ici », disait le docteur. Le tout était livré en kit, clef en main, confort et hygiène avant tout, par une société allemande dont des plaques, sur les murs, donnaient le nom. J'ai pensé que c'était normal : après tout, on possède, outre-Rhin, une tradition et un savoir-faire dans la fabrication de camps en tout genre. Et le marché des baraques est un créneau porteur. En expansion dans le monde entier. J'ai voulu faire partager mon point de vue à Klavdij.

– Vous n'êtes pas drôle du tout.

Il restait donc une centaine de personnes dans le camp. Celles-là, nul ne savait ce qu'elles deviendraient. Plusieurs familles se partageaient l'une des baraques encore occupées. Des gosses de tous âges traînaient, les plus petits le cul à l'air.

– Des Tziganes, a dit le docteur.

– Non, a protesté une mère. Nous ne sommes pas des Tziganes. La preuve, c'est que nous ne parlons pas leur langue. Notre langue, c'est le serbo-croate.

– Les enfants devraient être à l'école.

– Ils ne vont plus à l'école. Les autres les battaient. Ils disaient que nous avons été les complices de Serbes. Au Kosovo déjà, les Albanais nous traitaient de collaborateurs. C'est pour ça que nous avons dû partir.

– Et les Serbes, a expliqué le docteur, ne voudront jamais d'eux. Puisqu'ils ne sont pas serbes. Puisqu'ils sont tziganes.

– Non, a répété la femme, obstinée. Nous ne sommes pas des Tziganes.

Dans une autre baraque, une femme nous a fait entrer dans sa chambre. Nous nous sommes assis sur le lit, devant une table de camping. Elle a fait chauffer l'eau pour des sachets d'un thé à l'abricot sucré, épais. Il y avait quelques poupées, des coussins et deux ou trois fleurs artificielles. Elle était chez elle.

– Ils sont venus avec un camion. Lorsqu'ils ont commencé à vider ma maison, je me suis dit : tant pis, même s'ils prennent tout, il me restera toujours les murs. Ensuite, ils ont cassé tout ce qu'ils n'emportaient pas. Tout. J'avais une petite mosquée miniature, très jolie, et ils l'ont piétinée. Je me répétais encore que je garderais la maison. Ils ont brûlé ma maison.

Un silence.

– Après, je me suis retrouvée hospitalisée en neuro-psychiatrie.

Son récit était plein de lacunes. Nous ne l'interrompions pas, nous ne lui posions pas de questions. Nous n'étions pas là pour une enquête, nous n'avions même pas demandé à visiter le camp. De toute manière, vrai ou faux, le récit de sa vie, c'était la seule chose qui lui appartenait encore, avec ses poupées et ses coussins. Sa vérité. Et nous, nous étions les seuls à qui elle pouvait le donner.

Elle était née en Bosnie, elle était musulmane, elle avait suivi son mari serbe au Kosovo, son mari était mort. Au Kosovo, avec son parler bosniaque, elle était aujourd'hui une étrangère, autant pour les Serbes que pour les Albanais. Musulmane pour les Serbes, de langue serbe pour les Albanais. En Bosnie, tous ses documents d'état civil étaient perdus, elle n'avait plus de famille, plus d'amis, plus de papiers, plus d'argent, plus d'avenir.

– Mon fils était en quatrième année d'architecture.

Était ?

*

Il n'y a pas d'anonymes. Ou plutôt, dès que quelques mots sont échangés, il n'y a *plus* d'anonymes. Dans

l'air confiné de la petite cellule, coincés sur le lit entre
la table et le réchaud, cette femme parlait et nous
voyions la maison, le jardin, la salle de séjour, les livres
et la table à dessin du fils, des bouquets de fleurs pas
toutes artificielles, la photo encadrée du mari parmi
d'autres, les poupées étalées sur un divan, la petite
mosquée sur une étagère, la cuisine aux appareils élec-
troménagers aujourd'hui vendus sur un grand marché
comme celui de Stolac. Nous avons tous des amis qui
ont un fils qui fait ses études et qui possèdent une cuisine équipée, des photos encadrées, des livres, parfois,
c'est selon, une icône, un crucifix, un chandelier ou un
croissant d'argent. Et elle, de son côté, elle avait eu un
ami photographe, et un autre qui écrivait des livres.

Les seuls anonymes sont ceux qui veulent le rester,
tapis derrière les verrous, codes, interphones, porte de
garage et grille électroniques. J'ai appris tôt qu'à part
ceux-là – et encore, c'est à voir –, tout le monde a une
histoire à faire connaître. Que la phrase qui revient le
plus souvent quand on parle avec des personnes rencontrées au hasard et qui, d'un coup, se livrent avec une
confiance dont on se reproche parfois de ne pas être
digne, c'est : « Ah ! si vous saviez : ma vie est un
roman. » Chaque existence ainsi livrée donne du poids,
du prix, non seulement à qui la raconte, mais à qui
l'écoute. À condition de ne pas fouiller dedans. De laisser dire, simplement, ce qui est là et qui a besoin impé-
rativement d'être dit. On ne se reverra jamais, mais les
visages et les voix perdurent.

Je ne l'aurais pas su qu'Anaïk me l'aurait appris. Et
de toute manière, elle m'en a appris mille fois plus que
j'en savais déjà. Sans Anaïk Frantz, je n'aurais jamais
écrit *Les Passagers du Roissy-Express*. Je n'aurais pas
osé marcher, des jours durant, le long de la ligne B du
RER, en ne faisant rien d'autre que d'aller à la ren-

contre des gens qui vivent à quelques kilomètres de là où l'on habite. J'ai découvert après, en lisant quelques articles sur ce livre que nous avons fait ensemble – elle photographiant, moi écrivant –, que j'avais eu une idée pas ordinaire. Alors que nous avions simplement regardé et écouté. J'ai ressenti une gêne intense chaque fois que, par la suite – et encore aujourd'hui –, nous avons été invités à participer, au nom de notre « expérience », à un colloque sur la ville, la société, la banlieue, l'urbanisme, le malaise des cités, le travail social, l'exclusion, l'intégration et j'en passe. Nous avions, nous disait-on, un regard original. Nous avons toujours refusé ces invitations. Nous aurions commis une imposture, nous qui avions seulement fait ce que le premier chien coiffé doit pouvoir faire. Et *a fortiori* un spécialiste de la ville, de la société, de la banlieue, etc.

Avec Anaïk, grâce à elle, j'ai connu la vie, l'histoire, de gens qui vivaient dans les plaines parisiennes depuis des générations, aussi bien que la vie, l'histoire de gens tout juste arrivés de l'autre bout du monde pour se fixer sur cet autre bout du monde que sont pour eux Paris et sa banlieue. Des mots de tous les jours, comme dans la chanson. Ne rien forcer. On peut être curieux du monde et ne pas être indiscret. Je n'ai jamais connu personne qui sache mieux qu'Anaïk ne pas confondre les deux. Elle tirait le portrait à ses rencontres et revenait leur apporter un tirage. Cela tissait un réseau d'échanges entre des visages dont aucun ne pouvait plus être qualifié, justement, d'« anonyme ». Avoir leur photo, pour certains, c'était, soudain, être reconnus. Dans les agences, on n'aimait pas ces portraits. Peut-être – c'est ce que je me dis – parce que l'on sent passer dans leurs regards quelque chose d'intense entre le photographié qui se livre entièrement et la photographe qui se donne, elle aussi, tout entière. Un quelque chose qui fait sou-

dain de l'amateur d'art photographique, quand il a ça
devant lui, un voyeur, révélation qu'il refuse comme
une obscénité. Se sentir un intrus est insupportable pour
un connaisseur éclairé qui exige d'être *dans le coup*, un
peu complice en somme. Dans ce que lui assène Anaïk,
la complicité est entre elle et l'être qui figure sur l'image.
Une chose est d'être prêt à apprécier des images des
« exclus de la société », une autre est de se retrouver
soi-même l'exclu. Le monde à l'envers. Une agression,
en somme. J'aurais voulu savoir écrire comme Anaïk
photographie.

Je reste convaincu que l'on peut essayer de comprendre et faire comprendre un pays, ses peuples, son
histoire, ses drames comme ses bonheurs, en parlant
simplement de ceux, et avec ceux, que l'on rencontre le
long de la route. À un kilomètre de chez soi ou à mille.
Parmi mes grands moments de traducteur, je compte
ceux où j'ai traduit les livres de John Reed, qui écrivait
au début du XXe siècle – *Le Mexique insurgé* et *La
Guerre dans les Balkans* – parce que, de ces récits au
jour le jour, la vie jaillit, déborde et restitue un monde
avec toutes ses couleurs, une humanité dans tous ses
états. Ils ne sont pas si nombreux, ces témoins qui ont
reçu la grâce de savoir tout exprimer d'eux-mêmes en
faisant s'exprimer avant tout les autres. J'aurais voulu
être celui qui a traduit Orwell. Ou Joseph Roth. Ou
Mario Rigoni Stern.

Nous avions gardé l'adresse du docteur, mais elle
était provisoire. Je ne le reverrai pas*. Je ne sais pas où
sont aujourd'hui les familles tziganes, qui niaient être
tziganes. Les enfants ont-ils pu retourner à l'école ? Et
la dame qui nous a offert du thé à l'abricot ? Elle est,

---

* En 2001, Klavdij a eu de ses nouvelles. Il exerce dans un hôpital de Vancouver. Happy end ?

c'est sûr, « quelque part ». Elle a peut-être rejoint son fils qui étudiait l'architecture. Mais je ne sais toujours pas non plus si ce fils est vivant ou mort.

Tant d'amis de quelques instants à qui l'on s'est promis de faire signe, dont, chaque fois, la rencontre éphémère marque pour la vie, et qui s'évanouissent sans laisser d'adresse.

*

Nous avons repris le bus. Toujours aussi peu de voyageurs. Nous avons revu le char des soldats canadiens Laigle et Legrand, en arrêt, surveillant le trafic. Laigle m'a fait un signe amical. Comme pour me dire : « Je vous l'avais bien dit, hein ? Elle est belle, la route. » À quelques kilomètres de l'arrivée, une bande de lycéens est montée. Chahuteurs et insouciants, les baskets sur les banquettes. Indifférents aux ruines. Peut-être qu'eux aussi ils trouvaient que la route était belle. C'était le seul paysage qu'ils aient jamais connu. Et encore. Après des années de siège, sans pouvoir circuler.

Ils nous ont parlé. L'un voulait devenir informaticien, l'autre suivre une école de commerce. Plus tard. À Bihać ? Oui, à Bihać. Peut-être, aussi, voyageraient-ils. Comme nous. Ils auraient pu dire autre chose. Les souffrances. Les disparus. La faim. Ils parlaient d'avenir.

À midi, Bihać était animé. Sur le pont, une foule de piétons traversait l'Una, rivière paisible bordée de jardins. Dans les rues du centre, des cafés neufs, rutilants et nickelés, avaient sorti leurs tables. Au coin d'une place étaient placardées les photos juxtaposées de la centaine de victimes d'un obus tombé là, en 1994. Il devait y avoir du monde comme aujourd'hui, ce soir-là. Garçons et filles. Des visages, des noms et leur âge. Tous jeunes : Murselović Elvir, *23 godine*. Mujanović

Neset, *21 godina*. Šišić Nihad, *20 godina*. Beganović Adnan, *16 godina*. Kurbegović Vanja, *18 godine*. On imagine un samedi d'été, les jeunes gens bavardant dans la rue, à la sortie du cinéma ou du concert rock, retardant le moment de rentrer chez eux. Beaucoup de ces portraits étaient des photos d'identité. On sourit toujours, pour les photos d'identité. Ces cent photos, cela faisait un immense sourire. Vanja Kurbegović, elle, avait été prise aux sports d'hiver, l'anorak ouvert, rayonnante sur fond de neige. Sandro Kalesić, trente ans, marchait à grands pas le long d'une voie de chemin de fer, maillot de corps et lunettes noires, sa veste à la main, le soleil devait taper fort.

Pas question de prendre le train pour quitter la Bosnie. La gare de chemin de fer de Bihać était jadis un nœud ferroviaire sur la ligne qui reliait Split à Zagreb. Nuit et jour, elle voyait passer des trains qui conduisaient dans l'Europe entière. Aujourd'hui, les voies étaient envahies par le chiendent et la rouille. Deux trains quotidiens circulaient cependant, entre Bosnanska-Krupa et Bihać : trente-cinq kilomètres. Dans le hall, le tableau des horaires de l'hiver 1991 avait été mis sous verre et encadré : Zagreb, Belgrade, Ljubljana, Trieste, Budapest, Vienne. Trains internationaux, express, omnibus, « ne fonctionne pas le dimanche ».

*

Je ressens toujours, au passage d'une frontière, une forme d'appréhension irraisonnée. Peut-être cela me vient-il du souvenir que je garde de la première que j'ai franchie et qui passait à l'intérieur même de mon pays. J'avais onze ans. Je ne peux oublier les appels du haut-parleur dans le silence nocturne de la gare : *Achtung ! Chalon ! Achtung ! Chalon !* Ni, perçant l'obscurité du compartiment, la lampe qui avait soudain éclairé la silhouette de l'officier allemand pour se poser ensuite sur le visage de chaque voyageur. C'était en 1943, la France était coupée en deux. Pourtant, cette fois-là, l'officier n'avait rien trouvé à redire aux papiers qui lui avaient été présentés.

J'ai connu, il est vrai, d'autres frontières qui n'ont pas toujours été faciles. Des passages dans les bois entre la France et la Suisse, avec des condamnés à mort algériens. D'autres, mêlé à la foule des travailleurs frontaliers, entre la France et le Luxembourg ou la Belgique. Les interrogatoires et les fouilles à l'aéroport de New York, du temps où, après qu'on avait juré par écrit qu'on n'avait pas l'intention d'attenter à la vie du président des États-Unis, des officiers d'immigration soupçonneux, au vu d'une lettre ou d'un signe apposés sur le visa, ne vous tenaient pas quitte pour autant. D'autres interrogatoires et d'autres fouilles en quittant Prague ou Varsovie du temps des rendez-vous avec les opposants. L'expulsion de Porto Rico, l'arrestation à Madrid. Mais enfin, tout cela, c'est du passé. Un passeport français ouvre presque toutes les frontières.

Le bus du retour, qui nous menait à Zagreb, redescendait, la frontière passée, vers la Krajina. Encore des maisons en ruine, abandonnées en une journée par leurs habitants serbes devant l'offensive victorieuse de l'armée croate, pillées, dévastées, et retapées tant bien que mal par la nouvelle population croate, plastique ou contreplaqué remplaçant les vitres. Des carcasses de voitures abandonnées dans la fuite jonchaient toujours, quatre ans plus tard, les bas-côtés de la route. Klavdij était sombre et muet. La Bosnie qu'il laissait derrière lui était comme le fantôme de la Yougoslavie qu'il avait aimée.

Nous allions rentrer en France. Klavdij Sluban tirerait

des planches-contacts de toutes les photos qu'il avait faites. Il se reposerait les questions qui ne le quittent pas, sur le sens de son travail, de ces longues quêtes. Et il repartirait vers d'autres travaux, d'autres quêtes. Je tâcherais d'écrire mes articles, tout en me demandant, comme toujours, si j'arriverais à raconter mes histoires, qui sont les histoires de tout le monde, tellement en sourdine, noyées dans la grande Histoire. Et pourquoi je m'acharnais à le faire. Nous nous retrouverions tous les deux aussi perdus dans le grand bazar aux images et aux histoires, où tout se mélange et se confond à force de tourner si vite. Chacun continuant, comme tant d'autres continuent, parce que rien ne peut nous convaincre tout à fait de l'inutilité sans appel de *cette veille si petite*, celle d'Ulysse et de ses compagnons. La veille de Desnos sur le Pont-au-Change. À laquelle, sur d'autres ponts, dans la nuit, d'autres veilleurs répondent.

Peut-être irais-je voir, l'été prochain, Francesco Biamonti dans son village des confins de la Ligurie sillonnés la nuit par les ombres des fugitifs de toute l'Europe qui n'en finissent pas de marcher et d'espérer. J'irais le voir parce que j'ai aimé traduire ses livres et que j'aime qu'il me parle de la lumière méditerranéenne, des lumières plutôt, qui se chevauchent et se conjuguent, celle des courbes suaves et de la douceur de vivre, celle de l'austère rigueur des lignes tracées par le soleil à l'heure sans ombre, et celle aveuglante du sang des tragédies de Sophocle. Parce que Francesco, comme ses oliviers, comme sa terre et ceux qui l'habitent, veille en écoutant la musique du vent sur les terrasses. Et s'y mêlant, la musique du *Quatuor pour la fin du temps* venant de sa maison aux murs épais, maison de pierre telle que les hommes les bâtissent depuis deux mille ans tout au long de cet arc immense qui va de Gibraltar à la mer Noire, en espérant qu'ils pourront y abriter un bonheur précaire. Et telle qu'ils les reconstruisent depuis des siècles, après les tempêtes et les guerres. En espérant encore.

Mais moi je ne crois pas à la fin du temps.

Guêpe

Il n'y a pas de mains propres, il n'y a pas
d'innocents. Il n'y a pas de spectateurs.
Nous nous salissons tous les mains dans la
boue de notre terre, dans le vide de nos
cervelles. Tout spectateur est un lâche ou
un traître.

Frantz Fanon
Peau noire, masque blanc

A vingt ans, j'avais peur. Pas peur de la mort, non,
car étonné d'avoir déjà dépassé l'âge de mon frère, je
vivais chaque jour comme un bienfait immérité. Peur
de ne pas être à la hauteur. Je ne serais jamais capable
d'égaler ce qu'avaient fait les miens et, prenant en
quelque sorte leur place, je ne serais qu'un imitateur,
une doublure, voire un imposteur. Au sentiment d'une
culpabilité irraisonnée d'avoir vu en témoin passif ceux
que j'aimais partir à la mort, ressentie comme un
double abandon, eux par moi, moi par eux, s'en ajoutait
un autre. Ils avaient perdu la vie, j'avais reçu le droit
de vivre. Ils s'étaient fait une idée de la vie si forte et si
belle qu'il fallait que ma vie soit forte et belle. Ils
l'avaient aimée, ils s'étaient battus, ils étaient morts,
en me laissant en héritage de l'aimer pour eux. Une
inquiétude sourde m'inhibait. Je refusais de la reconnaître. Il est un poème de Desnos, écrit en 1944, au
cœur de son engagement dans la résistance, qui est son

véritable testament. Il y dit qu'en ce temps-là il restait libre au cœur de l'oppression, puisqu'il pouvait regarder encore le ciel « et les saisons fournir leurs oiseaux et leur miel » :

> Vous qui vivez qu'avez-vous fait de ces fortunes ?
> Regrettez-vous le temps où je me débattais ?
> Avez-vous cultivé pour les moissons communes ?
> Avez-vous enrichi la ville où j'habitais ?

Cette seconde naissance que j'avais vécue en 1944 l'était autant à la mort qu'à la vie. Je l'ai dit : d'avoir la mort derrière moi me rendait léger. Mais d'une légèreté de surface, précaire. La mort, dit-on, attrape ceux qui courent. Cela tombait bien, d'ailleurs, car je courais très vite et j'aimais ça. Mais si vite qu'au moindre arrêt revenait la peur : non, je ne serais jamais à la hauteur de rien. Je n'avais pas de projets d'avenir. Je ne pouvais être heureux que dans le présent. En transit. Il m'arrivait d'ailleurs de l'être, souvent, et formidablement. Pour le reste, je m'échappais par l'ironie, la dérision, voire le canular.

Au fond, toute mon adolescence, j'ai vécu dans une attente diffuse. Quelle attente ? Ce texte écrit vers seize ans, début d'un *Retour d'Ulysse* mort-né comme tout ce que j'ai essayé d'écrire ces années-là, le dit :

> Si limitée que soit mon expérience, je ne pense pas qu'il existe un lieu de toute l'Hellade où la tombée du jour atteigne une si parfaite douceur qu'en Ithaque. Le soir, nous fixions un point invisible de la mer orangée où se diluaient les dernières taches lumineuses du soleil disparu, et à l'orient les lignes rousses imparfaites de Leucade et de Zante. Ithaque, en ce temps, ne vivait que de l'attente d'Ulysse ; il

n'était point de pensées qui ne se tournent naturellement vers notre roi luttant nul ne savait où contre
des périls dont la seule évocation répandait sur nos
têtes un voile épais de terreur et de tristesse.

*

J'ai fait une scolarité exécrable. On peut la résumer
par cette appréciation d'un professeur sur mon livret
scolaire : « élève fugace ». Fugace et fugueur.

À vingt-deux ans, je me suis cru assez fort pour m'arrêter de courir. Je forcerais le bonheur. Je ne voulais
plus vivre dans le souvenir d'une famille détruite et
aimer des ombres ? Je me suis marié : la joie d'un amour
bien vivant, une nouvelle famille, l'autre joie d'un premier enfant, nouvel amour, plus tard un deuxième, toujours le bonheur.

Ne pouvais-je rien créer, rien construire par moi-
même qui puisse un peu durer ? Je me suis fait libraire
en reprenant une boutique à l'abandon qui sentait le
pipi de chat, payée avec la vente de l'appartement de
ma grand-mère dont j'étais, par force, l'unique héritier.
Je ne me voyais pas exerçant ce métier à vie, mais au
moins avais-je l'impression qu'il m'obligerait à me
fixer, dans cette boutique où, parmi les livres rangés
comme sur les rayons d'une ruche, parmi les lecteurs
qui défileraient, je prendrais le temps de ma vie aux
mailles d'un filet qui la lesterait, la ralentirait. Je n'avais
pas, je n'ai jamais eu particulièrement l'amour des
livres. Mais ils contenaient ce dont je me sentais frus-
tré, parce que gorgés de vies multiples à l'infini. Ils
arrivaient de tous les horizons, s'arrêtaient un moment
sur les rayons, et repartaient bientôt vers d'autres horizons. L'idée d'être leur dépositaire, transitaire, aiguilleur,
dans cette boutique calme, donnant sur le large au-delà

de la rue, me suffisait. Un passant inconnu pouvait entrer à chaque instant, et ce passant pouvait être une surprise, une découverte. Cela, et aussi ce sentiment apaisant : puisque je me sentais incapable de m'exprimer, moi, je serais le dépositaire provisoire – fugace, toujours – de ceux qui, contrairement à moi, savaient créer. À leur service, au service des lecteurs. Donner à lire, donner à voir, donner à réfléchir. Ou à rêver. Pour moi, c'était la paix. La vie tranquille. Je tournais le dos à l'Histoire, mais je pouvais quand même la servir un peu. Et pour le vent bien réel, il y avait le temps que nous passions dans une île bretonne, alors presque déserte. Il ne pouvait exister de plus grand bonheur que d'y être près de la femme que j'aimais, ma fille à cheval sur mes épaules, la main de mon fils dans la mienne, et de recevoir en pleine face le vent d'hiver qui charriait les embruns de la houle roulant sous le grand phare, quand hurlait la corne de brume.

Certains jours, l'unique bateau quotidien ne pouvait passer. L'île devenait un morceau d'humanité perdue, à la fois blottie sur elle-même et ouverte au large. Les gens de l'île, retraités de la marine ou marins marchands en congé, parlaient d'autres tempêtes à l'autre bout du monde. Les soirs paisibles, dans le café mal éclairé où les pêcheurs pouvaient faire cuire leur part de godaille, on voyait à travers la vitre rentrer les dernières pinasses. Une rengaine de l'époque sur le jukebox, le temps semblait s'être arrêté dans la fumée de la salle et, dehors, dans l'obscurité du port. Ces moments avaient la plénitude d'un bloc de joie, inattaquable. Ils n'étaient pas inattaquables, et je ne les ai jamais tout à fait retrouvés. Sauf peut-être, plus tard en quelques occasions, comme sur le vieux voilier que je n'ai pu garder longtemps, allant grand largue sous un vent de ponant bien établi dans le génois, très loin des côtes.

Des années plus tard, une nuit de 1965, à La Havane, j'évoquais ce temps de bonheur avec mon amie Michèle Firk. Elle était venue à Cuba, pas seulement comme d'autres pour respirer l'air de la révolution, mais pour se mettre à son service. Elle était internationaliste. Ce n'était pas un mot, c'était elle tout entière. Et moi je lui racontais la nostalgie que je gardais de ces moments d'infinie quiétude, d'une terre que je pouvais nommer et toucher. Nous étions dans un restaurant chinois de la Habana Vieja, devant une montagne de crevettes barbouillées de sauce rouge. Michèle riait. Elle n'avait que faire d'île perdue ni de moment arrêté. Le temps, au contraire, il fallait se battre pour l'accélérer. Elle était cinéaste, travaillait alors à l'Institut cubain du cinéma (l'ICAIC) et préparait un grand documentaire dont j'ai vu le montage mais qui est resté inachevé, faute de commentaire. Elle voulait témoigner. Elle m'a dit ce soir-là que ce qui comptait pour elle, c'était d'être un rouage, même minuscule, de la révolution. Je l'ai revue pour la dernière fois, à Paris, trois ans plus tard, et dans une de ses dernières lettres, elle m'a redit la même chose. Elle partait pour le Guatemala. Elle allait y retrouver ses amis, ses camarades de la lutte clandestine, mais il n'était plus question de film. Je crois qu'elle était heureuse. Quand la police a frappé à la porte de son appartement, à Ciudad Guatemala, elle s'est tiré une balle dans la bouche. Je reparlerai de Michèle. Nous, ses amis, nous reparlons toujours de Michèle

*

« Librairie scientifique & amusante » : ainsi était sous-titré l'un des jolis dessins de Fred Kupferman – le premier des lecteurs-amis qui entra dans la boutique –

figurant sur le couvre-livre distribué aux clients. J'ai aimé tout de suite passionnément le métier de libraire. La manutention des colis de livres, la découverte des titres nouveaux qui arrivaient tout frais des éditeurs. Les liens avec les représentants, qui n'étaient pas de simples voyageurs de commerce mais des voyageurs d'idées et qui m'ont aidé à apprendre sur le tas. La construction de vitrines dont je voulais qu'elles aient un sens et qu'il fallait constamment renouveler, un peu comme la première page d'un journal intelligent. Ma culture, à la fois foisonnante et lacunaire, je la dois à ce va-et-vient permanent entre l'arrivée de cartons à déballer et celle de clients qui commentaient leurs lectures, en demandaient d'autres, m'ouvraient de nouveaux horizons et de nouvelles pistes. Fous de littérature, plongés dans Beckett ou Julien Gracq, militants politiques exigeant des textes qui sortent des classiques connus et des vulgates, employés cherchant de quoi lire dans le train du soir pris aux stations Saint-Michel ou Luxembourg, universitaires curieux, et même une prostituée canonique du quartier des Halles qui voulait obstinément qu'il y eût une suite à l'*Ulysse* de Joyce, je ne pouvais faire la différence au premier abord dans ce tout-venant quotidien, et cette diversité était un enrichissement permanent.

Je m'étais mis à mon compte dans ma boutique. Je le suis resté dans la vie et pour tout ce que j'ai fait.

J'ai eu l'envie tout artisanale d'aller plus loin que de vendre, celle de faire moi-même, et le plus possible sans intermédiaires. Cela n'avait rien de politique. Longtemps, j'ai rêvé d'avoir ma propre presse et de composer, d'imprimer moi-même. J'aimais Guy Lévis Mano, qui avait son atelier dans une cour du quartier Montparnasse. Il faisait tout, et seul. Ses éditions étaient des modèles de typographie, avec cette rare sobriété qui ne peut être que le fruit d'un long travail vers la perfection. Il était comme ses livres : réservé et amical. Je venais les lui acheter, et il établissait lui-même ses factures devant moi, d'une écriture qui valait encore toutes les polices de caractères du monde. Nous échangions quelques mots. L'hiver, l'atelier était glacial, nous y restions debout. Pourtant il y avait toujours une grande chaleur dans son accueil. Il était poète, il imprimait ce qu'il écrivait, il traduisait (Garcia Lorca, Alberti, Jean de la Croix), il éditait les autres (*La Ballade du vieux marin* de Coleridge, *La Chasse au Snark* de Lewis Carroll, Char, Breton, Leiris).

J'aurais voulu faire cela : que toute la chaîne du travail passe physiquement par moi, mes mains, ma tête, mon corps. Je l'ai fait, je le fais toujours, mais seulement en partie, puisque si j'ai travaillé dans les ateliers d'imprimerie avec les linotypistes, les protes, les clicheurs et les conducteurs, si j'ai toujours fait tout ce qui concernait le graphisme et la typographie, plomb ou offset, je n'ai jamais imprimé moi-même, j'ai été seulement, le plus possible, en contact tactile avec les presses. Mais enfin, faire connaître des auteurs, les traduire et finalement écrire moi-même, au moins y suis-je parvenu. Pas du tout, évidemment, dans le sens où l'entendait Guy Lévis Mano. Quand je lui ai dit que j'allais éditer mon premier livre – c'était *La Guerre d'Espagne* de Pietro Nenni –, il m'a donné les conseils qu'il fallait – c'est-à-dire très peu – et fait cadeau d'un catalogue de caractères et d'un typomètre. Lorsqu'il a vu le résultat, il m'a plaint, quant à la forme, d'avoir à travailler avec un imprimeur plus soucieux de rendement que de rigueur. Quant au fond, il a attendu quelques années pour exprimer son sentiment dans la dédicace de son livre, *Le Dedans & Le Dehors*. « À François Maspero : *Participer au motif*… Avec l'amitié de Guy Lévis Mano. » Ces mots renvoyaient à son poème :

Il rêvait de pureté. Il blâmait. En même temps qu'il blâmait, il concevait l'acte qu'il blâmait. Il fut désemparé par cette constatation. Il ne s'octroya plus le droit de reproche. Lors ses amis lui dirent : Maintenant que tu peux blâmer, ayant atteint l'ultime pureté du silence, tu ne blâmes plus. Il ne répondit pas. Mais il pensa : Chaque fois que je reprochais, je m'introduisais dans le motif du reproche. Je faisais partie du motif.

La dernière fois que j'ai vu Guy Lévis Mano, c'est en hiver 1980. Une de mes visites presque routinières. L'atelier, encore une fois, était glacial. La presse Heidelberg noire, les piles de livres, les rames de papier, l'odeur de l'encre, les dessins de Max Ernst. Et encore une fois, nous étions debout. Il était fatigué. Il m'a parlé d'expropriation possible. Puis il m'a dit qu'il ferait la facture des livres plus tard, parce que, oui, il était vraiment fatigué. Je lui avais commandé plusieurs *Cantique du soleil* de François d'Assise. Nous sommes sortis dans la cour. Il y avait un pâle soleil de février, et il est resté un instant adossé au mur de brique, en levant les yeux au-delà des toits gris. Ses derniers mots ont été pour me dire que nous avions de la chance, aujourd'hui, d'avoir un beau soleil. Je lui ai répondu poliment que oui. Ce n'est que sur le chemin du retour que j'ai compris que, décidément, je participais toujours au motif, et aussi que je ne le reverrais plus.

*

Dès 1959, dès les premiers livres que j'ai édités, j'ai « participé au motif ». J'avais eu beau écrire que « l'éditeur ne doit pas prendre parti », j'ai pris parti. La

France faisait la guerre en Algérie. Ma génération était envoyée faire la guerre aux Algériens. Je n'ai pas publié de poésie. J'ai publié des livres qui témoignaient de cette guerre-là. Ma déposition devant le tribunal militaire de Paris où comparaissaient les accusés du « réseau de soutien » aux Algériens, un jour de 1961, me semble, aujourd'hui encore, suffisamment explicite pour que j'aie peu à y ajouter :

M. MASPERO : Je suis éditeur et je suis libraire au Quartier latin. J'édite des livres sur l'histoire moderne et plus particulièrement, puisqu'elle en fait partie, sur l'Algérie ; et, en tant que libraire, je vends également des livres sur la guerre d'Algérie. C'est dans ces conditions que j'ai pu être amené à connaître un certain nombre des accusés dans ma librairie. Je dois dire que leur cas est semblable à bien d'autres que j'ai pu connaître.

Tous les jours, je vois venir des gens se documenter sur la guerre d'Algérie. Tous les jours, je vois venir des jeunes gens qui partent à la guerre, ou qui en reviennent, me faire part de leur cas de conscience, et quand ils en reviennent, m'expliquer très souvent leur désarroi, leur désespoir.

Cette semaine encore, j'ai vu un garçon qui était officier en Algérie. Il m'a raconté qu'en face d'un camp de regroupement qu'il était chargé de garder, la zone interdite était bombardée presque quotidiennement au napalm. J'avais cru, et lui aussi, que le napalm était une arme interdite par les conventions internationales.

Je pourrais également parler des tortures, mais je ne sais pas pourquoi je le ferais, tout le monde en est bien informé désormais. J'ai publié aussi un livre écrit par des officiers en Algérie : trois officiers qui expliquent que la guerre d'Algérie est une entreprise de démoralisation de l'armée et de la jeunesse françaises…

LE PRÉSIDENT : Vous l'avez publié ?

M. MASPERO : Oui. C'est l'un des rares livres que j'aie publiés sur l'Algérie qui n'a pas été saisi. Aussi je pense qu'il a été trouvé exact. Donc, lorsque ces garçons, dont certains ont mon âge, viennent me voir, ils m'expliquent qu'ils ont été involontairement complices d'une guerre dont ils ont maintenant compris l'injustice. Et ils se demandent ce qu'il faut faire pour rejoindre le côté de la justice. Souvent, même, se pose le problème de savoir s'ils ne doivent pas aider le peuple algérien. Cette semaine encore, j'ai reçu la visite de cinq garçons qui, avant de partir pour l'Algérie, ont l'intention de déserter…

Me VERGÈS : M. Maspero, qui est éditeur, a publié un livre qui s'appelle *Le Refus*. Dans ce livre, un jeune intellectuel explique les raisons pour lesquelles il a refusé d'aller se battre en Algérie. Je voudrais que le témoin puisse dire si la diffusion d'un tel livre, et surtout les arguments qu'il contient, a pu déterminer des jeunes comme Paupert, soit à ne pas partir, soit, étant partis, à rejoindre à leur retour les « réseaux de soutien » au Front de libération nationale ?

M. MASPERO : Je crois que ce livre a eu une influence sur un certain nombre de jeunes, si j'en juge par les lettres que j'ai reçues et par les lecteurs qui sont venus me voir.

Me VERGÈS : Le témoin a publié un livre du docteur Frantz Fanon qui était médecin à Blida et qui a rejoint le Front de libération nationale où il occupe un poste important. Pour quelles raisons l'a-t-il fait ?

M. MASPERO : C'est simple : j'ai pensé immédiatement que la situation où se trouvait le docteur Fanon, médecin en Algérie, le mettait dans l'obligation totale de passer du côté du FLN.

Mᵉ VERGÈS : Le témoin appartient à une famille qui a perdu beaucoup de ses membres à la guerre, dans la résistance, et c'est, je crois, la raison pour laquelle il n'a pas été appelé. Mais s'il était appelé demain, que ferait-il ?

M. MASPERO : Je ne partirais pas en Algérie.

(J'aimais bien Jacques Vergès à l'époque. En 1962, pourchassé par la police, il a logé chez moi. C'est mon camarade Jean-Philippe Talbo qui lui a fait passer la frontière. J'avais vu Jacques le matin où il venait d'assister à l'exécution par la guillotine du militant du FLN qu'il avait défendu. Décomposé. Il avait fait la guerre dans le bataillon du Pacifique de la France Libre, il n'était pas homme à s'émouvoir à la vue du sang. Mais : « Ils l'ont traité comme un morceau de barbaque », m'a-t-il dit. Peut-être est-ce ce jour-là que l'autre Vergès, celui que je ne devinais pas encore, celui dont on dit qu'il soutint plus tard les Khmers rouges et qui fut le défenseur de Klaus Barbie, a pris définitivement le dessus. Il rira, s'il lit ça.)

*

Je ne connaissais rien à l'édition. J'ai tout appris chemin faisant. De ma courte expérience de libraire, j'avais le sentiment que, dans tous ces colis qui arrivaient des éditeurs, il manquait des choses. Poésie, littérature ou, plus encore, ce qu'on n'appelait pas encore sciences humaines, cela sentait le confiné. L'édition elle-même restait encore un univers clos : maisons familiales vivant sur leur fonds et leur renommée d'avant-guerre, et quelques éditeurs neufs, dont un seul, les éditions de Minuit, authentiquement né de et dans la résistance. De toute manière, je ne voulais ni ne pouvais y ressembler. À quoi prétendais-je ressembler, alors ? À la boutique des Cahiers de Péguy, probablement, rien de moins. D'ailleurs, c'est bien Péguy qu'invoquait le titre de la première collection, « Cahiers libres ». Péguy encore, le système d'abonnement. Mais on ne copie pas un Péguy par la simple magie d'un titre et d'un mode de vente.

Comment et avec quels moyens ? Matériellement, je n'avais pour seul bien que la librairie. Et, vingt ans durant, il n'y a jamais rien eu d'autre. Sans ma librairie, je n'aurais rien pu faire. Plus tard, sans le fonds constitué et les auteurs solidaires des éditions, je n'aurais pu continuer. Et si cette librairie, si ce fonds m'ont porté, c'est parce qu'ils ne se limitaient pas à un choix de livres directement engagés dans des combats extrêmes. J'ai construit des rayons divers et complets, avec un accès libre, de poésie, de philosophie, de littératures étrangères, d'ouvrages qu'on ne trouvait que dans une ou deux librairies spécialisées, cinéma, théâtre, architecture. S'il y avait militantisme, il ne s'arrêtait pas aux livres défendant une cause, mais à l'ensemble des textes de tous bords sur un problème, réunis dans des listes bibliographiques, dont les premières avaient été faites en liaison avec le mouvement Peuple et Culture. Ce militantisme ne se bornait pas non plus à une ou deux causes. Ainsi, à notre échelle, le travail entrepris sur le thème de la contraception, dans un environnement en général indifférent ou hostile, par Jeanne Mercier, qui avait quitté son métier de bibliothécaire pour celui de libraire, a joué un rôle pour beaucoup, en diffusant le peu d'ouvrages sérieux, médicalement documentés. On venait de loin les acheter. Plus tard, ce fut le cas pour les méthodes de pédagogie active, telles celles de Célestin Freinet. Ou pour le théâtre populaire, ou pour les questions de l'urbanisme.

J'ai commencé en travaillant comme les libraires-éditeurs des romans de Balzac – *La Recherche de l'absolu*. Un anachronisme. Un bureau de dix mètres carrés au sous-sol. Avec l'avantage, ayant déjà pignon sur rue, d'inspirer confiance aux imprimeurs, pour un crédit de trois mois. Un magasin, c'est du solide, ça inspire confiance. L'avantage aussi de pouvoir y vendre tout de suite une petite partie de mes livres. Mais pour le reste ? Pour le reste, je l'ai dit : un réseau de sympathies informelles qui s'était formé chez les lecteurs. Il a duré jusqu'à la fin.

En 1959, qui voulait savoir la réalité de la guerre en Algérie le pouvait, parce qu'il y avait eu depuis le début (et sans même remonter à l'article de 1951 de Claude Bourdet dans *L'Observateur* (« Y a-t-il une Gestapo en Algérie ? ») des témoignages qui dénonçaient les crimes de l'armée française : parmi les premiers et les plus obstinés à braver les saisies, se trouvait *Témoignage chrétien* – né à l'époque de la résistance contre le nazisme –, avec des brochures, vite interdites mais que je diffusais quand même, telles que « Le Dossier Jean Muller » (carnets de route d'un rappelé tué) ou « Des rappelés témoignent ». Il y avait aussi le journal du Centre du Landy, *Témoignages et Documents*, issu, entre autres, d'un Comité de Résistance Spirituelle, de la mouvance de *Témoignage chrétien*. Puis, issu lui-même dudit journal élargi, *Vérité-Liberté*, bulletin d'un petit groupe d'intellectuels aussi courageux et attaqués que les premiers dreyfusards, parmi lesquels Pierre Vidal-Naquet, l'un des fondateurs du comité Maurice-Audin, du nom du jeune professeur d'Alger torturé et « disparu ». Parmi les éditeurs, il n'y avait que les Éditions de Minuit de Jérôme Lindon, héritières du combat de leur fondateur, Vercors, qui bravaient les saisies et les inculpations pour publier des témoignages dont aucun autre éditeur ne voulait. Les livres sur la guerre d'Algérie ne faisaient pourtant pas défaut et se vendaient bien : récits du coup d'État de mai 58 à Alger, romans de Lartéguy, *Lieutenant en Algérie* de J.-J. Servan-Schreiber. Mais dénoncer la torture, sauf en termes généraux, non. S'opposer à la guerre, très peu. Donner la parole à l'adversaire, voir chez lui autre chose qu'un ramassis de « fellaghas » incultes et de terroristes, encore moins. C'était s'exposer aux poursuites judiciaires en même temps qu'aux représailles des partisans de l'Algérie française qui avaient l'explosif et le pistolet faciles. Lecteur parmi d'autres, concerné par mon temps, je voulais dans ma librairie ce genre de livres, qui témoignent. J'avais honte qu'il n'y en eût pas. Mon pays ne pouvait rester ainsi sourd et aveugle à la voix de l'autre.

Sourd et aveugle, pourtant, il entendait bien le rester. Entre 1960 et 1962, une quinzaine de livres que j'ai publiés ont été saisis et interdits, et une pluie d'inculpations s'est abattue : atteinte à la sûreté de l'État, incitation de militaires à la désobéissance et à la désertion, atteinte au moral de l'armée, injures envers l'armée. Les saisies coûtaient cher. Je remettais en vente, je rééditais ouvertement, la police revenait : pour les livres que je publiais, pour ceux des éditions de Minuit, ou pour d'autres publications. Dans la plupart des journaux, on disait : « On ne peut pas rendre compte d'un livre interdit. » Des imbéciles prétendaient que cela me faisait de la publicité. À ce compte-là, les attentats, qui furent nombreux, contre ma librairie aussi. J'ai été sauvé par les lecteurs. Il y eut des gardes de nuit dans la librairie. Dans l'obscurité, jusqu'au petit matin, elles étaient chaleureuses. Certains de ceux qui y ont participé sont devenus des auteurs que j'ai publiés par la suite. Il y eut aussi des réseaux de diffusion des publications interdites. Mais rien n'aurait pu se faire si nous n'avions été, à la librairie même, solidaires dans le travail : Marie-Thérèse Maugis, ma femme ; Jean-Philippe Talbo-Bernigaud, compagnon des tout premiers jours jusqu'aux tout derniers, qui revenait de vingt mois en Algérie, lieutenant dans les « zones interdites », et avait publié ses témoignages dans *Les Temps modernes* (aussitôt interdits) ; Jeanne Mercier, qui avait quitté l'univers des bibliothèques de prêt ; Anita Fusco, qui venait de la librairie catholique du Centre Richelieu, un roc ; et, un peu plus tard, Georges Dupré. Nous étions plus liés par la même passion du travail de libraire que par des engagements politiques.

*

La guerre a fait physiquement irruption dans ma librairie au soir du 17 octobre 1961. Le sol était jonché de corps sanglants, une masse de policiers bloquait la rue et certains voulaient forcer la porte. Les ambulances ne purent venir que tard.

La fédération de France du FLN avait décidé une manifestation pacifique des Algériens de Paris dont l'objet était de protester contre le couvre-feu qui les frappait et qui ne pouvait être appliqué que par une rigoureuse discrimination raciale, au faciès.

J'ai connu, pas assez mais enfin j'ai connu, la situation de la population algérienne en région parisienne – disposant, il faut le rappeler, d'une carte d'identité française – ces années-là. Elle vivait majoritairement dans des bidonvilles, qui étaient devenus de véritables camps où la police, aidée par des troupes spéciales, les « harkis », pouvait intervenir à toute heure : les Pâquerettes, La Folie à Nanterre, la rue de l'Union à Aubervilliers. J'ai été mis au courant de la préparation de la manifestation. Parallèlement à mon métier, et en cloisonnant les deux activités, je militais dans un groupe de soutien aux Algériens. Francis Jeanson, qui en avait été l'âme et qui avait dû se réfugier hors de France, voulait continuer de publier son bulletin clandestin *Vérités Pour* et m'avait demandé de m'en charger. Le responsable précédent était Vercors, l'auteur du *Silence de la mer* que j'avais lu à treize ans. Du fondateur des Éditions de Minuit à moi, je voyais un passage de témoin. Encore fallait-il que j'en sois capable. Les trois numéros que j'ai pu faire ont surtout été symboliques. Des idées simples les parcouraient : plus que de dénoncer la torture et la répression, il s'agissait de démontrer que la guerre et ses méthodes pourrissaient la société française et qu'il y avait un danger de fascisation des institutions. Affirmer notre solidarité avec le peuple algérien en lutte, c'était préserver un avenir solidaire pour nos deux peuples, c'était aussi lutter pour nous-mêmes. Par l'intermédiaire de l'imprimeur clandestin, dont je découvris qu'il avait été un camarade très proche de mon frère dans la résistance, j'ai rencontré Georges Mattéi qui, sous-officier « rappelé » en Algérie en 1956, avait vécu la « pacification » et, dès son retour, milité avec Francis Jeanson puis Henri Curiel pour l'indépendance algérienne. Il m'a chargé de faire passer les frontières belges, luxembourgeoises et allemandes à des clandestins, dont deux condamnés à la guillotine évadés. Sous la pluie, les routes de l'Est étaient glissantes des déchets de betterave, les bourgades industrielles frontalières grises, les bois des Ardennes spongieux, les patrouilles en Jeep inefficaces et, passé la frontière belge, les policiers allemands étrangement peu regardants quant aux faux papiers, comme si c'était leur tour, triste revanche, d'être du côté de la vertu et de protéger des résistants pourchassés.

C'est Georges Mattéi qui m'a demandé, lors de la préparation de la manifestation du 17 octobre, de la suivre en plusieurs points de Paris, grâce à ma moto, et d'en rendre compte ensuite, comme le feraient plusieurs autres camarades. Pour nous, comme pour tous les Algériens en cause, il n'y avait pas de doute : c'était une manifestation pacifique, et certains, ce soir-là, sont venus avec leurs enfants. Ce fut le massacre que l'on sait aujourd'hui, après trente ans de silence.

Ce 17 octobre 1961, la dernière étape de mon périple a eu lieu boulevard Saint-Michel. La population algérienne du quartier, encore nombreuse à l'époque dans l'« îlot Saint-Séverin », s'était jointe aux manifestants venus de la périphérie. Il y eut le temps de quelques cris, de quelques battements de mains. Les policiers, munis d'énormes gourdins, frappèrent dans le tas et s'acharnèrent sur les corps au sol. Dans le silence, on n'entendait plus que le bruit mat des coups et des os fracassés. Mon camarade de travail, Jean-Philippe Bernigaud, m'avait rejoint. Je le vois, seul, debout, les mains dans les poches, criant de toutes ses forces « Assassins ! ». Je le vois entouré de gourdins levés. J'entends la voix du gradé qui lance : « Pas les Blancs ! » (Jean-Philippe a entendu : « Pas ceux-là ! ») Il n'y a plus eu, après le reflux de la vague d'assaut, qu'à tenter de ramasser les corps, les traîner dans la pharmacie voisine, alors que des policiers revenaient les frapper. Puis à accueillir certains blessés dans la librairie.

En novembre 1961, j'ai publié, sur la base de documents fournis en majorité par Jacques Vergès, un dossier *Ratonnades à Paris*, saisi à l'imprimerie (ma fille Brigitte, qui avait huit ans, se souvient encore de la nuit passée autour de la table familiale à plier et brocher les feuilles des quelques centaines d'exemplaires rescapés). Je venais de fonder une revue, *Partisans*, et dans le numéro 2 j'ai écrit un article qui a valu la saisie immédiate, sur les presses :

> Il n'y a pas de soir où dans Paris, depuis sept ans, ne retentit le cri des hommes que l'on roue de coups jusqu'au coma dans les paniers à salade de nos braves agents de la circulation ; sur les plus grandes artères de la capitale, l'obscène rituel du « contrôle d'identité » n'attire plus que le regard de quelques touristes allemands étonnés. Voici deux mois, nous avons été avertis qu'un rescapé des noyades de la Seine voulait faire une conférence de presse, donner des détails et des noms. C'était la première information précise qui nous parvenait, la première fois que l'on citait ces pratiques. Il nous a été impossible de réunir le moindre journaliste stagiaire. Chacun se récusait. Il n'y avait pas matière à article, paraît-il. Et puis c'était dangereux et enfin il y avait la saisie… Mieux valait continuer à boire sagement la bonne eau de la Seine polluée par de la pourriture de bougnoule.
> Il aura fallu cette nouvelle pression héroïque des « damnés de la terre » pour crever ce mur de la prudence confortable.
> ....

L'« admirable » police parisienne a fait ses preuves. M. Frey, M. Terrenoire, M. Papon, représentants autorisés du gouvernement choisi par le président de la République, en ont vanté le dévouement digne de tous éloges. « La police parisienne a fait ce qu'elle devait faire » (M. Papon au Conseil municipal de Paris, le 27 octobre 1961). Il va de soi que de telles déclarations mesurées n'ont rien de commun avec celle d'un excité comme le conseiller municipal UNR, M. Moscovitch : « Ce qu'il nous faut est simple et très clair : l'autorisation du gouvernement et suffisamment de bateaux comme moyen de transport. Le problème qui consiste à faire couler ces bateaux ne relève pas, hélas, du conseil municipal… »

*

Le problème était que j'étais incontrôlable. J'étais apparu dans ma boutique sans crier gare. Je n'étais lié à aucune formation politique. Plus grave, je n'avais moi-même aucune formation tout court, ni expérience, ni diplômes. Aucune légitimité, pas même celle de l'argent, qui rassure le bourgeois et encore plus, quoi qu'ils en disent, ceux qui prétendent ne pas l'être. Je m'étais arrogé la liberté d'éditer ce qui aurait pu être n'importe quoi sur des sujets auxquels je ne connaissais rien. Cet adjectif « libre » accolé à mes Cahiers pouvait être interprété pour le meilleur et pour le pire. L'un des premiers catalogues portait cette citation de Péguy : « Ces cahiers auront contre eux tous les menteurs et tous les salauds, c'est-à-dire l'immense majorité de tous les partis. » À relire le florilège des insultes déversées pendant des années, ce n'était pas faux. Les imprécations de l'extrême droite étaient logiques : « Le bazar marxisto-culturel de la rue Saint-Séverin : le bon argent n'a pas d'odeur » (*Minute*). Celles des situationnistes y ont fait écho par la suite : « Ce n'est pas tant le fait d'être stalinien qui fait de M. Maspero une sinistre crapule, mais avant tout d'être un marchand : on n'est pas épicier impunément… L'ordure sévit encore au point d'ouvrir un autre bazar d'antiquités en face du précédent. » Le parti communiste n'avait pas digéré la publication, dès les débuts, de *Critique de base* de son vieux militant Jean Baby, et, plus tard, André Wurmser résuma, dans *L'Humanité* : « Maspero publie ce que ne publie pas le rebut des rebuts. » Etc., etc. Dans une manifestation, un jour, un commissaire de police cria à ses hommes en me désignant : « Arrêtez cet énergumène à lunettes. » Je me suis dit que cette appréciation correspondait très bien à ce que des gens sérieux devaient penser de moi.

Si je mettais mes nom, prénom et adresse sur les livres des autres, ce n'était certes pas pour m'en appro-prier quelque chose à la manière des collectionneurs, pas pour prétendre me hisser au niveau de leurs auteurs ni encore moins m'identifier à eux, mais pour une ques-tion de responsabilité minimale. Je voulais faire mon édition à visage découvert, en ce temps de silence, tout comme je laissais grande ouverte la porte de ma librai-rie. D'ailleurs, je ne me souciais pas vraiment d'un ave-nir possible pour ma « maison ». Le combat au jour le jour suffisait et bouchait le futur commercial.

Que ce nom soit, par mes ascendants, un peu connu dans certains milieux universitaires, assez restreints au demeurant, et que je puisse utiliser cela pour donner une quelconque image de « sérieux » à mon entreprise, je n'y avais pas pensé un instant. Et j'ai été étonné, choqué, qu'un universitaire, que j'admirais par ailleurs pour son engagement, m'en fasse la remarque. L'idée de me servir d'un passé intellectuel et de la réputation de mes ascendants, moi qui avais délibérément tourné le dos à tout ça, me semblait extravagante. Je doute que Jean eût approuvé le choix de son petit frère de faire carrière derrière un tiroir-caisse. Tout ce que je savais de mon père me faisait penser qu'il n'aurait pas eu d'indulgence pour mon agitation brouillonne. Dans le meilleur des cas, il m'aurait traité de petit serin. Quant au grand-père, l'égyptologue méritocrate, mieux valait ne pas l'évoquer.

L'un des premiers livres que j'ai édités était d'un écrivain disparu en 1940 et alors oublié : Paul Nizan.

J'ai eu la chance que Sartre accepte de préfacer *Aden Arabie*. Nizan était un auteur honni du parti communiste français : en 1939, ce communiste s'était élevé contre le pacte germano-soviétique, Aragon en avait fait un traître dans un roman, le philosophe Henri Lefebvre avait enfoncé le clou dans un pamphlet, puis ses livres avaient disparu des catalogues. Nizan, c'est vrai, appelait nommément à une trahison, mais c'était celle de la bonne conscience bourgeoise. Cela tombait bien : il n'était pas de jour où, dans la grande presse, nous ne soyons, mes camarades et moi, qualifiés de traîtres. Nous trahissions la France, en dénonçant la guerre coloniale, la torture et l'écrasement d'un peuple. Nous étions, j'étais, en colère. Si c'était cela, mon pays, je n'avais pas honte de le trahir, au nom de l'idée que je m'en faisais et que je voyais, moi, trahie. « Que pas une de nos actions ne soit pure de la colère », avait écrit Nizan. « Je leur dois du mal. Ils ont failli me perdre. »

Bref, soyons métaphorique : de toutes ces abeilles qui m'avaient précédé, je n'avais rien gardé du miel. Seulement l'aiguillon. J'étais bien devenu une guêpe.

*

Sartre m'a dit à brûle-pourpoint, la seule fois, je crois, où nous nous sommes un peu parlé, qu'il avait trouvé « très bien » une brève présentation que j'avais eu l'audace d'écrire moi-même pour justifier la réimpression, malgré la saisie et l'interdiction, de *L'An V de la Révolution algérienne* de Frantz Fanon. Et ce dernier lui-même m'a écrit : « Il faut que je vous dise merci, non seulement pour ce que vous faites mais pour ce que vous êtes. » Pour son livre suivant, *Les Damnés de la terre*, Fanon a demandé à Sartre une préface qui est aujourd'hui classée par beaucoup, dans l'œuvre de ce dernier, comme l'une de ses plus atroces incongruités. Dès avant la parution, le directeur de *L'Express*, alors de gauche, qui avait demandé goulûment les épreuves pour en publier des extraits, a renoncé, horrifié. Près de quarante ans plus tard, Bernard-Henri Lévy y voit la justification de « générations d'assassins logiques ».

Replacée dans son contexte, la préface de Sartre aux *Damnés de la terre* est une provocation extrême, face à l'extrême barbarie mise en œuvre par notre nation extrêmement civilisée. Le parallèle entre la violence du colonisateur et celle du colonisé, la justification de cette dernière comme ultime et unique recours choquent toujours. Je ne vois rien pourtant, dans les analyses de Fanon lui-même, qui n'ait été solidement fondé sur sa situation (et c'est bien dans un volume de *Situations* que figure aujourd'hui le texte de Sartre). Et cette situation n'était certes pas celle des gens qui se sont dits et se disent toujours choqués par ces analyses. Descendant d'esclaves martiniquais ; engagé à dix-huit ans dans la France Libre pour libérer l'Europe ; disciple du grand précurseur de la psychiatrie moderne qu'était Tosquelles à Saint-Alban ; chef de service à l'hôpital de Blida, en charge des traumatismes créés par la violence coloniale au quotidien (le vécu de la folie chez le colonisé, mais aussi chez le colonisateur) ; membre de la rédaction du *Moudjahid*, le journal du FLN à Tunis ; puis ambassadeur itinérant, en charge de la politique africaine du gouvernement provisoire de la république algérienne : telle est la « situation » de Fanon à l'heure où il écrit *Les Damnés de la terre*. Ses analyses, toutes nées de l'expérience du praticien et du militant, ne sont pas un cri de haine, mais des jalons d'espoir. La violence libératrice n'y est pas une fin en soi. Dire que les peuples colonisés ne doivent pas suivre le chemin d'une Europe avec qui les premiers liens historiques ont été la traite des esclaves, le plus grand crime contre l'humanité de la période moderne par le nombre et la durée, c'est le contraire d'un appel au repli sectaire – nationaliste, identitaire, raciste. En 2001 encore, Jean Lacouture a pu écrire que Fanon appelait à « l'extermination des colons », comme d'une « engeance malfaisante ». Étranges souvenirs de lecture – si tant est qu'il ait jamais réellement lu ce livre – quand Fanon consacre un chapitre entier à « la minorité européenne d'Algérie » et à la place qu'elle devrait occuper dans le futur État indépendant : dans le même temps où il y analyse les mécanismes racistes de l'Algérie française, il dénonce « un mythe à détruire, celui des colons présentés de façon indifférenciée comme opposés à la fin de la domination coloniale ». « Nous voulons marcher tout le temps, la nuit comme le jour, en compagnie des hommes, de tous les hommes. [...] Pour l'Europe, pour nous-mêmes et pour l'humanité, camarades, il faut tenter de faire peau neuve, développer une pensée neuve, tenter de mettre sur pied un homme neuf. » Ce sont les derniers mots du livre et les derniers mots de Fanon. Il est mort à l'automne 1961, à trente-six ans, l'âge où, comme l'écrit sa biographe Alice Cherki, une vie d'homme ne fait souvent que commencer.

Dans ces derniers mots, je crois toujours entendre une réponse à l'interrogation de Walter Benjamin, en mai 1940, quand il voyait l'Europe sombrer : « On se demande si l'histoire ne serait pas en train de forger une synthèse géniale entre deux concepts nietzschéens, à savoir le bon Européen et le dernier homme. Il pourrait en résulter le dernier Européen. Nous luttons pour ne pas devenir ce dernier Européen. »

Il est une phrase de Fanon qui me le rend proche : « Mon ultime prière : ô mon corps, fais de moi toujours un homme qui interroge. » Le fil de la pensée de Fanon s'est interrompu, tranché en pleine action. Il appelait à extirper « la peur de l'autre ». Dans sa vision des nouvelles indépendances, l'espoir était partagé avec la lucidité critique, avec ses mises en garde contre « les mésaventures de la conscience nationale » et le danger de trahison des nouvelles bourgeoisies locales. Il n'a pas vu l'instauration des systèmes néo-coloniaux mettre fin à l'espoir. Par la violence et la terreur : Lumumba assassiné au Congo ex-belge, c'est Mobutu qui a régné trente ans, avec le soutien des puissances occidentales, qui ne l'ont abandonné qu'en 1997, comme un déchet devenu inutilisable, et la presse a soudain retenti des forfaits du dictateur. Vingt-cinq ans plus tôt, un tribunal français m'avait condamné à trois mois de prison ferme pour avoir publié (« injure à chef d'État étranger » et « publication d'ouvrage d'origine étrangère interdit ») *Les Crimes de Mobutu.* Les amis progressistes africains de Fanon ont été éliminés au profit de créatures dociles : Patrice Lumumba ; Félix Moumié, empoisonné par un agent des services français ; Nkrumah, exilé par un coup d'État ; Modibo Keita, mort en prison ; Ben Barka, enlevé en plein Paris ; Amilcar Cabral, l'intelligence la plus lucide du continent africain, assassiné à Conakry, et tant d'autres. Fanon n'a pas vu, non plus, en Algérie même, la fin de la guerre confirmer ses pires craintes : le pouvoir gaulliste laissant un pays ruiné aux mains des plus forts de ceux qu'il avait en face de lui, chefs d'une armée des frontières qui avaient de plus fructueuses affaires à réaliser que de promouvoir le programme de la Soummam – cette charte sur la base de laquelle, lui, Fanon, s'était rallié au FLN. Il n'a pas vu l'exil et l'assassinat des chefs historiques de ce qu'il appelait la « révolution algérienne » : le dernier en date, Boudiaf. Et les « mésaventures de la conscience nationale » tourner lentement au cauchemar.

On a taxé le livre de Fanon de « bible du tiers-mondisme ». J'ai été et je suis encore souvent, pour ma part, taxé d'« éditeur tiers-mondiste ». J'ai, à une époque où la pensée et la littérature restaient repliées sur les nations de la vieille Europe et de l'Amérique blanche, cherché d'autres pensées et d'autres littératures. Plus d'un tiers de l'humanité, ces années-là, « émergeait » avec les nouvelles indépendances. Il fallait lui donner la parole. Ce n'était pas le cas, alors. Je revendique ma faible part de ce travail-là. Mais je n'ai pas cru à une étrange inversion de la hiérarchie des valeurs. Le tiers-monde, puisque c'était ainsi que l'avaient baptisé des sociologues, devait prendre sa place, jouer son rôle dans l'humanité, rien de plus, mais rien de moins. J'étais dans la ligne du projet énoncé par Sylvain Levi en 1925 dans ces *Cahiers du mois* auxquels mon père avait participé : rabattre « l'orgueil dément de l'Europe qui prétend faire la loi au monde ». Et puis, aussi, dans le monde tristement figé par la « guerre froide », des voix neuves pouvaient faire entendre ce qu'avaient à dire des peuples qui n'étaient ni d'un bloc ni de l'autre. Aucun « messianisme » là-dedans, puisque c'est le terme que l'on accouple souvent à « tiers-mondiste ».

*

J'ai vécu la fin de la guerre d'Algérie comme la fin d'un cauchemar, mais certainement pas comme une victoire. Le jour de la signature des Accords d'Évian, les responsables de la fédération de France du FLN avaient organisé un grand banquet pour ceux qui les avaient soutenus. Je n'ai pas eu le cœur d'y assister. En juillet 1962, je me suis rendu à Alger. J'ai traversé le pays jusqu'à Constantine. Les Européens partaient dans une confusion pitoyable. Les riches avaient assuré leurs arrières depuis longtemps. C'était le petit peuple des Français d'Algérie qui fuyait, abandonné soudain par la France gaulliste qui l'avait flatté, et terrifié par le nouveau pouvoir. Côté population algérienne, la tentative d'une « Commune d'Alger » venait d'être matée par les chars de Boumediene qui amenaient Ben Bella, tiré de prison. (Boumediene devait l'y renvoyer trois ans plus tard.) C'était la fin des projets d'une révolution telle que l'avaient dessinée les « frères » de la fédération de France, fondée sur les principes de la charte de la Soummam, d'un socialisme laïque et égalitaire, respectueux des minorités, confirmant aux femmes les droits qu'elles avaient acquis dans la lutte, et telle que l'avait décrite Fanon dans « L'Algérie se dévoile ». Dans la pénombre des bars des grands hôtels, des négociants algériens, ceux qui allaient constituer la nouvelle classe des nantis, la caste d'affairistes liée aux militaires toujours au pouvoir aujourd'hui, traitaient à longueur de journée le rachat des biens d'Européens aux abois.

Aider la résistance algérienne face à l'oppression était une chose. Je l'avais fait, c'est vrai, avec l'absence de nuances, avec l'aveuglement sur tout ce qui n'était pas la honte de voir ma patrie suivre les méthodes de ceux qui l'avaient opprimée sous l'occupation nazie, avec la violence partisane d'un jeune homme en colère. Tant que les Algériens luttaient contre l'oppression, je les avais nommés mes frères. Il fallait tenter de préserver pour nos deux peuples un lien qui permette encore un avenir commun. L'indépendance conquise, je n'ai pas été de ceux qui ont imaginé qu'un soutien, fondé avant tout sur cette colère aux heures de la sale guerre, pouvait se prolonger dans la paix. J'ai tenté d'aider le peuple algérien. Pas l'État FLN.

Si j'ai gardé des liens avec l'Algérie, c'est surtout par quelques êtres de culture et de conscience. Taos

Amrouche, sa mère Fadma, sa fille Laurence, chantres de la mémoire de leur peuple. Mostefa Lacheraf, Mohamed Sahli, historiens exigeants. Mouloud Mammeri, érudit discret et militant. Kateb Yacine, porteur du *nif* (l'honneur berbère) au point de s'en laisser mourir.

Et en cette année 2001 je lis le récit d'un assassin, le général français Aussaresses, qui lâche enfin, quarante ans après la fin de la guerre d'Algérie, ce que presque personne n'a voulu entendre à l'époque, ce qui, officiellement, était censé n'avoir pas existé. Que la torture, en ce temps-là, était une doctrine militaire et la négation de l'autre une doctrine politique. « Amère victoire », a écrit Pierre Vidal-Naquet, pour ceux qui, comme lui, ont dénoncé cela haut et fort au temps où il fallait le faire.

La petite fille espérance

Ce qui m'étonne, dit Dieu, c'est l'espérance.
Et je n'en reviens pas.
Cette petite espérance qui n'a l'air
de rien du tout.
Cette petite fille espérance.
Immortelle.

CHARLES PÉGUY
Le Porche du mystère de la deuxième vertu

Août 2001. « Sur le bord de la falaise, à Aïn-Taya, nous avions regardé la mer aux alentours de minuit, le ciel paraissait aussi loin qu'il l'était réellement. En bas, sur la plage, dans une paillote, un homme seul dansait sur une musique de raï... François a appris un mot d'arabe : "normal". Il le dit désormais en roulant les *r*. »

Bien sûr, je ne savais pas, ce soir-là sur la plage, que Sadek évoquerait par ces lignes la nuit d'Aïn-Taya, quelques jeudis plus tard, dans sa chronique hebdomadaire du *Matin* d'Alger, « Café mort ». Nous avions vécu là un de ces moments où il ne se passe apparemment rien, et dont pourtant quelque chose de ténu, le sentiment soudain d'être pleinement en accord avec la vie, que l'on voudrait prolonger, va dans la mémoire en rejoindre d'autres, souvent très anciens. Et l'on en garde ensuite cette impression douce-amère que, rien que pour les avoir vécus, ces fugaces moments-là, il

vaut la peine de vivre. La halte à midi avec les amis sur
un col de l'Aigoual ; le jour de pâle lumière, dans la
baie de Fundy, où Julia, qui avait quatorze ans, regar-
dait émerveillée les baleines plonger sous le bateau (et
cela me rappelait alors cet autre jour plus lointain, où
au petit matin, encalminés à cent milles de la Corse,
Brigitte qui était de quart nous avait réveillés parce que,
dans la grisaille incertaine où ciel et mer se confon-
daient encore sous le rougeoiement qui annonçait le
soleil, elle avait découvert qu'un banc de cachalots
s'ébattaient autour de l'*Inca II*) ; une promenade d'hiver dans le jardin des monstres de Bomarzo ; l'amour
dans une chambre blanche de Valleraugue striée des
rais de soleil jouant sur le carrelage rouge, quand au-
dehors l'air de l'après-midi crissait de chaleur ; une fille
bondissant en tête de la conga qui défilait dans la nuit
de Baracoa, corps et âme de tous les danseurs soudés
dans la musique. Et peut-être qu'en d'autres moments,
ceux d'écœurement, de détresse, d'à quoi bon, on ne
poursuit la route que parce que reste l'espoir, la certitude ancrée comme une foi, qu'il y aura encore, jusqu'au bout, d'autres moments comme ceux-là. « Tiens
bon la rampe, Sally Mara. »

Et donc, ce soir de l'été 2001, j'étais venu à Aïn-Taya
rendre visite à Sadek. J'habitais pour un mois dans une
famille amie, plus loin sur la côte, dans une petite ville
à laquelle, pour respecter la vie privée de mes hôtes, je
donnerai ici le nom d'Oued-Baïra.

Le soir à Oued-Baïra, dans la cour étroite où Meriem
soignait avec amour figuiers de barbarie, basilic et jas-
min au pied d'un bananier sauvage, nous buvions le thé
fort à la menthe que préparaient tour à tour Kader et
Samir, ses fils. Ils écoutaient interminablement la
musique chaâbi, ces chansons nostalgiques d'El Anka,
d'Abdellah Guettaf, d'Amir Ezzahi, nées sur le port

d'Alger de la tradition arabo-andalouse, et, lors de sa visite, Sadek avait pris le mandole et chanté lui-même. On attendait le retour de l'eau au robinet de la cour, pour remplir les grosses tonnes en plastique bleu qui étaient presque vides. Mais l'eau ne venait pas. Elle ne viendrait, et encore ce n'était pas sûr, que la nuit suivante. Alors il faudrait passer plusieurs heures à surveiller le remplissage et à transvaser, seau après seau, parce que le débit est lent et que les tonnes sont trop lourdes pour être déplacées sous le robinet.

Meriem se levait à quatre heures et demie pour préparer dans un four en tôle, à même le ciment de la cour, les quelque cent cinquante pains ronds dont, plus tard dans la matinée, les propriétaires des fast-foods d'Oued-Baïra venaient prendre livraison dans des sacs en plastique noir qui servent uniformément à tous les commerces algériens. Toute la journée, depuis le premier chant du muezzin et le premier chant du coq, les bruits de la vie de la ville venaient déferler sur la cour. Le grondement permanent de la circulation dans la rue principale, le passage d'un cortège de mariage se dirigeant vers la mairie, la mosquée, puis la salle des fêtes qui avait été jadis l'église, dans un tintamarre d'avertisseurs, de youyous et de sono à fond. Les radios et les télés du voisinage fonctionnant sans discontinuer, techno, raï, TF1 par le satellite ou téléfilms égyptiens lacrymaux. Et même l'entrechoquement des boules de pétanque, dans le square voisin aux palmiers filiformes.

Toute la journée, l'innombrable famille, oncles, tantes, sœurs, cousins, neveux, défilait dans la cour, et chaque fois, nous nous saluions par deux, souvent quatre baisers sur les joues. Ils m'appelaient *ammou*, oncle, et me demandaient des nouvelles de ma santé.

Je sortais dans la ville, il y avait toujours foule, au marché, devant les étals de brochettes, à la boutique du

« taxiphone », au cybercafé. Toute la jeunesse algé-rienne semblait flâner là, désœuvrée, non par goût du farniente, mais parce qu'il n'y a pas de travail pour elle. Les contrôleurs des minibus privés criaient les destina-tions : Alger, Reghaïa, Fort-de-l'Eau. Des femmes pas-saient, en robes légères, bras dessus, bras dessous avec d'autres portant le *hidjeh*. Et sur la plage, d'en haut, on ne voyait plus le sable, tant les parasols se touchaient, tant étaient serrés les corps des amateurs de bains de soleil.

Je sortais dans la ville, et personne ne semblait faire attention à moi. Je ne rencontrais jamais un étranger, ni à Oued-Baïra, ni dans les rues populeuses d'Alger. Je ne pouvais pourtant pas passer inaperçu. Ce n'était pas la fausse indifférence, faite pour souligner le mépris de l'indésirable, telle que je l'avais rencontrée ailleurs, en République serbe de Bosnie, par exemple. Plutôt une forme de respect. À plusieurs reprises, des inconnus m'avaient adressé la parole en me qualifiant de *hadj*, marque de déférence due à mon âge. Le premier jour, quand j'étais allé au marché avec Sadek, le marchand de figues penché, pour nous servir, sur son panier posé à terre s'était soudain relevé en m'entendant parler français et m'avait tendu un fruit en forme de bien-venue.

La maison de Meriem est vétuste. Un couloir, deux pièces, dont l'une sert de salle commune et dont l'autre, la seule vraie chambre, m'a été attribuée d'autorité. Cette maison est coincée entre d'autres, qui cernent sa cour. Jadis, la cour était plus grande. Mais, fierté de Meriem, une partie était désormais occupée par la nou-velle maison en construction. Commencée il y a dix ans, déjà deux étages s'élèvent. Sur une partie de la terrasse, il y en aura un troisième. Plusieurs enfants de Meriem devaient s'y installer en famille. Pour l'heure, les briques n'avaient pas été crépies, mais les fenêtres du rez-de-chaussée étaient posées, ce qui permettait d'y dormir à plusieurs sur des matelas à même le ciment, dans les pièces sans portes.

La nouvelle maison n'est certainement pas terminée à l'heure où j'écris. Les deux fils présents y travaillaient. Sans emploi, ils avaient le temps, et ça n'a pas dû changer. Encore fallait-il acheter les matériaux. Et avoir l'argent pour cela : sac de ciment après sac de ciment, et tout à l'avenant. Et aussi les trouver : ce n'est possible qu'au marché parallèle, au marché noir. Ou par relations, parce qu'en Algérie on n'a rien sans relations.

La construction de la maison de Meriem n'est pas un cas isolé. Dans un rayon de vingt kilomètres autour d'Alger, la Mitidja agricole se hérisse d'immeubles et de maisons nouvelles. Partout aussi règne l'inachevé. Murs de briques ébauchés aux fenêtres sans menuiserie, surmontés d'armatures de ciment, promesse d'étages futurs, mais quand ? Il y a les nouvelles cités, œuvres des promoteurs qui ont spéculé sur la privatisation des terres. Les milliers d'habitations familiales qui poussent dans le désordre. Et aussi les cités de transit et les bidonvilles, sur lesquels des mains vengeresses ont badigeonné le mot qui dit tout : *hogra*, la honte de ceux qui usent de leur force pour mépriser les autres. Alger a toujours été une ville surpeuplée. Mais l'exode rural a connu un paroxysme au cours des années quatre-vingt-dix : avec la terreur des groupes islamistes, beaucoup d'habitants de la Mitidja ont quitté leur terre pour se rapprocher de la capitale, et beaucoup d'habitants des zones montagneuses les ont quittées pour venir peupler la Mitidja. On voit même, comme près de Blida, de nouvelles baraques héberger les déracinés à côté d'anciens « camps de regroupement », construits il y a quarante ans par l'armée française lorsqu'elle y concentrait les habitants des « zones interdites ». Il reste que, pour qui circule dans la plaine, l'Algérie peut apparaître comme un grand chantier. Signe de prospérité ? Pourtant il y a le chômage qui atteint quelque trente pour cent de la population active, les salaires dérisoires, la grande pauvreté… Certes, il y a aussi les mille petits boulots parallèles, le *trabendo* – le trafic de tout ce qui ne se trouve pas sur le marché officiel –, toutes les combines pour obtenir quelques dinars. Mais ce n'est pas cela, la prospérité. C'est juste la survie. Pour ceux, du moins, qui n'ont pas, par leur statut social ou leur proximité plus ou moins grande du pouvoir, la possibilité de vivre dans les beaux quartiers qui dominent Alger, voire au Club des Pins, zone refuge des dignitaires où il faut montrer patte blanche. Dans la grande tourmente, celle des assassinats aveugles comme celle du naufrage des services publics élémentaires, on dirait que les familles algériennes n'ont plus, pour garder leurs repères, que le repli sur ce rêve qui les soude : une maison à elles, construite brique à brique et sou à sou, même si c'est pour dans dix, vingt ans. Avec, si possible, des portes solides que ne pourront franchir des tueurs anonymes. Un intérieur d'une propreté parfaite, même chez les plus humbles. Une cour ou un balcon avec quelques plantes amoureusement soignées pour conjurer ce monde extérieur où la pollution empêche, les jours de chaleur, d'apercevoir les montagnes, tandis que les ordures qui volent dans la poussière empêchent de voir la terre. Et puis surtout, l'antenne parabolique. Terminée ou pas, même encore à l'état de squelette, chaque maison en porte une : c'est la grande évasion par le ciel.

Quand Meriem est venue habiter à Oued-Baïra, elle avait déjà deux enfants. Son père était jadis cultivateur, à Reghaïa : il avait de la vigne. Tout le voisinage était occupé par d'autres branches de la famille. Puis il y a eu l'extension de la zone industrielle – c'était encore l'époque de l'Algérie française et c'est à Reghaïa que furent installées les usines Berliet, fleuron du Plan de Constantine – et, en 1959, il a été exproprié. Il est allé vivre à El Harrach, plus près d'Alger, d'où il allait travailler comme menuisier au Gué de Constantine. El Harrach, dans les années cinquante, c'était encore la campagne, vignes et champs d'orangers, les gens se rappellent du temps où l'on se baignait dans la rivière. Mais avec l'implantation d'industries, pour beaucoup aujourd'hui sinistrées, la réputation de puanteur de la rivière d'El Harrach a depuis longtemps franchi les frontières de l'Algérie et il n'y a plus d'orangeraies. Tout est urbanisé.

Meriem a été mariée à seize ans, en 1956. Pendant la guerre, la famille a fait « comme tout le monde » dans la campagne de Reghaïa : pas de résistance active, un soutien logistique aux combattants du FLN. Les liaisons, des caches, la collecte de médicaments… Le père a été arrêté à plusieurs reprises. Un cousin a été tué au combat. Un autre cousin, éloigné, est devenu harki : il était jeune et impatient, il voulait en découdre avec les Français, mais on a tardé à l'envoyer au maquis. Les Français l'ont pris, ils l'ont retourné. Rescapé de la torture, il était contraint de dénoncer ses anciens frères. Pas pour longtemps. Il a été exécuté. Lorsque la famille m'en parle, je ne perçois aucun jugement. C'était la guerre, c'était ainsi.

Le mari de Meriem, qui est mort et dont la photo voisine avec des souvenirs de La Mecque, était lui aussi cultivateur, à la sortie d'Oued-Baïra. Pendant la guerre, il a fait de la prison, il a été torturé, mais il n'a jamais reçu le statut de moudjahid. Ce titre d'ancien combattant donne des droits, tant à ceux qui le détiennent qu'à

205

leur descendance : il y avait quelque quatre-vingt mille moudjahidin reconnus en 1962. Il y en a quatre cent mille aujourd'hui. Bon moyen pour les pouvoirs successifs de se ménager une clientèle. À l'indépendance, on a attribué à Meriem et son mari une maison spacieuse, un « bien vacant ». Ils en ont été vite délogés par un responsable du nouvel État pour être recasés dans les deux pièces de l'actuelle demeure où ils ont élevé leurs huit enfants. Les maisons en bord de mer, ex-propriétés de riches colons ou luxueuses villas nouvelles, sont ainsi, aujourd'hui, occupées par les dignitaires du régime. Le général Belkheir, chef de cabinet du président Bouteflika, en possède plusieurs. Le mari de Meriem a travaillé dans une entreprise nationale. C'était le temps où tout était nationalisé, les effectifs des entreprises pléthoriques. Et puis l'État qui aurait dû être providence est devenu l'État faillite, l'État chasse gardée et foire d'empoigne. Aujourd'hui, les seules ressources régulières de Meriem viennent de la vente de ses pains et de la location des deux garages aménagés côté rue dans la construction inachevée. Des marchands de fringues en ont fait des boutiques. Les rentrées sont vite épuisées.

Chaque nouvelle rencontre, dans la cour de Meriem, s'accompagne d'une nouvelle histoire, et souvent d'autres histoires dans cette histoire. Dix ans de terreur émergent ainsi, racontés avec parfois un sourire désarmant, traduction d'une tristesse, d'un malheur désarmés.

L'histoire de mon ami Sadek, je la connaissais déjà, bien avant Oued-Baïra. J'ai rencontré Sadek pour la première fois en 1995, il voulait me parler d'un récit que je venais de publier, *La Plage noire*, où il était question d'exil. À tort ou à raison, et comment le savoir quand on est l'auteur du récit et qu'on en a créé les personnages, il s'était reconnu dans celui d'un homme qui a rêvé son pays durant des années d'exil et s'y retrouve comme dans un nouvel exil. J'avais souvent pensé, en l'écrivant, à Roque Dalton, poète salvadorien, avec qui j'avais passé jadis des nuits blanches de nostalgie et de rire, à Prague ou à La Havane. Je m'étais inspiré d'un poème de Roque pour faire écrire à cet homme : « Si tu veux penser à mon pays, ne dis pas son nom : prononce fleur, abeille, larme, main, orage… » Sadek avait milité, avec Akila, au parti communiste algérien, lorsque celui-ci, sous le régime du parti unique, était clandestin. Il parlait de cette époque avec des mots qu'employait mon frère quand j'étais enfant : « Nous voulions un monde plus juste, un monde fraternel. » Après les grandes manifestations populaires de 1988, puis l'ouverture au multipartisme, il n'avait pas accepté ce qu'il appelait la « trahison » des cadres de son parti, cautionnant le ralliement à un pouvoir militaire corrompu. Puis il y avait eu l'annulation des élections en 1991, pour éviter la victoire électorale des islamistes, et la terreur islamique qui avait suivi. Sadek, venu en France, a vu mourir bien des camarades, abattus, égorgés, parce qu'ils voulaient penser, vivre, écrire librement. À Paris, il a publié des livres, *La Cité du précipice*, *L'Année des chiens,* où passe, comme jaillie directement de son corps, toute la colère qui le ronge, au fil des jours, parfois, toujours, à en crever. À Paris, il ne peut s'habituer aux jours gris, et il continue de vivre avec, malgré tout, le soleil algérien au fond de lui, parce que rien ne lui ôtera de l'idée que, même abîmé et meurtri, et en dépit de ceux qui l'abîment et le meurtrissent, son pays reste un pays de « fous magnifiques », et que jamais les égorgeurs ne parviendront à couper le cou au soleil. Et je ne sais toujours pas ce qui fait que, si éloignés par l'âge et l'origine, nous soyons si simplement heureux de parler ou de nous taire ensemble.

Mais à Oued-Baïra, j'ai aussi appris l'histoire de Kader, l'un des fils de Meriem qui préparaient le thé du soir. Kader a trente-deux ans. Après avoir fait son service militaire, il a été rappelé en 1996. Il s'est retrouvé avec quatre-vingts autres dans un camp isolé d'une région montagneuse, censé lutter contre des maquis terroristes : étaient-ce le GIA (les Groupes islamiques armés) ou l'AIS (l'Armée islamique du salut) ? Il s'en fiche. Le camp, c'étaient des tentes, des barbelés, et le ciel au-dessus. Un vendredi, il est parti en permission. En civil, et sans aucun papier pouvant dénoncer sa condition de militaire, parce qu'en cas de barrage c'eût été la mort assurée : les islamistes avaient interdit de répondre au service militaire. Le lundi, il a trouvé le camp désert. Il a seulement vu un homme qui est descendu, armé, de sa voiture : c'était le maire du village voisin. Et l'homme lui a expliqué : pendant son absence, tous ses camarades, sauf un, avaient été liquidés par le maquis. Il est rentré chez lui. Écœuré, il n'est même pas allé se présenter à la caserne la plus proche : après tout, sans papiers, il ne pouvait pas justifier de son absence. S'ils voulaient le prendre, eh bien, qu'ils viennent le prendre chez lui. « Ils » : aussi bien les gendarmes que « les autres », parce que les groupes islamistes étaient sans pitié pour ceux qui avaient obéi à l'armée. Des dizaines de permissionnaires ont ainsi été égorgés. Pendant plusieurs semaines, Meriem, sa mère, a monté la garde près de la porte, couchant sur une banquette, une hache près d'elle. Finalement, ce sont les gendarmes qui sont venus. Le tribunal militaire a condamné Kader à un an de prison pour désertion. Depuis, il a fait des petits boulots – loueur de parasols sur la plage, contrôleur d'un minibus –, mais il lui reste surtout à s'occuper de ses canaris dont une femelle vient de pondre, dans la cage de la cour, et à écouter la musique *chaâbi*.

L'histoire du fils aîné, Hamid, je ne l'ai connue que par ouï-dire, parce qu'il travaillait pour l'heure à Londres. Il y avait retrouvé des émigrés d'Oued-Baïra. Autrefois, comme ses frères, il était employé dans l'entreprise communale et faisait partie de l'équipe de football locale. Et puis, en 1980, quand le président Chadli a introduit l'économie de marché, les entreprises communales ont été liquidées. Elles étaient déficitaires. Pour ceux qui les dirigeaient, « elles ne servaient qu'à se servir ». Il y a une chanson populaire que Meriem aime particulièrement : une mère rêve du beau mariage que fera son fils quand il reviendra au pays. Et dans la nouvelle maison, il y aura un appartement pour Hamid. Jadis il a été fiancé, cela a duré des années, mais il ne s'est pas marié. Un mariage traditionnel demande de longs préparatifs entre les deux familles et beaucoup d'argent. Et Hamid ne conçoit pas le mariage hors de la tradition.

Pour le reste, la famille s'en tenait à quelques traditions musulmanes de base, ne pas boire d'alcool et, pour les femmes, ne pas fumer. Et aussi recevoir tout étranger comme un hôte sacré, tradition dont j'étais l'heureux bénéficiaire. Si certains font leurs prières quotidiennes, je n'en ai rien su, chacun est d'une extrême discrétion. Hamid, lui, était plus pieux. Aux élections municipales de 1990, il avait voté FIS, Front islamique du salut, comme la plupart des jeunes qui voulaient mettre fin à la *hogra*. Ce n'était pas pour autant une adhésion religieuse, du moins au sens où celle-ci aurait signifié davantage que se conformer à une morale populaire, élémentaire, de la vie quotidienne, à cette exigence minimale de respect de l'autre qui se trouve dans le Coran et qui a jadis permis à la société algérienne de garder sa cohésion, au cours des cent trente années d'occupation étrangère. C'était plutôt une aspiration à un État de justice, de droit, d'ordre, où les flics vous respecteraient, où la gestion des biens publics se ferait dans la transparence... Ensuite, dans les années qui ont ensanglanté le pays, il en est revenu, parce que, dit-il, il a retrouvé dans le FIS ce qu'il ne supportait plus dans le pouvoir en place : encore le mépris de l'autre, toujours la *hogra*.

La plus jeune des filles, Khadidja, la plus loquace aussi, venait de terminer ses études d'informatique à l'université. Elle couchait dans une sorte de placard attenant à la pièce principale, guère plus de deux mètres de large, où elle avait tout juste assez de place pour son lit et son ordinateur. Khadidja était la seule à porter le *hidjeh*, sur une longue robe grise, quand elle sortait. Elle n'affichait pas de sentiments particulièrement pieux. Mais Khadidja se protègeait du monde extérieur, et je comprends que, pour elle, celui-ci est synonyme de monstrueux désordre. Son mot favori, c'est « normal ». Ce mot français a fait son apparition dans la langue parlée algérienne il y a quelques années, comme une sorte de conjuration du sort : chaque fois que l'on se trouve face à ce qui serait ailleurs un aberrant coup du sort mais qui semble ici relever du tout-venant, on hausse les épaules : « normal ». Petit mot, mot terrible, par ce qu'il cache de résignation et de dérision. Comme si « la petite fille espérance » elle-même, dont Péguy disait qu'elle était ancrée au cœur de la condition humaine envers et contre tout – *mais l'espérance, dit Dieu, voilà ce qui m'étonne* –, avait quitté le cœur des hommes.

En réalité, tout ce que Khadidja voyait, tout ce qu'elle vivait était pour elle anormal. Anormal de ne pas trouver de travail avec sa qualification, malgré les centaines d'annonces épluchées tous les jours, sauf chez un patron qui lui avait proposé de travailler au noir pour

5 000 dinars par mois (à peine 76 euros, l'équivalent du SMIC tournant autour de 8 000 dinars). Anormale, une université où les professeurs n'étaient pas affectés aux cours pour lesquels ils étaient qualifiés, donnaient des notes de complaisance. Anormale une société où rien ne peut s'obtenir sans relations ni pots-de-vin. Anormal que son oncle qui vivait du lait de sa douzaine de vaches ait été, comme les autres éleveurs de la région, obligé de liquider son exploitation parce que l'importation du lait fabriqué dans les pays riches avec leurs sur-plus de production et vendu à des prix imbattables a chassé le lait frais algérien du marché, ce qui fait que maintenant, ici comme ailleurs, les enfants algériens ne connaissent que le lait en poudre. Anormales, même, les manifestations des protestataires de la Kabylie proche, qui avaient pourtant son âge et ses révoltes, parce qu'ils semaient ce désordre qui lui faisait horreur. Le fiancé de Khadidja venait la voir le soir. Ils se marieraient peut-être l'an prochain, si tout allait bien.

Je savais, parce que j'écoutais le soir l'émission « Franchise de nuit » sur la chaîne 3 de la radio algé-rienne, que Khadidja n'était pas seule à juger ainsi le monde qui l'entoure : de confidences en confidences pathétiques sur la ligne ouverte, deux leitmotive reve-naient : l'absence de travail d'abord. Et la démission des services publics, qui se traduisait, dès que l'on sor-tait de chez soi, par la dégradation, la saleté insoute-nable, parce que personne ne croyait plus en un État qui avait si longtemps méprisé le citoyen que celui-ci avait perdu toute foi en l'efficacité d'un comportement citoyen.

Parfois, les générations se confondent. Ainsi, pour l'histoire de Mustapha, dont l'épouse dirige un centre de formation. Il n'a pas connu son père, un *fidaï*, un héros, dont la photo encadrée porte la légende : « mort

au champ d'honneur ». Ni sa mère, abattue d'une rafale
de mitraillette par les Français alors qu'elle lui donnait
son biberon. Il a été élevé par sa grand-mère. Il a cru à
une Algérie démocratique, surtout après les révoltes
de 1988. En 1995, des hommes armés sont venus mettre
le feu au centre, qui représentait un enseignement
laïque, donc impie, et ils les ont gardés, lui sa femme,
toute la nuit sous la menace de leurs armes. Il a supplié
ses agresseurs, s'ils les tuaient, de ne pas réveiller les
enfants. Au contraire, lui ont-ils répondu, si nous vous
tuons, vos enfants devront y assister. Ils leur ont laissé
la vie sauve. Mais au sortir de ce cauchemar, pris dans
une sordide histoire de vols dans les stocks de son
entreprise alors qu'il avait lui-même dénoncé le délit à
la police, il s'est retrouvé en prison, moins heureux que
ses incendiaires, avant d'être innocenté après des mois
de calvaire. Qui doit-il haïr le plus ? Il semble que la
règle, dans la grande chasse officielle à la corruption,
soit de livrer le maximum de petits en pâture à la vin-
dicte publique, même sans preuves, pour préserver
l'impunité des gros. Chaque jour, la presse apporte son
lot de scandales dévoilés : on y trouve beaucoup de
cadres de l'administration. Jamais de militaires, alors
que l'armée tient toujours les leviers. Aujourd'hui,
Mustapha écrit des poèmes qui parlent de sa mère, de la
prison, des amis morts et des fleurs qu'il plante dans
son jardin quand il a le cœur trop gros.

Sans qu'il soit besoin de recourir à l'atroce et interminable liste des journalistes, des professeurs, des médecins assassinés, toute une élite culturelle, chaque famille
algérienne est marquée par la mémoire d'un drame
vécu. Il y a quarante ans. Il y a dix ans, cinq ans ou
moins. L'évocation des années proches encore où des
quartiers entiers d'Alger étaient tenus par la terreur.
Où la Mitidja était truffée de bandes qui tuaient des

familles, des populations entières comme à Benthala, à Raïs, à Sidi Hammed, à Beni-Messous ou sur la route Alger-Larba, toujours à quelques kilomètres de la capitale. Des histoires lugubrement répétitives, telle celle qu'évoque un ami par ces quelques mots qui se veulent d'humour noir : « Dans ce village, les habitants, résignés, en étaient venus à s'enduire chaque soir le cou d'huile… » Ou celle de cet ingénieur agronome de Blida qui, barricadé toute la nuit dans sa maison, appela en vain au secours sans que personne ne vienne et qui fut égorgé au petit matin, lui et toute sa famille. Sans que personne ne vienne ? Dans cette ville qui fut et reste la plus grande place militaire d'Algérie ? Il n'y avait donc pas de police, d'armée disponibles ? La réponse de celui qui raconte, médecin, ne convainc que lui-même : « C'était au début. Les forces de l'ordre n'étaient pas préparées. » Et de s'étendre sur ce qu'était le climat de Blida où, au grand jour, les islamistes faisaient la loi, contrôlaient les cafés, imposaient des amendes, rouaient de coups et assassinaient. Aux réunions de l'hôpital mêmes, il n'y avait plus qu'à se taire dès qu'un islamiste élevait la voix.

Et j'avais de nouveau ce sentiment que tout ce que j'ai pu vivre de triste, tout ce que j'ai pu raconter dans le roman où j'ai évoqué mes jeunes années est bien peu de chose, une toute petite histoire que j'ai finalement traversée avec beaucoup de chance et de légèreté, au regard de toutes ces histoires-là, les algériennes et les autres. Parce que mon histoire, resituée dans son contexte de la Deuxième Guerre mondiale, est d'une grande banalité quand elle est racontée en Pologne. Resituée dans le contexte de tout ce qui est arrivé depuis dans le monde, de ce qui arrive aujourd'hui quotidiennement, elle fait sourire à côté de celle d'un enfant palestinien, d'un jeune Nigérian ou d'un habitant (ou ex-habitant) de l'ex-Yougoslavie : les quelques mots échangés dans un bus avec des lycéens qui ont vécu Srebenica ou Goražde auraient suffi pour m'en convaincre, si je ne l'avais pas été déjà depuis long-temps. Et je sais, une fois pour toutes, qu'elle est bien peu de chose, mon histoire, et elle est même extra-ordinairement heureuse, comparée à celle du premier venu qui débarque à Roissy dans le vain espoir d'obte-nir le statut de réfugié politique, où qui tourne en rond aux frontières, à Vintimille ou à Sangatte.

Mustapha feuilletait les gros cahiers où il a écrit ses poèmes. Je le voyais s'interrompre, la voix étranglée, à certains passages, et pleurer. Il n'a pas connu ses parents, ce sont les Français qui les ont tués. Il a écrit une partie de ses poèmes en français, et j'étais là, moi Français, à l'écouter, et lui semblait trouver naturel de lire cela devant moi, Français, qui l'écoutais. Et je me suis rappelé aussi que c'était dans cette région que, en 1957, l'un des rares officiers français à avoir dénoncé les crimes de la sale guerre, le colonel Barbe-rot, s'était insurgé contre des « exactions » qui, écrivait-il à ses supérieurs, « se développ[ai]ent avec une effrayante rapidité ». À l'époque, le secteur comptait quatre CTT, « centres de tri et de transit » – enfermant dans ses barbelés des milliers d'hommes –, toute assi-milation à des camps de concentration étant bien entendu exclue.

*

Et je me disais que, peut-être, l'histoire de Mustapha s'inscrit dans une longue continuité. Celle de toute l'histoire du peuple algérien durant plus d'un siècle, telle qu'elle a été façonnée par la conquête et la coloni-sation françaises. Pendant la guerre d'Algérie, je m'en étais tenu comme d'autres militants à quelques idées simples qui nous faisaient immédiatement traiter de simplistes – s'accrochant à des slogans : guerre coloniale, puissance oppressive contre peuple opprimé, « un peuple qui en opprime un autre ne peut être un peuple libre », exploitation des colonisés, etc. Une trentaine d'années plus tard, j'ai voulu me faire une idée plus précise de cette oppression. En avoir le cœur net. Je n'avais pas à chercher loin. J'avais hérité, par mon grand-père maternel, de la correspondance d'une des gloires militaires de la conquête, le maréchal de Saint-Arnaud, préfacée par Sainte-Beuve, premier prix de je ne sais quoi obtenu chez les jésuites du collège Stanislas. Ouvrage jugé édifiant pour la jeunesse, puisque Sainte-Beuve y vantait la « moralité essentielle » de cet homme d'action au « patriotisme éclairé et sincère qui ne savait comprendre ni la société sans ordre, ni la France sans grandeur ». Évidemment, j'aurais pu être plus ambitieux : m'attaquer, par exemple, à une véritable histoire de la présence française en Algérie. Seulement, je ne suis pas historien de formation ni de métier. Je peux être au mieux un chroniqueur, prenant des notes d'histoire comme on prend des notes de voyage.

J'aurais aussi pu choisir un autre personnage, moins soudard et plus porteur d'un véritable projet colonial. Mais enfin, celui-là, je l'avais à portée de main. Assez exemplaire, en somme. Et finalement pas plus soudard que ses pairs, pas plus acharné à porter, au nom de notre civilisation, le fer et le feu parmi les populations des plaines et les djebels. De cela, je me suis rendu compte en faisant défiler, au fil de mon voyage dans son temps, les grandes figures liées à la conquête : les militaires, Bugeaud, Cavaignac, Changarnier ou Mac-Mahon, tous « enfumeurs » de villageois (c'est-à-dire inventeurs de rustiques chambres à gaz) et tous briguant (et obtenant pour deux d'entre eux au moins, Cavaignac et Mac-Mahon) les charges suprêmes de leur nation. Et les civils, Veuillot, qui rêvait d'évangélisation, le duc d'Aumale qui rêvait de gloire, Enfantin qui rêvait de phalanstères de colons, ou Tocqueville qui rêvait d'une société de marché moderne où l'on prendrait soin de « comprimer les Arabes » tant qu'ils ne seraient pas, disait-il, aptes à y participer. Sans oublier la comtesse de Ségur, qui aimait tant les bons zouaves, massacreurs de farouches indigènes… À défaut d'écrire de grandes synthèses, il peut s'avérer instructif de suivre un personnage relativement commun, pour parcourir avec lui les méandres de son temps. La vie d'un dignitaire SS ordinaire peut offrir des aperçus sur le nazisme, sur la réalité quotidienne de l'époque, aussi utiles que la millième biographie de Hitler, si riche soit-elle en nouvelles données. Ce n'est pas tout d'être conscient que, toujours, nous guette la banalisation du mal. Il faut se rappeler que le mal a toujours commencé dans la banalité.

Qu'ai-je appris en écrivant en 1992 *L'Honneur de Saint-Arnaud* ? Que, depuis 1830, la stratégie militaire de la France (qu'il ne faut pas confondre avec la colonisation proprement dite) en Algérie a participé d'un long crime. Des expéditions de Constantine aux colonnes infernales de Bugeaud et aux enfumades de Saint-Arnaud dans le Dhara – qui, comme d'autres colonels de l'époque, fermaient les issues des grottes où se réfugiaient les villageois et les faisaient mourir d'asphyxie –, la liste est accablante. Cette stratégie militaire écrase de sa barbarie tous ceux, pourtant nombreux, qui ont cru en cette terre, qui ont aimé ses habitants, en sont devenus eux-mêmes des habitants, et ont espéré pouvoir continuer d'y vivre fraternellement. Dans les lettres de Saint-Arnaud, dans les mémoires de ses pairs, les villages brûlent par centaines, les têtes roulent par milliers. Même les trésors de la bibliothèque arabe de l'émir Abd el-Kader, des manuscrits précieux dont certains remontaient aux Omeyades, s'éparpillent, feuille à feuille, au vent du désert, un jour de glorieuse victoire. Un siècle plus tard, dans les grandes opérations menées par le général Challe en 1961, les villages brûlaient toujours dans les zones interdites, et si les têtes ne roulaient plus (mais l'usage de rapporter des oreilles au retour d'opérations ne s'était pas perdu), c'est qu'on avait inventé la corvée de bois.

En écoutant Mustapha, j'entendais, loin dans la mémoire, une autre voix. Celle de Kateb Yacine, en 1987. Il parlait des événements de Sétif, le 8 mai 1945, jour où la France fêtait la victoire de la liberté et la fin de l'oppression nazie. En Algérie, après l'assassinat d'une vingtaine de colons et la répression massive qui s'était déchaînée sur la Kabylie, la foule avait voulu manifester pacifiquement, pour protester et dire qu'elle aussi voulait la liberté – la même. On cite communément le chiffre de vingt mille morts algériens, des civils – des historiens le ramènent à quatre mille. Kateb Yacine avait alors quinze ans. Il parlait de la prison, puis du camp, de sa découverte de son peuple, la fracture qu'il avait vécue entre l'idée de la France mère des arts et de la culture et cette réalité-là :

> Des barbelés et les étoiles. On était six mille. Pratiquement, c'était l'Algérie, tout entière, qui était là. Des enfants… il y en avait un qui était plus jeune que moi, il avait treize ans. Et c'est bien qu'ils nous aient raflés. Parce qu'ils nous ont rassemblés. Mais oui, parce qu'autrement on ne se serait jamais rencontrés. En tout cas, pour moi, ç'a été le choc déci-

sif. Quand j'ai vu ces gens-là, je me suis dit : merde, il y a ça, et je ne le savais pas. Alors bon, puisque c'était comme ça, en sortant de là, j'étais décidé à lutter.

Kateb est mort, peu de temps après cette interview. Que me reste-t-il aujourd'hui de lui ? Cette cassette, que j'ai enregistrée à Paris, près du métro Barbès, où il parlait du temps de sa lutte pour l'indépendance et la révolution, de cette heure où tout était encore obscur mais où l'on voyait poindre une lumière. Sa voix, rauque de l'alcool qu'il buvait pour pouvoir parler, et sa tristesse sans complaisance, et sa colère. *Nedjma,* livre vert et blanc jauni dans ma bibliothèque. Et encore, dans le numéro 3 de *Partisans*, année 1961, un texte, « Le bain des maudits », qui parle de la guerre, de la fin proche de l'Algérie française et de la victoire du FLN :

> « La Pacification, leur prière du soir, qu'en restait-il ? Des sentences de mort ? » Puis elle se posa la question : peau de chagrin, leur Algérie française ? Elle n'en croyait rien. La débâcle était partagée. Les deux camps surnageaient à peine, l'un espérant en la dérive de l'autre… « Une drôle de course, pensait-elle encore, et ce n'est pas fini. »

Non, ce n'est pas fini. En cet été 2001, la jeunesse kabyle, petite fille espérance, parlant de liberté au nom de la jeunesse algérienne entière, manifestait dans les rues. L'armée et la police du gouvernement tiraient et tuaient. À Sétif, Tizi Ouzou et ailleurs, comme il y a cinquante-six ans. Sauf que l'armée, la police, le gouvernement sont aujourd'hui algériens. Sauf que la terreur intégriste a fait cent cinquante mille victimes innocentes, au prétexte de lutter contre la *hogra* et pour la remplacer par une autre *hogra*. Ça n'a aucun rapport ? Ça prouverait seulement que, ayant conquis l'indépendance, les Algériens qui ont pris le pouvoir sont bien, finalement, ces barbares que décrivaient en leur temps Saint-Arnaud, Bugeaud et Tocqueville ? Ou plutôt que, après un siècle de violence et de négation d'une identité et d'une culture, l'empreinte des méthodes du colonisateur et de son oppression reste profondément gravée dans la mentalité de ceux qui ont pris sa place ? Les plaies de l'histoire sont infiniment longues à se refermer. Peau de chagrin, oui, l'Algérie française, et même depuis longtemps disparue, mais une peau dont les derniers morceaux perdurent, invisibles, incrustés dans la chair et la brûlant encore. La plupart des généraux, la caste des vrais maîtres économiques et politiques de l'Algérie, sont d'anciens officiers de l'armée française, ils ont été formés à l'école des Bigeard, des Massu et des Aussaresses. Mais il y a toujours un peuple avec ce même esprit de liberté. Je ne donne pas ici une explication du malheur du peuple algérien : il n'y a jamais une seule explication en histoire, sauf pour les auteurs de certains articles de la page « Débats » des journaux, qui présentent l'explication définitive des maux de l'espèce humaine sur trois colonnes et en sept mille signes. La mienne est juste une donnée, parmi d'autres, qui parcourt cruellement ce malheur.

*

Cet été 2001, nous sommes allés, Sadek, Akila et moi, à l'hôpital Frantz-Fanon de Blida. Étrange retour dans ma vie, quarante ans plus tard, d'un Frantz Fanon qui n'était plus tant le militant révolutionnaire que le médecin praticien. Le jeune animateur de la cinémathèque de Blida, Abdenour Zahzah, s'était lancé avec passion dans la réalisation d'un film dont les points de départ étaient les notes cliniques de Fanon, du temps où il avait dirigé le service psychiatrique, retrouvées dans les archives de l'hôpital, du journal interne qu'il avait publié avec les malades et les infirmiers, des témoignages de ceux qui l'avaient connu, soignés ou soignants. À Alger, en visitant la fondation Mahfoud-Boucebci – du nom d'un psychiatre assassiné par les islamistes en 1995 –, j'avais été surpris d'entendre le professeur Fadhila Chitour-Boumendjel dire : « Nous devons toujours avoir présente à l'esprit l'expérience fanonienne. »

Que voulait-elle dire ? Ce qu'elle décrivait, c'était le désarroi des médecins, quand sévissait la terreur. Les médecins, disait-elle, se retrouvaient au petit matin, après les nuits de garde, défaits, en déroute, face à leur impuissance à recoller les morceaux qu'ils ne pouvaient recoller, morceaux de corps, morceaux d'esprit. Désemparés tant par leur impuissance que par la mise en cause même de leur statut de médecins, eux-mêmes menacés dans leur mission qui ne pouvait se réduire à soigner ce qui restait soignable, mais à nommer le mal, ce qui impliquait d'en dénoncer les causes. De témoigner. Tout médecin, en prenant la parole, ou simplement dans sa pratique quotidienne d'homme de science, devenait la cible potentielle de l'obscurantisme. Nombreux sont ceux qui ont été ainsi abattus. Fadhila Chitour-Boumendjel a évoqué dans un article, « Éthique médicale et droits de l'homme », cette difficulté pour le médecin de respecter le serment d'Hippocrate dans de telles conditions : « Dans nos mémoires blessées le débat éthique restera synonyme de désarroi, questionnement et doute. »

Ce qu'elle évoquait aussi, ce jour-là, dans les locaux de la fondation Mahfoud-Boucebci, en parlant des buts de cette association de soignants, c'était la nécessité de pallier l'absence des pouvoirs publics dans la prise en charge des séquelles de la terreur chez les victimes survivantes, parents, femmes violées, enfants privés soudain d'enfance. Cent cinquante mille morts, et combien de personnes blessées irrémédiablement dans leur être, pour lesquels nul dans le monde ne demandera jamais une minute de silence. Victimes, et bourreaux aussi. Et pas seulement les bourreaux des groupes désignés comme islamistes, mais ceux de toutes les forces mobilisées pour exercer la terreur au nom de l'éradication de la terreur : police, armée, « ninjas » formant un front du salut public contre le Front du salut islamique, tous finalement se mêlant en une sanglante confusion. « Ce que j'ai fait, ce que j'ai vu, jamais je ne pourrai le raconter », est venu se confier un jeune membre de la sécurité militaire. Tous devenant, aux yeux des victimes, ces « ils » indifférenciés, que Kader rejette dans un même camp, celui des fauteurs de la *hogra*. Il n'y a pas à faire la différence, disait en substance Fadhila Chitour-Boumendjel, d'une voix calme où l'on sentait réfréné le trop-plein de l'expérience incommunicable d'avoir à toucher le fond du désespoir indissolublement inscrit dans chaque être rencontré. La seule, la grande leçon algérienne est qu'il faut admettre, comme Hanna Arendt regardant froidement Eichmann à Jérusalem (mais ce n'était pas elle qui évoquait Hanna Arendt, c'était moi qui y pensais en l'écoutant), c'est qu'il n'y a pas de monstre hors humanité parce que chaque humain porte en lui sa part de monstre. On s'en tire trop facilement si l'on désigne l'ennemi comme un fou et qu'on l'exclut de l'espèce humaine. Il n'y a que des produits de la plus grande folie humaine, trop humaine.

Cela n'implique ni pardon, ni compassion. Cela implique de comprendre, de résister et de se battre contre. Sans, et c'est là la gageure, faire appel pour cela à la part du monstre qui est en nous. En résistant, au contraire, en luttant contre elle. Coûte que coûte et même à corps et esprit défendants.

Fanon ne fit pas autre chose, quand il fut nommé médecin-chef à l'hôpital de Blida. De ses observations cliniques, il a tiré des études, comme « De l'impulsivité criminelle du Nord-Africain à la lutte de libération nationale ». Sa lettre de démission au ministre-résident français Robert Lacoste est le constat d'une folie plus grande que celle des malades qu'il avait à soigner, la folie de la guerre coloniale, il y affirme le refus de celle-ci. En se limitant à en soigner les effets, à tenter d'en réparer les dégâts irréparables, il en devenait complice, comme le médecin qui remet le torturé d'aplomb pour de nouvelles tortures. Il aurait pu se borner à essayer de témoigner, tout en continuant à soigner. Position de toute manière intenable, dans un contexte où tout témoignage valait accusation de haute trahison. Il a choisi de passer dans le camp des colonisés en lutte. Il n'a pas pour autant, d'ailleurs, renoncé à sa vocation de soignant, puisque, à Tunis, même en assumant des responsabilités politiques dans le FLN, il a repris du service, médicalement parlant, à l'hôpital.

*

Lorsque Fanon était arrivé à Blida, l'hôpital psychiatrique vivait à l'unisson des grands asiles dépotoirs de l'époque. Époque d'enfermement, où le personnel n'était pas tant soignant que gardien. Époque de la camisole et de la coercition. De la négation du fou comme être humain autonome. Fanon a fait du service un lieu ouvert, transformé les gardiens en infirmiers, exigé que l'écoute du malade soit mise à la base de tout. Double provocation, car il se dressait à la fois contre l'institution psychiatrique en général et celle de l'école de psychiatrie d'Alger en particulier, laquelle avait instauré le dogme de la pathologie particulière des maladies mentales des « Nord-Africains ».

Il se trouve que de l'institution psychiatrique en général, telle qu'elle existait encore dans les années cinquante – si tant est que la forme en ait vraiment disparu aujourd'hui –, je garde des souvenirs. Je me rappelle mon premier séjour à Clermont-de-l'Oise en 1943. J'y allais en vacances chez mes cousins. Mon oncle y était médecin, chef de service à l'hôpital psychiatrique, que l'on appelait alors l'asile. Et là, de nos fenêtres, on voyait ses cours et ses bâtiments au-delà des hauts murs d'enceinte. Les pensionnaires, vêtus d'un pauvre uniforme d'épais drap bleu, y erraient, désœuvrés. De ma chambre, j'apercevais tout, et pourtant j'en ignorais tout. C'étaient, en somme, des vacances heureuses. Vaste maison, jardin fleuri, belles campagnes, le chien Finot qui faisait le beau pour un sucre, les lapins nourris des croûtons de pain et mangés quand ils étaient gras. J'ai raconté cela dans *Le Sourire du chat*. Je voyais s'ouvrir plusieurs fois par jour le grand portail de fer. Peu de camions de livraison entraient, mais le même corbillard, traîné par le même cheval, faisait des allées et venues quotidiennes. Le docteur André Ceillier, mon oncle, était un homme charmant, harassé et distrait. La logique de son comportement familier s'apparentait par moments à celle de Lewis Carroll. Ce pouvait être réjouissant – ou insupportable. Blessé de la précédente guerre, on attribuait sa fatigue et ses sautes d'humeur à la trépanation qui formait, sur sa tempe droite, un creux très visible, qu'une mèche était censée voiler. Il calmait secrètement ses douleurs en puisant dans la pharmaco-pée : produits opiacés ou autres. Ses douleurs, ou ses angoisses ? Il avait aussi parfois des monologues aux-quels nous, les enfants, étions tellement habitués que nous leur prêtions peu d'importance : impuissance de la médecine face à la folie (l'époque était à l'électrochoc massif et je l'entends encore dire que c'était un procédé qui donnait de bons résultats mais qu'on ne contrôlait pas, qu'on employait dans le brouillard), indifférence de l'administration, impossibilité d'agir en médecin quand on avait la charge de plusieurs centaines de malades, garder n'était pas soigner… Je crois que nous avions gaiement fait nôtre l'axiome populaire qui dit que les psychiatres sont aussi fous que leurs patients.

Il m'a fallu, devenu adulte, découvrir un jour sur ma table d'éditeur un bref manuscrit, *Les Murs de l'asile* de Roger Gentis, acte d'accusation précis et salutaire de l'enfermement asilaire, pour que tous ces souvenirs anciens, confus, prennent enfin leur cohérence. Et plus tard encore, j'ai retrouvé le nom d'André Ceillier dans un autre manuscrit, consacré à l'introduction de la psy-chanalyse en France. J'ai aussi lu son intervention au congrès de la Société médico-psychologique, en 1941, à Montpellier. Pendant les deux jours de ce congrès, plusieurs communications avaient été faites sur une mystérieuse épidémie apparue dans les hôpitaux psy-chiatriques. Les symptômes en étaient l'hypothermie (la température du corps descendant au-dessous de 34°), l'amaigrissement, l'apparition d'œdèmes cachectiques, des hémorragies et des purpura, des diarrhées profuses, parallèlement à l'augmentation des tuberculoses. Tout cela aboutissait à un accroissement impressionnant de la mortalité. Face aux auteurs de ces communica-tions, les instances supérieures de la Société médico-psychologique débattaient doctement de la nature de cette maladie non répertoriée : s'agissait-il d'une « sensibilité particulière des malades mentaux à l'avitaminose B1 » ? André Ceillier avait pris la parole pour dire en substance : c'est simple, nos malades meurent de faim. « La ration alimentaire est nettement inférieure à ce qui est nécessaire pour le maintien de la vie », avait-il énoncé. Du coup, les instances supérieures avaient décidé de se constituer en « comité secret » réservé aux seuls membres titulaires de la Société pour continuer les débats. Lequel comité avait accouché d'un « vœu » à l'adresse du gouvernement, dont le contenu est resté tout aussi secret. En fait, la situation était la suivante : le gouvernement de Vichy avait décidé que les malades mentaux, bouches inutiles, n'avaient pas besoin des rations attribuées à la population « normale ». C'est ainsi que quarante mille pensionnaires des hôpitaux psychiatriques sont morts de faim entre 1940 et 1945.

Un matin de 1954, à l'heure d'aller prendre son service, le docteur André Ceillier s'est tué d'une balle tirée dans la cicatrice de sa tempe. Treize ans plus tôt, en arrivant à Clermont-de-l'Oise, il avait décrit, dans son premier rapport, le service des femmes qu'il était appelé à diriger : « Beaucoup de malades couchaient entièrement nues, sans aucun drap, dans des dortoirs glacés où l'eau coulait goutte à goutte de stalactites de glace qui s'étaient formées au plafond. Presque toutes avaient des poux... » Et quelques semaines plus tard il ajoutait : « J'ai montré qu'au service général des hommes, la mortalité qui, pour les premiers semestres des années 1933, 1939 et 1940, représentait un pourcentage presque invariable de 2,6 % à 2,9 %, s'était brusquement élevée dans le premier semestre de 1941 à 32,47 %. C'est-à-dire qu'il mourait un malade sur trois en six mois et donc – théoriquement – que la totalité des malades devaient mourir en dix-huit mois... »

Or, lorsque je lis l'article nécrologique que lui a consacré dans la *Presse médicale* son ami le professeur Alajouanine, sommité de l'époque, je trouve bien les éloges convenus : sur ses « beaux yeux sombres et graves », son courage à Verdun, quelques publications scientifiques, sa culture (et certes, j'ai beaucoup profité de sa bibliothèque qui contenait tout ce qu'un homme ouvert aux courants littéraires des années vingt et trente pouvait engranger : de Gide à Céline en passant par Cendrars et Mac Orlan). Mais rien sur sa pratique hospitalière ni ses rapports avec ses malades. D'ailleurs les malades n'existent pas dans cet article. N'y figurent que des mentions de maladies mentales ressortissant à une sèche nosologie. Pas un seul mot non plus sur le fait qu'André Ceillier avait participé, avec les Minkowski, Borel, Marie Bonaparte, au premier cercle des praticiens qui se sont intéressés à la psychanalyse en France. Mieux : évoquant chez lui une certaine mélancolie (« le mystère de cette carrière incomplètement réalisée »), le professeur Alajouanine écrivait : « L'hôpital psychiatrique où, à quelque distance de Paris, il s'était cantonné, était devenu pour lui une sorte de Thébaïde… » Le dépotoir de Clermont-de-l'Oise, où un seul médecin devait « soigner » plusieurs centaines de femmes, une Thébaïde ? Oui, peut-être, sur le plan matériel, et si l'on savait pratiquer un cloisonnement étanche entre le monde des enfermés et celui de la « vie normale ». Tout suicide a certes sa part de mystère, surtout lorsque le suicidé ne laisse aucun message derrière lui. Mais, tant pis si je me trompe, je ne peux m'empêcher de voir ici l'acte d'un homme à bout de résistance. Car c'est bien de résistance qu'il s'agit, et d'une forme qui reçoit rarement des médailles. Un infirmier de Clermont – qui, évoquant les années terribles, dit des malades « C'était des squelettes ambulants […] Ils étaient considérés comme des sous-hommes et des sous-femmes » – a fait part de son admiration pour les docteurs Jacob et Ceillier, « pour la résistance opposée au traitement inhumain réservé aux malades »*.

Témoigner ? Mais le pouvait-il vraiment, dans une société plombée, où son meilleur ami considérait qu'il vivait dans une « Thébaïde » ? Lutter, oui, à l'intérieur de l'institution. Il l'a fait, mais encore fallait-il qu'il se soit senti soutenu, alors que son meilleur ami, voyant dans sa mélancolie un « mystère », refusait de vendre la mèche. Faisait comme s'il n'y avait pas de mèche. Les mentalités, héritières de la lourde tradition des aliénistes du XIXᵉ siècle à qui la société confiait l'isolement hygiéniste des malades mentaux, considérés comme dangereux pour elle, ces mentalités n'étaient pas mûres pour la rédaction et la publication d'un constat-réquisitoire tel que celui rédigé en 1971 par Roger Gentis, lui-même médecin à l'hôpital dépotoir de Fleury-les-Aubray. Certes, il a fallu aussi du courage à Gentis et à tous ceux qui, à la même époque, ont pris le risque de la rupture. Mais vingt ans plus tôt encore, un médecin qui aurait osé commettre une telle transgression de tout ce qui lui avait été transmis et enseigné de son savoir, ou pis, de son non-savoir, de tout ce qui constituait son univers normatif, n'aurait trouvé personne pour accepter de le publier, vu, entre autres, qu'il n'y aurait eu presque personne pour accepter de le lire. Voué à soigner autrui (si tant est que le fou, dans son uniforme de drap bleu, était bien considéré comme autrui) par l'enfermement (c'est-à-dire à ne pas le soigner), il était voué aussi par tout le

---

* Une description de l'état des hôpitaux psychiatriques durant la guerre figure dans *L'Extermination douce* de Max Lafont (Éditions Le Bord de l'eau, 2000), et le témoignage de Lucien Fleury, infirmier, dans *Le Train des fous* de Pierre Durand (Éditions Syllepse, 2001).

poids de la tradition et de la société à l'enfermement sur lui-même.

J'ai vécu à cent mètres du lieu de l'« extermination douce » et je ne savais rien. La distance ne fait d'ailleurs rien à l'affaire. Je vis, nous vivons, dans un monde où il y a toujours des exterminations, tant douces que violentes, car les effets de la mondialisation font moins de bruit que les massacres, mais peut-être autant ou plus de victimes. La mauvaise conscience, la conscience malheureuse, en soi, ne sert à rien, sauf à produire un individu insupportablement mélancolique – à moins qu'il ne tire finalement une excellente conscience d'afficher haut et fort sa mauvaise conscience. Mais *avoir conscience*, simplement, donne à la vie son poids élémentaire et indispensable. Donner mauvaise conscience aux autres ? Ce peut être aussi l'hypocrisie qui consiste à refiler le paquet. Débrouillons-nous, alors, pour que le témoignage, ce ne soit pas seulement ça. On peut discuter sans fin sur la valeur des témoins qui se font égorger pour être crus. Sur leur héroïsme. Plus modestement, on peut au moins faire en sorte qu'il y ait le plus de témoins possibles qui puissent avoir la parole, et que ceux-ci n'aient pas besoin d'être prêts à se faire égorger pour être crus. Ni encore moins d'être égorgés. Parce que dans cette affaire la mort est toujours une défaite, quels que soient ensuite les éloges funèbres.

Soleil cou coupé

Une lueur qui point quand la nuit est encore profonde. Ce fut le cas de la révolution cubaine : *Es la hora de los hornos, y no se ha de ver más que la luz,* ces mots du grand poète cubain José Martí, qui évoque l'heure où, dans les villages des *guajiros*, on allume les fours, rougoiement ténu dans les ténèbres qui est déjà promesse de la lumière solaire, promesse seulement encore, Ernesto Che Guevara les a placés en tête de son dernier texte. On a appelé ça, en français, « l'heure des brasiers », mais la traduction est fautive. Je le sais, elle

229

est de Fanchita et de moi. Mais pouvions-nous donner, littéralement, le mot français pour *hornos* : « L'heure des fours » ?

Je suis allé à Cuba pour la première fois en juillet 1961, en pleine guerre d'Algérie et dans l'un de ses pires moments, un de ces fameux « derniers quarts d'heure » proclamés par l'armée française, où la fin semblait plus loin que jamais. Dans la France grise et oppressante de ces années-là, où l'on respirait une odeur de mort, pourquoi n'aurais-je pas été attiré par la toute nouvelle révolution cubaine qui nous parlait d'un autre monde possible ? Sous la chape de la guerre froide et des guerres coloniales, les jeunes gens qui avaient pris le pouvoir à Cuba semblaient alors incarner une nouvelle jeunesse dans un monde qui n'en finissait pas de vieillir. Fidel Castro avait prononcé devant le peuple enthousiaste sa Première Déclaration de La Havane : « Cette grande humanité a dit : Assez ! et s'est mise en marche. » Il avait affirmé aussi solennellement que le pouvoir pour lui-même ne l'intéressait pas, qu'il se retirerait aussitôt établi celui du peuple. Je suis arrivé juste après la victoire sur la tentative de débarquement d'une armée formée par les États-Unis. Cuba semblait être le chantier de tous les possibles. Cet été-là, la réforme agraire battait son plein, les industries étrangères et les grandes compagnies possédant les terres avaient été nationalisées, les adolescents des écoles partaient avec leurs maîtres alphabétiser les paysans dans la campagne, et surtout, gage de confiance, des armes avaient été distribuées au peuple entier organisé en milices.

En Europe, on voyait surtout les révolutionnaires cubains tels que les avait décrits Jacques Lanzmann avant leur victoire dans un joli livre, *Viva Castro !* : une sympathique bande de joyeux drilles dansant au son des cha-cha-cha en brandissant des fusils. Les partis communistes restaient prudents et critiques devant ces aventuristes. Et les dirigeants cubains n'avaient pas encore organisé leur propagande efficace qui, à coups d'invitations dispendieuses, devait faire affluer pendant quelques années à La Havane tout ce que le monde comptait d'intellectuels plus ou moins à gauche (de moins en moins à gauche au fil du temps) et plus ou moins renommés. En 1961, année où *Partisans* a publié son numéro spécial sur Cuba, ceux qui voyaient en la révolution cubaine un espoir étaient encore peu nombreux. Des petits groupes, militants ou non, dont les motivations allaient de l'« internationalisme prolétarien » à la pure sympathie morale. En Amérique latine, c'était autre chose. Au cours de ce premier voyage à Cuba, j'ai côtoyé des gens – instituteurs, syndicalistes, écrivains – portés par un enthousiasme communicatif et aussi sincère que naïf, venus souvent de tous les points du continent, du Rio Bravo au Cône sud. Julio Cortázar, Argentin exilé à Paris, a exprimé ce qui portait alors ces premiers visiteurs vers Cuba : « Mon premier voyage à La Havane, en 1962, signifiait : faire quelque chose. Là, j'ai découvert tout un peuple qui a recouvré sa dignité, un peuple qui avait été humilié à travers son histoire, par les Espagnols, par Machado, Batista, les Yankees et tout le reste ; subitement, à tous les échelons, des dirigeants au paysan, au responsable de l'alphabétisation, au petit employé, au coupeur de canne à sucre, tous assumaient leur personnalité, découvraient qu'ils étaient des individus ayant chacun une fonction à remplir. » Un an avant Cortázar, j'ai vu les dirigeants, car ils étaient au milieu du peuple, sans escorte, et on les rencontrait tout naturellement dans l'effervescence générale, toujours expliquant et discutant avec tous. Ils étaient l'opposé radical de tout ce qu'évoquait la notion habituelle d'homme politique et de pouvoir, ils acceptaient jusqu'au petit matin des rencontres où l'on refaisait allègrement le monde comme au temps de l'adolescence, et ils repartaient aussitôt rejoindre leurs postes. Rappelant cette phrase de Boukharine que Paul Nizan avait mise en exergue des *Chiens de garde* que j'avais eu à cœur de rééditer : « C'est ainsi que s'est réalisé un type d'hommes qui tout en étudiant la philosophie sont de garde la nuit un fusil à la main, qui discutent des problèmes les plus hauts et une heure après coupent du bois, qui travaillent dans les bibliothèques et qui travaillent dans les usines. »

Ce n'était pas aller vers la « fête cubaine ». Ou alors s'il y avait fête, c'était une fête grave, passé les premières images, les premières émotions que donne toujours, et encore aujourd'hui, un peuple étonnamment spontané et apparemment joyeux. C'était alors comme transgresser un tabou, rejoindre une frange ultra-minoritaire au plan de la grande politique internationale, en voyant en elle le grain de sable glissé dans l'implacable affrontement entre les sociétés figées et mortifères des blocs. C'était faire un pied de nez à la « bêtise au front de taureau » d'une société française d'ordre moral, d'ordre politique, d'ordre tout court. D'ordre pour l'ordre – l'ordre public, celui auquel les livres que je publiais étaient si souvent accusés de porter atteinte. C'était, par là, rejoindre aussi une fraternité d'« oppositionnels » – on n'avait pas encore trouvé le mot « contestataire ». *Les Temps modernes* avaient adopté le terme « gauche irrespectueuse ». Julio Cortázar, lui encore, inventait les « Cronopes », qu'il opposait aux « Fameux ». Personnages insoucieux des biens et des servitudes d'une société de consommation naissante, tournant le dos aux « choses » chères aux personnages de Georges Perec, ce qui les rendait légers, rêveurs d'avenirs, ouverts, mais sérieux et responsables pourtant lorsqu'il s'agissait de partager leurs rêves, tout le contraire des « Fameux », lourds, cramponnés à leur pouvoir petit ou grand, qui obstruaient le présent. Nous voyions, mes camarades et moi, la génération des révolutionnaires cubains comme des frères en Cronopie. Et c'est vrai qu'à cette époque j'en ai rencontré un tas qui débordait de désintéressement, de folle générosité, de souci des autres, dans un grand désordre d'idées et de gestes, parfois brouillons, toujours entraînants. Je ne savais pas alors que ces choses-là n'ont jamais qu'un temps. Ce n'est pas une raison pour les nier quand elles arrivent ni pour les renier ensuite. À Cuba, celui que nous considérions comme le Grand Cronope n'avait pas encore, lui et sa garde rapprochée, révélé sa vraie nature de Fameux. Peut-être, s'il y a des lois de l'Histoire, la plus dure à regarder en face est-elle que ce sont les Fameux qui gagnent. Mais si l'Histoire n'était faite que par les Fameux, il n'y aurait même pas d'Histoire. Et certains Fameux le savent bien, qui aiment qu'on célèbre « la fin de l'Histoire ». Les Cronopes, ces empêcheurs de tourner en rond, sont là et seront toujours là pour les démentir.

Je suis revenu à La Havane à la fin de 1965. La Conférence tricontinentale, organisée par les Cubains, réunissait des délégations de mouvements révolutionnaires du monde entier. Une voie neuve de la politique mondiale devait s'en dégager. Cette année-là, le monde était secoué par les affrontements de ce qu'on a appelé, bien à tort, la guerre froide, car c'étaient de terribles brasiers qui ravageaient pays et peuples. La guerre américaine du Vietnam avait succédé à la guerre française d'Indochine. En Afrique, les leaders progressistes des nouvelles indépendances étaient éliminés par les anciennes puissances coloniales rivalisant avec les États-Unis et l'Union soviétique pour établir un nouveau partage. En Indonésie, le péril communiste que représentait le gouvernement Soekarno était en voie d'être conjuré au prix du plus grand massacre de l'après-guerre : un million de morts, disait-on à l'époque, cinq cent mille rectifient des historiens aujourd'hui : « *a first class job* », câblait l'ambassadeur des États-Unis au Département d'État à Washington. Le Portugal menait des guerres sans pitié dans son empire. Le monde bruissait des rumeurs de la disparition de Che Guevara. Sa dernière manifestation publique remontait à l'intervention qu'il avait faite à Alger, au début de l'année. Il avait déjà dénoncé « l'internationale du crime » du camp impérialiste qui écrasait les peuples, et cette fois il s'en prenait aux pays du camp socialiste qui étaient, « dans une certaine mesure, les complices de l'exploitation impérialiste ». « Ils ont, disait-il, le devoir de liquider leur complicité tacite avec les pays exploiteurs de l'Ouest. » De passage à Paris, il avait demandé à me voir, car il voulait écrire la préface d'une édition cubaine des *Damnés de la terre* de Frantz Fanon. En octobre 1965, Fidel Castro avait lu solennellement la lettre d'adieu que lui avait adressée le Che, où il abandonnait toutes ses fonctions et même la nationalité cubaine : « D'autres terres du monde réclament la contribution de mes modestes efforts… » Désormais clandestin, il préparait donc quelque part de nouveaux combats. Un responsable de la CIA avait pu déclarer, à propos de cette clandestinité : « *Yes, he is underground : six feet underground* », la seule certitude était que, loin d'être six pieds sous terre, il allait réapparaître sur une « autre terre du monde » et qu'en attendant, comme le chantait le Chilien Victor Jara en parodiant les premiers mots du *Manifeste du parti communiste*, « un fantôme hantait l'Amérique latine… ». La Conférence tricontinentale apparaissait comme un moyen de mobiliser les forces qui le soutiendraient dans la voie qu'il avait indiquée. À la suite de la conférence, les Cubains m'ont demandé de publier l'édition française d'une revue, en projet, qui en serait l'émanation : *Tricontinental*. J'ai accepté.

J'ai passé une partie de l'année 1967 à faire des navettes compliquées entre La Havane et l'Amérique latine. Che Guevara avait réapparu à la tête d'une guérilla en Bolivie. Un jeune Français du nom de Régis Debray, que je venais de publier, engagé alors (au sens sartrien du terme, qui gardera toujours pour moi sa noblesse) au côté de la révolution cubaine, avait été fait prisonnier par l'armée en sortant de l'étau qui se refermait sur le Che. Il fallait le défendre, faire connaître au monde les raisons de son engagement. Fidel Castro affirmait que cela valait plusieurs batailles victorieuses. Et puis il semble que c'était une manie chez moi de partir vers des auteurs en péril avec mon petit tonneau de rhum accroché au cou. Je l'ai fait en Israël pour assurer publiquement de ma solidarité un auteur arabe israélien, avocat de surcroît, en lui rendant visite dans son camp d'internement administratif. Je l'ai fait à Madrid, pour affirmer ma part de responsabilité devant le tribunal d'ordre public – désagréable expérience – dans la rédaction d'une biographie de Franco dont l'auteur était en prison et risquait d'y rester quinze ans pour avoir insulté le caudillo. C'était moi, ai-je affirmé à une cour nullement portée sur le sens de l'humour, qui avais ajouté les insultes et les qualificatifs infamants à ce texte innocent : à preuve, la liste exhaustive desdits ajouts, dûment certifiée par un notaire de la Calle de Alcalá. Ce qui m'a valu d'être condamné moi-même et fort heureusement expulsé. Le plus courageux, dans cette histoire, ce fut bien le notaire. Je lui en suis resté tellement reconnaissant que, évoquant dans un livre une histoire similaire, j'en ai fait un prince.

Des promenades de ce genre, coûteuses dans tous les sens du terme, ne facilitaient pas la bonne marche des éditions. Elles les ont néanmoins enrichies et elles m'ont enrichi, différemment. Il est bon pour l'éditeur de partager, ne serait-ce qu'un peu, l'engagement de ses auteurs autrement que sur la seule couverture de leurs livres. Non qu'il doive prendre tous leurs partis. Ce serait, compte tenu de la diversité des auteurs et des partis exprimés, un impossible, voire ridicule, écartèlement. Mais il reste un devoir d'élémentaire solidarité, et la loi ne s'y trompe pas, qui fait de l'auteur et de l'éditeur des complices. Et puis, connaître de près la réalité que l'on a seulement imprimée, c'est s'ouvrir à d'autres horizons humains. Indispensable et bénéfique, pour l'élargissement nécessaire du champ des publications. Pour qu'y passe la vie.

Mon second voyage en Bolivie s'est terminé sans gloire. Quelques moments avant mon expulsion – cette autre manie de me faire expulser de partout –, je me suis retrouvé dans un chantier désert de l'Altiplano, proche de l'aéroport de La Paz, où je grelottais de froid, entouré d'une dizaine d'agents en civil de la sécurité bolivienne qui ne parlaient entre eux qu'aymara. Ils m'avaient conduit là dans l'attente de l'avion. L'un d'eux a sorti son pistolet. Il l'a armé et pointé sur moi. Un certain temps. C'est tout. Après, ils ont bien ri (en aymara). Après, encore, ils m'ont dit en espagnol que mon copain le commandant Che Guevara, lui, n'aurait pas hésité à tirer. Dans ce genre de circonstances, on n'a pas forcément envie d'ergoter. Je hais le bruit métallique, sec, d'un pistolet qu'on arme. Je l'ai entendu pour la première fois quand je n'avais pas treize ans, sur une route nocturne de la vallée de Chevreuse, quand tapis dans le fossé, mon frère et moi, nous attendions que passe une patrouille allemande. Mon frère était armé. Il avait cambriolé deux mairies et nous rentrions chargés comme des mulets de cartes d'alimentation, de papiers d'identité vierges et de tampons. Ce bruit, plus tard, est revenu plusieurs fois dans ma vie. Mais enfin je suis toujours là, moi.

Et si je suis toujours là, il se peut bien que mon camarade Georges Pinet qui m'accompagnait dans ce voyage en Bolivie y soit pour quelque chose. Je devrais dire, bien sûr, « maître George Pinet, avocat à la Cour », mais pour moi il reste « le camarade ». Au point qu'un jour, à Paris, alors que je comparaissais en justice pour répondre de je ne sais plus quel chef de subversion, publication d'ouvrage interdit ou apologie du crime, je lui ai demandé : « Tu ne diras pas *mon client*. Tu diras *mon camarade*. » Et camarade il l'était, puisqu'il a accepté, ce jour-là, de se conformer à ce qui, devant les juges, faisait quand même un peu débraillé. Notre *camaraderie,* elle s'était nouée un soir de printemps 1967 où il était entré chez moi tout ébouriffé et pas rasé : il sortait de prison. Il avait, par solidarité avec des objecteurs de conscience, renvoyé son livret militaire, lui qui avait déjà fait son service et dont la carrière au barreau s'annonçait brillante (et elle le fut). Geste de colère, geste de résistance : au trou l'avocat, pour plusieurs mois. Je cherchais alors un défenseur pour m'aider à témoigner en Bolivie en faveur de Régis Debray emprisonné. C'était le tout début de l'affaire, et tous les avocats parisiens que j'avais sollicités s'étaient récusés en couinant. Mauvais souvenir. Non seulement ils refusaient, mais ils me prédisaient le pire. Georges, lui, n'a pas hésité. Il nous a fallu une minute pour nous mettre d'accord. Il faut croire que d'accord, nous le sommes restés, puisqu'il m'a accompagné, par la suite, dans d'autres contrées. Il était comme ça : partir là où personne ne voulait aller, défendre ce que personne ne voulait défendre, recevoir tous les coups, y compris ceux de l'ingratitude, ne pas hésiter à casser une belle carrière en risquant tout sur un dossier parce qu'il était convaincu de la justesse de la cause défendue. Capable, n'importe quel jour à n'importe quelle heure, de tout lâcher pour foncer chez un auteur des éditions, syndicaliste africain ami qui se sentait menacé de mort, pour prendre en main le dossier d'un travailleur de la librairie menacé d'expulsion et en proie au chantage de la DST. Compagnon de voyage, compagnon de vie.

Je suis retourné à La Havane en juillet 1967. S'il y avait eu une fête cubaine, pour moi elle était terminée. Peut-être, justement, parce qu'une fête grandiose y battait son plein. Des centaines d'invités avaient convergé vers Cuba. Aux délégués de la Conférence de solidarité des peuples d'Amérique latine, dont les séances se tenaient sous d'immenses portraits de Bolivar et de Che Guevara, se mêlaient dans les hôtels les participants au championnat mondial de chasse sous-marine et, *last but not least,* une flopée d'artistes et d'écrivains invités dans le cadre d'une vaste opération de séduction des intellectuels européens : ne lésinant pas sur les moyens, le gouvernement cubain avait déplacé d'un coup l'exposition parisienne du Salon de Mai, œuvres et participants en bloc, avec en prime une bonne partie des auteurs vivants du catalogue des éditions Gallimard.

Des délégués à la Conférence de solidarité, qui venaient de toute l'Amérique latine, prêts à y retourner combattre, beaucoup sont morts depuis dans des combats obscurs, parfois soutenus, parfois lâchés et même condamnés par leurs mentors cubains pour de prétendues « déviations ». Répétition de l'histoire de la Troisième Internationale créée jadis par les bolcheviks, et aussitôt devenue un instrument aveugle du pouvoir d'État soviétique, puis stalinien. Ils étaient enthousiastes et généreux, ils s'étaient mis au service d'une révolution, ils ont été broyés par un appareil. C'est cet été-là que j'ai entendu pour la première fois Roque Dalton parler du Salvador, son pays meurtri, le conter plutôt, comme s'il égrenait des fables, ou de ses aventures pour le moins picaresques avec les apparatchiks de Prague. Roque était un grand poète, c'était aussi un grand humoriste, il était doux et grinçant pour parler de la révolution, jouant au pitre joyeux et mélancolique. L'ironie, surtout si elle est teintée de dérision, est une arme qui peut se retourner cruellement contre son auteur. Roque a été exécuté par ses camarades guérilleros, émules des gardes rouges chinois. Ils n'aimaient pas le rire.

Quant aux invités, beaucoup buvaient des daiquiris au soleil des piscines, se plaignaient de manger trop de langouste froide (« *la tremenda pesadilla de la langosta fría* », ironisait Roque : le terrible cauchemar de la langouste froide), applaudissaient sans fin quand était prononcé le nom de Che Guevara et s'extasiaient sur le bonheur cubain. Pourtant, il me suffisait de marcher, solitaire, dans les rues de La Havane pour voir que le bonheur cubain, en cette période de pénurie et de mobilisation pour tenir tête à la fois au blocus américain et au refroidissement (temporaire) des relations avec l'allié soviétique, était conforme aux stéréotypes de l'avenir radieux : un horizon qui, chacun le sait, recule à mesure qu'on avance.

J'étais, pour ma part, pris en charge par les services du commandant Pineiro, dit « Barbe Rouge ». Tout ce qui concernait les liaisons avec la guérilla bolivienne dépendait d'eux. Ils voulaient un rapport sur la situation en Bolivie. Je l'ai fait. Ce rapport n'était pas optimiste, mais la suite a montré qu'il l'était encore trop. Eux l'étaient : « Le Che sait ce qu'il fait », répondaient-ils en haussant les épaules à mes doutes timides. Une après-midi, ils m'ont emmené à l'Institut du cinéma pour une projection. Le premier film, probablement des Actualités boliviennes, avait été tourné au lendemain d'un combat avec la guérilla. On y voyait essentiellement des cadavres, au bord d'un fleuve. J'en ai reconnu plusieurs, dont celui du « Chinois », le médecin péruvien aux épaisses lunettes que j'avais connu à la Conférence tricontinentale. Il s'agissait, je l'ai compris plus tard, du combat où toute l'arrière-garde de la guérilla, qui avait perdu le contact avec le Che, avait été liquidée. Le film suivant était censé détendre l'atmosphère : un western de série B tiré des vieilles réserves, dont le héros, m'a appris en sortant le commandant Pineiro, était joué par un acteur que je ne connaissais pas et dont on me dit qu'il s'appelait Ronald Reagan. Pineiro et les siens n'étaient pas abattus : « Le Che sait ce qu'il fait. » Je devais, m'avait-t-on dit, rencontrer Fidel. Il voulait me voir. Il m'a vu, en effet. Une minute. Il passait au milieu d'une foule d'invités et m'a reconnu de loin : « Ah ! Maspero. Tu reviens de Bolivie. Comment est la situation, là-bas ? » Je lui ai répondu, très bas : « Mauvaise, commandant. » Il a dit encore : « Nous nous reverrons », et il a continué sa ronde. Ma voisine, une Vénézuélienne toute dévouée, alors, à la révolution s'est indignée : « Tu es fou. On ne parle pas comme ça au Commandant. » J'ai attendu des semaines. Tout le monde était reparti, sauf moi. Je ne pouvais pas récupérer mon passeport : « Tu partiras dès que tu auras vu Fidel. » Je n'étais pas malheureux, les camarades des « services » m'emmenaient à la plage, ils me faisaient tirer au kalachnikov et je mangeais de la langouste froide. La camarade vénézuélienne avait raison. Je n'ai pas vu Fidel. J'ai pu enfin partir au début d'octobre. À ce moment-là, les jeux étaient définitivement faits. Quelques jours plus tard, on annonçait la mort du Che.

Je suis encore revenu à Cuba. C'est vrai qu'il m'a fallu du temps pour comprendre, minuscule pion dans cette grande histoire, à quel point Che Guevara avait été lâché dans le même temps où il était glorifié. J'ai pris, au fil des ans, mes distances avec le groupe dirigeant castriste dont le maintien au pouvoir est scandé, en son sein, de suicides, d'exécutions et d'exils, mais je me suis rapproché de plus en plus du peuple cubain, celui qu'on rencontre dans les *guaguas* et sur les routes, dans les demeures où veillent toujours, au-dessus des bougies de l'autel de la *santería*, les portraits du Che, de José Martí, de la Vierge du Cubre qui est aussi Changó, le dieu afro-cubain, divinité mâle et femelle à la fois. Ce peuple dont j'ai appris à connaître et à aimer, comme on aime une autre patrie, la langue, les mille ressources de la vie cachée, la culture et l'extraordinaire disponibilité à compenser les misères du présent par des échappées vers le rêve, le rire autant que la mélancolie, l'amour plus que la résignation. J'ai aimé traduire le grand Lezama Lima. Ou Jesús Díaz, exilé parce qu'il avait voulu lutter à l'intérieur du Parti pour un communisme qui ne soit pas seulement des slogans. Ou César López, qui ne quittera jamais sa Havane parce que pour lui, toujours, comme pour Lezama Lima, au-delà des vicissitudes de l'histoire, « la mer violette y rêve à la naissance des dieux », à l'heure où s'éveille la ville : « immobile la mer et l'air sans ses oiseaux, douce horreur, naissance de la ville. » Ou le poète Manuel Ribeiro, journaliste libre et dissident – « libre » signifiant dans son cas qu'il est toujours menacé de prison pour le seul fait de vouloir rester, refusant l'exil, fidèle aux siens et à ses premiers engagements.

J'ai quand même revu Fidel, et pour la dernière fois, en mai 1968. Il voulait me remettre en main propre le texte du journal du Che en Bolivie. Dans la petite finca où il passait la nuit, il se souciait surtout de la préparation de la « zafra des huit millions », cette récolte de la canne à sucre pour laquelle il allait mobiliser toutes les énergies du pays. Elle devait être un bond décisif pour l'économie, elle a été un échec et a ruiné le pays. Sept ans plus tôt, quand j'avais rencontré le Che, alors ministre de l'Économie, il répétait qu'il fallait que Cuba mette fin à la malédiction de la monoculture sucrière. Il est vrai qu'à la même époque Fidel clamait que jamais il ne laisserait se réinstaller à Cuba un tourisme qui avait transformé l'île en paradis du dollar corrupteur et en bordel tropical. Ce soir-là de mai 68, Fidel s'étonnait des nouvelles du monde. Le Printemps de Prague battait son plein. Les étudiants de Berlin étaient déchaînés. Ceux de Paris dressaient des barricades. Fidel n'y comprenait rien, voulait que je lui explique ce qui se passait en France, mais j'étais parti avant le début de la révolte et j'avais peu de nouvelles. Dépassé, il a dit : « Quand on regarde le monde aujourd'hui, on se dit qu'il est devenu fou. » Rideau.

*

Mes éditions étaient sorties exsangues de la période de la guerre d'Algérie. Au fond, j'aurais pu en rester là. Mais la librairie existait toujours et j'aimais de plus en plus passionnément le métier de libraire qui publie des livres.

Fabriquer un livre aura toujours été pour moi le fruit d'un travail des mains et des yeux, autant que celui d'une technique où l'esprit commande des machines. Je parle d'un temps où le texte arrivait à l'état brut. Tapé à la machine le plus souvent, certes, mais plus souvent encore couvert de corrections et de rajouts, voire complété de collages. Parfois même carrément manuscrit, telles les préfaces de Sartre, sur de grandes feuilles quadrillées. À celui qui le publie d'ordonner d'abord ce paquet confus, c'est-à-dire de « préparer la copie », longue tâche qui implique d'entrer dans le fond du texte, signe par signe, mot par mot, phrase par phrase, alinéa par alinéa, chapitre par chapitre, pour lui donner sa forme. D'en fixer ensuite les caractères, les lignes et les blancs. D'en prévoir la disposition sur la page. De dessiner la couverture, d'en décider le format. Et ainsi de suite. Le texte n'est pas de la terre glaise, mais ce travail s'apparente quand même à celui du potier qui passe du tour à l'émaillage et à la cuisson. Je sais de quoi je parle parce que, dans les années quatre-vingt, j'allais chez mon amie Françoise à Saint-Paul-Lacoste au pied des Cévennes et je la voyais travailler à son tour. Moi, j'étais seulement celui qui montait le mur de briques pour fermer le four, et nous nous relayions pour la longue veille de la cuisson. Il y avait cet instant magique où l'on abattait le mur et où l'on sortait la poterie. Après tout, ce que je faisais pour les pots de Françoise s'apparentait à ce que je faisais pour les livres des autres. Fabriquer un livre, c'est sentir que quelque chose naît là qui n'était pas avant, et qui est davantage qu'un objet. Jusqu'au moment où, comme dans le poème de Prévert, il ne reste plus qu'à « mettre son nom sur le coin du tableau ». Et à laisser l'oiseau s'envoler de la cage provisoire. L'ordinateur a certes aujourd'hui changé la donne, mais les mains et les yeux, bien que différemment, y jouent toujours le même rôle. Ce sont eux qui façonnent sur le clavier et l'écran, taillent, rajustent, ordonnent, et mènent le fond à la forme finale. Dans tous les cas, celui qui a fabriqué le livre n'aura pas pour autant quelque droit sur lui, il a seulement œuvré dans le double respect de celui qui l'a écrit et de celui qui le lira. À leur service. Chargé d'une mission temporaire. J'ai eu cette chance de travailler ainsi et ne m'en suis jamais lassé.

Ma chance. Elle a été, au moins pour les dix premières années de ce travail, d'être présent dans ma librairie, de jour ou de nuit (puisqu'elle fermait tard le soir), plus que dans un bureau fermé. J'avais un contact physique non seulement avec les livres, mais avec leurs lecteurs. Ils me faisaient part de leurs intérêts, de leurs réactions, de leurs exigences, tant par rapport à ce qu'ils lisaient que par rapport à ce qu'ils auraient voulu lire. C'était un apprentissage permanent. J'avais, par eux, mille yeux qui fouillaient le monde. Monde de l'histoire d'hier et plus encore d'aujourd'hui, celle qui n'était pas encore faite, monde des sociétés, la nôtre et les autres, monde de la pensée. On ne s'ennuyait pas. C'était comme un roman-feuilleton qui se déployait devant nous, aux chapitres souvent un peu embrouillés il est vrai, car on passait facilement du coq à l'âne, des origines du socialisme allemand au conflit judéo-arabe, de la civilisation grecque aux mouvements religieux millénaristes, du théâtre populaire aux murs de l'asile psychiatrique, d'Hésiode à Nasser, mais enfin. Le visiteur le plus imprévu pouvait suggérer un livre, un auteur, ou écrire lui-même un livre, devenir un auteur.

Ma chance. Elle a été, encore, de sortir de la librairie, des éditions, pour aller loin dans le monde, sans même savoir parfois si j'en reviendrais. Et d'en revenir, finalement, chargé, non d'images à coller dans l'album-souvenir, mais d'idées nouvelles, de voix nouvelles, d'histoires nouvelles pour donner à la librairie, aux éditions, toujours, une vie nouvelle. C'est ainsi que cette entreprise purement individuelle a été en même temps tout à fait collective.

Ma chance. Elle a été aussi et surtout que certains ne se soient pas arrêtés au côté incontrôlé de mon entreprise. Parmi tant qui ont eu la patience de me conseiller, de me critiquer, de m'encourager, je n'en citerai qu'un seul, parce que ce fut le plus constant. Je ne peux imaginer ce qu'auraient été mes éditions sans un Pierre Vidal-Naquet. Il faudrait pointer le catalogue pour déterminer la part qui lui revient. Et en écrivant cela, je revois tant d'autres visages fraternels, dans leur aide comme dans leur critique, dans leur amitié comme dans leurs brouilles. Ceux qui ont fait à eux tous ces éditions n'étaient pas forcément d'accord avec moi, rarement d'accord entre eux et encore moins avec ce que je publiais par ailleurs. Je n'étais pas forcément d'accord avec eux, et encore moins avec ce qu'ils me demandaient parfois de publier. Ils auraient dû rester lointains – leurs préoccupations différentes, et toujours cette distance dans le savoir, qui sépare celui qui écrit sur ce qu'il sait et celui qui publie ce que seul l'autre sait. Et si lointains qu'ils aient pu être effectivement par le savoir, ils m'ont été, ils me sont restés proches.

Ces éditions ont été essentiellement le fait de beaucoup, en même temps qu'essentiellement personnelles, et c'est là l'essentiel. En écrire l'histoire, ce serait prendre un par un les fils qui relient les livres et les auteurs entre eux, et ces fils forment un enchevêtrement qu'il faudrait dénouer patiemment pour les suivre. Il faudrait alors citer chacun, dans sa singularité, et dire la part qu'il a prise, et le situer aussi dans les courants et les préoccupations de l'époque. Le faire avec ma seule subjectivité, c'est prendre le petit bout de la lorgnette. Concernant les mémoires d'éditeurs, je m'en tiens à l'opinion de Frantz Fanon qui disait que ceux qui écrivent leurs mémoires sont ceux qui n'ont plus rien d'autre à faire.

Si je lis une page d'un de mes catalogues, chaque titre appellera sur-le-champ l'évocation des noms, des visages, des voix, de ceux grâce à qui ce titre est là, et le souvenir des lieux, des circonstances où le manuscrit, l'édition étrangère, voire la simple idée du livre pas encore écrit sont apparus, transformant un hasard en nécessité. Ou il rappellera le premier livre dont la lecture, avant sa publication, m'a incité (ou nous a incités) à en publier un deuxième, comme une invitation à élargir le champ, ou même, au détour d'un chapitre, d'une citation, d'un mot, à partir plus loin. La seule approche extérieure du catalogue ne peut tenir compte de la part de l'irrationnel, du hasard, de la fantaisie, du désir personnel, voire du plaisir (mes désirs, mes plaisirs, comme ceux des personnes qui avaient liberté de décider des publications au sein même des éditions, tels Fanchita Gonzalez Batlle, Émile Copfermann, Jean-Philippe Talbo, Claude Olivier). Cette approche ne tient pas compte des erreurs et des errements, de l'hypertrophie de certains centres d'intérêt due à des connaissances et à une histoire également toutes personnelles, de l'ignorance d'autres centres d'intérêt pour les raisons inverses mais toujours aussi subjectives. Et il faut encore ajouter : elle ne tient pas compte de la limitation constante des possibilités, de la place étroite de l'entreprise dans le champ général de l'édition, qui forçait, sans amertume inutile, à en laisser d'autres, mieux établis sur la place, publier ce qu'on aurait tellement voulu publier. Voilà pourquoi écrire cette histoire-là relève d'un travail, sinon encore collectif, à tout le moins double, extérieur et intérieur, à travers mon regard et un autre regard. Les deux établissant, par leur va-et-vient, un équilibre entre le souvenir vécu, le mien, celui de multiples autres acteurs, et les bases que peuvent donner les quelques maigres « archives » qui n'ont pas disparu, ou qui dorment peut-être encore chez d'autres.

Finalement, pour moi (et moi seul, probablement), mon histoire dans ces éditions se résume à ceci : l'« élève fugace », s'étant mis à son compte sans qualifications et sans guère de moyens, a quand même tenu, bon gré mal gré, plus de vingt ans, et il n'a pu le faire que par et pour l'action de beaucoup d'autres. Pour moi (et moi seul), voilà ce qui reste aujourd'hui, cela me suffit pour dire que ça en valait la peine et ne mérite pas de plus longues gloses.

On pourra aussi me dire que tout ce qui précède est plus ou moins applicable à n'importe quel travail éditorial et qu'il n'y a là-dedans aucune réelle singularité. Je ne sais pas. Quand, pour marquer l'an 2000, l'hebdomadaire du Cercle de la librairie, *Livres Hebdo*, a décidé de publier une série d'articles intitulée « Douze éditeurs du siècle », j'ai appris que j'y figurerais.

J'y ai figuré, en effet. Le compte de la douzaine terminé. En qualité de treizième.

*

En décembre 1967, Michèle Firk m'écrivait .

> Cher François, je voudrais formuler avec vous, sérieusement cette fois, des vœux pour que l'année Che Guevara soit une année de victoires, c'est-à-dire de victoires chèrement conquises. Ces vœux, nous avons le droit de les formuler ensemble puisqu'il ne s'agit, ni dans votre cas, ni dans le mien, de vœux purement platoniques. C'est pourquoi vous ne devez pas vous offenser si je vous souhaite le bonheur. Le bonheur que je vous souhaite et que je me souhaite n'est pas une notion abstraite : ce n'est pas non plus, tout au contraire, le concept réactionnaire de la bonne vie et de la jouissance matérialiste. Pour ma part, je vous le dis sans fard, j'ai été profondément

malheureuse tant que je n'ai pas trouvé où et comment faire coïncider ma pensée, mes paroles et mes actes avec un maximum d'efficacité et de rendement. Je voudrais vous expliquer encore une fois pour être sûre de me faire comprendre qu'il n'y a en moi ni inconscience romantique, ni mystique de l'héroïsme. J'ai su ce que c'est que d'avoir peur et je le saurais de mieux en mieux... Mais ce qui me donne déjà le goût du bonheur, c'est la certitude d'avoir trouvé ma place, comme un rouage aussi infime soit-il, dans une mécanique. Maintenant, il me reste bien sûr à démontrer que je serai un bon rouage dans la mécanique, car là s'arrête l'analogie : l'histoire des hommes n'est pas un mécanisme d'horlogerie, déterminé à l'avance par une volonté supérieure. Mon rôle sera ce que je serai capable d'en faire et tous les facteurs humains et tous les facteurs liés aux rapports humains entreront en jeu...

Vous voyez, je suis lucide. J'aime la vie, sans aucun doute, et j'aimerai d'autant plus la vie qu'elle correspondra mieux à mes propres exigences vis-à-vis de moi-même. Sinon, de quelle vie pourrait-il s'agir ? Il faut être le contraire d'un révolutionnaire, d'un « partisan », il faut être un « observateur » pour croire que l'amour de la vie tient tout entier dans le fait de se conserver vivant. Il n'y a pas de « joie de mourir », il y a une satisfaction de vivre, même si la vie s'achève trop tôt et de manière violente. « Vaincre ou mourir », ce n'est pas une formule, et vaincre c'est vivre.

Michèle avait vingt-neuf ans et s'apprêtait à partir pour le Guatemala. Elle avait mis de côté son métier de cinéaste, elle voulait aller plus loin. Témoigner par l'image ne lui suffisait plus. Elle avait voulu, en quelque sorte, passer de l'autre côté de la caméra. Et elle l'avait fait. Sortie de l'IDHEC, elle avait tout pour devenir une grande réalisatrice. Mais elle avait toujours voulu plus, et autre chose. Un passage au parti communiste à dix-neuf ans l'avait convaincue de la sclérose de celui-ci, de sa soumission au stalinisme triomphant et, en matière de militantisme, elle ne se contentait pas de pétitions pour la paix en Algérie. Elle avait été l'une des fondatrices d'un groupe qui voulait revenir aux sources du communisme, la Voie communiste. Attachée à comprendre, à rendre compte et à en tirer les leçons, elle écrivait, sous le pseudonyme d'Emmanuelle Sandignot (le prénom, elle l'avait choisi joyeusement parce que c'était le titre du roman érotique à scandale – et censuré – de ces années-là, et Sandignot était la francisation du nom du révolutionnaire nicaraguayen qui avait combattu les troupes d'occupation américaines dans les années trente avant d'être abattu par le dictateur Somoza), des articles pour *La Voie communiste*, puis pour *Jeune Afrique*. Sur l'Algérie (« Automne à Alger », 1962 : « Il est malheureux de voir s'instaurer une redoutable course aux places, alors que le peuple a toujours faim »). Sur l'Afrique, le Venezuela... Et sur Cuba, où, arrivée en 1963, elle avait travaillé avec l'Institut cubain du cinéma (l'ICAIC) et commencé son grand documentaire.

Elle avait aussi participé au premier comité de rédaction de la revue de cinéma *Positif* – de nombreuses critiques de films, mais aussi de longues études : « Sur l'engagement et la condition sociale du réalisateur » (mai 1960), ou « Cuba : polémiques » (juin 1965) où elle écrivait : « À l'ICAIC comme ailleurs, l'intellectuel qui ne fait pas un effort constant pour analyser ce qui se passe autour de lui finit par tomber dans un piège. Il confond le marxisme avec le dogmatisme, la démagogie avec le peuple, les dogmatiques avec la révolution. »

Son ami Denis Berger a dit d'elle, dans un livre (*Michèle Firk*) que ses camarades ont publié après sa mort chez Éric Losfeld (l'éditeur de *Positif* et aussi, justement, d'*Emmanuelle*) : « Michèle n'avait pas particulièrement le goût de l'aventure ; elle n'avait aucun goût pour le sacrifice. Elle aimait vivre, parler avec des amis, faire l'amour, aller au théâtre. Elle ne pouvait imaginer de prime abord, ni supporter quand elle l'avait découverte, la lâcheté ou la bassesse chez les autres. Quand on est bâti sur ce modèle, il devient impossible de vivre dans nos sociétés, à moins de donner un sens à chaque instant, même le plus terne, par l'adhésion à un but qui dépasse largement tous les problèmes personnels. »

Après plusieurs voyages sur le continent latino-américain où elle avait pris contact, à la demande des Cubains, avec les révolutionnaires en lutte, et particulièrement avec les FAR (Forces armées rebelles) du Guatemala, elle avait décidé de rompre avec cet appareil politique qui imposait ses choix et sa propre stratégie d'État. Elle s'était mise directement au service des révolutionnaires en lutte sur le terrain. Le Guatemala était le pays où, treize ans plus tôt, l'invasion d'une colonne de chars armée par les États-Unis et ne portant aucun drapeau identifiable avait mis fin à une timide tentative de réforme agraire et de nationalisations. L'oppression militaire y était particulièrement sanglante, parce qu'il n'était pas question que, dans cette chasse gardée des grandes compagnies nord-américaines, le peuple maté en 1954 prenne sa revanche en suivant l'exemple cubain.

C'était une époque d'espoir pour les peuples latino-américains, et ce fut une époque d'écrasement de ces espoirs. Un écrasement qui n'a pas pris pour cible les seuls mouvements révolutionnaires armés – ce que n'était pas, et loin de là, le gouvernement guatémaltèque démocratiquement élu du président Arbenz. L'intervention des marines en République dominicaine en 1967 et les sanglants combats qui l'ont suivie visaient l'élection démocratique d'un président de gauche, sagement réformiste, Juan Bosch. De même, le coup d'État fomenté avec l'appui des États-Unis au Chili en 1973 a liquidé cet autre président démocratiquement élu qu'était Salvador Allende. Ce n'était plus seulement *to kill for not to be killed*, le vieux principe des forces spéciales US, mais : tirer sur tout ce qui bouge. Préventivement.

Une époque d'espoirs et de défaites. Aucun des deux grands blocs qui se partageaient le monde en maintenant l'équilibre de la terreur ne pouvait tolérer que cet équilibre soit remis en cause par des bandes d'excités qui parlaient d'un autre avenir possible et agissaient en conséquence. En 1968, les étudiants qui manifestaient à Mexico furent massacrés par centaines. En 1968, les chars entrèrent à Prague.

Dans une lettre qu'elle a écrite, peu de temps avant son dernier départ de Paris, au prix Nobel Miguel Angel Asturias, alors ambassadeur du Guatemala en France, Michèle le sommait de se désolidariser d'un régime qui faisait régner la terreur, tant sur la population paysanne que sur tous ceux qui étaient susceptibles de penser par eux-mêmes : « Notre devoir est de vous demander de répondre à la question suivante : est-ce que ce ne sont pas les intellectuels et le peuple guatémaltèque, auxquels vous vous êtes si parfaitement identifié dans votre œuvre et dans votre vie, que l'on assassine aujourd'hui ? » Il n'y a pas eu de réponse.

Michèle assurait la liaison dans la capitale avec les révolutionnaires des montagnes. Mais elle avait entrepris aussi des cours de formation pour les cadres du mouvement. Le coup de pistolet qu'elle s'est tiré, le 8 octobre 1968, au moment où la police venait l'arrêter, a été un geste auquel elle avait eu tout le temps de réfléchir : non comme le suicide du désespéré, mais comme le dernier acte de foi dans la vie de qui choisit librement sa mort. Elle savait qu'elle n'en sortirait pas vivante, de toute façon – après la Bolivie, il était clair que tout révolutionnaire capturé, surtout étranger, ne devait pas être laissé en vie sous peine que se déclenche une campagne internationale, et l'exécution sommaire d'un Che Guevara mondialement connu ne laissait désormais espérer aucune chance pour une militante inconnue. Elle savait surtout qu'elle ne gagnerait que le répit de la torture, avec le risque de céder. Et elle gardait présent à l'esprit le sort de cette « miss Guatemala » qui était son amie et dont on avait retrouvé le corps mutilé, abandonné par les réseaux parallèles de la police au bord d'une route.

Lorsque je relis le petit livre consacré à Michèle Firk, je ne vois rien à renier de ce que j'ai écrit alors, à trente-six ans : « Michèle apportait dans ses actions politiques une clarté et un entêtement souriant qui passaient au-dessus de toutes les manœuvres et de toutes les arrière-pensées. Elle était sans illusions sur beaucoup de révolutionnaires de Paris et d'ailleurs, mais elle avait retenu de la pratique du castrisme qu'il n'est rien de tel que de mettre les gens en face de leur vocabulaire et de les obliger à prendre dans les faits les responsabilités dont ils sont prodigues en paroles, jusqu'à ce qu'ils se démasquent – ou que, bon gré mal gré, l'action politique soit menée à bonne fin. »

Mais ce qui me frappe le plus, c'est la convergence du constat que faisaient ses camarades au lendemain de sa mort. Denis Berger : « Pour moi, comme pour tous les amis les plus proches, notre mort a commencé avec la mort de Michèle. » Moi : « Pour ceux qui ont connu Michèle et qui ont travaillé avec elle, leur vie se partagera désormais en deux époques : avant et après sa mort. » Et Paul-Louis Thirard, le plus pertinent, avec le recul des ans : « Michèle n'était ni une sainte, ni un être "exceptionnel" : ce qui fut exceptionnel ce fut la rigueur, la clarté de ses choix, de ses actions. Mais ce fut une de nous, sans différences. Et je sais bien que je ne vais pas mourir demain comme elle. Je comprends mieux, maintenant, pourquoi on fabrique des saints, dans les églises : c'est quand même plus commode pour vivre, après. J'espère garder son souvenir, intact et incommode. »

*

Témoigner est-il en soi un combat ? La question du témoin qui ne se suffit plus de témoigner, par la plume ou l'image, sur ceux qu'il voit lutter et va les rejoindre pour lutter parmi eux ne date pas d'hier. Je l'ai rencontrée chez John Reed, qui, après avoir témoigné de façon vibrante du combat de la révolution mexicaine, a choisi, après Octobre 1917, de passer dans le camp des bolcheviks – savoir s'il y serait resté est une autre affaire, puisque la maladie l'a tué peu après. Pour ma part, dès mon retour de mes pérégrinations latino-américaines de 1967, je n'ai cessé de penser à quitter le métier d'éditeur (je me disais que je pouvais transformer mes éditions en coopérative, mais encore eût-il fallu des coopérateurs volontaires pour assurer la poursuite du travail en en assumant les risques). Après tout, je n'y étais pas arrivé par vocation, et, du point de vue de la « profession », je m'y retrouvais un peu comme un plouc, ignorant tout des mœurs locales. Je me demandais si je serais capable de rendre compte moi-même, et non plus par auteurs interposés, des actions de certains de ceux que j'éditais. Et de faire plus, si possible.

Naturellement, des camarades que j'estimais me disaient que j'étais plus utile à ma place, comme sirène d'alarme, caisse de résonance, relais, courroie de transmission et autres métaphores, que chacun, et Michèle me l'avait suffisamment répété aussi, était un rouage nécessaire qui, que, etc., etc. Je n'avais donc pas à écouter mes velléités de conscience malheureuse. Mais, pour moi, il restait que si mon travail était un combat, ce combat était petit, souvent confus et contradictoire, et que même s'il était quotidien et difficile, il ne comportait pas les risques que prenaient certains de ceux dont je répercutais les voix. De là à dire que, ne prenant pas ces risques, je me nourrissais d'eux du fond de mon officine, c'était facile pour certains qui ne s'en sont pas privés. Ni, plus vicieux encore, de m'accuser d'inciter, par auteurs interposés, à une action que je me gardais bien d'entreprendre moi-même. La question plus pertinente était : si j'abandonnais ce métier dont j'étais quand même convaincu que je le faisais utilement, étais-je sûr que je serais plus utile – et plus heureux – ailleurs ? Le fait est que j'ai continué métier et profession, et que je n'ai guère réussi, ces années-là, à me rendre à cette injonction d'être pleinement heureux que me faisait Michèle, puisque, épuisé, cinq ans plus tard, je me suis réveillé un matin du coma d'un suicide manqué *.

---

* De 1967 à 1973, je me suis mis à marcher quotidiennement à la mort (seul un ami aux antennes particulièrement sensibles m'a dit par la suite qu'il l'avait pressenti : Sally N'Dongo). Et, quotidiennement, j'ai résisté contre cette marche. Faisant et défaisant à chaque pas la trame de la mort. Le chat et la souris. Le suicide de 1973 fut l'acte libérateur. Nécessaire. Je ne sais pas si j'ai eu raison de rater

Plutôt que d'entreprendre une chronique circonstan-ciée de ces années, je préfère recourir à un texte que j'ai rédigé vers 1985, à propos d'un film que Chris Marker tourna alors : *Les mots ont un sens*. Ce texte était destiné à une rétrospective de l'œuvre de Chris Marker. Je ne l'ai finalement pas publié. J'étais encore trop près des faits pour être sûr de bien les juger. Aujourd'hui, il me semble résumer mon souvenir de l'atmosphère dans laquelle j'ai travaillé.

---

ma mort, je sais qu'envers d'autres, ceux qui m'aimaient, j'ai eu profondément tort – je leur ai fait du mal –, mais que pour moi-même j'ai eu raison d'aller jusqu'au bout, de dépasser la limite. Il m'arrive certains jours d'avoir du regret de n'être pas mort à ce moment-là, et d'autres jours, presque tous, de sentir la joie d'être resté vivant. De m'être prouvé en allant à l'extrême que je tenais *aussi* à la vie. Je ne regrette donc pas d'avoir tenté, une fois, de mourir. Là-dessus, je suis enfin au clair.

Sur les circonstances mêmes du suicide, c'est simple : j'avais prévu un long et progressif endormissement et je m'étais donné, à dix heures du matin, assez ému (mais serein, pourtant, croyais-je), quelque temps – moins d'une heure – avant d'y entrer. Mais la dose des barbituriques stockés jour après jour pendant les précédents mois d'hôpital – à la suite d'un accident de moto, un soir de neige – était si forte que je m'écroulai dans les minutes qui suivirent, alors que j'étais encore au téléphone parce que, sans rien lui révéler, je voulais encore une fois entendre la voix que j'aimais. Je restai trois jours dans le coma. Le réveil fut atroce. Plus atroce encore la longue théorie des gens qui, tout de suite après et pendant longtemps, se chargèrent de « m'apprendre à vivre », et de ceux qui, bien entendu, me traitèrent de « simulateur ». D'une certaine manière, au-delà de la haine qu'ils ont éveillée alors en moi, je suppose que je devrais leur dire autant merci qu'à ceux, amis et inconnus, qui m'ont aidé fraternellement à renaître. Grâce à eux j'ai, une fois pour toutes, connu les limites de l'amitié et de la saloperie, de l'es-sentiel et des phrases, de l'humain et de l'inhumain. La sortie du cauchemar fut longue. En tout cas, je n'ai plus été le même, et c'est un bien.

Dans *La Chinoise* de Godard, il y a cette phrase inscrite sur un mur, le temps d'une séquence : « Mettre des images claires sur des idées confuses. »

Quand Chris Marker a proposé, en 1970, de faire un film sur le travail des éditions et de la librairie qui portaient mon nom, j'ai eu cet espoir fou que le tournage, ce travail sur notre travail, nous offrirait l'occasion – la seule peut-être qui se présenterait jamais – de mettre un peu de clarté dans notre confusion.

La librairie La Joie de lire existait depuis quatorze ans. Les éditions depuis onze ans. Dans les premières années, il s'y était dessiné, au fil des réalisations, par petits bouts d'abord épars, un projet qui me semblait cohérent, même s'il n'était jamais énoncé en soi : celui que dans le film je définis comme d'une « contre-information », avec toutes ses limites. Être un point de ralliement, même infime, pour ceux qui voulaient comprendre la réalité des luttes d'alors, dans le monde et ici (et cela avait été sensible pendant la guerre d'Algérie), comme pour ceux qui voulaient s'exprimer sur cette réalité et la manière d'agir sur elle. Et plus généralement, plus banalement peut-être, un instrument de culture parmi d'autres – avec ce que cela comporte d'ambiguïtés, de difficultés et aussi de plaisirs.

Je pense que Chris Marker a été intéressé par cette attitude (oui : c'était plutôt une attitude, pas un projet en bonne et due forme), parce qu'il est de ceux qui, au sortir de la guerre et de la résistance, ont travaillé à donner un sens aux mots – et notamment au mot « culture », lui qui a été à l'origine de la collection « Peuple et Culture » et de ces précurseurs du livre de poche que furent les livres de « Petite Planète » et « Microcosme ».

Sur quoi, donc, en ce printemps de 1970, est venu se poser le regard de Chris Marker ? Une librairie qui se compose de deux magasins abritant quarante travailleurs, dont la plupart sont arrivés là après mai 68 : c'est, pour beaucoup, leur premier emploi et ils tiennent énormément à cette appellation de « travailleurs » que j'utilise donc à dessein. Et des éditions qui, avec une vingtaine de collaborateurs, publient un maximum de 80 livres, brochures et numéros de revues par an. Mai 68 a porté à la mode le mot « révolution », accommodé à toutes les sauces. La librairie, devenue un lieu in, est investie par d'intarissables discoureurs. Les éditions se sont ouvertes sans contrepartie aux groupes d'extrême gauche et publient pour eux à prix coûtant ou à perte, parallèlement aux collections commerciales, toute une littérature de propagande dont nous sommes convaincus qu'elle nourrira le fructueux débat où se forge l'avenir, en attendant la mort (imminente) du capitalisme. C'est matériellement fragile ; pas de capitaux au départ, des emprunts coûteux et une absence de bénéfices librement acceptée due aux raisons suivantes : prix des livres bas, masse salariale élevée (avec une hiérarchie écrasée : les salaires vont de 1 à 1,5, le plus bas représentant plus du double d'un salaire de même niveau dans une entreprise équivalente). L'équilibre des comptes sera rompu à la fin de 1970 du fait de deux facteurs incontrôlables : les vols qui prolifèrent ; et les condamnations pénales assorties d'amendes, pour publications interdites. Les condamnations sont le fait de la droite (au pouvoir) et les vols sont le fait de l'extrême gauche (au contre-pouvoir). Leur valeur financière est sensiblement égale. Mais ce sont les vols les plus néfastes, car ils ne sont que le signe le plus apparent d'une ambiance générale qui empuantit la librairie * et, avec elle, tout notre travail,

---

* Dans un numéro de *France-Observateur* de 1966, J.-F. Held décrivait (« La joie de faire lire... ») la librairie comme un lieu

et ce genre de dommages ne se chiffre pas en termes d'argent : pour certains, il est révolutionnaire de « piquer chez masp ». (Je rencontre aujourd'hui des personnages qui ont fait confortablement leur chemin dans les sphères de la haute administration, de la presse, de la banque ou de l'édition, et qui me confient avec un clin d'œil ému cet épisode qui colore leur jeunesse d'une frissonnante touche d'aventure. Pour des raisons stupides de bienséance je ne leur crache pas à la figure. Ni à la figure de ceux qui, tout bien pesé pas plus malins, croient original de se vanter de ne pas l'avoir fait, comme si c'était un non moindre exploit.)

Dans le film, la confusion ainsi installée au sein de notre travail est exprimée par deux propos contradictoires : un travailleur de la librairie, Robert Polsky, explique que cette entreprise n'a pas de « projet global » : s'il en a existé un, il est du passé. Ce jeune homme traduit un état d'esprit répandu dans et autour de la librairie avec des intensités diverses : cette entreprise est comme les autres, une machine à faire du fric pour le patron. Et celui-ci s'en tirera toujours, grâce à une mystérieuse « caisse noire » qu'il tient en réserve (et rien ne viendra à bout de ce fantasme, pas même les perquisitions musclées et les contrôles poussés à l'extrême de la brigade financière de la police judiciaire – mandatée à la recherche des preuves d'un « complot international » – qui ne parviendra pas à trouver un seul centime occulte). À l'in-

---

« dense et austère ». Quatre ans plus tard, elle est devenue pour certains un cirque où les contempteurs de la « société du spectacle » viennent se donner en spectacle, tandis que la police en uniforme stationne spectaculairement devant et que les polices en civil se promènent moins spectaculairement dedans à l'affût de « révolutionnaires » pour qui faire la révolution c'est d'abord s'y fixer spectaculairement rendez-vous.

verse, un autre travailleur, André Velter, puis la voix off de Georges Dupré, l'un des deux responsables de la librairie, affirment que ce projet existe. Georges Dupré se réclame même explicitement d'un « militantisme » de la librairie, ce que, pour ma part, je trouve une vision plutôt emphatique : car le militantisme, le vrai, je le vis et le mets en pratique ailleurs que dans la librairie.*

Je n'avais pas vu le film depuis une quinzaine d'années. En le revoyant aujourd'hui, j'écoute ce personnage qui fait des phrases à l'écran et qui fut moi, et je sens deux choses : d'une part il est, je suis, totalement sincère ; et d'autre part il sait, je sais, que les mots dits là, avec toute cette sincérité-là, et malgré elle, n'ont déjà plus de sens : il est déjà trop tard. La confusion est déjà irréversible.

Quand je dis à l'écran, parlant de la situation mondiale, que si les rapports économiques ne changent

---

* André Velter a quitté la librairie peu après. Le voici, cette année 2002, devenu un peu mon éditeur, puisqu'il republie, dans la collection « Poésie » de Gallimard qu'il dirige, l'œuvre poétique d'Alvaro Mutis que j'ai traduite. Georges Dupré, qui avait avant tout la passion de son métier, a craqué nerveusement l'année suivante. Traité de « petit chef », injure suprême chez ses (ex-)amis marxistes-léninistes, il est parti tenir à Bordeaux une librairie que nous avions reprise et où il a été, je crois, heureux, avant de devenir, jusqu'à sa mort, le directeur de la librairie La Hune. Pour Robert Polsky, je ne sais pas.

En parlant de « militantisme pratiqué ailleurs », je faisais allusion à mon adhésion en 1969 à la Ligue communiste (trotskiste). Je voulais ainsi marquer, pour moi et face à d'autres, une claire limite entre le travail très ouvert des éditions et le droit d'avoir un engagement militant personnel. Marquer la distance – et au besoin mon mépris de ceux qui, au mieux, me donnaient des leçons de révolution, au pire me traitaient de commerçant de la révolution. Je ne regrette pas cet engagement. La Ligue communiste se différenciait alors, par rapport à tous les mouvements d'extrême gauche, par son absence de sectarisme. J'y ai gagné des camarades qui sont restés des amis.

pas « on va tous crever », derrière ces mots je sens aujourd'hui (une fois la gêne passée de m'entendre essayer d'employer le langage basique de l'extrême gauche de l'époque, et avec quelle maladresse) percer une autre angoisse, une autre certitude : ce que je n'ose pas dire, aussi, à ceux qui ne sont pas ou qui ne sont plus mes camarades de travail mais dont je refuse encore qu'ils soient seulement mes employés, c'est que, pour l'immédiat, c'est nous – nous qui constituons ou devrions constituer cette entreprise-là – qui allons sinon crever nous-mêmes, du moins la faire crever. Je ne me l'avoue certainement pas : mais j'ai déjà conscience que, de notre dialogue de sourds et de mon refus de ce dialogue de sourds, il ne peut sortir que cette conclusion. Et il en sera ainsi : la librairie crèvera quatre ans plus tard dans un tourbillon d'imprécations et une marée de merde. Quant aux éditions, si j'ai continué en ce qui me concerne à croire à leur survie jusqu'en 1982, je demeure convaincu que ce que j'ai aimé en elles (et qui n'était peut-être rien d'autre qu'une de ces petites musiques intraduisibles en termes marxistes – ni en aucun autre langage d'ailleurs) agonisait déjà quand le film a été tourné.

Ce film a été réalisé pour une émission de télévision dont je ne me rappelle pas le nom. Puis le responsable de cette émission renonça à le programmer : le résultat ne correspondait probablement pas à ce qu'il avait escompté en passant commande. Il donna comme explication au réalisateur que ce n'était finalement pas « d'actualité ».

L'accueil des travailleurs de l'entreprise – du moins de ceux qui se dérangèrent pour voir le film en projection privée – fut également négatif. Ceux avec qui je travaillais le plus étroitement, dont je me sentais le plus proche, en éprouvèrent du ressentiment : car j'y suis le personnage principal, sinon l'unique ;

c'est mon propos qui est central ; les images et les mots des travailleurs viennent seulement s'y insérer en contrepoint, au même titre que ce qui est dit et montré à propos de livres : W. Burchett dans les maquis sud-vietnamiens, la misère des paysans réunionnais, les travailleurs immigrés en France (et c'est de mon point de vue l'un des éléments attachants du film, que de rappeler ainsi concrètement que les livres que nous publiions ne valaient que par la réalité qu'ils entendaient exprimer). De même, les passages de la caméra sur les lecteurs attentifs dans la librairie font voir l'autre bout de la chaîne.

Au tournage, Chris Marker avait tenu compte de toutes les suggestions, de toutes les initiatives. Les idées de chacun étaient prises en compte de façon égale. Chacun pouvait aller jusqu'au bout dans la direction qu'il avait proposée et prise. Que ce soient, par exemple, Gérard Dupouey, le camera-man, Michèle Ray, qui me posait des questions, ou moi-même. Chris Marker ne donnait pas des ordres, mais des indications. J'ai donc le souvenir d'un moment d'élaboration collective dans une vraie liberté. Ainsi la caméra est passée dans tous les secteurs de l'entreprise ; les propos et les gestes des uns et des autres ont été enregistrés, une assemblée générale des travailleurs de l'entreprise a été filmée intégralement.

Dans toute cette diversité que je viens de dire, Chris Marker, maître d'œuvre et maître de son œuvre, a fait un choix, dans lequel, bien entendu, nul autre que lui n'a eu à intervenir. Ce choix a été de mettre mon personnage au centre. Les travailleurs de l'entreprise Maspero ont trouvé ce choix injuste. Certains m'ont fait savoir qu'ils avaient été floués, et l'un est même allé jusqu'à s'opposer à sa projection en public. Je me suis incliné devant ce veto, parce que celui qui le mettait était avant tout mon camarade de travail, et même le plus proche. (Le public, lui, ce soir-là, n'y a rien compris et a cru qu'il s'agissait encore d'un mauvais coup du ministère de l'Intérieur…) Aujourd'hui, pourtant, je sais que Chris Marker nous avait fait le don sans réserve de la seule chose qui compte chez un créateur : sa vision. Ce long travail intime de maturation, cette patiente mise en forme, ici dans la salle de montage, pour tisser entre elles des images filantes. Ce travail fait et offert, il s'est retiré sur la pointe des pieds ; à nous de savoir nous en servir.

Bilan donc : une commande de la télévision qui ne fut jamais programmée. Une tentative de clarification par un œil et une voix extérieurs que les intéressés ont refusée de voir et d'entendre. Alors que reste-t-il ?

Pour moi, le plus important : un long moment – vingt-sept minutes –, l'objectif d'une caméra, la bande d'un magnétophone, l'œil d'un homme, se sont arrêtés sur le travail d'êtres humains qui doutaient, les uns y croyant, les autres n'y croyant pas ou même n'y ayant jamais cru, pour essayer de comprendre et de faire comprendre pourquoi ce travail avait, comme les mots, un sens ; pourquoi cela valait la peine de se battre encore pour ne pas laisser ce sens s'échapper et se perdre. Qu'importe, en fin de compte, tant de haussements d'épaules. Il reste qu'il y a eu, à ce moment, le regard de Chris Marker, cette attention, cette disponibilité extrêmes. Un tel moment, un tel regard, je n'en ai guère rencontré d'une telle intensité.

À nouveau plus de quinze ans ont passé après la rédaction de ce texte, et je peux aujourd'hui juger à son tour le jugement que je portais alors sur ces années soixante-dix. Deux choses me frappent.

La première est ce que j'y dis du travail du cinéaste et de son rapport à ce qu'il voulait exprimer dans son film. Certes il s'agissait avant tout dans ces lignes, participant à une rétrospective de son œuvre, de cerner sa propre démarche. Mais dans cette description, je ne peux maintenant m'empêcher de lire un regret secret de ce que je n'ai pu moi-même réaliser alors. L'œil qui intervient pour imposer sa vision après avoir pris en compte, sans intervenir, les visions des autres, c'est bien là ce que j'aurais dû être et ce que je n'ai pas su faire. Je ne voulais pas me comporter en patron au sens commun, économique, du terme. J'aurais voulu que le travail soit réellement collectif, qu'il soit une convergence de volontés, et aussi de responsabilités assumées. Je refusais de voir de façon réaliste qu'il y avait un moment où, dans une entreprise créée par moi et portant mon nom, mon rôle central devait effectivement apparaître, bon gré mal gré, et qu'il appartenait à moi seul de l'imposer. Au contraire, obnubilé par le slogan qui m'était régulièrement opposé : « cogestion, piège à cons », j'essayais toujours de prouver ma bonne foi quant à mon absence de goût pour le pouvoir. Si peu soucieux d'assumer le statut de patron que j'en arrivais même à culpabiliser quand celui-ci était privilégié comme dans ce film, au point d'accepter que ce dernier ne soit pas projeté si un de mes camarades y mettait son veto.

Pourtant, je le vois aujourd'hui, Chris Marker avait raison de me mettre là où il me mettait, au centre, dans le rôle clairement désigné de patron. Non tant parce que, prosaïquement, comme tout patron de toute entreprise indépendante et privée, je me retrouvais seul face aux angoisses des échéances de fin de mois, de même que je me retrouvais seul devant les tribunaux pour les condamnations quand je bravais les interdictions. Mais

parce qu'il y a aussi un autre sens au mot « patron »,
celui qu'a employé par exemple Jean Paulhan pour son
livre *Braque le Patron*, celui-là même que j'ai lu dans
le travail de Chris Marker : « maître d'œuvre et maître
de son œuvre », ai-je écrit. Est « le patron » l'individu
qui réunit les composantes de l'œuvre et les assemble,
parce que, même à son corps défendant, c'est lui le porteur du projet, et qu'à un certain moment il doit l'assumer seul et l'imposer en solitaire. Ce projet, même si je
le disais confus et même si je le proclamais collectif,
était quand même avant tout le mien. Et la question
n'était pas de me cramponner à cette absence de goût
du pouvoir qui était sincèrement la mienne, mais d'être
mieux convaincu que mon projet, confus ou pas, avait
un sens, seule chose importante, beaucoup plus importante que mes états d'âme quant au respect de la *vox
populi*.

Et ce qui m'apparaît encore plus clairement c'est que,
oui, ce projet avait un sens. Même si l'édition n'a absolument rien à voir avec une création comme dans le cas
d'une œuvre cinématographique ou picturale, même si
elle n'est qu'une élaboration contingente, aléatoire, la
mienne avait un sens, son sens, et j'aurais dû accorder
plus d'attention au titre du film qui m'attribuait cette
phrase : *Les mots ont un sens*.

Je doutais continuellement. J'avais tort. Il y a, bien
sûr, des livres que j'aurais dû ne jamais publier – ces
livres qui étaient censés « contribuer au débat » – et je
peux en dresser la liste de mémoire. Je ne parle pas des
médiocres, mais de ceux qui font vraiment honte : je les
compte sur les doigts d'une main. Mais il y a eu les
centaines d'autres dont je sais qu'ils en valaient la
peine. Ceux-là n'exaltaient pas des utopies, comme
il fut de bon ton de le dire au temps suivant des
« nouveaux philosophes ». Ils dénonçaient et sonnaient

l'alarme. Peut-être donnaient-ils des perspectives, voire des solutions erronées ou trop simplistes, comme le célèbre (à l'époque) *Révolution dans la révolution ?*. L'important, je le vois aujourd'hui, est qu'ils avaient ce point de départ commun : penser que le monde devait être transformé n'était pas une utopie, c'était du réalisme. Tout en oubliant souvent qu'ils étaient trop conçus en termes d'impatience historique, qu'il n'y avait pas de transformation radicale à attendre, en un jour, un an ou une génération – mais la somme patiente de « petites pierres » accumulées. On me dira : la suite a montré que tant de ces petites pierres n'ont pu convaincre, même au prix de la vie, de cette nécessité de transformer le monde, et la réalité à laquelle sont confrontés ses habitants n'est pas belle à voir pour les uns, à vivre pour les autres (la majorité, par le nombre). Mais cette suite ne prouve pas que ceux qui ont pensé, dit et écrit cela, que ceux qui ont agi en conséquence, avaient tort. Encore une fois, la défaite proclamée par les vainqueurs ne donne pas à tout coup tort aux vaincus, sauf à revenir à la croyance moyenâgeuse du « jugement de Dieu ». Pas plus que le ralliement des contestataires d'hier aux idéologies consensuelles d'aujourd'hui, au nom de ce qu'ils appellent « réalisme » et qui n'est que satisfaction immédiate et repue, ne donne à ceux-ci un brevet de réalisme. Ce que nous vivons désormais donne au contraire tristement raison à cette vision que la survie de l'humanité passait par un changement en profondeur des rapports entre ceux qui la composent. En commençant peut-être par prêter quelque attention à la place qu'allait prendre dans ce monde, d'où on a voulu le refouler, ce « Septième Homme » qui était l'objet du livre de John Berger et Jean Mohr, publié par Fanchita dans la collection « Voix » en 1976. Un livre « d'images et de textes sur les travailleurs immigrés en Europe », qui s'ouvrait sur un poème d'Attila Jozsef :

> Si tu veux te mettre en route en ce monde
> mieux vaut y naître sept fois.
> Dans une maison en flammes,
> dans un déluge glacé,
> dans un asile déchaîné,
> dans un champ de blé mûr,
> dans un cloître déserté,
> dans une étable à pourceaux.
> Six enfants qui braillent, c'est peu :
> toi tu dois être le septième.

(« Dans ce livre, écrivait John Berger, il est question d'un rêve cauchemar. De quel droit pouvons-nous appeler rêve cauchemar l'expérience vécue par les autres ? L'oppression de tels faits peut à peine être nommée cauchemar ; de tels espoirs peuvent à peine être appelés rêves. »)

Lu au prisme de la fin de l'an 2001, Chris Marker, toujours lui, avait raison de sous-titrer *Le Fond de l'air est rouge*, publié en 1978, également par Fanchita : *Scènes de la IIIᵉ guerre mondiale*. Frantz Fanon n'avait pas tort d'écrire en 1961 : « Allons, camarades, il vaut mieux décider dès maintenant de changer de bord. » Michèle Firk, qui prévoyait bien ce que l'on pourrait dire d'elle et des militants comme elle après sa mort – « Il sera facile de me condamner au nom du goût suspect pour les aventures et de faire oublier qu'il s'agit avant tout d'un combat politique » –, avait raison d'écrire : « Rien n'est plus important que ce combat politique parce que nous sommes tous menacés, cernés, et que nous ne pouvons pas ne pas choisir. »

Et donc la seconde chose qui me frappe, dans ce texte d'il y a quinze ans, c'est que j'y commente cette phrase prononcée en 1971, « si les rapports économiques ne changent pas, on va tous crever », et que, aussitôt, je tente de minimiser mon propos : je m'excuse presque (gêné, dis-je, de l'emploi du « langage basique de l'extrême gauche de l'époque »). Je corrige que, non, bien sûr, ce n'était pas nous-mêmes qui allions crever, mais « cette entreprise-là ». Aujourd'hui au contraire, je dirai qu'ici, vraiment, les mots ont un sens. Bien sûr, je ne me trompais pas en ce qui concernait l'entreprise – et j'ai eu raison de tempérer à ce moment-là, en laissant entendre que, quand même, la mort d'une librairie, ce n'était pas la mort de tous, ni même la mort du petit cheval. La mort d'une librairie, c'était une catastrophe minuscule et, hélas, banale. Sauf que, même minuscule, l'apport que constituait le projet de l'entreprise dans une mise en cause des « rapports économiques » et plus généralement de tous les rapports sociaux (et je ne vois pas aujourd'hui, dans la situation d'urgence où se trouve le monde, de raison de ne pas revenir à ce « langage basique ») méritait mieux qu'une contestation du style « machine à faire du fric pour le patron » comme les autres.

Mais comment affirmer encore, en 2002, que cette vieille phrase d'il y a trente ans, *si les rapports économiques ne changent pas, on va tous crever*, n'était qu'un lapsus, dû à l'exaspération ?

*

La librairie a disparu en 1975, et, logiquement, cette disparition aurait dû être la fin de l'entreprise. Il n'en a rien été. Je ne crois pas qu'il y ait d'autre exemple d'une maison d'édition à ce point soutenue et sauvée par ses auteurs et ses lecteurs. L'association des « Amis des éditions Maspero » a permis de tenir le coup financièrement, quand la faillite, programmée, semblait inévitable. Les auteurs renonçaient au règlement de leurs droits, ou acceptaient de les voir transformés en prêts, ou en laissaient reporter le règlement. Ils n'y avaient aucun intérêt personnel. Certains, beaucoup, auraient pu aller se faire éditer chez d'autres. Ils ne le firent pas. Une souscription fut doublée d'une vente de tableaux de peintres contemporains, et une soirée fut organisée à la Mutualité. Si la fameuse « caisse noire » relevait du fantasme, il y a donc eu cette caisse-là : la caisse de l'amitié.

J'avais rêvé d'une entreprise où aurait régné le collectif, et finalement j'ai trouvé ce collectif. Non dans le pouvoir, mais dans une répartition des responsabilités : ils me donnaient les moyens de poursuivre, et c'était à moi de ne pas les décevoir, désormais. L'association œuvrait à mes côtés, sans intervenir dans mes choix, en prenant même pour argument majeur de son soutien ma totale liberté d'action. Personne ne s'est servi de l'association pour imposer ses propres choix. En revanche, chacun a apporté, plus qu'avant encore, ce qui pouvait justifier l'existence même de l'entreprise : lectures, conseils, discussions, et des livres nouveaux.

Je revois certains visages attentifs, lors d'une des rares réunions du bureau de l'association où je me suis rendu. Ces visages, je les voyais fréquemment aux éditions, mais il y avait peu de raison qu'ils fussent ainsi d'un coup réunis. J'entends Pierre Vidal-Naquet expliquer aux autres que je suis un « intellectuel organique ». Je n'avais pas beaucoup lu Gramsci : pour moi, l'expression désignait celui qui n'a pas de connaissances poussées dans tel ou tel champ spécifique, mais met la culture qu'il a acquise sans diplômes et son savoir-faire technique au service des connaissances des autres en leur servant, en quelque sorte, d'intendance – et j'espère avoir été et être toujours cela. J'entends la voix de Jean-Pierre Vernant m'admonester : « Mais voyons, mon grand… » Il n'était pas encore au Collège de France mais aurait pu penser qu'il avait peut-être mieux à faire que de quitter l'École pratique des hautes études pour une réunion de ce genre. Je vois Yves et Camille Lacoste, « amis des éditions » mais aussi amis tout court, qui ont été présents à tous les moments les plus durs, chevilles ouvrières de l'association au point d'y consacrer parfois plus de temps que l'une aux études berbères et l'autre à la géographie qu'il n'avait pas encore fait déboucher sur la géopolitique (sans eux, simplement, mes éditions auraient irrémédiablement fait naufrage, et il est probable que moi avec). Et Alain Manier, qui allait bientôt ouvrir son cabinet de psychanalyste. Le visage fraternel de Monique Hervo, qui m'avait confié quelque temps plus tôt son livre sur les bidonvilles. Monique avait vécu aux temps de la guerre d'Algérie dans le bidonville de La Folie à Nanterre, elle vivait encore dans un bidonville à cette époque, et aujourd'hui son mode d'être présente au monde n'a guère changé. Elle aussi aurait pu se dire qu'elle avait peut-être mieux à faire que de renflouer mon commerce.

Parce que c'était bien beau de permettre aux éditions de continuer, encore fallait-il que je fasse en sorte de ne pas démentir qu'elles étaient réellement utiles à quelque chose. À l'affirmation du jeune homme de la librairie qui, dans *Les mots ont un sens*, décidait qu'il n'y avait pas de projet là-dessous et que c'était une maison commerciale comme une autre, il y a eu cette réponse que, oui, commerce ou pas, c'était utile à quelque chose. Plus que jamais, chaque jour, passaient me voir un ou plusieurs de ceux qui l'avaient cru depuis le début : Christian Baudelot, normalien solide mais aussi solide marin, qui était venu à *Partisans* au temps de la « Ligne générale » et a été toujours là pour me dire si le cap était bon, Yves Benot qui connaissait mieux que personne les politiques africaines mais ne repartait pas sans avoir évoqué Antonin Artaud, Gérard Althabe qui a fait par la suite la collection « Luttes sociales » et avec qui j'ai discuté des soirées entières de tant de projets dont beaucoup (pas assez) ont grâce à lui vu le jour, Nicos Poulantzas, toujours bourré de questionnements inquiets…

*

« Mais n'oublie pas de leur dire que nous nous sommes aussi beaucoup amusés. » Fanchita m'a rappelé cela un jour que devait paraître un article sur l'histoire de nos éditions (puisque les petites histoires confuses dont elles étaient tissées font désormais partie d'une « histoire », sujet de mémoire ou de thèse) – un de ces articles dont, quand je les lis, j'ai l'impression qu'ils parlent de ce temps, qui vit encore en moi, comme *Science et Vie* parle de l'homme de Cro-Magnon. Fanchita a raison : nous avons vécu ensemble des moments de découragement, d'absurdité tout droit sortis d'*Ubu*, entre Grande Gidouille et Balai à Merdre, il y a eu des coups durs, des défections, des trahisons, des morts, voire des suicides – on a même vu un philosophe étrangler sa femme au lieu de se tuer lui-même* –, mais il y a eu tant de moments de grâce, et

* Ce qui me liait à Hélène et Louis Althusser était trop fort et appartenait trop au domaine privé pour que, venant après tout ce qui a été écrit sur ce drame (tout et n'importe quoi, le meilleur et le pire), je mette ici noir sur blanc cette amitié qui n'avait rien à voir avec la philosophie et si peu avec l'édition.

ces morts, ces suicidés aussi les avaient vécus et partagés, intensément. Est-ce la mémoire qui joue des tours, ou est-ce que je ne me trompe pas quand j'entends résonner leur rire autrement clair et léger que le rire de ceux qui ont survécu ? Y a-t-il quelque vérité dans le fait que je ne me souviens pas d'un seul rire de Fidel Castro et que je crois percevoir encore celui du Che ? Trop de survivants sont plus morts que les morts.

Cela concerne nos petites affaires, mais aussi les affaires du monde. Longtemps, les défaites ne semblaient pas irréversibles, il y avait toujours l'espérance, c'était à recommencer, une relève à prendre, et le tout était d'en retenir les leçons. J'aimais la dérision d'une phrase que le grand peintre mexicain Vlady Kibaltchitch disait tenir de son père Victor Serge, l'auteur de *S'il est minuit dans le siècle* et de *Pour un brasier dans le désert* (toujours la collection « Voix »…), éternel révolutionnaire errant, éternel vaincu, éternel optimiste du fond du plus noir pessimisme : « De défaite en défaite jusqu'à la victoire finale. » Avoir l'avenir en tête ne détache pas forcément des mille bonheurs du présent. Affronter la bêtise ou la saloperie n'empêche pas non plus d'en rire, et sur ce registre-là j'ai été, nous avons été bien servis. Peut-être même ai-je été trop porté à la dérision. Le clown blanc, Pierrot lunaire, ne devrait pas connaître la haine, elle risquerait de le faire tomber de son fil. Le mépris doit lui suffire. Lui au moins est un aristocrate.

L'essentiel, pour Pierrot, c'est de garder l'équilibre, même au prix de gesticulations qui amusent le public, de ne pas perdre le fil, si mince soit-il. Après tout, cela peut sous-tendre toute une vie d'homme, de se répéter que les morts que l'on a aimés ne sont pas morts pour rien, et là est resté pour moi un fil. Parce que l'important n'est pas de pleurer leur mort, pleurer est naturel et ne se commande pas, mais de se souvenir de ce qu'ils portaient en eux, de la force et de la réalité de leurs espoirs, et de continuer de porter ceux-ci en soi, avec eux. Il est certainement utile, c'est un devoir, de commémorer sans fin le souvenir du sacrifice de victimes innocentes, mais il est utile aussi de garder la mémoire têtue et vivante de ce pourquoi, en connaissance de cause, les êtres aimés sont morts, eux qui n'étaient pas des victimes, eux qui n'étaient certes pas innocents.

Et il est surtout utile d'aimer les vivants. Les vrais.

Les paysages humains

> *Nous avons tous quantité d'erreurs et de fautes derrière nous parce que la démarche de toute pensée créatrice ne saurait être que vacillante et trébuchante... Nous avons souvent vu clair avec nos petits journaux de rien du tout, là où les hommes d'État pataugeaient dans la sottise bouffonne et catastrophique. Nous avons entrevu les solutions humaines à l'histoire en marche.*
>
> Victor Serge

Quand on revient d'autres terres, il faut parfois des jours pour se réhabituer. En cet automne 2001, la chaleur algérienne, solaire mais surtout humaine, est restée tenace en moi. Les premiers temps, c'est ce sentiment, qui ne se dissipe que lentement, de se retrouver étranger chez soi. Parce que la route qu'il faut suivre, même bordée de maisons, est déserte, sans autre présence que celle des voitures et des chiens dont l'aboiement poursuit le passant, de jardin en jardin. Parce que la station du RER est aussi déserte, non de présences, mais de paroles humaines. Tout finit par rentrer dans l'ordre, mais on a du mal à reconnaître cet ordre comme sien.

Alternances de ciel doux et de pluies. Cette année, les capucines et les dahlias ont fleuri tard. On n'a pas à se plaindre. Je vis dans ce village et j'ai parfois l'impression qu'il m'est étranger, alors que je connaissais jadis presque tous les noms et les visages. J'y ai passé une partie de mon enfance. Guy, mon voisin, me racontait que les deux chênes qui se répondent, de chaque côté de notre clôture commune, ont été rapportés d'une promenade en forêt voici près de cent ans par son père et le mien au creux de leurs poings, glands germés dans une motte de terre. Guy est mort l'an dernier, et avec lui se sont enfuis les mots échangés par-dessus l'espalier, qui permettaient de croire que les souvenirs restaient vivants. Les deux chênes ont résisté à la grande tempête. Il n'en est pas de même d'autres arbres dont je savais, pour chacun, où et quand ils avaient été plantés par mes grands-parents, certains même par celui qui habita là avant eux jusqu'en 1880 – les gros tilleuls, les trois acacias en triangle. Ni du bouleau gracile et rachitique que ma mère avait planté près du puisard et dont les feuilles ont jauni d'un coup l'été dernier. Quelques traits de tronçonneuse en ont eu raison. Je n'ai jamais bien compris les raisons contradictoires pour lesquelles elle avait choisi cet arbre. « Je déteste les bouleaux, disait-elle. Ça me rappelle la Poméranie. » N'empêche : elle avait voulu avoir ce bouleau dans le champ de sa fenêtre, sur le fond des prairies, comme s'il fallait que, même sous cette forme minuscule et anodine, quelque chose du camp du Klein-Königsberg – froid, faim, coups et mort – perdure sous ses yeux.

Dans ce village de 380 habitants, à la limite de la grande ceinture parisienne et des plaines de Beauce, sur cette terre où alternent vallées, bois et petits plateaux, vivaient des agriculteurs installés là depuis des siècles, les registres paroissiaux l'attestent, qui ont continué jusque dans les années soixante à exploiter leurs fermes en pratiquant une polyculture traditionnelle. Ils allaient à Paris une fois l'an pour le Salon de l'agriculture. Ils cultivaient quelques dizaines d'hectares sur le plateau. Le premier tracteur est apparu en 1946, récupéré sur l'armée allemande et fourni à notre voisin en compensation du cheval réquisitionné en 1939. Le cheval s'appelait Bayard, il était noir et musclé, ses sabots faisaient un bruit d'enfer dans la cour de la ferme quand on l'attelait et qu'il ruait. Louis, le patron, dont mon fils porte le nom, le faisait reculer en criant des « drrria ! » et des « ho ! ». À sept ans, j'avais pour Louis une admiration sans limites, celle du vassal pour le roi. Quant au cheval Bayard, je lui prêtais les qualités du chevalier sans peur et sans reproches.

Je connaissais d'autant mieux les noms des habitants que chaque dimanche, à la fin de la messe, le père De Maria remontait l'allée centrale de la petite église pour aller se planter devant la plaque des « morts pour la France », près du porche, et en lire la liste où figurait mon oncle. Plus tard, les noms de mon père et de mon frère l'ont rejoint. Il n'y a pas d'autre monument aux morts. Aujourd'hui l'église est toujours fermée. Qui sait encore ces noms ?

Les bois environnants relèvent maintenant du parc régional. On y croise parfois un chevreuil et plus souvent des papiers gras. Les châtaignes se sont rabougries. L'eau stagne dans les trous abandonnés des carrières de meulière où ont peiné, au pic et à la barre, des générations de terrassiers payés au mètre cube. Les pins ont recouvert les sablières. Sur le plateau, les champs bornés par des pommiers sont désormais d'un seul tenant. Les pommiers sont coupés et seuls se dressent les pylônes d'une ligne à haute tension. La terre est exploitée par un seul agriculteur, qui n'est pas du village. Les autres ont disparu, ou alors ceux qui ont mon âge, avec qui j'ai joué et travaillé, complètent leur retraite en prenant des chevaux en pension. Les flancs de la vallée sont obstrués de hautes haies qui cachent des villas récentes, barricadées derrière des grilles électroniques et des interphones. Au centre du village, les maisons des paysans, des artisans, des tâcherons, des modestes retraités, sont devenues de charmantes fermettes. L'ancien tabac-épicerie-poste auxiliaire-cabine téléphonique (le 0 par le régional) est un restaurant qui a souvent changé de main. Il y a aussi deux maisons de retraite, dont l'une affiche : « Maison du quatrième âge ». La gentilhommière du XVIIIe siècle a été achetée par un avocat international qui, un temps, y venait en hélicoptère. Matin et soir en semaine, pendant une heure, la petite route est sillonnée par les voitures des gens qui ont trouvé ce détour (ou ce raccourci) pour se rendre à leur travail, à Paris ou dans les mégapoles voisines. Une étude très sérieuse, dans un journal local, a montré que les sangliers sont au fait de ces migrations journalières. Ils s'abstiennent de traverser les routes aux moments de grande circulation. Deux fois par an, ils sont piégés par notre changement d'heure et, les jours qui suivent, gare aux accidents.

Les premiers temps, lorsque je suis revenu m'installer ici, il me manquait quelque chose. C'étaient les bruits de mon enfance qui, venus de la cour de la ferme mitoyenne, scandaient la journée. Et surtout le chant du coq. Il n'y a plus de coq à des kilomètres à la ronde. Les bruits d'aujourd'hui sont mécaniques. Tronçonneuses, motoculteurs, tondeuses, débroussailleuses, taille-haies. Il y a aussi les avions et les hélicoptères, qui décollent d'un petit aéroport proche. Les habitants de la vallée font des pétitions contre. On les comprend : au prix qu'ils ont payé le mètre carré, ils ne veulent pas être traités comme de vulgaires banlieusards. Pourtant il y a toujours eu des avions dans notre ciel. C'est même sur l'emplacement de cet aéroport voisin qu'a eu lieu le premier meeting aérien, avec Farman, Blériot et peut-être Santos-Dumont, en 1905. On disait alors un « champ d'aviation ». Pour ma part, je préfère les avions d'aujourd'hui aux Messerschmidt de la guerre quand ils s'exerçaient au rase-mottes, si bas sur le plateau qu'ils devaient remonter pour passer les pommiers comme à saute-mouton et que nous, qui buttions les pommes de terre, nous courbions plus encore l'échine. En temps de paix, les avions ont joué un rôle dans les éternelles disputes entre ma grand-mère et mon grand-oncle. Lui, il habitait Cernay, à dix kilomètres de là, sur le plateau. « Mon pauvre frère, disait ma grand-mère, vivre dans ce paysage sans arbres, ouvert à tous les vents... » « Ma pauvre Louise, disait-il de son côté, vivre dans cette vallée humide et avec tous ces avions... »

Je ne confonds pas regrets et nostalgie. Il n'y a pas à regretter la vie des habitants de mon village au temps de mon enfance. Ils devaient tirer l'eau du puits et se suffire de ce qu'ils cultivaient et élevaient. Se lever à cinq heures pour ranimer le feu de la cuisinière. Laisser les chambres sans chauffage ou alimenter en permanence des poêles dévoreurs dont seuls les noms étaient poétiques, myrrhus, salamandres ou Godin colonial. Les cabinets étaient au fond du jardin, le fumier suintait devant les portes, les canards pataugeaient dans la mare à purin. On devait se débarbouiller devant une cuvette d'eau froide, vider l'eau sale et les vases de nuit dans un seau. On faisait bouillir le linge dans la lessiveuse après l'avoir lavé, rincé, battu à la rivière. Nous qui étions des nantis, nous avions une moto-pompe, mais le moteur a brûlé au début de la guerre et j'allais deux fois par jour, poussant la brouette, remplir six brocs de métal émaillé à la pompe municipale qui était parcimonieuse. Les brocs, ustensiles introuvables sur le marché, fuyaient. Mais enfin je n'étais pas seul sur la route, mais enfin il y avait les dames du lavoir. Tout le monde marchait beaucoup, et on rencontrait tout le monde. Le boulanger, l'épicier, le boucher arrêtaient leur camionnette pour corner devant chaque groupe de maisons, et on se retrouvait. Monsieur Gustave, le marchand de légumes, passait, lui, avec sa carriole à cheval. À l'époque de mon enfance, les choses n'étaient guère différentes que deux siècles plus tôt. Le temps qui m'en sépare aujourd'hui, juste celui de ma vie d'adulte, semble avoir franchi d'un bond l'abîme d'un millénaire.

Quand même j'aime ce pays – si c'est encore un pays que cette contrée au présent suspendu. Comme écrivait il y a près d'un siècle Péguy qui était presque voisin (*voisins de campagne, voisins à la mode de Bretagne, ce qui fait trois ou quatre lieues*) et dont je vois toujours la maison quand le RER s'arrête à la gare de Lozère-sur-Yvette : *Ce n'est pas plus beau que d'aller à Paris, mais c'est d'une autre beauté.*

*

Et puis, le 11 septembre 2001, il y a eu le choc. Inutile d'épiloguer. Qu'on en pense ce qu'on voudra, on lit et on entend partout que c'est la planète entière qui bascule. Dans *Le Monde* et au café-tabac de Saint-Rémy-lès-Chevreuse. Pourvu que ces mots-là servent à quelque chose

De mes amis algériens, j'ai quelques nouvelles. Sadek me dit qu'en sortant du stade les jeunes Algériens scandent ce slogan de dérision : « *Ben Laden taliban, Bouteflika chiyat american* » (Ben Laden taliban, Bouteflika la brosse aux Américains). Je suis sûr que ceux que je connais là-bas, même s'ils éprouvent de la compassion pour les milliers de morts innocents de New York, trouvent surtout que le monde n'en a guère pour les 150 000 morts innocents d'Algérie de ces dix dernières années et ceux qui continuent à mourir chaque semaine, pour lesquels nul ne pense à observer une minute de silence. Avant que d'être « tous américains », ils voudraient que quelqu'un dise que nous sommes tous algériens. Au temps de la guerre d'indépendance, les étudiants qui partaient au maquis disaient : « Ça fera un cadavre avec diplôme, mais avec ou sans, ça ne fera jamais un *bon* cadavre. »

La famille dont je reste l'*ammou* continue de vivre ses difficultés et ses solidarités quotidiennes. La bonne nouvelle est que Khadidja se mariera en février. Je suis invité. La mauvaise nouvelle est que mon ami Sid Ahmed Semiane, chroniqueur au *Matin*, a été agressé par le fils de Khaled Nezzar, le général accusé en France d'avoir commis des atrocités égales à celles des maquis intégristes. Il a passé douze jours à l'hôpital : manière de rappeler que les militaires font toujours la loi et que c'est toujours celle du plus fort. Il y a encore des faux barrages et des massacres dans les campagnes. Les *aârouch* de Kabylie ont commémoré le 1er novembre, anniversaire de l'appel à l'indépendance de 1954, et l'un des survivants de ceux qui l'ont lancé, Ali Zamoum, a pris la parole pour dénier au pouvoir une filiation avec les insurgés de l'époque, en appelant la jeunesse à renouer avec les ambitions de sa propre jeunesse. Je n'avais pas pu, cet été, rencontrer Ali Zamoum à Tizi Ouzou. Je le regrette. Ses souvenirs, *Tamurt Imazighen, mémoires d'un survivant*, sont ce que j'ai lu de plus digne sur le combat des Algériens pour un autre avenir, et de plus riche aussi, sur ce qu'étaient et la société paysanne berbère et les solidarités qui la lient toujours.

Pour Kader, Mourad et leur génération, Ben Laden ou les Américains, cela reste « les autres ». Tout comme les terroristes et les généraux. Ces « autres » représentent tout ce qu'ils haïssent, qui les écrase et les nie. Une réplique à l'échelle mondiale du malheur algérien. Après tout, les détenteurs du pouvoir, les généraux, et leurs ennemis, les chefs intégristes, placent leurs profits dans les mêmes réseaux financiers internationaux. Des prédicateurs islamistes parmi les plus enflammés du FIS ont jusqu'à maintenant coulé des jours tranquilles aux États-Unis, en Allemagne ou ailleurs. Ils ne dérangeaient pas les intérêts américains, allemands ou autres, ils participaient même à leur bonne santé – reste à savoir si, sur ce plan-là les choses ont tellement changé –, et, pour le reste, les Arabes n'avaient qu'à se débrouiller entre eux. Mes amis ont toutes les raisons de souhaiter que disparaisse la terreur symbolisée par un Ben Laden, parce que c'est, à l'échelle mondiale, celle exercée par les maquis intégristes. Ils en ont autant de réprouver la contre-terreur militaire parce qu'ils y retrouvent les méthodes des « éradicateurs » algériens. Ils se sentent proches, disent-ils, du peuple afghan, comme ils le sont des peuples palestinien et irakien parce qu'ils se sentent, comme eux, broyés dans un combat dont ils ne voient pas en quoi il les concerne, sauf à faire d'eux des êtres bafoués et, pis, d'autres cadavres voués à l'indifférence du monde « civilisé » – dont pourtant, à l'heure de la globalisation, ils font, comme tout un chacun sur la terre, obligatoirement partie.

*

C'est un beau poème que les *Paysages humains* écrit par Nâzim Hikmet à la prison de Brousse dans les années quarante (encore une fois, la collection « Voix »).

Lorsque j'ai quitté l'édition en 1982, j'avais cette ambition : rendre compte, pour les années de liberté qui me restaient, de paysages humains. Au plus près de moi et au plus loin, ceux du présent et aussi ceux du passé, toujours mêlés pour qui essaye de regarder. Et de ne pas m'en tenir là, mais, pour reprendre la formule de Miguel Benasayag que j'ai déjà voulu faire figurer dans *Les Passagers du Roissy-Express* : « Plutôt que de regarder, dire : ça me regarde. » Miguel, toujours fidèle au titre de son premier livre, *Malgré tout*, écrit au sortir de la sinistre École de mécanique de Buenos Aires et des prisons argentines de la mort, devenu le complice de Daniel Mermet – dont les émissions quotidiennes de France-Inter, depuis « L'Oreille en coin » jusqu'à « Là-bas si j'y suis », m'ont aidé à continuer de vivre aux pires moments de dépression. Miguel, de tous les êtres que je connais, est celui qui sait le mieux dire non à la fin de l'histoire.

Les éditions que j'avais faites continuent sous un autre nom. De ce point de vue, tout est en ordre, mon départ n'a pas lésé les livres ni leurs auteurs. Ni même les finances, puisque j'ai laissé mes parts pour le franc symbolique, et que, m'étant licencié tout seul, je n'ai touché aucune indemnité. Quand même, sur le moment, quitter un métier que l'on a fini par posséder en bon maître artisan est dur. Les dernières années, j'avais eu le sentiment d'approcher enfin de la satisfaction du travail bien fait. Une passagère plénitude. Parmi les derniers livres que j'ai publiés, il y a eu la traduction de *L'Odyssée* par Philippe Jaccottet, la réédition des mémoires du capitaine Dreyfus, les *Récits de Kolyma* de Varlam Chalamov et une résurrection, le temps d'un numéro, de la revue *Tricontinental* jadis interdite : « La France contre l'Afrique ». Et ce livre dont je resterai toujours fier, *On n'a pas la honte de le dire*, textes

d'adolescents de Gennevilliers réunis par deux ensei-
gnantes. Il n'a pas eu de succès. On sait que le nombre
des lecteurs n'est pas toujours le plus important, mais
quand même, c'était le genre de livres qui peut aider à
changer quelque chose, un tout petit quelque chose,
dans la tête de lecteurs. Dans ce cas-là, d'ailleurs, le
plus important, c'était peut-être le nombre des auteurs.
Ils s'appelaient Anne-Marie, Ben Saïd, Dalila, Mouloud, Pascal, Patrick, Sylvie et Yahia. Et il y avait ce
poème de Patrick que j'ai déjà cité dans *Les Passagers
du Roissy-Express*, et que, j'en suis sûr, je citerai encore :

Boîte de graines Boîte à œufs
Boîte à oxygène Boîtes naïves
Boîtes à lait
Pour l'enfance !
Boîtes à savoir ce qu'il faut savoir
Boîte de vitesses Boîtes à images
Boîtes conditionnées
Contre les rêves.
Boîtes à idées Boîtes à questions
L'angoisse !

Boîtes adaptées Boîtes engrenages...
Boîte à lettres Boîte-désir
Pour communiquer.
Boîtes de nuit
Boîtes à roulettes Boîtes à tuer
Boîtes de fous !

C'est ton oppression.
Boîte-urne Boîte d'alliance
Boîte de reproduction
Pour un citoyen normalisé !

Boîtes HLM Boîtes de sardines
Boîtes à outils Boîte-machines
Métro Boulot Dodo !
Boîtes de conserve Boîte à café-tabac
Boîtes à oublis Boîtes à jeux
Boîtes à espoir Boîtes à sous Boîtes à huissiers
La triste merde !

Boîtes à retraite, Boîte à boîte
La dernière boîte !
Quelques boîtes te disent :

NE FERME PAS TA BOÎTE !

Les dernières années, c'était vrai aussi, j'étais fatigué.
Usé ? Même Pierrot lunaire sur son fil s'épuise à garder
l'équilibre. Au sentiment d'avoir fait bien se mêlait
celui de ne pouvoir désormais faire mieux, en continuant d'affronter tous les problèmes répétitifs, et pas
seulement financiers.

Mais aussi financiers. En 1980, de nouvelles difficultés de trésorerie m'avaient fait envisager de déposer le
bilan. Le déficit sur un an n'était pas sans solution,
mais il m'apparaissait bel et bien « structurel ». Je ne
pouvais pas éternellement faire vivre la maison –
et vivre moi-même – des sacrifices renouvelés des
auteurs. Un tour d'horizon chez plusieurs éditeurs
importants m'avait prouvé qu'aucun n'accepterait de
prendre une participation dans une entreprise comme la
mienne, encore moins de l'intégrer dans la sienne. Ne
parlons pas des grands groupes, éditoriaux ou autres : à
l'époque, c'était simplement impensable. Pas seulement pour moi, mais pour eux.

Une fois de plus, auteurs et lecteurs ont sorti les éditions de l'impasse financière, mais je me suis juré que ce serait la dernière. J'aurais voulu alors que les fonds réunis par l'Association des amis soient investis en tant que tels dans le capital de l'entreprise : les auteurs seraient devenus actionnaires, comme les journalistes dans certains organes de presse. Je n'ai pas su convaincre. Je le regrette. Au moins les éditions, à mon départ, restaient-elles ainsi totalement indépendantes. Au moins, aussi, une nouvelle équipe éditoriale a-t-elle pu entrer et prendre le relais.

Peut-être, entre cent autres détails anecdotiques, la réflexion d'un nouveau collaborateur, un « commercial » un peu pressé de s'affirmer, m'a-t-elle aidé efficacement à m'écarter à temps : « Pourquoi t'en faire, puisque dans cinq ans tu pourras prendre ta préretraite ? » Autant ne pas attendre ces cinq ans-là. Cela dit, personne d'autre que moi-même ne m'a obligé à partir.

Ma dernière expérience d'édition a été la revue *L'Alternative* (« pour les droits et les libertés en Europe de l'Est ») que j'ai dirigée de 1978 à 1984. Un travail collectif exceptionnel. Pour moi, l'expérience la plus réussie. Nous avons donné la parole à ceux que l'on appelait alors les « dissidents », et de la façon la plus ouverte, la plus large. À l'époque, l'empire brejnévien semblait assuré de prolonger pour longtemps celui de Staline. La répression contre ceux qui prétendaient « penser autrement » faisait taire leurs voix une à une. Nous voulions recueillir et sauver du silence ce qu'elles disaient. Voix des signataires de la Charte 77 à Prague, quand Václav Havel était emprisonné, voix des opposants polonais qui préparaient l'explosion de Solidarité, quand Adam Michnik et Jacek Kuron étaient emprisonnés, voix de Sakharov et des samizdat russes...

Quand je suis parti figuraient, parmi les ouvrages laissés en chantier et qui sont parus ensuite, un guide des maladies du travail qui me tenait à cœur (comme m'avaient tenu à cœur les manuels d'alphabétisation édités les années précédentes), mais aussi l'anthologie de la poésie russe d'Efim Etkind. Et j'ai laissé, abandonné, le projet d'une refonte complète de la typographie de mes éditions par Roman Cieslewicz. Efim Gregorievitch et Roman sont parmi ceux – il y en a bien d'autres – pour qui mon départ n'a pas signifié la fin d'une amitié, tout au contraire : un renforcement. Efim Gregorievitch, le « dissident malgré lui », était l'une des consciences les plus attentives du groupe qui avait présidé à la création de *L'Alternative*. En Union soviétique, il avait été le passeur des œuvres de Soljenitsyne avec un tranquille courage qui lui avait valu arrestation, condamnation puis exil forcé. Il était pour moi la mémoire vivante de la culture pétersbourgeoise mais, dans le même temps, il regrettait que son Leningrad natal ait été rebaptisé Saint-Pétersbourg. Il était de ceux qui n'acceptaient pas que l'on recrée, au nom d'une ère nouvelle, des « pages blanches » dans l'histoire, en ne faisant que répéter le mode d'effacement stalinien. Pour lui, supprimer le nom de Leningrad, c'était effacer la mémoire du siège qu'il avait vécu, de la résistance héroïque et de ses centaines de milliers de morts. C'était effacer de l'histoire le nom de la victoire remportée par cette armée soviétique dans laquelle, très jeune, il s'était battu. (Il riait en me voyant rouler mes cigarettes : « Je n'ai pas vu ça depuis le front, disait-il. Nous le faisions avec de la *mahorka* et du papier journal. Mais nous gardions toujours les articles d'Ilya Ehrenbourg. Pour nous, ils étaient sacrés. ») Il unissait dans un même amour Stendhal et Pouchkine. Il en parlait d'un ton doctoral où l'on ne savait jamais quelle était la part du professeur émérite et celle de l'ironie. Il m'a entraîné dans la belle aventure de publier une anthologie de la poésie russe où les vers français devaient respecter prosodie et rimes, ce qui, pour les traducteurs, tient de la recherche du Graal et de la quadrature du cercle. C'est Efim Gregorievitch qui, le premier, m'a mis en garde contre une tendance ultra-nationaliste qui commençait à peser lourd dans certains textes de dissidents soumis à *L'Alternative*. Être persécuté pour « penser autrement » n'était pas un brevet qui sacralisait n'importe quoi. Et lorsque je me suis retrouvé sans travail, il est l'un des seuls à m'en avoir proposé un : m'occuper des éditions russes publiées en France par Mme Rozanova, épouse d'Andrei Siniavski. Ça m'a semblé un peu risqué, pour la littérature russe comme pour moi. Efim Gregorievitch repose dans un cimetière breton.

Et comment faire revivre le rire à la fois clair et grinçant de Roman Cieslewicz qui me fit, dans les dernières années, presque gratuitement, les plus belles couvertures de livres ? Roman avait le don de saisir d'emblée l'atmosphère d'un texte et, à coups de ciseaux magiques, il faisait naître l'illustration qui la traduisait. Ainsi pour *La Pologne, une société en dissidence*, où, dans la clarté d'un croissant de lune, le visage d'un Staline jeune et souriant, droit sorti du *Maître et Marguerite* de Boulgakov ou du *Chat noir* de Boulat Okoudjava, planait au-dessus d'une famille éplorée, gravure de la fin du XVIIIe siècle qui évoquait un départ pour les cachots de la Terreur. Ou pour *Le Rétablissement de l'ordre* de Milan Simečka, où l'immensité rouge s'abattait sur un mouton esseulé. Roman me disait : « François, un jour que j'aurai le temps, je te referai toute la typographie de tes éditions. Ça vaudrait la peine de mettre de l'ordre dans ce capharnaüm. » C'est vrai, ça aurait valu la peine. Ça vaudrait surtout la peine d'être encore avec lui autour de la grande table de sa maison de Malakoff et d'entendre encore pour de bon son rire, se moquant de tout, des Polonais et des Français, de moi, de lui, de nous tous. Rire énorme, à la fois grinçant et affectueux, rire héroïquement attaché à la vie qui reste dans ma mémoire comme l'écho infiniment répété de ce que j'appelle « les charges de la cavalerie polonaise », pour lesquelles je garderai toujours une infinie tendresse.

Je ne me suis plus mêlé d'édition. Je suis heureux de voir aujourd'hui que des auteurs que j'ai connus et respectés continuent de publier au même endroit et que, par dizaines, des livres que j'ai publiés sont toujours réédités. Je vais à la librairie L'Arbre à lettres et je les découvre sous de nouvelles présentations, parfois cédés à d'autres éditeurs, grands et petits. C'est toujours, joyeux, le même petit pincement au cœur, le même plaisir ironique et secret de retrouver des textes de présentation, des traductions, voire une préface, écrits sous un pseudonyme, dont nul, à commencer par l'éditeur, ne sait qu'ils sont de moi. Cela fait mentir un « audit » pratiqué après mon départ, selon lequel il fallait tabler sur une valeur du « fonds Maspero » *égale à zéro*. C'était accablant. Aujourd'hui, je sais que c'était faux. Je suis attendri quand je vois que la collection que j'ai ouverte en 1959 sous ce nom bizarre de « Textes à l'appui » qui, comme le reste, tenait pour moi du provisoire, existe encore en 2001 avec les mêmes éléments typographiques et la même mise en page que j'avais improvisés alors. Sacrée longévité. C'est comme, revisitant un jardin de son enfance, y retrouver, devenu vieux, l'arbre qu'on y avait planté, portant encore la cicatrice d'initiales gravées jadis.

*

Continuer à tenter d'être présent au monde sans passer par les livres des autres. Et cela en me retrouvant, à cinquante ans tout ronds, libre et les poches vides. M'exprimer, témoigner, à ma simple mesure. Imperméable à la théorie – ce fut toujours un sujet de plaisanterie (affectueuse) de Louis Althusser et d'irritation (pas toujours affectueuse) de certains de ses disciples –, je ne pouvais ni ne voulais prétendre m'exprimer directement dans le domaine politique. Mais, après tout, j'avais toujours conçu mon métier comme un bricolage, ce bricolage avait été utile, et peut-être pouvais-je le poursuivre, sur des modes différents. Je suis parti à la rencontre des paysages humains – cette *Rencontre des hommes* de mon vieil ami des tout débuts, Benigno Cacérès, compagnon charpentier, docteur ès lettres et l'un des fondateurs de Peuple et Culture – très loin ou à ma porte. En Chine et à Aubervilliers. J'ai écrit des livres et des sortes de reportages, j'ai traduit pour des éditeurs et des journaux, j'ai enregistré pour la radio.

Écrivant et traduisant, j'ai appris à connaître le fonctionnement des maisons d'édition, les vraies, solides et impériales, aussi bien que celles qui, comme la mienne jadis, ne vivent, et durement, que d'une pure passion personnelle. Un enseignement qui ne manque pas d'humour. Je suis passé par tous les maillons de cette longue chaîne qui va de la feuille blanche sur laquelle il faut tracer des signes à cette chose rectangulaire de quelques centimètres d'épaisseur qui arrive dans les mains du lecteur. Je connais la somme des compétences individuelles sans quoi rien ne se ferait, mais aussi la machine à broyer que sont devenus les groupes éditoriaux. Le savoir-faire infini des uns, la suffisance infinie des autres.

Je n'ai probablement rien fait d'autre que d'essayer sous des formes différentes de faire entendre quelques voix dans leur diversité en y mêlant parfois la mienne. Me souvenant toujours du poème de Salvador Espriu traduit par Fanchita du catalan, langue solaire :

Divers son les homes i diverses les parles
I han convingut molts noms a un sol amor.

Divers sont les hommes et divers les parlers et nombreux sont les noms qui ont convenu à un seul amour.

Voix de ceux que j'ai rencontrés un jour au bord du chemin, voix de compagnons d'une plus longue durée, voix du passé qui résonnent dans la mémoire. Ces dernières, je les ai parfois, au fil de l'écriture, incorporées dans mes récits imaginaires.

En inventant dans *Le Sourire du chat* un personnage revenu de quatre ans de captivité en Allemagne après une évasion et un passage dans l'Armée rouge, j'entendais encore le frère Bertrand Duclos, bien réel lui, ancien lieutenant de carrière dans les tirailleurs marocains, vice-provincial des Franciscains et animateur de Frères des hommes, me raconter avec l'accent du Sud-Ouest ses propres aventures, quand les chars roulaient sur les cadavres de soldats en suivant les routes de Poméranie – « c'était comme un tapis de feutre » –, et aussi sa conception toute franciscaine et passablement panthéiste de la Sainte Trinité. Et je l'entends me répondre, alors que je lui demandais de m'expliquer cette histoire du Père envoyant le Saint-Esprit sur Terre pour que soit conçu le Fils, puis ce dernier remontant au ciel pour s'asseoir à la droite du Père, tandis que le Saint-Esprit redescendait sur les apôtres sous forme de langues de feu : « Mais voyons, François, tu déconnes : qu'est-ce que c'est que cette navette ? »

En décrivant dans *Le Figuier* l'itinéraire d'un certain Felipe Gral à travers la guerre d'Espagne, je me souvenais de celui d'Ernest Krausz, qui fut mon autre beau-père, parti à vingt ans de son Budapest natal pour aller s'engager dans les Brigades internationales à Barcelone et, refusé par celles-ci parce que soupçonné de ne pas être dans la ligne stalinienne, engagé derechef dans l'armée républicaine pour y finir, lui qui ne connaissait pas l'espagnol en arrivant, capitaine et commissaire politique. Ernest, qui parlait cinq langues et s'intéressait à toutes les cultures, était pour nous un conseiller que je n'ai pas assez écouté, notamment pour tout ce qui concernait la littérature et l'art de la Mitteleuropa qu'il évoquait avec une pointe d'accent plus viennois que hongrois, un accent qu'il s'acharnait je ne sais pourquoi à extirper en s'enregistrant patiemment au magnétophone. Réchappé de la défaite républicaine, il avait passé quatre ans dans la clandestinité à Montpellier, œuvrant magistralement dans la cuisine du restaurant Tante Riri, situé en face de la Kommandantur et d'où il ne sortait jamais, ce qui ne l'avait pas empêché, la cinquième année, de remporter un premier prix au Conservatoire de musique – moyennant quoi il a employé son doigté magique à fabriquer des semelles orthopédiques pour le bien de ses semblables.

Étrangement, la dernière fois que j'ai vu Frère Bertrand, dans son minuscule monastère de la montagne basque, je venais de Bayonne après avoir, avec Fanchita et Nathalie, répandu les cendres d'Ernest, et, faute de nous sentir le droit de dire le Kadish, lu une prière biblique et écouté l'impromptu pour piano à quatre mains *opus postumum* de Schubert que je ne peux plus entendre sans penser à lui. Frère Bertrand était mourant, joyeux comme à son habitude, quand il m'a dit « cette fois, c'est la bonne », toujours râleur et fort en gueule. Je n'ai pu m'empêcher encore une fois de lui reprocher sa sympathie, tout sauf pacifiste, pour les nationalistes basques. Nous n'avons pas, ce dernier soir, reparlé de la « navette ». À la veille du départ d'un ami, il est de mauvais goût d'anticiper sur les modalités du voyage qu'il va entreprendre. Ça porte malheur, dit-on. Et je ne peux pas imaginer Frère Bertrand malheureux.

J'ai dédié le récit *La Plage noire* à José Martínez Guerricabeitia, plus communément appelé Pepe Martínez, qui faisait à Paris les éditions espagnoles de l'exil, Ruedo Ibérico. En vingt ans, José Martínez est le seul éditeur avec qui j'ai partagé amitié et complicité. Fils d'un militant de la CNT, la Confederación nacional del trabajo anarcho-syndicaliste, lui-même longtemps anarchiste libertaire, il avait rejoint à seize ans la 26e division de l'armée républicaine, ex-colonne Durruti. Il était arrivé en France en 1947 et, ouvrier, avait passé plusieurs mois à la prison de Fresnes pour avoir cassé la gueule d'un contremaître xénophobe. Quand il a fondé Ruedo Ibérico, en 1960, il n'avait rien. Il n'a jamais rien eu. Ses éditions sont devenues le lieu de passage et de ralliement de toutes les tendances de l'opposition politique à Franco. Il a tout subi, les attentats, les saisies, et aussi les mille brimades de rigueur en tel cas, de la part de ceux-là même qu'il accueillait, parce que son travail de recherche de la vérité allait autant à contre-courant de la version stalinienne de la guerre civile que de la version franquiste. Les anarchistes, eux, le traitaient de « mondain » et l'accusaient, bien entendu, de se faire du fric, lui qui, la plupart du temps, n'avait pas un centime en caisse. Un ami l'a décrit « irascible, tonitruant, ironique et duelliste ». Il avait tout d'un grand seigneur castillan, il savait envoyer chier la terre entière quand il le fallait, et c'était souvent. Il avait aussi un sens raffiné de la typographie et ses livres étaient des modèles de présentation et de mise en page. Ce n'était pas parce que l'exil était pauvre qu'on devait afficher la misère. Au contraire. Des imbéciles voyaient du luxe là où il y avait de la dignité. Les imbéciles confondent noblesse et richesse.

Je n'ai jamais appelé Martínez « Pepe », j'avais plutôt tendance à l'appeler Don José. Nous nous retrouvions pour manger un sandwich à la terrasse du tabac de la rue Dante quand il faisait soleil, et les colères de José étaient terribles et jubilatoires. Le soir, dans la chambre unique qu'il habitait rue du Sommerard, je chantais des tyroliennes, héritage des chalets de la Croix-Rouge qui m'avaient accueilli en Suisse, pour épater sa compagne Marianne qui habitait la chambre en face, sur le palier. Elle était citoyenne helvétique, et elle était l'âme de Ruedo Ibérico, mots qui signifient l'« Arène ibérique » (mais aussi bien le cercle ou le cirque). Rien des méandres compliqués de l'intelligentsia antifranquiste ne lui était étranger, et c'était elle qui, chaque matin, faisait en sorte que la maison ne soit pas en faillite le soir. La culture espagnole devrait être aussi reconnaissante à Marianne Brull qu'à Juan Carlos, et plus qu'à la reine Sophie. Elle affrontait l'unique employé, qui était communiste, couleur stalinienne, et considérait que son unique combat devait être de rendre la vie impossible à son patron exploiteur. José appréciait cette expression souveraine de la lutte des classes avec une délectation masochiste. À cette époque, le gratin de l'exil (et aussi sa misère) passait par ses éditions : Felipe González, futur Premier ministre, Javier Solana, futur secrétaire général de l'OTAN. L'Espagne qu'ils ont construite n'a pas été celle dont José voulait jeter les bases avec ce qu'exprimaient ses livres et sa revue. Quand ils sont retournés au pays, ils l'ont oublié. Son dernier travail (alimentaire) a été, à Madrid, de traduire *Le Sourire du chat* pour un éditeur de Barcelone passé, avec la *movida*, de la politique à la littérature. Dans l'un de nos derniers échanges de lettres, je lui demandais quel était le terme péjoratif le plus communément employé en Espagne pour désigner les Français. Il m'a écrit que *franchute* était bien, mais un peu vieillot. Il m'a demandé, aussi, quand je viendrais faire une conférence à Madrid. Moi, faire une conférence ? Pourquoi pas, m'a-t-il répondu, sarcastique : récemment, on a bien vu passer Philippe Sollers. Après cette lettre-là, asphyxie au gaz, point final.

*

Me moriré en París con aguacero
un día del cual tengo ya el recuerdo…

Je mourrai à Paris par un jour de pluie
Un jour dont j'ai déjà le souvenir.
Je mourrai à Paris et c'est bien ainsi
Peut-être un jeudi d'automne comme celui-ci.

C'était un jour d'automne, je ne sais s'il s'agissait d'un jeudi, il pleuvait sur le cimetière Montparnasse, et nous étions devant la tombe de César Vallejo. Il y a toujours sur cette tombe un petit bouquet violet, jaune et rouge, couleurs du drapeau de la république espagnole, et les fleurs n'en sont jamais tout à fait fanées. Jorge Semprun nous avait demandé de venir là avec lui, c'était l'une des premières émissions de radio que je faisais et la première pour celles du samedi après-midi imaginées par Jean-Marie Borzeix, le directeur de France Culture. D'une durée de trois heures et demie et sous le titre « Le bon plaisir », elles devaient laisser à un invité la liberté d'en inviter lui-même d'autres et de traiter de sujets de son choix, pour que se dessine comme un tableau multiface de son mode d'être présent au monde. Et donc le premier invité de Jorge Semprun avait été cette ombre, celle d'un poète né au port de Salaverry, Pérou, venu combattre à Madrid et mort d'exil à Paris un an après avoir écrit ce poème et peut-être un jeudi de pluie. Poète au langage tendre et rocailleux – « Je tisse, et tissant, je me fais » –, capable d'être à la limite de l'hermétisme, de s'engager dans le parti communiste espagnol et d'écrire « Absurde, toi seul es pur », de devenir un symbole de la résistance au franquisme et de composer *Espagne, éloigne de moi ce calice* : « Garde-toi, Espagne, de ta propre Espagne… / Garde-toi de ceux qui t'aiment / garde-toi de tes héros / garde-toi de tes morts / garde-toi de la République / garde-toi du futur. »

La radio, ce n'est pas que la voix. Il fallait certes enregistrer celle de Jorge Semprun avec ce qu'elle contenait d'émotion, d'appel au passé et de présence immédiate, parlant là, justement, de la neige dans sa mémoire, mais aussi la pluie sur le cimetière, la voix du fossoyeur algérien qui nous guidait, l'eau ruisselant sur les tombes, les bruits lointains de la ville. Arriver même à rendre le passage silencieux d'un chat. Mission impossible, et pourtant.

J'ai souvent pensé, dans cette recherche d'une plénitude sonore, à ce personnage d'une nouvelle d'Alvaro Mutis que j'ai traduite, le peintre mexicain Obregón qui voulait peindre le vent : « Peindre le vent, mais pas celui qui passe dans les arbres, ni celui qui agite les vagues ou soulève les jupes des filles. Non, je veux peindre le vent qui entre par une fenêtre et sort par l'autre, comme ça, et rien de plus. Le vent qui ne laisse pas de traces, le vent si pareil à nous, à notre vie, cette chose qui n'a pas de nom et qui nous file entre les mains sans que nous sachions comment. » Or il se trouve que le vent est la chose la plus perturbante et la moins exprimable qui soit sur le mode sonore, parce que le moindre souffle qui vient percuter le micro ne produit que des coups mats et méconnaissables que l'on doit parer par une bonnette y faisant écran. Il est plus aisé à rendre en soufflant, par exemple, dans un tuyau. J'ai pourtant connu au moins un homme qui était capable de faire parler le vent. Il s'appelle Yann Parenthoën et je le croisais, l'air d'un plantigrade méditatif et résolument étranger aux parlotes des couloirs de la Maison de la Radio. Magicien du Nagra, cet instrument unique mis au point par l'ingénieur polonais Kudelski, et dont le nom – *on nagra* – signifie dans la langue archaïque « il enregistrera » : au futur et pas au présent – *on nagrywa* –, peut-être parce qu'il n'était pas encore sûr en le fabriquant qu'il aurait le succès qu'il a eu. J'avais tant à apprendre, à Radio France, de celles et ceux que, comme Yann, on appelle les « Grandes Oreilles ».

La radio, un vieux songe, datant du temps préhistorique où n'existait pas sur les ondes le tout-image sonore et en couleurs. Il a commencé dans l'enfance. L'œil vert et changeant du « poste » de ma grand-mère, quand elle écoutait dans la quasi-obscurité les concerts du Poste Parisien. L'engin était un vrai monument d'ébénisterie dont les formes évoquaient un Palais de Chaillot miniature. L'achat du nôtre, en 1940, quand il fut nécessaire d'écouter Radio Londres, avec le cadre censé atténuer le brouillage, que l'on devait sans cesse changer d'orientation. La construction par Jean de son poste à lampes avec des pièces de récupération, qui émettait d'invraisemblables couacs et sifflements et avec quoi il prétendait entendre même le Japon grâce à une antenne tendue dans le jardin où l'on s'emmêlait dès qu'on mettait le nez dehors. Le bricolage de mon premier poste à galène (avec condensateur, bobine de Ruhmkorff et écouteurs en galalithe), la recherche patiente du meilleur contact de la pointe terminant le ressort de cuivre avec la pierre scintillante, pour qu'une voix, une musique ou plus souvent d'infâmes borborygmes s'enflent enfin dans les écouteurs. La quête inlassable des stations qui figuraient alors sur tous les cadrans : Hilversum, Monte Ceneri, Andorre, Bratislava. Jeu de la découverte et de l'identification des langues. Illusion, dans l'après-guerre, de la radio tendant dans tous les cieux du monde d'innombrables passerelles qui réuniraient enfin ses habitants.

D'une longue traversée de la Chine en hiver, avec une cohorte d'accompagnateurs professionnels (de l'accompagnement des étrangers, pas de la radio, ou alors flics de ladite radio), nous avons fini, Marie-Dominique Arrighi, Patrice Klun et moi, par faire pour France Culture autant une émission sur eux que sur cette réalité qu'ils savaient très bien nous empêcher de voir. Leur pratique hautement raffinée de l'« effet Potemkine » – le favori de la Grande Catherine qui faisait dresser des faux villages sur le parcours de celle-ci – nous permettait quand même d'arriver à leur faire dire à la fin de l'enregistrement, et avec le même aplomb, exactement le contraire de ce qu'ils avaient affirmé au début. Le mensonge, la langue de bois d'un communisme perfectionné par les ruses de la plus vieille civilisation du monde, c'était aussi la réalité de la Chine. Et si j'ai eu l'impression de sauver la mise, c'est par les bruits de la rue, sonnettes des milliers de vélo dans le brouillard du petit matin pékinois, par les appels angoissants d'une locomotive en pleine nuit dans une gare déserte lors d'un arrêt du *Shanghaï Express* et le débit ininterrompu des recommandations débitées par

une voix féminine surréelle dans tous les comparti-
ments du train, par le défilé sonore des navires,
jonques, remorqueurs sur le Yang-tsé, par les cris des
mouettes de Kunming sous les regards émerveillés des
enfants, par la description et les innombrables voix
d'un marché en pleine campagne, par les prières boud-
dhiques dans un temple. Mais comment retrouver la
Chine rêvée de mon enfance, la Chine réelle où avait
vécu mon père, quand il la parcourait lentement sur les
pas de penseurs millénaires, d'une spiritualité aujour-
d'hui disparue ou si profondément enfouie ? Nos guides
étaient peut-être les mêmes que ceux qui avaient
convoyé quelques années plus tôt les enthousiastes de
la Révolution culturelle venus aux sources de la pensée
mao-tsé-toung. Simplement, ils avaient changé de disque.
Je ne ferai plus jamais un voyage où je doive dépendre
d'instances officielles, en quelque lieu que ce soit.

Ces années de radio, j'ai recueilli la mémoire des
gens de la Montagne noire : ouvriers du cuir à Maza-
met, descendants de soldats qui avaient refusé de tirer
sur les vignerons révoltés en 1907 et dont les régi-
ments, punis, étaient restés en première ligne tout au
long de la Première Guerre mondiale. À Collonge-la-
Rouge et à Turenne, j'ai dialogué avec Yves Lacoste
expliquant « à quoi sert un paysage » au fur et à mesure
de sa lecture vivante de la terre que nous avions sous
les yeux. Regard d'un géographe déchiffrant les traces
du temps, d'où renaissait l'histoire. Gilles Perrault,
devant l'étendue du Grand Vey découverte par la marée
descendante à la charnière du Cotentin, m'a parlé des
hommes singuliers qui, dans l'ombre, avaient tenté
d'agir sur le cours du monde et dont il avait décrypté la
vie, les secrets, les espoirs, face aux ruses de l'histoire.
Ariane Mnouchkıne m'a fait entrer dans l'univers du
Théâtre du Soleıl, qui éclot chaque matin à la Cartou-

cherie de Vincennes pour s'épanouir lentement au fil de la journée comme les fleurs japonaises de l'aquarium de mon enfance et jaillit le soir dans le spectacle éphémère et parfait, concentrant comme au plus fort d'une tempête les espoirs et les douleurs des hommes. Maurice Nadeau m'a fait traverser une bonne partie du siècle par l'évocation de ses résistances. Résistance au stalinisme, résistance au nazisme, résistance à la bêtise (celle des éditeurs, parfois), sur ce ton placide qui semblait presque d'excuse. Son rude labeur de découvreur d'écritures que j'envie tant, et son enthousiasme patient sous l'orgueilleuse modestie du propos.

*

La radio est une des dernières manières de travailler avec peu de moyens. Et presque seul. Au mieux, en équipe avec une ou deux personnes. Il y a dans le cinéma quelques solitaires qui arrivent à faire tout sans le grand déploiement ordinaire de techniciens. À vingt ans, au ciné-club du musée de l'Homme, j'admirais Flaherty, Painlevé, Rouquier, Leenhardt, Joris Ivens. Peut-être ai-je manqué de courage pour suivre cette voie, qui a été celle de Richard Leacock, de Raymond Depardon ou de Robert Kramer. Plus solitaire encore est le photographe, qui a pour seul compagnon son Leica. Mais la seule solution, pour être vraiment le Chat-Qui-S'en-Va-Tout-Seul, c'est d'écrire. Simplement (si l'on peut dire). Un stylo, un crayon, un cahier ne pèsent pas lourd sur la route. Et aucun appareil, si petit soit-il, ne vient s'interposer dans la rencontre.

À condition de ne pas se sentir paralysé, sans parvenir à se projeter vers les autres, vers le monde inconnu qui est là, tout de suite, à la porte de la chambre d'hôtel. Je n'aurais pas écrit, je l'ai dit, *Les Passagers du*

Roissy-Express, si je n'avais pas fait ce périple dans la banlieue parisienne en compagnie d'Anaïk Frantz. Je voyageais déjà depuis quatre ans dans les Balkans, lorsque je suis reparti pour un cinquième voyage avec Klavdij Sluban, rencontré un an plus tôt dans une taverne albanaise de Skopje, et c'est ainsi que j'ai pu saisir et suivre le fil qui m'a permis de tout réunir dans un livre. Qu'aurai-je vécu de Sarajevo pendant le siège, sans Vincent Fritchi ? Serais-je retourné en Algérie sans Sadek Aïssat ? La première chose qui compte, pour ne pas seulement voir mais comprendre, c'est la lenteur du voyage. Mais la seconde, c'est l'accord avec le compagnon du voyage. Ce n'est pas donné. Savoir se taire, se faire oublier tout le temps qu'il faut. Et parler, discuter, rire à d'autres moments. Ce n'est même pas un art. C'est un don, et j'ai eu la chance d'en trouver qui l'avaient. Conjuguer, et ménager en même temps, deux solitudes, c'est rare. Et se retrouver ensuite, au fil des ans, comme ces êtres d'une même famille qui n'ont pas besoin de se parler pour s'aimer.

Je sais mal voyager. L'angoisse m'empêche de rien préparer et, parti, je me demande tout le temps ce que je fais là, je me répète que je n'arrive à rien et je rêve des arbres de mon jardin. Mais, après tout, beaucoup de gens rencontrés sur la route ne rêvent aussi que de choses qui sont pour eux comme les arbres de mon jardin, et c'est avec ceux-là que je m'entends. Parmi mes admirations d'enfance figurait, à côté du *Grand Meaulnes*, le *Voyage autour de ma chambre* de Xavier de Maistre, qui est le maître livre du départ pour nulle part, tout comme *La Famille Fenouillard* devrait être celui de tout voyageur qui se prend au sérieux. Le miracle, pour moi, c'est que, à partir de notes désordonnées vécues comme insignifiantes au moment où je les trace, je puisse réussir à bâtir quelque chose de cohé rent. Je ne pars pas pour vérifier des idées que j'ai déjà mais pour que se dessine, au bout du voyage, ce dont je n'avais pas idée au début.

Je pourrais me contenter du voyage immobile dans les langues. Non que j'en sache beaucoup. Mais assez pour traduire, et gagner ma vie avec. C'est encore une manière de retrouver la voix des autres et de la transmettre. Entrer à la fois dans la langue étrangère et dans l'univers familier d'un auteur jusque-là inconnu ou connu de loin, c'est encore donner la parole, ou du moins un écho, à l'autre. C'est encore apprendre de l'autre, parce qu'il faut se couler dans le cheminement de sa pensée et rendre ce que son expression a de singulier. Je ne crois pas que la traduction soit une création. Tout juste une re-création (et aussi, heureusement, une récréation, confortablement exempte de l'angoisse de la page blanche) qui demande le soin et le respect des copistes du Louvre, toujours sur un mode résolument artisanal qui fait qu'à l'aide d'un minimum d'outils on modèle, rabote, lime, cisèle le texte pour arriver à la forme que l'on espère la bonne, c'est-à-dire la plus proche de l'original. Cela me fait souvent penser à ces modèles de trois-mâts que, patiemment, les marins assemblaient fétu après fétu, fil après fil, pour les mettre dans une bouteille au cours de leur traversée de trois mois entre Nantes et Iquique. J'ai connu de ces vieux cap-horniers, à Belle-Ile-en-Mer. Ce que je voyais sortir de leurs mains m'apparaissait, à moi, irréalisable. Chef-d'œuvre au sens que donnaient à leur travail les compagnons du tour de France si bien dit « du Devoir de Liberté ».

Traduire, c'est aussi mettre au jour, dans l'espace et le temps, des résonances, des correspondances entre les hommes. En 1995, dans l'hiver de Sarajevo, après le couvre-feu et quand il y avait de la lumière dans l'ap-

partement de Drajan, je traduisais *Fils d'homme* de Roa
Bastos, et je passais ainsi de l'angoisse de la ville assiégée, des tirs ciblés sur les civils, à la folie de la Grande
Guerre du Paraguay (toutes les guerres sont également
grandes, du moins par la cruauté et l'horreur, pour ceux
qui sont pris dedans). Celle qui décima, au sens strict
du terme, sa population au XIXe siècle. Et à la folie,
encore, de la guerre du Chaco qui opposa, au XXe, le
Paraguay à la Bolivie pour des intérêts pétroliers étrangers qui se révélèrent en fin de compte absurdes.
En rédigeant *Balkans-Transit,* je traduisais *La Guerre
dans les Balkans* de John Reed. Je marchais avec lui au
milieu des paysages, des gens qui avaient précédé ceux
que je venais de rencontrer et que j'avais essayé de
décrire dans mes propres cahiers du voyage, et ils
étaient à la fois les mêmes et différents, comme dans
ces films où l'on voit, dans une seule séquence, par un
fondu enchaîné qui doit évoquer le passage du temps,
décors et acteurs garder les mêmes places et les mêmes
contours tout en se modifiant. Et j'y retrouvais, sous
d'autres formes, les mêmes malédictions et les mêmes
espoirs.

Écrire est pourtant le contraire de la solitude. Physiquement seul face aux mots que l'on trace, on est
envahi par un vacarme fou, fait de voix et de bruits
qui jaillissent de partout et qu'accompagne un grand
désordre d'images. Tard dans la nuit, il arrive que ce
tohu-bohu auquel on a mêlé, fluette, sa propre voix
tarde à s'apaiser et vous poursuive dans le sommeil. Je
me souviens d'avoir été réveillé par les hennissements
et le bruit des sabots des chevaux, le cliquètement des
mors, les appels des hommes, l'odeur de cuir, de sueur
et de poussière épaisse. Je venais d'écrire un passage
de la vie du maréchal de Saint-Arnaud, et je sentais sa
troupe toute proche, arrêtée dans le soleil sur le haut

du col d'où elle apercevait le village berbère, ce « jardin enchanteur » qu'elle allait brûler. Et puis comme chaque nuit, du jardin, le mien, paisible et silencieux dans la vallée recoite, la hulotte a appelé.

J'ai pu donner à lire dans une librairie les livres des autres, puis fabriquer les livres de certains et quelquefois les susciter, puis en écrire moi-même, puis faire entendre la voix des autres en l'enregistrant ou en la traduisant. Chaque fois, j'ai appris et pratiqué un métier dans lequel, au départ, j'étais entré comme par effraction. Lorsqu'on se retourne pour voir le chemin parcouru, on espère toujours trouver une cohérence dans une marche que, sur l'instant, on a vécue à chaque pas comme incohérente, parfois erratique, buissonnière en tout cas. Tout ce que je peux dire, c'est que j'ai eu l'envie, même velléitaire, de partager et de faire partager. S'il faut absolument trouver une cohérence, elle doit être là. Mais le faut-il absolument ? Je ne vois pas au nom de quoi on exigerait coûte que coûte cette cohérence, sous prétexte de lire un sens, et un seul, là où il y en a eu tant, qui étaient divergents, épars et contradictoires. Mode de pensée bien scolaire, qui exige que toute fable ait sa moralité – et rien qu'une. Il est naturel et légitime de chercher, sur le moment, à donner un sens à l'action quotidienne. De chercher à voir ce qui, dans l'incident anodin, « fait sens ». Mais « sens unique » est un terme de police urbaine, et c'est un pauvre piège, et c'est pauvrement tard, que de chercher absolument à plaquer après coup un sens sur toute sa vie. J'aimerais seulement pouvoir dire, comme l'écrivit mon voisin de Lozère-sur-Yvette : « Mère voici tes fils qui se sont tant battus. » Je sais bien que pas même un écho narquois n'y répondra. Et pourtant.

*

Décembre 2001. Je devais retrouver Francesco Biamonti à Saorge. Saorge est ce village austère dont les
maisons se serrent sur une arête rocheuse, face au
soleil, au-dessus de la vallée de la Roya. J'avais promis
à Francesco qu'un jour je partirais à pied de Saorge ou
de Breil vers la forêt, traversant cistes, châtaigniers et
mélèzes par les *mulatiere*, chemins muletiers de galets
polis par les pas, franchissant les torrents à gué, jusqu'aux hauteurs nues de l'Arpette. Que je redescen-
drais vers l'Italie pour rejoindre la vallée de Francesco
où s'étage au-dessus de la mer San Biaggio della Cima,
dont il disait toujours qu'au temps de leur brève occupation, en 1945, les Français l'avaient rebaptisé Saint-
Blaise-des-Rosiers. C'est une marche d'une douzaine
d'heures, qui commence dans des oliviers et se termine
dans d'autres oliviers. On sait qu'on est arrivé en Italie
quand, d'un coup, après avoir quitté les plantations
envahies par le maquis, on retrouve des jardins entrete-
nus, avec des filets étendus sous les arbres. Quand,
après une si longue marche de tout le jour sans rencontrer âme qui vive, on croise enfin un homme qui vous
salue dans le soir naissant du *Bona !* ligure. En cette
saison, de grosses olives noires et luisantes roulent sur
le chemin, charnues et fondantes.

Le petit monastère franciscain de Saorge, presque un
ermitage, a été récemment transformé en lieu d'accueil
pour ceux qui ont besoin d'endroits de ce genre pour
écrire. Francesco n'avait pas besoin de ça, son village
lui suffisait pour écrire les paroles qui couraient la nuit
dans les vents de sa terre, le long de la frontière. *Le
parole la notte.* Mais il aimait en revanche parler lon-
guement, à son tour, des mots qu'il assemblait sur le
papier comme autant de poèmes concis disant le noir
qui donne à une fleur sa lumière, la mémoire des oli-

viers, la passion amoureuse d'un homme pour ses
arbres, ses rochers, sa maison, sa langue. Des mots
disant la peur de la chute d'un monde que celui qui les
prononce ne reconnaît plus et s'acharne quand même à
vouloir garder vivant – d'une vie menacée, frissonnante
de la joie fragile du moment et de l'angoisse de l'heure
suivante. Francesco s'était mis tard à écrire. Comme un
enfant au regard étonné – étonné d'avoir vieilli si vite,
étonné de ne pas être devenu plus sage, et révolté aussi
du temps perdu –, il avait besoin, je crois, de la reconnaissance des autres. De se lire à son tour dans le
regard des autres. Donc, on devait lui rendre hommage
à Saorge. Et moi j'avais dit que je viendrais, car je le
savais très malade. Cette histoire de marche et de rendez-vous à San Biaggio n'était déjà plus possible. Ou
alors plus tard, quand il serait guéri, pour l'écouter, parler moi-même le moins que je pourrais. Parce que Francesco est, de tous les auteurs que j'ai traduits, celui
dont j'ai été le plus proche et qu'à force de me couler
dans les détours de sa parole, à force de nous être fait
confiance dans ce compagnonnage au long cours, les
mots à haute voix n'étaient pas désormais entre nous le
plus important.

Francesco, qui gardait en lui « le pays de l'enfant qui
explore un jardin », aimait Eugenio Montale, né sur le
même rivage ligure. Il cherchait « l'écriture à l'os de
seiche » (et l'odeur rêche de silex et d'algue salée de
l'os friable échoué sur le sable, et le crissement du couteau qui grave les signes dans l'ovale blanc tenant la
lumière prisonnière) :

> Ne nous réclame pas la formule qui pourrait
> t'ouvrir des mondes,
> mais plutôt une syllabe torse et sèche
> comme une branche.

Aujourd'hui nous pouvons seulement te dire
ce que nous ne *sommes pas*, ce que nous ne
voulons pas.

Mais Francesco est mort deux jours avant la rencontre prévue. Et je n'irai pas à Saorge.

J'ai trop parlé de morts, probablement, dans ce livre que Francesco ne lira pas. Il faudra que j'en écrive un autre où il y aura exclusivement des vivants. C'est vrai aussi qu'il est tellement plus simple de parler des morts, de les faire parler et de parler avec eux comme on veut. Heureusement que, comme l'écrivait Roque Dalton, « les morts sont de plus en plus indociles ». Il est bon que l'on ait parfois l'impression qu'ils montent la garde, pour se moquer, par exemple, de ceux qui parlent d'eux et en leur nom.

Oui, décidément, il faudra que je l'écrive, cet autre livre où je ne parlerai que des vivants, ceux que je rencontre partout sur le chemin, ceux qui résistent chaque jour. Et qui, eux, n'en font pas forcément un livre.

*

« Il y a dans toute terre la semence de la mort, elle est bien visible dans la pleine lumière », écrivait Francesco aux dernières lignes d'*Attente sur la mer*.

– François, t'es-tu déjà trouvé sous des bombardements ?

Ce soir de décembre 2001, j'étais dans l'immense salle à manger vide d'un hôtel de Gaza en compagnie de quatre professeurs de médecine parisiens venus enquêter sur les conditions sanitaires dans les territoires palestiniens. Un instant plus tôt, les lumières s'étaient éteintes brusquement. Nous avions entendu le passage des F16 sur la ville, et l'un de nous avait dit : « Ce sont des vols d'intimidation. » Puis la première bombe était tombée.

Parce que ce mois-là, ce n'est pas à Saorge que je suis allé, mais en terre de Palestine. Après tout, dans les deux cas, ce sont toujours des pays de soleil sur les terres et d'ombre sous les oliviers centenaires. Enfin, c'étaient.

« François, t'es-tu déjà trouvé sous des bombardements ? » La question de Marcel-Francis Kahn m'a semblé si incongrue que j'ai ri. En pareilles circonstances, on prend la contenance que l'on peut. Bombardements ? Souvenirs de 1944 : les raids des forteresses volantes sur Trappes ou Massy-Palaiseau, et le fracas de train de marchandises qui arrive à toute vitesse, l'explosion et le souffle du chapelet de bombes, comme celui tombé un matin sur notre vallée parce que l'escadrille anglaise avait fait une erreur de deux kilomètres en visant l'aérodrome de Voisin-le-Bretonneux, base de Messerschmidt. Souvenirs plus récents : les tirs de mortiers postés sur les hauteurs, qui ponctuaient les journées de Sarajevo. Le ronflement, froissement, grondement, qui signale le passage de l'obus et qui, du même coup, nous apprend que cette fois encore il ne sera pas pour nous. Et dans tous les cas, je n'ai jamais oublié qu'il s'écoule très peu de temps entre le moment où disparaît le chant des oiseaux dans le cataclysme et celui où il reprend. À peine une ou deux minutes.

Et ce 6 juin 1944, où, petite histoire dans une grande journée historique, sur le quai du train mitraillé en gare de Saint-Rémy par des Lightnings (dont, le nez en l'air, j'avais suivi les gracieuses évolutions), ma mère, elle-même atteinte d'un éclat à la cuisse, fit un garrot à l'homme qui perdait tout son sang. Quant à la femme assise un instant plus tôt en face d'elle – à cette place même que je venais d'occuper en attendant le départ du train pour rester encore un instant avec ma mère et la supplier de me permettre de l'accompagner à Paris –, elle était morte sur le coup. Je suis toujours étonné par les gens qui se disent fascinés par la guerre.

– Oui, Francis, je me suis déjà trouvé sous des bombardements.

Mais, bien sûr, je n'ai pas son expérience. Il a connu Hanoi sous les B52, et Beyrouth pilonnée. On peut être professeur en médecine et affirmer sa solidarité sur le terrain avec des peuples en lutte contre la loi du plus fort – et le faire autrement que par des pétitions (ce qui ne l'empêche pas, d'ailleurs, d'en rédiger et d'en signer – mais au moins en a-t-il, lui, payé physiquement le droit).

Et le choc des explosions sur Gaza ne ressemble en rien à ceux que j'ai vécus. D'abord parce qu'ils participent d'une technologie autrement évoluée. Le progrès : la frappe dite chirurgicale. Le fracas est net et bref. Il n'y en a qu'un seul, assourdissant mais définitif. Le missile a fait son œuvre. Fascinant, terrifiant d'efficacité. Et puis surtout : il y a cinquante ans, ces tapis de bombes approximativement larguées des escadrilles de forteresses volantes, on pouvait leur trouver une logique, dans la guerre de la liberté, et nous pouvions même nous dire qu'elles étaient effectivement destinées à nous libérer de l'oppression, et à libérer le monde, une fois pour toutes, de la guerre. Il y a sept ans, à Sarajevo, c'étaient les obus de la haine aveugle de ceux que nous appelions les « tchetniks », et nous pouvions répondre à la haine par notre infini mépris pour les tueurs obtus qui ne savaient régler leurs conflits que par la mort. Mais ici : ces missiles lâchés par des avions frappés d'une étoile qui fut successivement le symbole de la plus atroce souffrance du siècle et des plus beaux espoirs d'un peuple ressuscité ?

Ce mois de décembre 2001, j'ai fait le voyage de la désespérance. Comment aurais-je pu imaginer que l'enfant qui s'était ouvert à la vie dans la familiarité des bombes et de la DCA verrait plus tard, bien plus tard, sa vie former comme une boucle en se retrouvant sous d'autres bombardements. Entre-temps, mûrissant, vieillissant, il aurait beaucoup entendu parler – et parlé lui-même – d'espoir et de progrès. Il y aurait cru. Au progrès, de moins en moins, c'est vrai. Mais à l'espoir, toujours un peu.

À dix-sept ans, j'ai été cet adolescent qui écrivait une nouvelle où il était question d'un garçon de son âge qui rêvait de partir se battre aux côtés des Juifs de Palestine pour défendre Jérusalem assiégée par la légion transjordanienne de Glubb Pacha. Être juif lui-même ou pas, en l'occurrence, ce n'était naïvement pas le problème. Ce combat pour la liberté des rescapés d'un peuple que l'on avait voulu exterminer me semblait exaltant et je trouvais juste de le partager. Ils l'avaient bien gagnée cette terre qu'ils abordaient après avoir, pour tant d'eux, non seulement échappé à l'extermination, mais souffert des années durant, errant, agonisant, sur des bateaux rouillés rejetés de port en port, internés dans des camps aux confins de l'Empire britannique, personnes indésirables traitées en criminels. Mais je me souviens aussi du jour où le vieil ami de mon père, Louis Massignon, m'a parlé, lui le premier, des souffrances des réfugiés palestiniens qui croupissaient dans les camps, abandonnés de tous – y compris et surtout par les États arabes limitrophes. J'ai été légèrement incrédule. Mais enfin, à moi qui admirais les kibboutzim et les pionniers héroïques (et, si je m'en tiens à la vision que j'en avais à l'époque, je n'ai pas à la renier), oui, il m'a ouvert les yeux sur ceci : ce n'était pas si simple. Il disait que le monde ne faisait rien pour les

Palestiniens. Que c'était une bombe à retardement. Et aujourd'hui, plus de cinquante ans plus tard, quand ce sont des centaines de bombes qui explosent et, parmi elles, tant de bombes humaines, horreur que même les plus pessimistes ne pouvaient prédire dans leurs pires visions de cauchemars, je vois encore sa longue silhouette noire, j'entends encore sa voix, pathétique dans son désir de convaincre, comme si d'emporter la conviction du mince jeune homme qu'il avait devant lui pouvait changer quoi que ce fût à la marche aveugle du monde. Cassandre agit de même quand elle parle à tous vents. Formidablement optimiste, en fin de compte, au plus profond de son désespoir, puisque, acharnée à prédire le pire, elle semble croire encore que le clamer ainsi pourra le prévenir.

Ensuite, dans mon métier d'éditeur, j'ai été conduit à publier des livres sur ce qu'on appelait le « conflit judéo-arabe ». *Le Conflit judéo-arabe*, c'est justement le titre du premier ouvrage que j'ai édité à mes tout débuts, en 1962. Il était l'œuvre d'Abdel-Razak Abdel-Kader, dit al Djezaïri, singulier personnage, petit-fils (ou arrière-petit-fils ?) de l'émir Abd el-Kader. Il mêlait une admiration sans réserve pour le combat du peuple juif sur la terre d'Israël et un dogmatisme marxiste taillé à la hache. Pour lui, l'avenir n'était concevable que dans une révolution socialiste unissant tous les peuples de la région. Henri Curiel, ancien communiste égyptien et organisateur, après Francis Jeanson, du soutien à l'indépendance algérienne, l'avait poussé à l'écrire et m'avait mis en contact avec lui. Il se disait militant du FLN en mission clandestine et je lui trouvais des planques à Paris. Le livre tenait du conte arabe dans sa manière très personnelle de dérouler le fil des événements et d'un manuel des Éditions de Moscou dans sa vision des régimes politiques et de l'avenir où d'après lui, les pionniers juifs seraient les ferments du socialisme… Les historiens, dont Maxime Rodinson, ont eu raison d'en relever les erreurs et les assertions primaires. On m'a dit que le descendant de l'émir a fini ses jours dans un kibboutz.

Plus tard, autour de la revue *Partisans*, s'est réuni un petit groupe de juifs critiques à l'égard du sionisme et engagés dans le dialogue. Principalement Émile Copfermann et Élie Lobel. C'est Émile qui a eu la responsabilité de la plupart des articles et des livres que j'ai publiés sur le sujet, et je n'en vois aucun à renier, au contraire. Il n'était pas question pour moi d'être « propalestinien » ou « pro-israélien ». Grâce en soit rendue à la vigilance salutaire de Pierre Vidal-Naquet, il s'agissait de dépasser les absurdités des prises de parti unilatérales. De ne pas tout réduire au schéma des bons contre les méchants, dans un camp la lutte populaire, porteuse d'un avenir révolutionnaire et donc d'un monde nouveau, et en face la volonté impérialiste de domination de l'autre. Il s'agissait de respecter, dans les deux camps, ce qui était fondamentalement respectable et de refuser ce qui niait le droit de chacun de vivre sur sa terre. De parler avant tout en termes de droit des hommes et des peuples. J'emploie là volontairement des mots qui tiennent plus de la morale que de la politique, tout en sachant bien que ce sont les miens et que ce n'étaient pas forcément ceux de mes camarades, qui me reprochaient de confondre morale et politique. Mais enfin, c'est comme ça que j'ai vu et vécu les choses.

C'est en 1969 que je suis allé en Israël pour la première fois. Et, naturellement, avec mon camarade avocat Georges Pinet, puisqu il s'agissait de défendre le droit. Élie Lobel m'avait fait publier le livre du juriste palestinien Sabri Geries, *Les Arabes en Israël*. Celui-ci dénonçait la condition de seconde zone des citoyens israéliens arabes et, notamment, les lois héritées de l'occupation britannique qui autorisaient à emprisonner sans procès tout individu suspecté d'activités subversives contre l'État d'Israël. Moyennant quoi le juriste s'était retrouvé en prison. Élie Lobel, économiste, citoyen israélien, avait complété son texte par un second volet : « Les juifs et la Palestine », où il esquissait une perspective socialiste commune pour les deux peuples. C'était le point de vue, élargi, de son petit parti israélien d'extrême gauche, le Matzpen. Mon ami Élie voulait que, par mon voyage, je témoigne de l'arbitraire que subissaient les Palestiniens, parce que la reconnaissance des droits égaux pour les deux peuples sur la même terre conditionnait l'avenir. (Élie, qui me racontait parfois son enfance allemande sous le nazisme, Élie, qui avait échappé à temps à l'extermination, Élie, qui était un joyeux compagnon envers et contre tout, s'est suicidé quelques années plus tard.) Nous avons rendu visite à Sabri Geries dans son camp entouré de miradors, près de Haïfa. Il fallut en négocier longtemps l'autorisation. Les journaux israéliens voulaient me faire avouer que je mettais en cause l'existence de l'État d'Israël. Que j'étais corps et âme lié aux organisations palestiniennes qui prêchaient la guerre à mort. Ils n'y ont pas réussi. L'entrevue avec Sabri Geries fut rapide et formelle. Un homme digne et accablé. Certes pas un combattant épris de vengeance. Seulement, et c'était là l'absurde, un juriste qui défendait le droit. À Haïfa, nous avons rencontré ses amis. C'était chaleureux et triste. À Tel-Aviv et à Jérusalem, nous avons rencontré des amis israéliens. Je me souviens de la lucidité et de l'intelligence d'Amnon Kapeliouk, journaliste écouté et qui, surtout, savait écouter, car il parlait arabe et comprenait tous les courants de la société palestinienne au lieu de la considérer comme un bloc ennemi indistinct. On pouvait croire, même face à l'arrogance de certains fonctionnaires du ministère de l'Intérieur, que cette lucidité-là, cette intelligence-là pourraient l'emporter.

C'était il y a trente ans. Je me souviens qu'alors, même éprouvée par tant de combats et de haines, la terre palestinienne était belle et fertile comme aux jours où le jeune homme de Galilée y cheminait de village en village avec ses disciples. Une terre faite pour la paix, envers et contre tout, croisades, occupations étrangères et massacres au cours des siècles. Terre promise, trop promise. Je me souviens de ce paysan israélien qui était monté dans notre shirout, le taxi collectif, à un tournant de la route sinueuse qui reliait Tel-Aviv à Jérusalem – il n'y avait pas encore d'autoroute. Il tenait par le cou une oie vivante dans chaque main et souriait, épanoui : « *Shalom, shalom !* » Je me souviens des orangers et des oliviers dans la plaine. De la foule des pèlerins, catholiques, orthodoxes, parmi lesquels il était difficile de se frayer un passage dans les rues débordantes de vie de la vieille ville de Jérusalem. Et aussi des habitants de Jéricho qui crachaient derrière nous lors d'un circuit auquel nous avait invités un « ami » qui s'était révélé en cours de route être un fonctionnaire zélé du ministère de l'Intérieur, désireux de nous montrer combien la vie était pacifique dans les territoires occupés. Et aussi des pierres que les hassidim du quartier proche du mur des Lamentations lançaient contre notre voiture parce que c'était jour du shabbat. Je me souviens surtout que nous étions convaincus que jamais la situation ne saurait être pire, que l'on avait atteint le fond du pire, et qu'il y avait un avenir au sortir du pire.

C'était il y a trente ans. Il y a eu depuis des heures tragiques et atroces, les détournements d'avions, le Liban, les otages, Sabra et Chatila, la première Intifada, le massacre de la mosquée El Aqsa, les attentats aveugles contre les civils. Mais il y a eu aussi les accords de Camp David, d'Oslo, de Madrid. Et il y avait maintenant ces bombes qui tombaient sur Gaza. Peut-être, cette fois, vraiment, avait-on atteint le pire ? Je ne savais pas que le pire était encore à venir.

Ce soir de décembre 2001, nous avions, quelques heures plus tôt, passé le check point d'Erez. Il y avait d'abord eu l'autoroute israélienne ruisselante de lumières, phares des voitures ramenant chez eux les employés des villes, publicités éclatantes, carrefours illuminés. Puis, soudain, l'obscurité. Il avait fallu marcher longtemps entre des murs aveugles et surmontés de barbelés, parlementer aux postes de garde, puis attendre dans le local désert réservé aux privilégiés comme nous, munis de passeports étrangers. Une jeune femme était arrivée avec ses deux enfants et chargée d'une lourde valise. Elle venait de l'autre côté, épuisée par le trajet à pied dans le no man's land depuis le poste palestinien où le taxi avait été obligé de la laisser se débrouiller seule sur les restes de ce qui avait été la route. Dans ce paysage sinistre, elle disait : « Il y a deux ans, ici, il y avait des oliviers, c'était un vrai jardin. Vous ne pouvez pas imaginer. Regardez ce qu'ils ont fait. Tout a été arraché et rasé. » Française mariée à un Palestinien, son passeport lui permettait, comme à nous, d'éviter le vrai check point, là-bas, sur un chemin détourné encombré de chicanes où s'allongeaient en temps « normal » d'interminables files d'attente – mais ce soir-là, à la suite de l'attaque d'un car de colons, cet unique point d'accès à la bande de Gaza encore ouvert avait été fermé. La jeune femme préparait une thèse d'urbanisme et œuvrait à l'aménagement des camps de réfugiés. Depuis deux jours, la bande de Gaza était prise sous les raids des F16 israéliens. Les chars y avaient pénétré et l'avaient scindée en trois sections. Les habitants ne pouvaient plus circuler. Les maisons étaient fouillées. Elle avait vu que la famille ne pourrait se rassembler pour la fête de l'Aïd, et décidé d'emmener les enfants traumatisés en France.

L'hôtel désert où nous passions la nuit n'avait rien à envier, par le luxe et le mauvais goût, à ses homologues modernes de la Riviera française ou de Porto Rico, construits avec l'argent blanchi de la drogue ou du trafic des êtres humains. Le « style mafia » est international. Il est aussi répétitif au bord des plages que le style HLM l'est dans les banlieues. Cet hôtel et ses voisins témoignaient que, peu d'années plus tôt, des investisseurs avaient cru pertinent de miser sur la dévolution de territoires à l'Autorité palestinienne pour entreprendre de fructueuses affaires. Ladite Autorité ne se montrait pas forcément regardante sur l'origine des fonds, dans la mesure où nombre de ses cadres avaient leur part du gâteau. J'ai connu cela à l'Est, dans les Balkans, après le grand effondrement du socialisme et sur les ruines de guerres où toujours les mafias fleurissent. Mais ici, l'illusion a été de courte durée. Nul, avant longtemps, ne viendra faire du tourisme sur les plages de Gaza, nul ne viendra plus bâtir de fortunes sur les débuts d'une indépendance avortée. Seule reste à exploiter la misère du peuple. Sont restés sur place avec ce peuple, en revanche, alors que souvent ils pouvaient partir sous les cieux plus cléments – au moins matériellement – de l'exil, les hommes, les femmes de bonne volonté, solidaires avant tout (médecins, professeurs, instituteurs, journalistes, j'en ai tant rencontré lors de ce trop court voyage), qui ne veulent pas laisser le terrain libre à un désespoir dont naissent toujours de nouveaux fous de Dieu et de la mort. Pour le reste, l'économie palestinienne, l'honnête bien plus que la mafieuse, est morte.

Les entreprises créées sur place ont fermé, puisqu'il leur est impossible, compte tenu du bouclage par l'armée israélienne, d'expédier leurs produits à plus de cinq kilomètres. Personne n'a de quoi les acheter sur place et, bien entendu, personne ne peut plus se déplacer pour aller travailler, que ce soit en Israël ou dans les territoires. Mais j'aligne là des évidences.

Les avions faisaient des boucles sur la ville, passant à plusieurs reprises très bas avant de lâcher leur missile. De la terrasse donnant sur la mer, on pouvait suivre leurs évolutions, tous feux allumés – aucune défense anti-aérienne à craindre. À quelques kilomètres, la ville israélienne d'Asquelon était illuminée. L'impunité affichée par ce luxe de lumières accentuait de façon écrasante l'humiliation de la cité punie. Les explosions se sont succédé, d'abord proches, puis de plus en plus distantes au fil de la nuit. Guerre prétendument propre de l'armée du riche contre guerre sale du pauvre qui n'a pas d'armée. Entre chaque explosion, dans le silence provisoire, le léger bourdonnement des drones. Et à moins d'un mille de la côte, limite infranchissable sous peine d'être coulés, les feux des bateaux de pêche palestiniens, guirlande doucement mouvante dans la houle légère, continuant leur travail sous les étoiles – et les avions.

Cette première nuit, les bombes ont atteint, outre des locaux de l'Autorité palestinienne, la tour de contrôle construite par l'Union européenne. Et détruit le laboratoire scientifique antiterroriste, également installé par l'Union européenne auprès des forces de sécurité palestiniennes. Au bout du compte, rien de ce qui a été construit avec l'Union européenne pour donner une infrastructure administrative et économique aux habitants de cette terre n'aura été épargné par la destruction. Au matin, à l'hôpital Shifa, le plus grand de Palestine, bilan : vingt-cinq blessés, et une femme de quarante-cinq ans morte d'un arrêt du cœur. Les experts en stratégie – de ceux qui, quotidiennement, s'exhibaient sur les écrans pendant la guerre du Golfe – auraient été admiratifs de l'exploit technique : si peu de « dégâts collatéraux ».. En omettant de préciser que terroriser une population civile et détruire un organisme destiné à lutter contre le terrorisme n'est peut-être pas le meilleur moyen de venir à bout de ce dernier. En salle de réanimation, un homme était en état de coma profond, le corps taché de noir. Un des vingt mille blessés palestiniens dans la population civile depuis un an, le début de la deuxième Intifada. Tués, blessés, non, comme le sont les victimes tout aussi innocentes des attentats aveugles commis en Israël par des volontaires de la mort palestiniens, par des terroristes désignés comme tels, mais par une armée à qui a été donnée la mission d'éradiquer ces terroristes et qui prétend ne pas employer la terreur contre les civils mais, atroce (ou absurde) ironie, se battre pour rétablir la paix et ne fait, ainsi, que susciter chaque jour de nouvelles vocations à la vengeance et au martyre.

Visiter un pays avec des médecins est finalement une bonne approche. Dans un service hospitalier, le spécialiste en charge d'un service identique en France ne recueille pas des impressions mais des faits par lui immédiatement vérifiables. Qu'importe si, le deuxième soir à Gaza, l'exposé général de la situation sanitaire du pays que le ministre de la Santé de l'Autorité palestinienne, médecin lui-même, avait entrepris de faire a été écourté par une bombe qui est tombée à quelques centaines de mètres du local où nous nous trouvions. Au long de notre périple, les hôpitaux, leur personnel soignant, leurs malades eux-mêmes ont été autrement parlants qu'un exposé ministériel.

Combien de check points a-t-il fallu franchir pour aller de Gaza à Ramallah, chaque fois descendre de voiture, passer à pied en fendant, privilégiés honteux grâce au talisman des passeports étrangers, la file des civils piétinant dans la boue dans une attente interminable, accrochés à l'espoir peu vraisemblable qu'ils pourront se rendre au bourg voisin ? Au loin, sur les « autoroutes de contournement » reliant les colonies israéliennes aux centres urbains, dûment protégées par des murs de béton aux endroits vulnérables, les voitures israéliennes filaient comme sur toutes les autoroutes du monde.

Quelques jours plus tôt, les médias avaient montré au monde les chars entrant dans Ramallah. Leurs tirs et ceux des roquettes lancées d'hélicoptères s'arrêtant à une cinquantaine de mètres du quartier général d'Arafat. Les installations de la télévision et une antenne avaient été écrasées. Une roquette égarée avait explosé dans une salle de l'école de la Friends Boys School, respectable institution américaine fondée en 1901. Plus loin, au carrefour, un blindé israélien bloquait l'accès de la maison du docteur Mustafa Barghouti, président du PINGO (Coordination des organisations non gouvernementales palestiniennes), le canon pointé vers la rue par où nous arrivions. Il a fallu discuter ferme pour que ne soit pas refoulé le médecin palestinien, spécialiste en dermatologie, qui nous accompagnait. L'armée venait tout juste de fouiller la maison de notre hôte. Et toute la bonne éducation – chez les sœurs de Saint-Joseph – de Mme Barghouti, décidée à nous accueillir dans sa villa comme il convient de recevoir des confrères dans n'importe quelle paisible province, ne cachait ni son émotion ni sa colère.

Après la visite de l'hôpital de Ramallah et des principaux services sanitaires de la ville, Christophe – le professeur Christophe Oberlin, chirurgien orthopédiste à l'hôpital Bichat – a établi ce premier bilan : le blocus de la population aboutissait à une paralysie mortifère. D'une part, il était impossible de se déplacer des centres médicaux vers la périphérie : entrave, ainsi, à la vaccination, à l'action des équipes mobiles de santé, à celles d'accouchements, d'aide aux handicapés, des secours d'urgence. D'autre part, les malades ne pouvaient se déplacer de la périphérie vers les hôpitaux : des femmes devaient accoucher sans assistance, des blessés n'étaient pas acheminés à temps, des médecins résidant ailleurs que dans la ville de leur hôpital ne pouvaient se rendre à leur service, la pharmacie centrale n'alimentait pas régulièrement les hôpitaux, et des dialysés étaient abandonnés à leur sort. Les longues attentes, voire le refoulement des particuliers comme des ambulances, l'obligation faite à des infirmes et à de grands malades de transiter à pied, ou même d'emprunter des chemins détournés pouvaient avoir des conséquences mortelles. Plus généralement, les initiatives d'aide sociale étant bloquées, tout comme celles de formation et d'animation auprès des jeunes, les réseaux du Hamas ou du Djihad – fous du nationalisme, fous de Dieu – prenaient, sur place, le relais des organismes officiels défaillants, incapables, du fait des barrages, de remplir leurs missions les plus élémentaires. Ce n'était ni le niveau des services médicaux, même si on manquait de certains spécialistes, par exemple pour la chirurgie réparatrice, ni plus généralement l'infrastructure sociale qui étaient en cause, disait Christophe. La Palestine n'est pas le tiers-monde. Ce qui était en cause, c'était la paralysie destructrice de tout le tissu social, réduit aux solidarités élémentaires de la famille, du voisinage et de quelques principes religieux (qui n'ont rien à voir avec l'intégrisme) transmis de génération en génération pour régler les gestes de la vie quotidienne.

Bethléem avait été en octobre la cible d'une autre expédition punitive. Les blindés avaient canonné le camp de réfugiés d'Al Azza, soupçonné d'abriter des terroristes, puis quadrillé la ville. Vingt morts et une centaine de blessés. À l'entrée, incendié, l'immeuble de l'hôtel Paradise, destiné à accueillir les pèlerins chrétiens du monde entier, offrait une vision que je n'avais pas connue depuis Sarajevo. Plus question ici de frappes chirurgicales, c'est détruire pour détruire. Pendant cinq jours, les chars avaient tenu l'avenue Paul-VI sous leurs canons. L'hôpital moderne de la Sainte-Famille, fondé il y a un siècle par les Sœurs de la Charité, appartenant aujourd'hui à l'Ordre de Malte et restant sous la protection de la France, avait servi de cible à un char et à des tireurs. Le 24 octobre, le char était monté vers l'hôpital, s'était embossé devant l'entrée et avait ouvert délibérément le feu. Les autorités israéliennes niaient cet incident. Les traces des tirs étaient là et le docteur Robert H. Tabash exhibait balles de mitrailleuse et éclats d'obus. L'hôpital public, dont la partie récente a été financée par la Suède, avait subi également des tirs. Impacts de balles dans la salle des soins intensifs.

Bethléem la chrétienne était une ville punie. Triste Noël. L'église orthodoxe de la Nativité était vide, sauf quelques popes glissant comme des ombres. Dans la crypte minuscule et obscure où est censé être né l'homme (le dieu fait homme, pour certains ; le prophète, pour d'autres) qui a dit « heureux les humbles, car ils hériteront de la terre », deux petites filles arabes priaient à genoux, en baisant la pierre. À part elles, rien qu'un vieux guide qui rôdait, en quête désespérée d'un pèlerin, d'un touriste, de l'unique pourboire de sa journée, de sa semaine. Plus abandonné en ce lieu que, sur sa croix, l'homme que je ne crois pas dieu mais dont je respecte le nom, simplement, peut-être, par le hasard de ma naissance, mais aussi parce que j'ai appris à respecter d'autres hommes qui ont invoqué son nom : le François d'Assise du *Cantique de frère soleil* – « Loué sois-tu seigneur avec toutes tes créatures, et spécialement messire frère soleil » –, le Jean de La Croix du *Cantique spirituel* – « Je sais la source qui jaillit et court, malgré la nuit ». Malgré la nuit, malgré la fureur de ces siècles d'histoire qui ont trahi son message, malgré le fracas des croisades en tout genre dont l'écho, ici, semble ne jamais devoir s'éteindre, malgré les bûchers, malgré tant de « Tuez-les tous et Dieu reconnaîtra les siens… ». Qu'importe : même pour un athée – et surtout pour un athée – le nom de cet homme-là peut rester synonyme de foi dans les hommes. J'ai traversé le cloître. L'église catholique était pleine. La foule des fidèles, tous palestiniens, assistait à la messe du soir. Le prêtre lisait en arabe l'évangile de l'Avent.

J'avais lu, dans le hall de l'Institut français de Gaza, les inscriptions qui couvraient un mur sur lequel chacun peut s'exprimer librement : « Toujours j'imagine que je vis avec mes amis sur une autre terre en toute liberté. » « Une vie de merde. » « Lève la tête, fonce. Il viendra, le jour où tu vas écraser ta peur, tes doutes. » « Encore une pensée pour ce qui aurait pu se passer. Nabil, Sonia, Ghassar, Tarek. »

« Ce qui aurait pu se passer » : après les accords, Camp David, Oslo, Madrid, une terre pacifiée. Une terre où l'on aurait cessé d'arracher les oliviers millénaires, de raser les villages au bulldozer, de couper les chemins qui relient les hommes entre eux et de tuer, toujours tuer. Où l'on aurait au contraire replanté, édifié, ouvert, donné la vie. Il est trop facile de parler de la folie humaine. Il y a toujours une logique. Ariel Sharon est parfaitement logique, lui qui écrit dans ses mémoires : « J'en suis arrivé à considérer l'objectif, non plus comme une action de représailles, ni même de dissuasion. Le but doit être de susciter chez les Arabes une psychologie de défaite, en les battant de façon qu'ils finissent par renoncer à nous vaincre un jour. » La Palestine pue la mort autant que la Bosnie puait la mort. Victoire, peut-être, mais celle qui s'annonce dans ces lignes comme dans le paysage palestinien risque bien d'être celle de la mort. Pour les uns. Pour les autres.

Plus encore que le char et le canon, l'instrument de cette victoire est le bulldozer. On a inventé, pour la Bosnie, le terme d'urbicide. Il s'agissait là-bas de détruire dans les villes toutes les racines de la mémoire. Ici c'est de toute la terre que l'on extirpe ces racines. Racines des arbres, racines des hommes. Le bulldozer dessine un non-paysage. Entre les colonies, le long des autoroutes de contournement, autour des check points, rien ne doit subsister qui puisse empêcher la visibilité. No tree's land, no man's land. Béton sur le territoire nu. Du haut des colonies, on doit pouvoir repérer la silhouette d'un homme à plusieurs kilomètres. Les colonies ne sont pas là pour faire vivre la terre au milieu de laquelle elles sont construites. Elles sont la négation de ce que fut le kibboutz. La terre était l'amie avec qui le colon devait vivre en harmonie, elle est devenue l'ennemie dont l'habitant du *settlement* doit se méfier à chaque instant. Se méfier de tout ce qu'elle porte, végétal, animal, humain. L'idéal du kibboutz était de faire fructifier la terre. L'impératif des nouvelles implantations est de la rendre stérile.

En revenant, j'ai écrit un témoignage que j'ai voulu factuel – l'indignation ne sert à rien, sauf à donner bonne conscience. J'y parlais d'*apartheid*. Un article collectif y a répondu : « Quel est le but recherché ? Salir Israël, lui jeter l'opprobre, le donner en pâture et outrager le monde juif ? » C'est vrai, je n'aurais peut-être pas dû employer ce terme. Les analogies, surtout historiques, ne peuvent être qu'approximatives, défectueuses, et par là dangereuses. Ainsi, en écrivant sur les banlieues, je me suis toujours interdit d'employer le mot inadéquat de « ghetto ». Et, n'étant jamais allé en Afrique du Sud, je ne connais l'apartheid que par ouï-dire. Je sais seulement ce qu'a dit Mgr Desmond Tutu : « Ma visite en Terre sainte m'a rappelé tellement ce qui nous est arrivé à nous, les Noirs, en Afrique du Sud. » Ce mot « apartheid » m'est aussi reproché dans un livre où sont dénoncés les nouveaux antisémites, les *anti-feujs*. Pourquoi, demande l'auteur du passage qui m'y est consacré, suis-je allé le chercher, plutôt que d'autres, par exemple « balkanisation » ? Mais la balkanisation, je l'ai vue, vécue en Bosnie. C'est le crime contre l'humanité à l'état pur, dans toute sa sauvagerie. C'est l'extermination. Il faut méconnaître ou mépriser l'histoire pour imaginer qu'évoquer les massacres balkaniques serait moins odieux que parler d'apartheid.

Le devoir de mémoire a ses pièges. La mémoire doit être instrument de réflexion, pas de légitimation. Sinon, il y a détournement d'héritage. Pendant les guerres coloniales de la France, on nous stigmatisait, minoritaires en ces temps de peur, comme des traîtres : « antifrançais ». J'invoquais l'héritage des droits de l'homme et de l'esprit de la résistance. Mais, justement, les généraux tortionnaires, les auteurs de crimes de guerre – Massu, Bigeard, Aussaresses – étaient des héros de la France Libre qui avait incarné les droits de l'homme et la résistance. Je ne pouvais donc qu'être un traître quand je les traitais d'assassins, puisque, en leur personne, j'insultais la mémoire de la France Libre. Pauvre logique : comme si, jamais, le passé pouvait légitimer le présent. De même, les gouvernements français qui avaient décidé la guerre à outrance en Algérie étaient socialistes. Or je ne leur reconnaissais le droit d'agir ainsi ni au nom de la France ni au nom du socialisme. Lorsque les généraux israéliens écrasent Jénine, j'ai le droit de ne pas voir en eux les héritiers de la Shoah et pas davantage des fondateurs d'Israël. Je n'insulte à travers eux ni la mémoire de la Shoah, ni les droits du peuple israélien. Et je n'insulte pas non plus, dans le monde, ceux d'entre nous qui se revendiquent (ou non) d'une appartenance au « monde juif ». Les chars, les avions, les bulldozers, la terre rasée, les populations écrasées, rien de tout cela ne porte pour moi, écrit, signé, le mot « juif ». Pas plus que je n'associe le fanatisme religieux, l'horreur des tueries de civils, que les victimes soient algériennes, israéliennes ou américaines, au mot « arabe » ou « musulman ». Ce que, avant tout, les descendants de la Shoah ont conquis, ce n'est pas tant l'État d'Israël que, pour la première fois dans l'histoire, le droit désormais imprescriptible dans les nations démocratiques de se déterminer eux-mêmes en tant que juifs et de faire respecter leur choix, quel qu'il soit. Israël peut être, pour certains, pour beaucoup, ce choix. Mais le prix à en payer est que, comme pour tous les États du monde, la politique de ses gouvernants peut être désormais jugée, sans que cela mette pour autant en cause son existence et celle de son peuple. J'ai presque honte d'avoir à énoncer ces évidences.

Bosnie, Algérie, Palestine. Depuis plus de dix ans, c'est-à-dire depuis que s'est écroulé le Mur à Berlin, j'ai traversé un monde où partout s'élèvent de nouveaux murs. Autant murs de la honte que l'a été le Mur. J'ai traversé un monde où, partout, se concentrent de nouveaux camps. L'Europe abolit ses frontières mais se protège de l'extérieur par le mur des visas. À certaines heures, la gare de la ville fleurie de Vintimille évoque le passage de la ligne de démarcation pendant l'occupation allemande. Centre de rétention d'Arenc, zones de rétention aéroportuaires, centre de Sangatte. Les États-Unis protègent la frontière avec le Mexique par le béton, les barbelés et les patrouilles sur pied de guerre. Les Haïtiens et les Dominicains meurent par centaines chaque année en tentant de franchir la mer des Caraïbes. Certes, rien de nouveau sous le soleil : il y a un demi-siècle, les Français parquaient des centaines de milliers de réfugiés espagnols derrière des barbelés, les Britanniques exilaient dans des camps lointains les émigrants juifs qui avaient échappé à l'extermination. Sauf qu'aujourd'hui c'est devenu planétaire. Les check points d'Israël ne font que s'inscrire dans cette banalisation. C'est le monde entier qui est en train de se couvrir de check points. Au nom d'un droit du plus puissant à garantir sa sécurité en frappant, frappant encore et toujours : *to kill for not to be killed*. Cette terre qui fut terre sainte pour de si grandes parts de l'humanité est devenue le lieu, pas seulement symbolique, où se cristallise la peur qui parcourt le monde depuis le 11 septembre 2001. Politique de la peur. Guidée par la peur, fondée sur la peur. Conjurer sa propre peur de l'autre en l'écrasant sous une peur plus grande encore. Mondialisation de l'objectif que se fixait Ariel Sharon : « Créer chez eux une psychologie de défaite. » Et ensuite ?

Immense réseau cancéreux de murs, qui prolifèrent maintenant de plus en plus à l'intérieur des sociétés des pays eux-mêmes. Murs invisibles mais bien tangibles du tout-sécuritaire que l'on élève entre les banlieues dites difficiles et les villes (sous-entendu : faciles ?), les quartiers dits sensibles et les autres (sous-entendu : insensibles ?). Tout se passe comme si l'on n'exigeait qu'un seul droit, un seul devoir : le droit et le devoir de répression. Politique à courte vue et porteuse du pire pour l'avenir.

Partout aussi j'ai rencontré d'innombrables abeilles et suffisamment de guêpes qui luttent, chacune à sa manière, contre le pire. Grâce à qui, toujours dans l'histoire, le pire a été, non parfois évité, mais finalement surmonté. J'ai seulement dépassé l'âge de l'impatience historique. Reste la conscience du patient combat quotidien, grand ou minuscule. Innombrables petites filles espérance.

*

Au début de l'été, j'espère aller avec Julia rejoindre les amis qui suivent comme chaque année la transhumance du troupeau de Bernard et Nadine. Nous passerons la première nuit près du Vigan, puis nous partirons de Valleraugue pour gravir les pentes de l'Aigoual au long de la draille. Nous coucherons à Bonperrier dans la bergerie en ruine qui domine une combe rase. À la halte de midi, nous nous retrouverons sur un col. Chacun ajoutera le bref récit de son année écoulée au vin et aux victuailles apportées avec nous par le cheval patient. Cette réunion dans la chaleur de juin rappelle les retrouvailles fraternelles des assemblées du désert, au temps de la résistance protestante. Ici, sans Dieu ni prière, simple rencontre d'êtres qui s'efforcent, chacun à sa façon, de vivre en humains. Pleinement et juste humains. C'est peu, et c'est terriblement ambitieux, mais enfin. Cette troupe très petite, mais il y en a tant d'autres, n'a que ses expériences à échanger. François, avocat de Montpellier qui prend en charge, très loin souvent, la défense de droits bafoués. Un économiste qui cherche une voie alternative aux détresses de la paupérisation mondiale. Lili et Christian, éleveurs du Vigan qui sont en liaison tout au long de l'année avec d'autres éleveurs dans le monde – et l'an dernier, ce furent des Touaregs qui sont venus rendre la visite qui leur avait été faite et suivre le troupeau cévenol, et chaque soir nous avons eu notre thé à la menthe. Un maire d'un village paysan de Roumanie. Des infirmières en Avignon. Et Régine et Patrick, bien sûr, mes amis venus de leur village au pied du Sauveterre. Ils m'ont aidé, jadis, à sauver les éditions, et ils en ont aidé bien d'autres depuis, silencieusement. Générations mêlées, qui savent, peut-être, ce que je n'ai pas su lorsque j'avais vingt ou trente ans : que l'on ne changera pas le monde en quelques années, qu'une génération n'y suffit pas, qu'il n'y a jamais de table rase du passé, ni pour le meilleur, ni pour le pire. Le meilleur ne sera jamais acquis. Le pire ne sera jamais définitif. Tant du moins qu'il y en aura pour, même petitement, même maladroitement, même au prix de tant de grandes défaites entre tant de petites victoires, résister.

Je l'ai dit, je ne crois pas à la « fin du temps », cette musique que n'écoute plus Francesco. Puisse-t-il seulement, le temps, malgré l'usure des ans, me laisser, nous laisser à tous de quoi nous imprégner encore des paysages humains. Seulement il faut se hâter, car il se fait tard et déjà le jour baisse.

Le soleil bas, glissant sous les nuages, est venu frapper à la fenêtre en face de moi. Le vent dans les branches des tilleuls fait jouer sur la table des taches de lumière capricieuses qui m'aveuglent. Plutôt que de fermer les volets, mieux vaut sortir dans la cour où les herbes folles commencent d'affleurer entre les pavés et respirer un bon coup, libre puisque c'est mon immense chance, dans le froid du printemps tardif. Et « sans tristesse, s'il se peut ».

Fiction & Cie

À Pierre Vidal-Naquet

Puisque, c'est entendu, Je est un autre et que l'on fabule toujours sur l'autre, aucune autobiographie si sincère soit-elle, c'est entendu aussi, ne peut prétendre à la vérité nue. Certaines en approchent parce qu'elles sont le fait d'historiens dont le métier les met à même d'œuvrer sur leur propre parcours avec les outils et les armes de la critique historique. Je n'ai pas le mérite d'avoir leurs outils et leurs armes. Je me suis donc gardé au mieux d'écrire une autobiographie. J'ai seulement voulu rendre des émotions, des couleurs, des états ressentis au cours du voyage partagé avec une foule de passagers. Dans tout ce que l'on se raconte de soi-même, même véridique, il entre une part de rêve. On s'amuse souvent à discuter cette importante question : les chiens rêvent-ils ? Certainement pas, en tout cas, au sens humain du terme, qui est multiple. Ce qui est sûr, en revanche, c'est que même un humain qui a la pire des vies de chien (ce qui n'est certes pas mon cas) rêve. Sinon, il crève. Au propre ou au figuré. Évidemment, il semble qu'il y ait de par le monde un grand concours de chiens crevés. Ce qui serait un moindre mal et ne regarderait finalement qu'eux, s'ils n'avaient encore la force de s'acharner à vouloir faire crever les autres.

Pour qui écrit de mémoire, le plus grave est l'aplatissement, le passage du vivant, toujours en mouvement, au plan en deux dimensions, borné et figé, de l'écriture. Certains écrivains authentiques l'évitent mieux que les autres. Écrire est un choix constant où l'on passe son temps à éliminer le trop-plein de vivant pour essayer d'atteindre à l'essentiel. Mais où est l'essentiel ? Chaque moment et plus encore chaque visage que j'évoque perdent, à mesure que je trace les mots censés les évoquer, de leur relief et surtout de leur intrinsèque complexité. Ainsi, toutes les fois que j'ai tenté d'écrire quelques lignes sur mon frère Jean, j'ai su que je ne pouvais que le trahir, et l'impunité que me donne son absence est une pauvre consolation. Ce que je dis là de lui est valable pour tous et toutes. Je ne rendrai jamais l'épaisseur d'une amitié. Ou d'une inimitié. D'une admiration ou d'un mépris. Ni du simple plaisir, aussi essentiel dans une vie par sa plénitude qu'un événement majeur, de contempler la houle se brisant sur les rochers. Et j'aurai toujours beau ajouter de la couleur, j'aurai toujours le sentiment d'avoir écrit en noir et blanc. (Il y a, paraît-il, des gens qui rêvent en *Color by DeLuxe*. Peut-être savent-ils écrire également ainsi ? Je ne suis pas fait pour les superproductions.)

Ce livre paraît, grâce à Denis Roche, dans la collection « Fiction & Cie », comme la plupart de ceux que j'ai écrits – et parmi eux les plus « documentaires » : voyages dans la banlieue ou dans les Balkans. Il affichera de la sorte la part d'irréel dans le réel qui s'inscrit dans toute évocation sincère de vie. En respectant aussi la part d'ombre – ombre du privé, de l'intime, qui n'est pas évoqué ici, de l'indicible ou de ce qui sera dit un autre jour, peut-être, ombre qui donne à ce qui est dit son relief et n'en fait jamais un mensonge. Il n'est pas pour autant question d'affabulation. Il est question seulement de ce qui fait que chaque vie d'homme est précieuse et singulière : sa vision. Plusieurs visions sont nécessaires pour donner de la profondeur à ce qu'elles regardent, et mieux vaut qu'elles soient innombrables. C'est la seule raison qui justifie qu'il y ait tant de livres.

Finalement, qu'ai-je tenté d'autre que ce que fit don Pedro d'Alfaroubeira qui, avec ses quatre dromadaires, courut le monde et l'admira ? Il est encore permis de rêver d'un monde sillonné d'innombrables dromadaires conduits par des hommes occupés, le temps de leur passage sur terre, à l'admirer plutôt qu'à le détruire.

Si je n'ai pas vraiment réussi, c'est peut-être, simplement, que le temps des riches désœuvrés, propriétaires de dromadaires, est loin. Alors je me sens plus proche, beaucoup plus proche, de ce petit bonhomme que dessina Bruno Schulz et que je ne passe pas de jour sans regarder, sur la grande affiche qu'en fit Roman Cieslewicz. Petit bonhomme que j'aime, parce qu'il marche seul, sa canne dans une main et sa mallette dans l'autre. On ne sait d'où il vient, on ne sait où il va. Mais lui, très concentré, semble le savoir, d'un savoir très ancien. Avec son air de n'être de nulle part, il devrait être chez lui partout. Mais ce n'est pas si simple, et il le sait, et d'autres, beaucoup trop d'autres, se sont chargés de le lui rappeler. Dans sa mallette, il n'y a probablement pas grand-chose – une chemise de rechange, une brosse à dents –, car son pas est circonspect mais léger. Elle est sûrement plus pleine de souvenirs impalpables que d'objets utilitaires. Plus pleine aussi de rêves. Oui, c'est ça : peu importe où il va, il y transporte ses rêves et, j'en suis sûr, beaucoup d'autres. Nos rêves, tous les rêves que nous avons semés sur le chemin. Il a dû les ramasser un par un. Quelle responsabilité. C'est pourquoi il a l'air si grave. Mais un peu ironique, aussi. Il en a tant vu. Il en verra tant encore. Il ne regarde ni en arrière, comme ce benêt d'ange du progrès dont on nous rebat les oreilles, ni devant lui, tels ceux qui courent comme des dératés pour rattraper l'horizon. Il jette un regard de côté : pas méfiant, je crois, mais appliqué. Pour connaître où il est. Avec qui il est. Qui lui jettera une pierre, qui sera son compagnon de marche. Pas question de se laisser voler ses rêves. Mais s'il rencontre un ami, et il faut qu'il en rencontre encore, et je crois dur comme fer qu'il en rencontrera encore, il lui ouvrira sa mallette. Petit bonhomme démodé, portant lévite et gibus, mais dont on sent qu'il n'a rien oublié de son enfance. Il n'a pas oublié qu'il n'est un homme que parce qu'il a été un enfant. Et dans chacun de ceux qui, comme lui, n'ont pas désappris de rêver, il reconnaît son frère.

Janvier 1998 – Mai 2002

TABLE

Le Sourire du chat
Seuil, 1984
et « Points » n° P503

Le Figuier
Seuil, 1988
et « Points » n° P1160

Les Passagers du Roissy-Express
photographies d'Anaïk Frantz
Seuil, 1990
et « Points » n° P1161

L'Honneur de Saint-Arnaud
Plon, 1993
Seuil, « Points » n° P17

Le Temps des Italiens
Seuil, 1994
et « Points » n° P186

La Plage Noire
Seuil, 1995
et « Points », n° P279

Balkans-Transit
Photographies de Klavdij Sluban
Seuil, 1997
et « Points », n° P683

RÉALISATION : PAO ÉDITIONS DU SEUIL
S.N. FIRMIN-DIDOT AU MESNIL-SUR-L'ESTRÉE
DÉPÔT LÉGAL : OCTOBRE 2003. N° 61708-2 (66350)
IMPRIMÉ EN FRANCE